** Le président **

Un écrivain l'avait imaginé, et c'était arrivé ! En 2022, le candidat de la Fraternité, Mehdi Ben Amiri avait été élu président de la République française.

Bien sûr, le scénario avait été différent de celui du roman mais la surprise avait été totale et les plus grandes craintes avaient accompagné cette élection. Grâce à la division des partis en lice et à la faiblesse des autres candidats, Mehdi Ben Amiri s'était qualifié pour le deuxième tour avec son parti dont il avait gommé les aspects communautaires. Ensuite, l'habileté du futur président lui avaient permis de 'barrer la route à l'extrême droite'… Une élection tendue, qui confirmait l'effondrement des partis historiques et s'était caractérisée par beaucoup de manœuvres, de populisme, par des formules marquantes et très peu d'idées. Un éditorialiste avait écrit : « En matière politique, la volonté de plaire au plus grand nombre a validé les stratégies d'absence d'idées » … Et Mehdi Ben Amiri avait intelligemment surfé sur ce vide.

Dans le quinquennat précédent, des réformes avaient été initiées. Le scénario de l'élection de 2017 avait suscité beaucoup d'espoir mais des blocages s'étaient élevés petit à petit, contrecarrant le président et divisant la majorité : rythme trop important des réformes, petits 'dossiers personnels', ambitions et inexpérience.

Les premiers résultats avaient été pourtant brillants. Ils avaient renforcé la confiance du nouveau responsable de l'État et son sentiment d'omnipotence, stimulant son autoritarisme. Des difficultés injustes s'étaient élevées et l'impétueux leader s'était raidi, pris dans le cercle vicieux de la critique : c'était la revanche des battus, bien meilleurs dans l'opposition que dans la proposition.

L'insoumission était en marche.

Un point de fixation avait été l'écologie. Le gouvernement avait pris des mesures concrètes sur le réchauffement climatique, courageuses mais désagréables ! C'était contraignant, c'était cher. Les démagogues en avaient profité, isolant le président qui avait changé d'avis. Le ministre de la Transition écologique et solidaire n'avait pas résisté à ce nouveau désaveu. Il avait démissionné. C'était le tournant à la suite duquel les divisions s'étaient accumulées. Le chef de l'État avait dû lâcher son premier ministre, usé jusqu'à la corde. Un détail, les nouvelles limitations de vitesse avaient été une réforme de trop. A chaque fois qu'un automobiliste payait une amende pour avoir roulé à la vitesse excessive de 86 km/h, c'étaient de longues conversations et des voix qui s'envolaient.

Pris dans une spirale d'impopularité, le président avait hésité à partir en beauté en faisant un référendum suicidaire sur l'Europe. Il était déçu – on ne le comprenait pas, il préférait pour lui-même d'autres perspectives de carrière plus rémunératrices. Pour éviter le pire, il s'était contenté de louvoyer jusqu'à la fin de son mandat. Ainsi, pendant les deux dernières années de son quinquennat, il avait redonné la main à l'Assemblée qui s'était jetée sur son nouveau pouvoir, avait beaucoup parlé et n'avait rien fait. La fin de la législature avait géré l'immobilisme.

Un espoir s'était éteint. L'impossibilité de faire bouger les choses avaient été démontrées, une fois de plus, la déception était grande.

En 2022, Mehdi Ben Amiri avait compris ce sentiment d'éloignement des citoyens envers les politiques et tiré parti de cette déception. Il s'était créé un personnage populaire, incarnant l'image du chef, modeste et protecteur, avec son slogan : « Non à la compétition sauvage »… les gens simples se sentaient reconnus. Les élites étaient habilement ménagées par cet énarque-polytechnicien qui avait participé à de nombreux think tanks.

L'élection de 2022, comme celle de 2017, n'avait répondu à aucun pronostic, une sorte de roman surréaliste, de politique-fiction imprévisible, comme une sorte de dérèglement climatique appliqué à la société. Les écrivains étaient dépassés.

Un an après l'élection, en ce lundi 5 juin 2023, les médias ne parlent que d'anniversaire et de bilan. Et en général, ils expriment un soulagement, la catastrophe ne s'est pas produite, la France est calme ! Le nouveau président a apprivoisé les journalistes qui sont souvent reçus à l'Elysée comme aujourd'hui.

Un copieux petit-déjeuner est prévu avant la conférence de presse. La salle est pleine dès 10H30 et bruisse dans une ambiance conviviale. Mehdi Ben Amiri est même arrivé en avance et, patelin, partage café et croissants avec des invités triés sur le volet. Il passe de l'un à l'autre, prenant son temps, connaissant chaque journaliste par son prénom, une oreillette invisible complétant sa mémoire. Il a un boitier dans sa poche et peut demander 'qui il a en face de lui', quels sujets aborder.

Puis la conférence commence. Sur l'estrade, le président est décontracté, entouré de ses ministres au grand complet, tout sourire, fiers d'avoir participé à cette aventure gouvernementale si réussie. Les questions sont polies, Mehdi Ben Amiri plaisante avec la présentatrice de la chaine publique qui lui demande pourquoi le statut de la première dame a été supprimé. « Je préfère laisser le privé à sa place. Devant vous, je m'entoure de femmes qui sont ministres et qui sont excellentes. On peut les applaudir. » dit-il en se tournant vers elles d'un geste paternel dans un effet très réussi ; l'atmosphère est bon enfant, quasi soumise. Seul, un journaliste se risque à être incisif : « Les Français se demandent quand allez-vous libérer internet ? On se croirait dans un état totalitaire, la police contrôle tout. » Le président le regarde avec un étonnement bonhomme et répond avec lenteur : « Nous laissons beaucoup de libertés sur internet, soyez honnêtes… mais vous savez comme moi qu'il ne peut y avoir de liberté sans sécurité ! » En voilà un qui ne sera pas réinvité, pense-t-il en se tournant vers un journaliste plus intelligent. L'exercice est parfait, empli de modestie, de sens de l'État, de tensions éludées.

C'était attendu, Mehdi Ben Amiri valorise son bilan : « Nous avons traité avec succès nos deux principales priorités, la sécurité et l'emploi. » … « Pour la première fois, vous avez un président qui fait ce qu'il promet. »

En effet, la sécurité s'est améliorée, les quartiers chauds au moment de l'élection sont redevenus calmes. De gros moyens, bien visibles, ont été affectés et le renforcement de la surveillance a créé du travail, tout particulièrement dans les banlieues.

La situation de l'emploi s'est rétablie. Le gouvernement multiplie les fonctionnaires dans les domaines de la police, de la justice, de l'éducation et de la santé. Ces tâches sont mal payées mais la quantité est là et elle apporte de nombreux électeurs loyaux, les agents de l'état et leurs familles. En affichant « Le Service Public avant tout », Mehdi Ben Amiri consolide son alliance avec la gauche et vante son action : « Après des années de rigueur, l'État est à nouveau renforcé. » Autant payer des employés reconnaissants que multiplier les chômeurs râleurs.

De plus, les écarts de richesse entre les Français se sont réduits : la fiscalité veille à décourager les hauts salaires, les entrepreneurs et investisseurs partent : « S'ils recherchent un autre modèle, la France ne les retient pas, dit le président, on ne peut pas faire plaisir à tout le monde ! » Le gouvernement a encouragé les investissements dans les entreprises intenses en main d'œuvre en abaissant les charges sur les emplois peu qualifiés. Une taxation freine les projets dans le numérique et limite les baisses d'effectifs. La transition digitale n'est plus à la mode. Mehdi Ben Amiri se flatte d'avoir obtenu le taux de chômage le plus bas depuis 40 ans. Il est en avance sur son plan de marche évacuant les critiques mesquines : trop de fonctionnaires, le déficit budgétaire se creuse à nouveau, le pouvoir d'achat stagne…

Quand un journaliste lui dit que le progrès technologique arrive tardivement en France et que l'écart se creuse avec les autres régions du monde, Mehdi Ben Amiri parle de qualité de vie : « nous vivons mieux en France que dans les autres pays, c'est l'exception française… Nous avons un positionnement intelligent. » Il poursuit avec éloquence sur l'humanisme français, sur le développement durable et la richesse du terroir : « Mon pays est à l'avant-garde. Chez nous, le virtuel n'écrase pas le réel. La France redevient révolutionnaire ! »

A la suite de la conférence, Mehdi Ben Amiri organise un cocktail déjeunatoire à l'Élysée. A 44 ans, il cultive son image de sage rassembleur 'immodérément modéré'. Il y a du monde dans les jardins de l'Élysées, l'invitation est large, il faut en être. Les représentants de l'opposition constructive sont présents. Ils sont l'alternative - les 'partis de gouvernement', ils sont ouverts.

Au contraire, le parti d'extrême droite 'France Nouvelle' et la formation des 'Nouveaux Insoumis' ont refusé l'invitation avec véhémence, cela arrange tout le monde.

La jeune dirigeante FN en profite pour stigmatiser ces alliances molles qui excluent la 'vraie France' et donnent une apparence trompeuse de la situation : « Les orages grondent, même si les Français paraissent rassurés et si on a l'impression de les avoir occupés ; les divisions sont plus fortes que jamais, la violence est larvée, les migrants nous envahissent, le bridage du numérique exaspère : le président a raison, la révolution n'est pas loin ! »

**** Camille et Tomasz ****

Quelques jours après l'anniversaire de l'investiture de Mehdi Ben Amiri, les Parisiens profitent du soleil de cette belle fin d'après-midi. Paris a été lavé par une pluie fine qui laisse une sensation de douce fraîcheur. Beaucoup de monde se promène sur le pont des Arts. La lumière est magnifique sur la Seine, reflets purs. C'est un beau samedi animé, un temps de course à pied.

Camille a rendez-vous avec Tomasz. Depuis deux mois elle n'a eu aucune nouvelle jusqu'à ce texto avant-hier : « Petit footing samedi matin ? Bizz T ». Le rendez-vous habituel, Odéon, non loin de chez elle, à cinq stations de métro. Elle adore ce parcours : rejoindre la Seine et les bouquinistes, descendre sur les quais, longer l'eau, passer sous les ponts, répondre au salut d'un enfant sur un bateau-mouche. Elle se sent en forme. Bientôt les vacances et la perspective d'un voyage en Birmanie avec Mathilde, sac à dos, improvisations et rencontres, lever de soleil sur Pagan… Vivement l'évasion, parcourir en sandales l'Asie d'hier, goûter la lenteur, le calme des moines, le safran, changer de couleurs et d'odeurs. Elles vont avoir du temps pour sortir des sentiers battus.

Camille attend Tomasz, heureuse de le retrouver. Depuis quelque temps, leurs liens se sont distendus. Ils se connaissent depuis 4 ans lorsqu'elle suivait les cours de Sciences Po. Tomasz faisait un master 'Entrepreneuriat et management' et revenait d'un long stage en Inde. Ils avaient fait connaissance en partageant leur passion de l'Asie. Une belle amitié, riche de discussions passionnantes qui convenait bien à Camille mais trop limitée pour Tomasz.

Elle était fascinée par les facilités de son ami, par son charme nonchalant, qui contrastait avec son style 'studieuse sans impasses'. Ils ont été inséparables, mais Camille n'a jamais voulu franchir le pas. Elle s'est beaucoup interrogée. Un manque de visibilité sur un projet commun ? Trop d'écarts sur leur foi ? Une attraction insuffisante ? Elle était bien comme cela.

Tomasz a espéré, épris de la personnalité entière de Camille, ouverte et sûre d'elle, il appréciait sa solidité intellectuelle et physique et son esprit de famille nombreuse.

Il l'admire, toujours active et bien avec tout le monde, un tourbillon relationnel. Elle a des cousins partout, des parents unis, tout le contraire de lui - Tomasz Valkowski - dont les grands-parents immigrés en France ont mis plus d'une génération pour exister : beaucoup de travail humble dans le nord, une famille de deux enfants dont son père, le petit dernier. Celui-ci était devenu électricien et s'était marié jeune. Il avait fui avec sa femme Carole dans le midi, à Nice, pour s'éloigner de l'histoire laborieuse de ses parents et trouver de la chaleur et une vie plus excitante.

Tomasz était né peu de temps après sans que cela suffise à stabiliser le couple. Tomasz connaît à peine son père, artisan habile, grand blond aux yeux clairs incapable de résister à la moindre tentation féminine et qui les avait abandonnés peu après sa naissance, leur laissant tout mais ne donnant plus signe de vie. Carole avait élevé seule son fils vénéré, sacrifiant tout pour lui. Elle était morte d'un cancer foudroyant à 46 ans, laissant Tomasz à 20 ans sans famille.

Arrivée tôt, Camille fait des assouplissements ; elle sait que Tomasz n'est jamais en avance. La chaleur sèche déclinante est agréable, elle goûte sa solitude au milieu du flot des piétons. Malgré sa taille moyenne, on repère facilement son habituel débardeur corail, sa chevelure mi longue d'un blond doré et son sourire qui la quitte rarement.

Tomasz rejoint Camille maintenant plongée dans sa liseuse : il la fait sursauter en posant sa main lourde sur son épaule et l'enveloppe d'un large sourire accompagné d'une pression affectueuse. Elle lui serre l'avant-bras chaleureusement dans un geste fraternel.

Avec ses 1 m 82 et sa carrure plutôt sportive, son air désinvolte, Tomasz domine Camille physiquement. C'est pourtant lui qui envie son assurance, lui qui a eu tant de mal à prendre une décision qui lui paraît évidente à présent : partir, s'éloigner de Camille. Il aime ce rire sonore et chaud qui semble venir de tout le corps, ce physique généreux, cette pensée ferme qui l'enrichit et stimule sa soif intellectuelle. Il a rêvé d'elle, il s'est miné, ne pouvant changer d'obsession. Afin de rester en France, il a déjà changé deux fois d'entreprises, toujours insatisfait par son travail. Pourtant tout se passe bien, son énergie et son talent original sont appréciés, mais lui se lasse rapidement. Les hiérarchies lui pèsent : il végète, il doit bouger, c'est vital.

Il y a trois ans, il avait passé un an en Inde, six mois d'études, six mois de stages. De quoi rassasier sa curiosité. Il avait plongé avec passion dans ce pays complexe. Il y avait connu Amiya, séduit par sa douceur et sa finesse. Un nouvel univers culturel et sensuel. Elle avait 21 ans et tous les deux avaient vécu une belle histoire d'amour, une vie d'étudiants au jour le jour. C'était un moment de stabilité, un moment rare pour lui alors qu'il venait de perdre sa mère.

Tomasz était ensuite rentré à Paris pour prolonger ses études, rue Saint Guillaume. Quitter le monde introverti des ingénieurs pour le monde du verbe lui convenait bien. Il s'était épanoui dans ce nouvel environnement bouillonnant où il pouvait donner libre cours à ses talents d'expression. Dans cette effervescence, son amour pour Amiya s'était transformé en amitié lointaine, l'un et l'autre changeaient. Il y a un an, Amiya lui avait annoncé qu'elle allait se marier avec Jivan. Il avait laissé faire, cela lui donnait plus de latitude pour Camille, ils gardaient intacts leurs souvenirs.

Tomasz et Camille échangent quelques banalités avant de se mettre à courir tranquillement. Camille ne retient pas longtemps son interrogation, Tomasz ne lui a pas fait signe par hasard :

— Alors, tu en es où dans tes réflexions ?

— Eh bien, ça y est : j'ai décidé ! Je pars à San Francisco le mois prochain. Tout est bouclé

Camille est interloquée. Quoi ? Si vite ! Tomasz a enfin tranché… sans lui en parler !

— J'ai tous les visas. J'ai hésité car on m'a proposé un poste très intéressant à Bangalore. Mais la proposition aux Etats-Unis était difficile à refuser : un super salaire et surtout beaucoup de relations avec l'Europe.

Après quelques foulées silencieuses, Tomasz reprend :

— Tu ne peux pas savoir combien j'ai tergiversé, l'Inde me fascine. J'ai gardé un souvenir extraordinaire de l'année que j'y ai passée il y a quatre ans, j'y ai de nombreux amis.

Il marque un temps :

— Amiya est mariée maintenant. Finalement, j'ai préféré tourner complètement la page. Et puis, j'ai déniché un job idéal à San Francisco dans une ambiance de travail stimulante ! J'ai tranché, il fallait que la décision vienne de moi seul.

Camille regarde devant elle avec un sourire ambigu. C'est brutal, même si elle s'y attendait, même si elle se sent délivrée et si elle l'a un peu encouragé. Elle cache son pincement au cœur :

— Je te comprends. Tu as toujours besoin de bouger. C'est à nous, en France, que tu vas manquer. Qu'est-ce que nous allons faire sans toi ?

— Ne te moque pas. Tu n'as pas besoin de moi !

Il la regarde avec une bienveillance ironique.

— Et puis, je garde le contact avec vous tous. Tu sais bien qu'ici, je me sens bridé.

Il n'a pas dit « j'étouffe », mais c'est tout comme. Camille encaisse, ne dit rien. L'impression de perdre un bien précieux, peut-être d'avoir été aveugle, elle vacille mais il n'est plus temps de retenir Tomasz. Maintenant, ne pas briser l'amitié.

Ils sont silencieux quand ils passent devant le glacier Bertillon. Il y a la queue comme d'habitude. En plein soleil, un groupe de japonaises habillées de couleurs vives, jaunes et rouges, en minishort, patiente derrière deux femmes en burqas noires dont on entend les rires. Une distraction bienvenue pour éloigner la tension, Tomasz s'amuse du spectacle devant la façade du glacier :

— Quelle palette de couleurs ! Joli tableau, non ? On pourrait l'appeler 'Convergence' ou 'Accord sur l'essentiel'.

— Ha ha ! Le plaisir rassemble. Mais pour moi, pas de glace pour l'instant… mon T-shirt corail jurerait avec les couleurs des japonaises.

— Tu as raison, pas de fausses notes !

La décontraction est revenue, ils trottinent en respirant la lumière. À ce rythme, aucune chance d'être essoufflés, Tomasz poursuit :

— Il est temps que je change d'horizon, je trouve que l'environnement de travail en France n'est pas du tout motivant. Si l'on se dépasse dans des équipes qui ne comptent pas leurs heures, on n'a pas de contreparties à l'effort et au risque. Aucune différence avec une implication tranquille. En plus, on est super-contrôlé, parfois empoisonné ! Je préfère m'envoler.

Il fait une pause et ajoute :

— Bon ! Ne t'en fais pas Je devrais passer pas mal de temps en Europe pour mon travail, c'est prévu dans mon contrat ! Et puis, je resterai proche par internet.

Y-a-t-il un peu d'ironie dans sa voix ? Camille sent la joie de Tomasz de partir, elle n'est plus son rêve. Il est déjà ailleurs, impatient de nouveaux horizons, de nouveaux challenges… de partir à la conquête des américaines.

Il se tait un moment puis ajoute :

— Quand je serai à San Francisco, j'ai envie de publier un blog pour dire comment je vois l'évolution de la France. Baigné dans un autre environnement, j'aurai du recul. Personnellement, je ne crois pas à ce gouvernement pour faire face à tous les défis du pays, les nouvelles technologies, l'emploi, l'efficacité économique, la liberté et le terrorisme ! Je pense que la France aggrave son retard et que ça va exploser un jour.

— J'adore l'idée du blog… Tu me fais penser à *Micromégas*, le géant extraterrestre - héros d'un conte de Voltaire - qui, venu de la planète Sirius, observe les terriens de loin, dit Camille un peu moqueuse.

Elle pense aussi que c'est un bon moyen de garder le contact et pour Tomasz, d'exprimer sa vitalité intellectuelle.

Tomasz relève la provocation ; ce rapprochement avec Voltaire lui plait, heureux de le devoir à Camille :

— Ton idée est excellente ; je crois que je vais signer mon blog *Micromégas*, c'est amusant.

Camille et Tomasz poursuivent paisiblement leur course, chacun dans leurs pensées. Le soleil argente la Seine, l'horizon azur est strié de longs traits orangés et gris, c'est l'heure calme. En arrivant au Jardin des Plantes, ils croisent deux joggeuses au visage voilé, en survêtement bleu nuit, savamment moulant, une réussite de sensualité. Tomasz apprécie leurs silhouettes. Il se retourne sur elles, son esprit ironique s'éveille, il laisse aller son imagination se disant en souriant qu'une suggestion qui perce à travers les vêtements donne des résultats plus excitants qu'une exhibition directe…un beau voile stimule le désir de l'homme.

Il n'en faut pas beaucoup aux hommes, les femmes le savent ! Le foulard n'est pas une solution… si l'on veut éviter les pensées lubriques, il faut enfermer les hommes… ou bien les femmes ! » Il repense à cette réforme juridique qui l'a indigné. Une loi venait d'être adoptée à la suite de faits divers de viols : '*la femme a sa part de responsabilité si elle est habillée de façon impudique.*' « Pas de causes, pas d'effets », a expliqué le rapporteur du gouvernement. Absurde, mais la loi est passée ! Comment les députés français ont-ils pu voter cet article et provoquer si peu de réactions ! D'accord, ce court texte s'est faufilé dans un ensemble de réponses sécuritaires, mais quand même ! Avec un peu de cynisme on pourrait dire que, les hommes étant trop faibles, trop vulnérables, les femmes sont responsables de tout, tentatrices démoniaques ! Ce serait dommage, la faiblesse a tant de bons côtés, de part et d'autre ! » Il garde ses pensées pour lui, ce n'est pas le moment avec Camille.

Le temps est encore clair et doux lorsque les deux amis se quittent après avoir longuement trottiné. Camille est émue. En courant, elle a escamoté ses sentiments. Ce n'est pas leur style, ils se connaissent si bien. L'accolade d'adieu est longue, différente de l'habituelle, c'est le footing d'une page qui se tourne et préfigure un nouveau chapitre d'amitié.

Dans le métro, une tristesse s'abat sur Camille. Est-ce du regret ? Non, elle aussi a choisi ce départ, c'est sa cohérence… enfin, elle n'est plus très sûre.

Allez ! Pas de larmes, il faut que le départ de Tomasz soit inoubliable… c'est une superbe occasion d'organiser une fête avec Mathilde, Paul et leurs amis.

**** Paul ****

Comme tous les matins, Paul est devant sa toile, travailleur infatigable. En ce beau mois de juin la lumière de l'est commence à éclairer son atelier. Il adore l'aube et la sensation de paix et de force qui se dégage des premières lueurs du jour, les meilleures heures. Il se réveille avant le soleil pour s'imprégner de cette vitalité montante qui alimente sa création.

Paul a eu une chance incroyable de dénicher ce studio spacieux au dernier étage d'un immeuble du XVème arrondissement : sept étages sans ascenseur, bien sûr, mais une vaste pièce avec une baie vitrée au nord, donnant sur une terrasse improbable. Celle-ci est tortueuse au milieu de vieilles cheminées. Elle domine les toits gris clair et, dans son extrémité, accoudé à la rambarde, on aperçoit la Tour Eiffel en se tordant le cou. La très grande pièce est composée d'un atelier, sobre, séparé du coin salon-salle à manger par un paravent japonais aux motifs de hauts bambous stylisés vert sombre. La partie atelier est assez nette, un chevalet, des couleurs, des toiles et des dessins, l'ordinateur, deux immenses écrans... De l'autre côté du paravent, sont disposés quatre vieux fauteuils en cuir noir, achetés sur 'Leboncoin' – une affaire ! -, un canapé lit et un piano rouge qui côtoient la cuisine américaine. Table et chaises pliantes. Les murs blancs sont couverts de tableaux et de dessins suspendus à des cimaises. Paul circonscrit son désordre dans une petite chambre de bonne qui est indépendante, située sur le palier, en face : là, peu de meubles dans ce capharnaüm, un lit, un placard rempli de T-shirt, une bibliothèque basse sous la fenêtre et une douche. Des tasses trainent. L'ensemble est un havre de tranquillité – le bout du monde - avec sur ce palier, une seule autre chambre qui héberge une étudiante avec qui Paul partage des relations plus qu'amicales.

A 28 ans, Paul ne possède pas grand-chose, en fait rien, sinon l'essentiel pour lui, sa liberté d'artiste, des amis et son antre, provisoire, où il se sent bien. De temps en temps, pour alimenter son compte en banque, il crée un logo pour un client ou vend quelques toiles en exposant dans un restaurant ou dans la galerie d'une amie. Ce revenu modeste lui suffit pour faire ce qu'il veut.

Il se réserve les matins pour travailler seul. Ses amis peuvent monter chez lui l'après-midi ; il y a toujours du thé ou du café et toutes sortes de musique. Chacun apporte son vin, ses bières, ses alcools… une étagère est garnie de verres dépareillés et de bouteilles laissées par ses hôtes.

Durant ces après-midis d'amitiés, Paul aime rire ou s'inspirer au milieu des suggestions et des discussions animées. Il lui arrive de continuer à travailler, son pinceau à la main, écoutant les échanges. Il lui suffit d'écarter le paravent pour être avec ses amis : il brouillonne comme il dit… il bouillonne, il ne participe vraiment aux conversations que lorsqu'il entend parler de couleurs, de formes, de beauté. Il a sanctuarisé la partie atelier : là, pas d'autre désordre que le sien, pas de poussière… C'est son chaos créatif, chaque chose a une place – irrationnelle peut-être mais évidente – et lorsqu'il veut rester tranquille, il déploie le paravent et met un casque audio. Il s'isole, peut devenir bourru. Il est alors préférable pour ses visiteurs de sortir sur la terrasse.

De taille moyenne, Paul a une carrure de sportif. Visage triangulaire, front rêveur, surmonté d'une chevelure brune, rarement bien coiffée, légèrement trop longue. Ses yeux gris mobiles, curieux, accentuent le sentiment chaleureux qu'il donne quand il n'est pas distrait. Mais il y a souvent un nuage de rêve dans le regard de Paul donnant la double sensation d'une placidité qui rassure et d'une présence incomplète. Chez lui, la priorité absolue est la couleur, la peinture qui est alimentée par une vie qu'il mord à pleines dents, par le sport et par ses amies qui l'encouragent et lui donnent confiance. Elles apprécient son calme tendre et détaché, son énergie sportive, sa générosité… et adorent son talent pour les dessiner. Paul n'est pas compliqué, il ne demande que le respect de sa liberté, « pas de comptes à rendre ». Il résume son indépendance par un « Je veux être le poète de ma vie. » en forme de bulle.

Ce mercredi midi, Mathilde monte déjeuner rapidement chez Paul toujours prêt à l'accueillir. Elle ne travaille pas loin, dans un cabinet d'architecture.

À son habitude, elle monte les trois premiers étages quatre à quatre, puis les quatre derniers comme elle peut. Elle arrive essoufflée en haut. Parmi les amies de Paul, Mathilde est certainement la moins sportive, une sorte de coquetterie chez elle. Avec un 'Ouf' d'épuisement, Mathilde, rouge, atterrit dans les bras de Paul pour une bise puis se laisse choir dans un fauteuil afin de reprendre sa respiration. Paul la trouve charmante assise au fond du siège dans sa robe rayée de bleu, le blond cendré de sa chevelure se détachant sur le vieux cuir noir. Elle étire ses jambes fines qui expliquent le manque de performance sur ces sept étages.

Comme d'habitude, le réfrigérateur de Paul est quasiment vide et son congélateur ne contient que quelques nourritures de dépannage. Mathilde ne s'attendait pas à mieux, elle a prévu. Elle commence à déballer un paquet mais Paul est impatient de lui montrer sa dernière création : « Regarde le tableau que je viens de terminer, dit-il les yeux brillants. Je suis absolument épuisé. »

Il scrute Mathilde en lui montrant la toile, toujours inquiet quand il dévoile une œuvre :

— Qu'en penses-tu ? Je viens enfin d'achever ce grand tableau à moitié abstrait. Je l'appelle Pom'Art.

Anxieux, il laisse du temps à Mathilde pour qu'elle s'imprègne de la peinture qui décline des couleurs vives. Elle imagine des pommes, des assiettes, des verres et du vin dans une carafe. Le jaune et le rouge dominent. Les yeux bleus de Mathilde brillent d'admiration et pour répondre à l'attente de Paul, elle dit :

— J'adore. Cela donne envie de croquer les fruits qu'on distingue, je sens presque leur jus sucré ! Si j'avais les moyens, je te l'achèterais immédiatement.

Elle ponctue ces mots par une bise appuyée sur la joue. Paul guette toujours les premiers mouvements des regards sur ses toiles, si riches d'enseignement. Il apprécie le goût sûr de Mathilde, sa sensibilité à fleur de peau, elle n'est pas trop bienveillante :

— Merci, je n'y vois plus clair. J'ai fait un énorme travail sur les jaunes et les tons orangés. J'ai pensé à Cézanne pour créer ces formes légèrement géométriques et ces couleurs.

Mathilde connait la passion de Paul pour Cézanne qu'il l'a étudié à fond, il a même écrit sur lui.

Elle passe un moment devant la peinture dont Paul, devenu volubile, lui fait découvrir les détails. Mais après quelques minutes, elle passe du tableau à Paul qui, immergé dans son art, est plus vivant que jamais, dans son monde éclatant. Courageusement, elle résiste à l'envie de lui donner un baiser ; elle préfère changer de sujet : « Ton tableau m'a donné faim, tes pommes ne me suffisent pas. Je n'ai plus beaucoup de temps. Regarde ce que j'ai apporté pour le déjeuner ? », dit-elle en ouvrant devant lui son paquet contenant une salade et une tarte saumon-poireaux préparée la veille.

« Magnifique ! » dit Paul, épanoui par la réaction de Mathilde sur sa toile et content de ne pas avoir à se préoccuper du repas, tellement secondaire.

Quand il termine une œuvre, il est partagé entre le soulagement et l'inquiétude après avoir traversé des moments de désarroi, il a toujours ce sentiment d'être loin de sa vision. Il lui a fallu s'obstiner, dépasser ses limites, dominer ses réactions contre lui-même. Il est maintenant suspendu au regard de l'autre et pense aux tableaux suivants… pour faire mieux.

Mathilde lui tend une bouteille : « Tu reconnais ce vin ? J'ai retrouvé le Bordeaux que nous buvions lorsque tu m'aidais sur mon projet pour mon diplôme ! Bon et pas cher ! Tu te souviens comme ce vin nous a inspirés ! Quels bons moments ! » Cela avait été un travail de dingue et des instants de fusion. Pendant plus d'une semaine, ils s'étaient enfermés pour finaliser le projet, 15h de travail par jour, 'just work and love'. La notion du temps avait disparu. Paul s'était passionné pour le sujet de Mathilde qui n'aurait jamais eu son diplôme sans lui.

C'était un temps de liberté et un temps d'apprentissage, une rencontre volatile car Paul avait initié cette amitié sous le principe de l'indépendance. Mathilde s'adaptait, éprise, elle ne pouvait attendre plus de Paul. Ce travail l'avait transcendée. Grâce à l'aide de son ami, elle avait réussi un remarquable projet qui lui avait permis de rattraper beaucoup d'autres notes, médiocres dans les matières techniques. Quand ils sont ensemble, avec du bon vin, Mathilde et Paul se complètent pour créer, s'alimentant d'idées qui se font la courte échelle.

Ils se servent deux verres et trinquent à ce souvenir dans lequel le nez du vin les plonge profondément, faisant remonter les vibrations sensuelles et les éclairs de créativité… il y a cinq ans déjà !

Ils doivent maintenant déjeuner rapidement car Mathilde est attendue. La salade et la tarte sont expédiées. Trois quarts de salade pour Mathilde, un quart pour Paul, proportions inverses pour la tarte, partage équilibré pour le vin.

Ils parlent de la fête du départ de Tomasz. Camille avait déjà appelé son ami pour savoir si l'on pouvait se réunir chez lui. Une évidence pour Paul, heureux que son appartement soit devenu le lieu de fête préféré du groupe d'amis. Spacieux, pratiquement sans voisins, il permet des soirées économiques. Paul ouvre son espace et laisse les choses se faire toutes seules, avec une distance décontractée. Lui fera un dessin en cadeau pour Tomasz et les deux complices, Camille et Mathilde, arrangeront le reste.

Alors qu'elle se décide enfin à partir, Mathilde s'arrête devant le piano rouge, plus exactement le fameux pianocolor de Paul. Elle ne peut résister à jouer un Nocturne de Chopin, juste le plaisir de signer musicalement son passage et de reculer sa reprise du travail. Elle s'y ennuie ; elle pensait créer des espaces de vie, des maisons, elle ne construit que des dossiers ennuyeux ! Elle prend son temps aujourd'hui.

Ce pianocolor est un objet unique et bizarre, une expérience imaginée par Paul, un soir de douce ivresse. Sur une réminiscence de lectures de Boris Vian, il avait conçu ce pianocolor comme un instrument alliant musique et peinture. Un ami ingénieur lui avait bricolé un piano électrique connecté à un ordinateur. Lorsque le pianiste joue, les notes sont envoyées à l'ordinateur qui crée des tableaux défilant sur l'écran. La mélodie donne les couleurs, le rythme apporte les formes, les ondulations. Paul peut revoir des séquences, enregistrer un cliché du tableau. Il envisage d'intégrer une intelligence artificielle qui sauvegarderait automatiquement les meilleures images selon ses critères. Bien que le pianocolor ne soit pas tout à fait au point, l'instrument est amusant ! Et Paul s'inspire de certaines réalisations créées par la musique lorsqu'il rencontre un excellent pianiste !

Mathilde joue bien, animée par Pom'Art et par le vin. Aujourd'hui, comme l'ordinateur est déconnecté, c'est du Chopin à l'état pur, un Nocturne légèrement ivre. Pas d'images distrayantes, seulement des doigts magiques. Ni Mathilde, ni Paul n'ont envie de travailler…

**** Amis ****

Bien qu'elle se soit attendue au départ de Tomasz, Camille est beaucoup plus affectée qu'elle ne veut le laisser paraître. Le doute s'insère, que cherche-t-elle vraiment ? Elle a de bons amis, un métier qui lui plait, une vie agréable, beaucoup de chance. Maintenant, elle a envie de construire une famille, d'avoir des enfants. Elles en parlent souvent avec Mathilde, elles se sentent un peu isolées dans leurs rêves. Pour Tomasz, c'est clair, il n'est pas question d'envisager une famille, juste un couple, et encore, un minimum d'attaches.

Elle passe en revue ses échecs affectifs. Se montre-t-elle trop exigeante ? L'exemple de ses parents qui se sont dévoués pour leurs trois enfants. Une jeunesse heureuse où on lui a inculqué « la vie, cela se transmet. » : elle est là pour donner ce qu'elle a reçu, c'est devenu un besoin, peut-être sa forme d'égoïsme. Elle aime être au centre, emmener les autres, être utile. Personne ne lui demande rien, certainement pas ses parents, discrets et présents. Ils sont fonctionnaires - servir les définit : « on n'en parle jamais, on y pense toujours », avait dit sa mère dans un moment de confidence. Elle est professeur au lycée, agrégée d'histoire, aime accompagner des thèses, partager les passions de chercheurs. Son père, lui, fait partie de ses rouages essentiels de l'administration, préfet sans ambition, simplement être utile - être proche des gens. Une fidélité au passé et une foi en l'avenir qu'ils ont transmises à leurs enfants par osmose. C'est pesant parfois, Camille n'a pas voulu être fonctionnaire – ne pas leur ressembler - mais elle commence à avoir hâte de créer son univers familial.

En attendant, elle organise la fête surprise pour Tomasz, donnée une semaine avant son départ.

La terrasse de Paul resplendit en ce début d'été avec ses plantes vigoureuses : en entrant, Tomasz trouve tous ses amis, Camille, Mathilde, Sarah, Myriam, Paul, Emmanuel, Julien et quelques autres.

Camille s'est démenée. Dans son style expéditif, elle a lancé les invitations et réparti les tâches pour un menu simple : salades, charcuteries, fromages, glaces et vins.

La soirée de juin est fraîche. Le ciel gris clair s'accorde avec l'ambiance d'une page qui se tourne.

Camille –lève sa coupe de champagne et prononce pour Tomasz des paroles émues. Elle est- incontournable dans ce rôle. Bien que la distance ne soit plus une véritable séparation, elle a le sentiment triste d'un pays qui se vide : il y a trois ans, c'était le départ d'Emmanuel, d'autres camarades l'ont suivi et maintenant Tomasz. Elle ressent personnellement un sentiment d'abandon qu'elle dissimule derrière « le manque d'attrait de la France. »

Tomasz, lui, est excité par son nouveau défi. Il parle de son projet avec enthousiasme, de ses contacts à San Francisco et invite tout le monde à venir le voir, pas triste du tout. À côté de Sarah, songeuse, Mathilde laisse couler quelques larmes en écoutant Camille.

Comme souvent, Emmanuel a apporté le champagne : c'est son rôle, il l'assume. Il en a les moyens et répète joyeusement : « Moi, je fête l'arrivée de Tomasz chez moi, aux Etats-Unis ! »

Emmanuel était parti il y a cinq ans à Tel Aviv pour un stage. Une partie de sa famille s'y trouvait déjà et il y est resté. Il y a créé une start-up qu'il a revendue depuis. Cela fait deux ans qu'il s'est installé à San Francisco et il voyage beaucoup entre les Etats-Unis, Israël et la France où il aime revoir ses anciens amis. Paris est sa pause, bien placé entre Tel Aviv, San Francisco et maintenant New York, c'est une sorte de havre au milieu de sa vie effervescente.

Il est particulièrement heureux de retrouver à Paris Myriam qu'il a connue dans son école de management et avec qui il a partagé tant d'expériences et de plaisirs. Ils avaient fait ensemble leur stage à Tel Aviv mais elle avait refusé de s'y installer avec lui, préférant rentrer à Paris, dans son cher quartier de la Bastille... et conserver sa liberté.

Emmanuel lance la conversation sur la question qui les passionne : « le monde se transforme dans une accélération qui semble laisser la France sur le bord de la route. » Il plaisante lourdement : « La France s'enlise. Le gouvernement de Mehdi Ben Amiri a d'autres critères de réussite que le progrès et la richesse matérielle. Pour lui, l'avenir est dans la prière, le jeûne et la rigueur morale. » Tout le monde sait que l'islam et le fatalisme ne sont pas l'idéal d'Emmanuel mais le mauvais humour tombe à plat devant Camille et Sarah aux fortes convictions religieuses. Loin du fanatisme, elles n'apprécient pas cette caricature.

Myriam partage leur désapprobation et elle attire Emmanuel vers le buffet. Elle connaît par cœur l'assurance satisfaite de son ami qui parfois l'amuse et l'irrite souvent. Il n'est pas question d'exacerber des antagonismes religieux chez Paul. Ils en parlent franchement puis Myriam saisit cet aparté pour revenir sur son 'sans gêne' d'hier quand il s'est imposé chez elle à l'improviste ! « Tu ne peux pas prévenir avant ? » Elle aussi a sa vie, même si elle aime bien l'accueillir dans son appartement !

Emmanuel fait semblant de ne pas comprendre, il lui faisait la surprise content de s'être libéré ! Tout de même, il avait apporté un très beau cadeau !

Myriam hésite entre l'irritation et l'amusement devant la désinvolture impertinente de son ami car ils avaient passé une très bonne nuit :

— Tu me fatigues. Tu ne respectes pas les autres, tu es insatiable, tu devrais te poser.

Emmanuel n'est pas du tout prêt à se fixer quelque part. Sa vie actuelle l'excite. Il se sent important, voit des gens riches, fréquente les pouvoirs, il achète ce qu'il veut…

— Je m'amuse trop. J'aime bien la France mais je ne suis pas prêt à y vivre. Elle vit au ralenti. C'est une belle endormie, pleine de charme mais qui sera bientôt le musée du XXème siècle.

Emmanuel évite d'ajouter le plus important : avec sa vie, il gagne de plus en plus d'argent et ce n'est pas en France qu'il y parviendrait. Myriam le connait, cela fait partir de son arrogance et ces facilités financières comptent beaucoup pour Emmanuel. Elle, bonne vivante, ne déteste pas de l'aider à en profiter ayant plein d'idées pour transformer cet argent en plaisir, ce pour quoi Paris convient parfaitement :

— Tu exagères. La France ne dort pas tant que cela, on s'y amuse bien. Goûte ce champagne, ce vin et ce fromage. Tu ne trouveras cela nulle part dans tes pays stressés. Sans compter nos amis !

Elle rit. Petite, avec sa chevelure châtain clair, Myriam se sent séduisante dans sa jupe vert sauge assortie à ses yeux. Elle porte un chemisier blanc, ouvert, qui met en valeur sa poitrine généreuse. Ses hauts talons lui permettent de rattraper légèrement l'écart de taille avec Emmanuel. Une différence travaillée, juste ce qu'il faut selon elle. Il doit se pencher pour l'embrasser et elle, se hisser.

Quand il est près d'elle, Emmanuel la trouve irrésistible, particulièrement lorsqu'elle boit un vin pétillant, exhalant une sensualité radieuse. Une nouvelle fois, il lui propose de venir à

San Francisco. Il lui dénichera un travail passionnant… lui fera tout découvrir.

Myriam est trop attachée à son indépendance. Aujourd'hui, Emmanuel l'a bien énervé, il n'a aucune chance - peut-être est-ce pour cela qu'il lui propose ? De toute façon, elle n'a pas envie de se e de lui, égoïste. Elle est sensible à la séduction et à la pluralité masculine et lui n'est pas plus fiable. Cela ne durerait pas longtemps. L'un et l'autre veulent profiter de chaque instant, à 27 ans, ils ont le temps. Elle se ressert une coupe :

— Je préfère Paris et sa diversité même si une partie de ma famille vit en Israël. Je te l'ai dit, je n'ai pas envie de partir comme beaucoup d'autres juifs l'ont fait, comme mes parents et les tiens. J'adore Paris. Et pour moi, chaque personne qui part est un morceau de la France qui s'en va. La richesse de la France, c'est sa mixité culturelle ; j'y ai mes racines, j'en ai besoin. Ici, beaucoup de mes amis ne sont pas juifs. »

C'est grandiloquent, pense Emmanuel qui ne se sent ni Français, ni Américain, ni Israélien. Il ne comprend pas la notion de culture française qui lui semble un concept étriqué, passéiste, dangereux. Pour lui, cela crée des blocages en France :

— Tu me fais rigoler avec tes racines. Tu nous refais le débat sur l'identité ! Personne n'a réussi à la définir. Ce qui en existait est mort avec internet et avec l'immigration. C'est totalement dépassé. Le monde se transforme, plus performant. Enfin ! sauf en France. C'est l'humanisme augmenté… augmenté par les datas ! » Il rigole - ils ont gardé une bouteille de champagne auprès d'eux et la vident consciencieusement. Il ajoute, bien conscient qu'il provoque Myriam :

— Le gouvernement veut imposer un multiculturalisme et favorise les communautés. Je ne crois pas à ce concept qui n'a d'autre but que d'ancrer la culture islamique par un simple effet démographique. Tu sais parfaitement que les juifs ne sont pas bien acceptés en France.

L'alcool aidant, Myriam se crispe et réplique avec un geste théâtral :

— Ce n'est pas général ! En tous les cas, je ne choisirai ni la fuite, ni la soumission, ni la guerre.

Emmanuel rit de cette phrase incongrue dans la bouche de Myriam. Elle n'a pas le profil d'une guerrière mais l'indignation un peu ivre lui va bien ; il a envie de l'embrasser :

— Excellent ! Mais ce sont des mots. Tu perds ton temps. Tu as lu le roman '*Soumission*' de Houellebecq ? Dans le livre, Myriam est partie pour Israël, elle y a retrouvé une vie joyeuse et de bons amants. Eh bien ! Pour toi qui connais Tel Aviv et San Francisco, ce serait la belle vie.

Myriam avait aimé les fulgurances du fameux écrivain. Elle se retrouvait un peu dans la description de la famille juive. Ses propres parents s'étaient installés en Israël il y a sept ans, mais elle ne s'identifiait pas du tout à la Myriam du livre. C'était même gênant pour elle car certains amis trouvaient drôle de la taquiner sur sa spécialité ! « Si c'est ce que tu veux, tu t'y prends très mal. » s'exclamait-elle. D'ailleurs, elle ne se sentait pas passive comme la Myriam de '*Soumission*' et plutôt optimiste. Et surtout, les difficultés actuelles, particulièrement pour une jeune femme juive, ne l'empêchaient pas de profiter de ce qu'elle aimait dans les atouts français. Pour clore le sujet, elle dit à Emmanuel :

— Moi, je ne cherche pas d'Israël ou d'Amérique pour fuir.

Sarah a entendu la dernière phrase de Myriam et lui a fait un large sourire. De caractère opposé, elles s'entendent bien. Sarah est intellectuelle et timide, tandis que Myriam est extravertie et épicurienne. Chacune voit sa religion avec un prisme personnel, peu orthodoxe et, du côté de Myriam, superficiel. Cette vision libre les rapproche.

Sarah a un joli visage ovale méditerranéen et des cheveux brun foncé. Ses yeux noirs lui donnent un regard profond et calme qui brille d'émotion et d'intelligence. Myriam apprécie son empathie naturelle qui attire la confidence et qui lui est complémentaire.

Sarah adore lire, elle dévore tout : beaucoup de classiques, les auteurs contemporains et même la science-fiction... Trilingue – français, anglais, arabe – elle aime passer d'une langue à l'autre. Elle connaît parfaitement le Coran, la Sunnah et les enseignements de l'islam dont elle assume une lecture personnelle.

Même pendant ses deux années de classe préparatoire scientifique, Sarah est parvenue à garder un bon rythme de lecture ; c'est sa respiration, comme d'autres font du sport ou du piano. Elle pianote ses impressions ou citations préférées sur son smartphone, notes qu'elle accumule et ne relit jamais. Merci à internet et à son stockage illimité ! Elle se dit qu'elle s'en servira peut-être un jour si elle se met à écrire, un rêve lointain.

Bonne en mathématiques, elle atterrit à moins de 17 ans dans des classes préparatoires et intègre deux ans plus tard une école d'ingénieur, pour le grand bonheur de ses parents. Elle a toujours bien travaillé, discrète, concentrée sur ses études. Ensuite, sa fibre littéraire l'entraîne vers Sciences Po où sa culture peut s'épanouir. C'est là qu'elle se lie d'amitié avec Camille, croisée dans un groupe de réflexion sur le dialogue entre chrétiens et musulmans. À l'époque, elle ne savait pas prendre la parole en public. Camille et elle se voyaient autour d'un café, en tête à tête, pour approfondir les discussions, tissant une relation amicale et profonde. Autour de Camille gravitait une bande d'amis que Sarah a intégrée naturellement. Les échanges du groupe, passionnés et libres, ont donné l'occasion à Sarah de s'émanciper de son cher milieu et de s'exprimer.

Sarah a passé une jeunesse heureuse avec sa sœur adorée. Une vie simple dans une petite maison de Sceaux, au sein d'une famille soudée réunissant chaleur, livres et prières. Ses parents sont des musulmans pratiquants. Son père est médecin accoucheur à l'Hôpital Necker, passionné par son métier, ne se lassant pas de décrire les naissances qu'il accompagne. Sarah a hérité d'une foi tranquille, enracinée, ainsi que d'une curiosité sans bornes. Elle est admirative de sa mère, institutrice en CP, de son dévouement vis-à-vis de ses élèves qu'elle connaît tous si bien. Tous les quatre, ils aiment partager leurs visions du monde du futur au cours de leurs longs repas familiaux. Un cercle d'intimité cultivé par sa mère, cuisinière subtile, artiste des épices. Ils sont loin d'être tous d'accord mais rien ne peut fissurer l'unité familiale. Les deux sœurs se sont éloignées du traditionalisme de leurs parents. Question de génération.

Élève studieuse et douée, adulée par ses professeurs, Sarah aimait aider ses camarades avant de se réfugier le plus vite possible dans ses livres ou dans ses jeux avec sa petite sœur, beaucoup plus espiègle et nettement moins travailleuse.

À sa naissance, Sarah est née avec une grave déformation cardiaque, c'était un bébé à peine viable. Son père s'est battu, jour après jour, traitements après traitements. Il a finalement trouvé le médecin spécialiste qui, après une opération délicate, a permis à Sarah de vivre une vie à peu près normale avec quelques drogues permanentes. Néanmoins, au moindre effort physique, elle fatigue vite. Exemptée de sport, elle s'est réfugiée dans l'étude…à vrai dire sans regrets.

Ses parents sont toujours inquiets pour elle, à sa disposition. Leurs filles sont leur priorité et, elle, la priorité des priorités. S'ils ont une grande admiration pour ses facilités, ils considèrent qu'elle va trop loin dans sa souplesse religieuse, trop moderne par rapport à une pratique rigoureuse. Sarah n'a jamais été le genre d'enfant à qui il fallait dire comment penser, elle absorbe leurs conseils, pose mille questions, vénère leur exemplarité mais fait ce qu'elle veut.

A 26 ans, Sarah s'est maintenant installée avec sa sœur dans le XVème arrondissement, pas trop loin de Sceaux. Elle a pris de l'assurance et, engagée, elle anime des groupes de réflexion qui veulent donner à l'islam une nouvelle image, humaniste, ouverte, contemporaine. Passionnée par ces débats, elle y consacre du temps avec succès et dépasse peu à peu sa timidité. Sa douceur désamorce souvent les tensions.

Lors du petit mot de Camille pour Tomasz, Sarah a masqué son trouble, elle aussi déçue par son départ. Elle est depuis longtemps sensible à la séduction nonchalante de Tomasz, cultivé, un peu instable. Jusqu'à présent, elle ne voulait pas interférer dans la relation entre Camille et Tomasz qui l'avait à peine remarquée. Maintenant, c'était clair, il n'y aurait pas d'idylle entre eux deux, « Était-ce trop tard pour elle ? »

**** Mathilde ****

Septembre 2023, douce fin d'après-midi. Camille et son amie Mathilde sont assises dans un café, autour d'une table ronde au marbre blanc cerclé de laiton, un vieux modèle. Elles sont dans leur repère, 'Le Cassia', un café-restaurant aux parasols jaunes avec une terrasse donnant sur le boulevard St Germain. Quand il fait beau comme aujourd'hui, elles bavardent sans discontinuer en regardant passer les piétons, lézardant au soleil. À l'intérieur du café, une immense photo d'un cassia montre l'arbuste portant une abondante floraison de boutons d'or, comme une nuée de papillons jaunes sur les feuilles d'un vert brillant, un air de campagne.

Confortablement installées, Camille et Mathilde commentent les derniers événements, partagent leurs petits soucis, savourent ce moment de complicité d'une amitié invulnérable. Elles se connaissent depuis longtemps et ont visité le monde jamais l'une sans l'autre. Elles ont vécu deux missions humanitaires au centre du Vietnam où elles se sont fondues dans l'ambiance d'un orphelinat plutôt joyeux.

Mathilde a été élevée à Versailles, dans une famille nombreuse et aisée. Elle est la dernière d'une tribu de cinq enfants. Ses frères et sœurs sont ingénieurs ou médecins. Rapidement, elle a préféré sortir du moule familial, éviter les comparaisons qui la complexait, fuir le sérieux, devenir l'artiste de la famille ; un électron libre que son père adorait sans la comprendre, lui, le chirurgien, grand travailleur, formaté dans ses valeurs exigeantes, fervent catholique. Mathilde avait entrouvert chez lui cette fenêtre de sensibilité et d'inconséquences qu'il avait toujours préféré maintenir fermée. Le temps passait vite, ils se voyaient peu, ce serait pour plus tard.

Mathilde a suivi des études d'histoire de l'art et d'architecture. Peu tournée vers les livres, elle a toujours préféré exprimer sa créativité par son coup de crayon, léger et juste.

« Tu as le sens des reliefs. » lui dit-on, sans compter un beau toucher de piano. « Je suis une manuelle ! » explique-t-elle en montrant ses longues mains totalement inadaptées aux travaux des champs mais championnes du smartphone.

Dix mille textos par mois, des abréviations pas toujours claires ; pour elle, communiquer est une drogue, en direct ou via smartphone. Elle assume ! « Je vis par les autres », hyper-sensible et vulnérable. « J'aime me laisser envahir pas mes sensations, me donner, lâcher prise, m'imprégner de la beauté. Camille est mon refuge solide, une grande sœur qui me donne confiance, avec qui je tourne les pages de ma vie. »

Face à l'autorité naturelle de Camille, Mathilde a un tempérament hésitant, timoré. Plus petite, d'apparence frêle, ses cheveux d'un blond pâle paraissent fades devant la couleur miel, vivante de la chevelure de Camille. Épaules minces, long cou, peau blanche qui rosit facilement, des yeux bleus très clairs, tout exprime une délicatesse qu'elle cultive, revendiquant une légèreté généreuse.

Ses études d'architecture l'ont passionnée même si elle n'a obtenu son diplôme que d'extrême justesse. Aujourd'hui, elle ne trouve que des missions ponctuelles, des travaux à durée déterminée, accomplissant des tâches qui ne l'intéressent pas. Elle a du mal à trouver sa place dans ce métier où la part de l'informatique et l'importance des dossiers laissent peu de place à ce qui l'anime, la créativité artistique. Elle a un travail d'assistante, elle a souvent envie de claquer la porte. « Je refuse de me voir imposer une vie terne, je m'appauvris, j'ai besoin de transmettre. »

Aujourd'hui, Camille trouve son amie peu en forme. Elles parlent de Paul et de Tomasz, elles dépriment doucement toutes les deux. Camille se demande si elle n'a pas manqué quelque chose avec Tomasz mais elle au moins, est passionnée par son travail. « Mathilde, tu ne peux pas continuer comme cela. Je ne sais pas, essaye l'enseignement, toi qui aimes tant les enfants. » C'est vrai, elle avait adoré son expérience vietnamienne, rayonnante au milieu de ses petits élèves. C'est un univers qui la tente depuis longtemps, « mais aujourd'hui, quel est l'avenir des professeurs ? Concurrencés par internet, peu estimés. ». Et puis, le gouvernement donne à l'enseignement une mission de formatage qui ne plait pas à Mathilde : « L'école, c'est fait pour libérer les esprits. » Elle n'est pas mure, ne voit pas sa place et change de sujet. Elle est choquée par les médias qui ont à peine parlé d'un acte de vandalisme contre un tableau à Notre-Dame de Paris. Un très beau tableau du XVIème siècle ! C'est dans l'air du temps, on n'ose plus rien dire pour ne pas attiser les haines mais quand même ! C'est un chef d'œuvre ! Et dans un sanctuaire ! Depuis quelques années, elle a le sentiment que tout tourne autour de l'islam, dans les débats et les décisions politiques, aux informations. C'est un rattrapage, explique-t-on. … Qui dure. Elle se sent marginalisée avec sa foi instinctive, ne sachant l'exprimer, cataloguée archaïque. Elle aime les églises pas forcément les messes, Jésus et sa famille, les modèles, le discours sur l'amour…C'est une approche intuitive qu'elle résume par le mot de mère Teresa : « Le sentiment de ne pas être aimé est la plus grande des pauvretés. » Pour sa mère, son approche est superficielle, trop peu de contraintes. « Questions de génération, on ne peut croire comme il y a un siècle ! » répond-elle mais depuis quelque temps, elle a envie d'approfondir sa foi catholique. Elle s'est inscrite à un cours sur la Bible et sur les Évangiles et a convaincu Camille de venir avec elle : « J'ai besoin qu'on m'explique. Je trouve que trop souvent, les catholiques ne savent pas expliquer leur foi, ils ne creusent pas assez leur religion. »

Camille avait été heureuse d'accompagner Mathilde à ce cours ; pour une fois, ce n'était pas elle qui l'entraînait.

Autour de leurs verres, le sujet les passionne, le dernier thème biblique parlait de la vision du travail ! Ah ! L'expression des talents voulue par Dieu qui n'a un sens que si l'humain en est le centre. « Le contraire de mon travail, peu humain, source de souffrance ! Avoir fait toutes ces études pour brasser de la paperasse, une tâche où je suis nulle ! » Elle souffle avec lassitude et préfère parler du père Simon, l'animateur, un jeune père passionnant.

Le temps passe vite, le soleil engourdit délicieusement les deux amies ; elles ont bavardé trop longtemps, elles sont pressées, se donnent rendez-vous à la paroisse mercredi prochain. Camille court.

Quelques jours plus tard, Mathilde et Camille se retrouvent à 20 heures 30 dans la salle de réunion près de l'église, pour leur séance hebdomadaire sur la Bible. Elles écoutent le père Simon, clair et chaleureux, sur le thème de 'David, le berger devenu roi - guerrier et rêveur. Simon souligne la poésie du texte qui décrit un berger proche de la nature, musicien et poète des âmes avant d'être roi et assassin. Il évoque la complexité du personnage de David, sa vie privée, l'adultère, le meurtre… Mathilde découvre la richesse étonnante de la Bible qu'elle jugeait ringarde. Camille imagine comment Flaubert aurait traité l'histoire de David !

Elles rejoignent Simon à la fin de la séance pour discuter et lui offrir de partager un plat rapidement. Simon s'est pris d'amitié pour elles, il est heureux de se détendre et de comprendre ce qu'il apporte. A 35 ans, les questions des deux amies lui rappellent l'ambiance de ses études pendant lesquelles sa vocation a muri lentement. Il a franchi le pas après des études scientifiques. C'était un appel, un autre idéal que celui de fonder une famille, un mystère incompréhensible : tout donner pour les autres, pour Jésus-Christ !

Son front romantique et ses cheveux châtain clair, légèrement bouclés, atténuent son apparence sérieuse. L'air mystique qu'il affiche lorsqu'il officie s'évanouit dès qu'il vous approche de son sourire bienveillant. Même quand il déploie son érudition théologique, il est simple et proche. Maintenant qu'il anime cette paroisse parisienne, il en a fait un lieu de rassemblement de jeunes de l'arrondissement, pas seulement chrétiens. Il y a souvent trop de monde dans la petite crypte pour les échanges sur les écritures, aussi le père Simon forme-t-il d'autres animateurs pour des paroisses voisines. Il accompagne son public en mettant des explications en ligne sur son site internet. Il entretient de bonnes relations avec l'imam et le rabbin voisins avec qui ils gèrent des réunions multiconfessionnelles de partage sur la foi et la Bible mais il n'a jamais réussi à les réunir ensemble. Les débats sont délicats et souvent, les échanges entre lui et le rabbin frisent l'orgueil !

Mathilde admire Simon et s'implique dans son équipe pour l'aider à organiser ces débats. Elle revit dans ce milieu, surprise de voir comment la Bible, ce vieux livre, peut encore parler à tant de monde à l'heure du transhumanisme et des échanges instantanés et fugaces. Elle veut identifier la compatibilité avec l'époque, elle apprend, se sent plus sûre d'elle et plus ouverte aussi. Elle reste traumatisée par les tensions de la société, encore marquée par le souvenir de la perte de son amie Clémence et de son copain, dans un bar près du Bataclan, il y a dix ans. Elles étaient en terminale, Mathilde s'en souvient comme si c'était hier, elle aurait dû être là lors de la fusillade. Elle croise parfois les parents de Clémence, imprégnés d'une tristesse indélébile. Elle-même n'en parle jamais mais le souvenir n'est pas loin, surgissant à la moindre information de voiture bélier, de forcené ou d'explosion… Pendant longtemps, elle a stressé en regardant internet le matin : s'est-il passé quelque chose cette nuit ?

Mathilde et Camille pensent que Mehdi Ben Amiri et son gouvernement ne parviendront pas à éliminer ces déchirures ; les frustrations sont trop profondes, ils ne règlent pas les problèmes. Derrière les apparences de calme, les communautés se démarquent de plus en plus, créant des groupes soudés, s'unissant dans les antagonismes. Il faut appartenir à un groupe pour exister et un communautarisme étriqué apparaît dans des endroits régentés par des milices. Certains ne s'en cachent pas : ils estiment qu'il est trop tard pour s'entendre, qu'il faut se barricader en attendant que ça éclate et se préparer à lutter. D'autres vivent dans leur cocon ou se terrent, et relativisent, transigent, espérant éviter l'affrontement.

Les deux amies rejettent cette fatalité de même que le refus du dialogue, s'appuyant sur le discours du pape qui parle d'espérance - « Nous n'avons pas le droit de ne pas y croire. Nous sommes responsables d'un demain qui ne peut se faire que tous ensemble ». Pour elles, cette légère flamme non violente, humaine et joyeuse, va se répandre, ce n'est pas une question de religions, c'est la force tranquille d'une jeunesse qui ne comprend pas l'intolérance.

** *Micromégas* **

Tomasz vient de s'installer au sud de San Francisco, près de l'aéroport, dans un immeuble moderne de deux étages. En traversant le long jardin qui mène au bâtiment, l'agent immobilier lui a montré les grands arbustes : « Regardez ces couleurs magnifiques de leurs feuillages. Elles changent au fil des saisons. »

L'appartement de Tomasz est au deuxième étage et domine à peine ces arbres, il a les yeux sur leurs cimes. Il dispose d'une seule pièce, grande et sobre. Sur les murs, sont fixés un grand écran et des haut-parleurs. Tout est commandé par smartphone : les serrures, la température, les équipements de cuisine, ..., les caméras, le système d'alerte. Un robot fait le ménage en permanence. L'ensemble était installé quand il a loué et il ne regrette pas son petit appartement parisien, charmant mais dépassé. Tomasz ne possède presque rien, à part son ordinateur et son smartphone dernier cri. Le reste est dématérialisé, aucun désordre dans la pièce. Une large baie vitrée donne sur la nature et procure à la pièce une atmosphère lumineuse.

Dès son arrivée aux Etats-Unis, Tomasz s'est lancé avec passion dans l'écriture de son blog, il voulait formuler ses impressions sur son nouvel environnement, profiter de son œil neuf et relire les œuvres de Voltaire. Il a écrit beaucoup et jeté beaucoup avant d'obtenir un style approprié. Il lit dès qu'il a un instant ouvrant son ordinateur-liseuse, sa fenêtre d'accès sur son monde numérique, sur son immense bibliothèque et ses notes, le confort de lecture est optimal ; en mode liseuse, cet ordinateur analyse la vue du lecteur et lui propose la taille et la police de caractères les plus adaptées, selon la fatigue. Il dispose aussi d'une lecture vocale lorsqu'un bon enregistrement existe ; Tomasz se délecte de belles interprétations de livres qu'il écoute en courant – André Dussoliers lisant Proust, cela ne vieillira jamais.

Il a conservé son abonnement français à *'L'Univers'* qui lui donne accès à des centaines de journaux en ligne ou de sites de toutes natures et orientations politiques. Un moteur d'alerte lui signale les contenus pertinents sur ses centres d'intérêts. Tomasz aime observer certains événements à travers les multiples points de vue et discerner les partis pris des différents journaux, y compris de langue anglaise. S'il ne croit plus depuis longtemps à l'objectivité, il trouve que certains journalistes font plus d'efforts que d'autres. On a beau se répéter « Voir, c'est toujours de quelque part », il est fasciné par les petites manipulations plus ou moins conscientes des journalistes.

Le blog prend sa vitesse de croisière après la période de rodage où chaque article a été difficile, donnant souvent à Tomasz l'envie d'abandonner. Beaucoup plus difficile que ce qu'il pensait ! Avec ses retours judicieux, Sarah le fait progresser, il lui donne souvent ses articles à relire. Petit à petit, il affine son style et son rythme. Trois mois plus tard, son blog signé *Micromégas*, commence à avoir des lecteurs réguliers, dépassant le cercle de connaissance de Tomasz qui ont utilisé leurs réseaux sociaux pour établir un début de notoriété. Certains articles, courts et incisifs, ont plu. Un grand journal français vient même de citer une de ses chroniques à propos de « La France vue de la côte Ouest des Etats-Unis », une belle publicité pour Micromégas.

Tomasz s'est construit une routine afin de produire régulièrement ses articles, deux à trois fois par semaine. Il se réveille à 6h le matin, se documente et rédige un premier brouillon. Le soir, il relit, complète, clarifie, polit les phrases et à 23h, il décide d'éditer ou d'attendre. Il s'est donné des objectifs simples : donner des informations et des perspectives, poser des questions, rester humble et ne pas céder au perfectionnisme, sinon il ne publierait rien.

C'est l'automne, il fait encore nuit, Tomasz s'installe à son bureau près de la baie vitrée, fidèle à ses habitudes de travail matinales. Sur la table, voisinent thé, pain grillé et clavier-souris. Un rituel silencieux. Peu à peu le soleil anime le jardin jusqu'à faire flamboyer de couleurs fauves les deux cerisiers du Japon agités par un léger vent ; il regarde vibrer ses deux compagnons d'écriture.

Aujourd'hui, il s'intéresse à la visite de Mehdi Ben Amiri en Chine. Voltaire inspire le titre de son billet : « *Le pouvoir comme il va* »

« Mehdi Ben Amiri vient de rencontrer le président de la première puissance économique du monde. Opportuniste, le président français s'est fait un allié de ce puissant pays dont il admire l'autorité sereine. Il est très bien reçu, euphorique, et lorsque, dans une interview à un journal chinois, il cite la phrase "liberté totale dans la discussion, unité totale dans l'action", il en oublie que c'est la définition qu'a donnée Lénine du centralisme démocratique. Il veut montrer qu'il est en phase avec les autorités chinoises. En France, les médias sautent sur l'occasion : 'Est-ce annonciateur d'une dérive autoritaire ?'

Le journaliste chinois accueille avec satisfaction les compliments de Mehdi Ben Amiri sur la bonne santé de la Chine et ajoute : « Tout montre que la solution chinoise avec son Parti Unique est le meilleur système pour assurer le bien des citoyens, leur sécurité, tout en optimisant leurs libertés. Le système démocratique tel qu'il est construit dans les pays occidentaux est la cause de leur décadence : les gouvernements élus, renouvelés en permanence, ne pensent qu'à chasser l'électeur sans prendre de décisions courageuses ni garantir la paix. Dans l'Histoire, même le pouvoir d'Hitler s'est initialisé dans les urnes ! … Et c'est l'élection américaine de 2016 qui a conduit à déstabiliser le monde et isoler les Etats-Unis. » écrit le journaliste chinois, provocateur, s'interrogeant sur les équilibres entre légitimité du pouvoir, autorité, liberté et efficacité des décisions et vantant la sagesse de Mehdi Ben Amiri.

Sur ma planète Sirius, au moins, nous n'avons pas ce type de problèmes, les hommes se gouvernent avec sagesse ! Le pouvoir n'est pas une fin pour un habitant de Sirius, tout au plus un mal nécessaire qui n'intéresse pas grand monde et qui est géré de façon collective. Diriger est simplement un devoir pour les élus. Ils ne s'y accrochent pas. D'où vient cette différence avec la terre ? Est-ce que les Siriens ont moins d'égos, sont moins corruptibles ? Est-ce une question d'éducation ? Est-ce que les faibles écarts de richesses évitent les dérives ?

Sur terre, une question cruciale est soigneusement évitée par le journaliste : est-ce que ce sont encore les hommes qui gouvernent ? En effet, il semble que dans le secret du Comité Central Chinois, les décisions soient largement préparées par l'ordinateur. Certains en plaisantent (ailleurs qu'en Chine) : « le président chinois ne serait-il pas un homme augmenté, téléguidé par l'IA ? » Le secret est total.

Aux Etats-Unis, le président ne semble pas avoir plus de contrôle. Sa marge de manœuvre est faible par rapport aux états qui se font une compétition sans merci, aux lobbys des entreprises et à l'assistance de l'IA programmée pour optimiser sa réélection. Personne ne connait la part de l'IA dans le processus de décision des gouvernements mais il semble bien que les états qui l'utilisent peu sont dominés par les autres ! La Californie et New York dominent. Un humoriste avait dit : « on est juste passé de la domination par la CIA à celle par la ComputerIA… »

En Europe, les choses sont différentes, les pays nordiques sont les plus en avance. Les scandinaves, libéraux et pratiques, laissent un pouvoir grandissant à l'IA et ont même modélisé le concept de GAO, le Gouvernement Assisté par l'Ordinateur ! Chez eux, c'est transparent : les questions sont exposées à l'informatique qui propose des scénarios et explicite l'argumentation. Puis l'assemblée décide, rarement en contradiction avec l'ordinateur. L'homme est tout de même utile, son adhésion reste nécessaire. La réussite est au rendez-vous puisque ces pays sont parmi les plus performants du monde. Les robots s'installent peu à peu, parfaits et un peu froids (on est en train de corriger ce défaut pour que les robots deviennent latins !), ils ont été conçus pour être au service des hommes.

En France, le GAO n'est pas à l'ordre du jour. Mehdi Ben Amiri s'élève avec fracas contre ce système. Il se pose en défenseur de l'homme. En aparté, il confie : « Comment l'islam pourrait-il s'adapter à un monde où l'IA prendrait la place du divin ? » Il préfère diriger le pays 'à l'ancienne', faisant dire à certains, devant les résultats économiques exécrables, qu'il cherche à démontrer par l'absurde la pertinence de l'IA dans un monde trop complexe pour un humain normal !

En tant qu'habitant de Sirius, je ne suis pas rassuré par ce GAO si proche du GPO - Gouvernement Par l'Ordinateur. »
Micromégas

Comme il est 23h, Tomasz doit expédier son article pour que les Français le reçoivent avant 8h. Il improvise sa postface : « Pouvoir sans conscience n'est que ruine de l'homme. »

**** Lehna ****

Le lendemain, Tomasz regarde les réactions sur son billet : elles sont parfois agressives, c'est stimulant : « Vous feriez mieux d'encourager et d'admirer notre gouvernement qui préserve la France de la mainmise des ordinateurs. » Ou encore : « C'est plutôt 'Le monde comme il ne va pas' : les hommes politiques ne sont là que par goût du pouvoir. Je n'en vois aucun qui ait une vision, ils conduisent l'humanité dans le mur. Et malheureusement, les ordinateurs ne peuvent que faire mieux que les hommes, c'est trop facile ! Laissons leur le pouvoir et reposons-nous. »

Camille réagit aussi et envoie un texto à Tomasz : « Drôle ton idée de GPO ! On n'en est pas là, il y a tout de même des choses positives en France ! Regarde le mouvement '*Philosophes 2022*' et leurs réflexions sur la liberté, l'IA, l'Islam avec notamment une philosophe passionnante, Lehna. Les femmes se lèvent, on ne les arrêtera plus ! ☺ Bises Camille ».

Grâce à son blog, Tomasz entretient une proximité étroite avec ses amis, intellectuelle et complice, un lien précieux en particulier avec Sarah et Camille. Il peut compter sur un soutien sans failles de tous avec de l'humour, même et surtout quand son article est moins bon !

Aujourd'hui, Tomasz travaille chez lui, efficace, multitâche. Il s'énerve de certains commentaires, sourit en lisant les messages de ses amis ou d'inconnus qui deviennent des familiers. Il se demande qui est Lehna dont parlent Camille et Sarah avec admiration. Il interroge internet tout en mangeant son gros hamburger au steak végétal, 'délicieux' selon les critères US. Il l'a choisi avec soin : les saveurs ont été étudiées par les meilleurs critiques culinaires américains. Uniquement du soja, des arômes et des épices, c'est économique et écologique.

Tomasz trouve le goût banal, mais comme c'est conforme halal, cela pourrait avoir du succès en France, se dit-il ! C'est la mode aux États-Unis, une nourriture saine mais triste, utilitaire. Il rêve d'un dîner avec Sarah, dans un bistrot parisien, pour déguster un bon plat français arrosé avec soin… Seul avantage, cette nourriture américaine et solitaire ne le distrait pas de son blog. Il ne perd pas de temps.

Tomasz regarde d'abord les photos de Lehna. Il est séduit par son visage, fin, allongé, avec des pommettes marquées et de longs cheveux noirs, la peau mate, des lèvres bien dessinées, légèrement charnues. Ses yeux en amande, marron vert, pétillants d'intelligence le fascinent. Photogénique ! Chaque portrait montre le même beau sourire serein. Elle paraît jeune, la trentaine. Il s'attendait à une philosophe, pas à une actrice ; Tomasz constate sa notoriété récente. Il la rencontrerait volontiers et se dit qu'il trouverait d'autres sujets de conversation que la philosophie.

Il poursuit sa recherche sur internet parcourant beaucoup de pages sur Lehna. Il connaissait à peine le mouvement des '*Philosophes 2022*', qui s'était constitué il y a un an et illustré en signant à l'époque une lettre ouverte au gouvernement récemment élu. Intitulé *LEF*, ce texte reprenait la devise française, '*Liberté, Égalité, Fraternité*', et la déclinait pour fixer un cadre afin de s'opposer à certaines dérives législatives, notamment sur le positionnement des femmes. Une vingtaine de philosophes de toutes origines pour donner plus d'écho à leurs pensées critiques et se stimuler. Aucun ordinateur, aucune IA n'avait été accepté dans le groupe.

Tomasz ne les avait pas remarqués, la métaphysique étant pour lui une matière poussiéreuse à laquelle il préférait la littérature ou bien les domaines scientifiques.

Pourtant, il apprécie ce qu'écrit ou dit Lehna, elle est claire, avec un vocabulaire normal. Il passe du temps sur ses témoignages, enchainant les vidéos : elle a un air de Sarah, en plus extravertie, elle est magique.

La fiche Wikipédia sur Lehna montre qu'elle a approfondi simultanément l'Islam et les penseurs grecs dont elle est spécialiste. Elle a fait une thèse sur Aristote. Brillante, concrète, Lehna a été marquée par une jeunesse difficile puis une vie intense. D'origine kabyle, montagnarde, ses parents ont été tués en Algérie par des terroristes. Elle est arrivée en France à 11 ans, à Saint-Denis, seule, recueillie par un oncle. Une adolescence compliquée, son caractère libre autant que sa beauté la desservant. Elle a appris à se défendre toute seule. Repérée par un professeur à Saint-Denis, elle a été envoyée dans un lycée parisien pour y faire ses classes de seconde à terminale, l'un des tournants de sa vie. Après une année délicate, elle s'est adaptée grâce à son appétit intellectuel et son esprit de compétition. Sa passion, ses talents l'ont conduite à des études littéraires brillantes et une agrégation de philosophie. Elle a maintenant 39 ans et s'affiche comme philosophe musulmane. Par sa proximité avec Aristote, elle a longuement étudié Averroès, considérant comme lui que la lecture du Coran est multiple. Elle défend une démarche ouverte et rationnelle. Au lieu du verbe 'se soumettre', elle utilise 'se confier', une autre traduction de l'arabe ; elle développe ce thème dans son essai « Islam et confiance » qui lui a valu des menaces. « Les mots sont importants, répond-elle. Je préfère aussi le mot vénération pour définir ma relation à Allah. » S'appuyant sur les grilles d'analyse des penseurs grecs, elle considère qu'on peut donner une lecture actuelle du monde d'aujourd'hui à travers les yeux d'Aristote. Et elle parvient à le prouver sans ennuyer. « Les mots peuvent-ils changer une religion ? se demande Tomasz. Dans les religions du Livre, le Verbe a la place centrale. Où va Lehna avec son travail sur les mots ? »

Tomasz parcourt ensuite des débats autour des '*Philosophes 2022*'. Ce mouvement rassemble de nombreux courants - christianisme, islam, athéisme, Socrate et Confucius, … Par leur diversité et leurs échanges, ces penseurs alimentent des polémiques qui font le bonheur des médias dans une effervescence intellectuelle stimulante.

Cela donne presqu'envie à Tomasz de suivre un enseignement de philosophie et d'approfondir son intérêt pour Socrate. Il aime la phrase « Bien poser les questions amènent les réponses justes. » - le contraire est vrai. Il se rappelle sa mère avec émotion qui lui répétait tout le temps « Pose toi les bonnes questions et tu y verras clair. » Son professeur lui avait fait faire en terminale un exercice qu'il n'avait jamais oublié : en changeant légèrement les questions, on obtenait des réponses différentes de la même personne. Bien sûr, les sondeurs le savent depuis longtemps, mais là, dans son cours, les élèves avaient expérimenté la fragilité de leur vérité. Alors, si l'on ajoute d'autres paramètres, les conditions de température, la dernière émotion, etc., peut-on croire que l'homme est autre chose qu'une girouette aimable ?

Lehna est la personnalité la plus visible parmi les trois intellectuels musulmans qui font partie de ce mouvement. Ces derniers se sont rassemblés pour soutenir une évolution moderne de l'Islam. Ils sont soutenus par Mehdi Ben Amiri sensible à ces réflexions, soucieux de montrer son esprit d'ouverture. Cela lui permet de rééquilibrer la pression qu'il a du côté de son aile intégriste et il maintient cette position malgré les vives critiques des sites internet conservateurs musulmans. Les débats occupent une place importante dans les médias, en France comme en Tunisie et au Maroc, particulièrement animés par Lehna qui défend une culture arabe tournée vers l'avenir, assimilant les évolutions tout en respectant le passé. Elle se réfère à Averroès, « Le Coran tout entier est un appel à l'examen et à la réflexion, un éveil aux méthodes de l'analyse. » Pas évident, se dit Tomasz.

Lehna est souvent sollicitée à la télévision ou dans les vidéos sur internet pour présenter ses nombreux livres. Sa séduction attire l'audience, son éloquence claire retient l'attention, son esprit critique épice les débats.

Tomasz a particulièrement apprécié la vidéo de l'émission d'Apostrophes du 14 juin 2023 où elle était invitée.

L'émission mythique a été relancée par la chaine de télévision publique qui a trouvé un brillant successeur à Bernard Pivot. A 38 ans, Nicolas Delafeuille a repris le flambeau et a réimposé la fameuse émission Apostrophes à des heures de grande écoute pour donner la parole à ceux qui interpellent. Barbe courte, lunettes d'intellectuel, sensibilité bienveillante et sourire gourmand, Nicolas Delafeuille encourage l'expression de toutes les opinions : apostropher, polémiquer, provoquer, toujours dans le respect. Dans la droite ligne du fondateur de l'émission, il met en valeur ses invités, les pousse dans leurs retranchements, attire les meilleurs. Il valorise beaucoup les '*Philosophes 2022*'.

En relançant Apostrophes, la chaine de l'État renoue avec son histoire, elle a son alibi. L'équipe de Nicolas Delafeuille, libre et passionnée, représente l'excellence du service public. Son indépendance irrite les autorités et les professionnels du politiquement correct mais elle est devenue intouchable. Sur internet, les vidéos de l'émission sont très regardées, sous-titrées en anglais, espagnol, arabe et allemand. Effets de buzz.

Lors de cette émission du 14 juin, Lehna présente son dernier livre, intitulé « Raison, liberté et religion ». Nicolas Delafeuille invite avec elle trois philosophes, chrétien, athée et juif qui se connaissent bien. Chacun défend sa vision sans concession mais une sorte de complicité émane du plateau, c'est l'alchimie d'Apostrophes.

Le journaliste demande à chaque philosophe comment le principe de liberté s'inscrit dans le cadre de sa croyance, il rêve de faire revivre l'effervescence intellectuelle du siècle des Lumières !

Lehna reprend l'un de ses anciens livres, « Islam et confiance » et cite le Coran et la Sunna. Elle ne transige pas sur les libertés y compris celle de changer de religion. La contrainte n'est pas une notion religieuse, dit-elle, sereine, à l'opposé de l'image que l'islam donne depuis des décennies.

Nicolas Delafeuille interroge les quatre interlocuteurs : « la liberté est-elle raisonnable ? » C'est le penseur chrétien qui répond le premier : « Qu'est-ce que la vie d'un homme sans liberté ? Juste le destin d'une marionnette ? Dieu nous ouvre la liberté alors que le matérialisme scientifique est déterministe. Comme la foi et l'amour, la liberté dépasse la raison et est le principe de l'existence. »

La dynamique de ces questions agite particulièrement la communauté d'imams : va-t-on vers un islam mou ? Une dilution ? Confiance, vénération et liberté sont-ils compatibles avec des racines comme soumission ? Y a-t-il place pour un islam ouvert n'imposant pas de règles claires ? Comment cette approche remet-elle en cause la vision de la place de la femme que certains tirent des lectures du Coran ?

Mehdi Ben Amiri suit avec beaucoup d'intérêt ce foisonnement. Il a été nourri par la littérature française du XVIIIème siècle et se drape dans la posture du sage. Tout en favorisant l'Islam - Allah l'a choisi pour cela -, il se verrait bien devenir une sorte de monarque éclairé, encourageant les arts et la pensée, préservant la société de l'impérialisme technologique.

Ce n’est pas incompatible. Mais pour l’instant, dans ses décisions, le président est loin de l’idéal culturel qu’il avait évoqué dans sa campagne, le rêve d’une France pays des Lumières… Ou bien, c'est du contre-jour.

Tomasz reprend ses notes et se sent inspiré pour un article autour de Lehna. Il a du travail ! Il cherche un fil conducteur clair ? La personnalité de Lehna ? L’évolution de la pensée musulmane ? L’impulsion intellectuelle des ‘*Philosophes 2022*’ ? Les Lumières ? L’aube ?

Qu’aurait choisi Voltaire ? Micromégas opte pour le thème de la liberté, celle qui détermine l’homme, celle qui ne recule pas, qui se révolte et nuance, qui donne le sourire. Tomasz choisit ‘Le sourire de Lehna’, une expression de la liberté.

Pour conclure son billet, Tomasz ne peut s’empêcher d’ajouter un soupçon de complexité avec la question de Tocqueville : « Les hommes préféreront-ils l’égalité et la sécurité dans la servitude à l’inégalité et l’inconfort dans la liberté ? »

**** Rugby ****

Lehna est loin d'intéresser tout le monde en France, les sportifs résistent fermement. En ce mois de septembre 2023, l'opinion publique française vit au rythme de la coupe du monde de rugby que la France organise. Après tous les succès en football - la magnifique Coupe du monde 2018 -, le monde du rugby ne veut pas être en reste. Mehdi Ben Amiri est content de cette distraction médiatique qui lui permet de faire passer en douceur quelques réformes. C'est une rentrée calme ! Il espère que tout se passera bien, surtout sans attentat. Avec un peu de chance, l'équipe de France sera victorieuse !

Si la France excelle dans les organisations sportives - le Tour de France, le foot, le rugby et bientôt les Jeux Olympiques - cela ne lui donne pas plus de champions pour autant. Mais cette fois-ci, les Français espèrent bien obtenir le trophée avec une équipe qui se prépare depuis trois ans et où de nombreux étrangers ont été intégrés, naturalisés Français.

Mehdi Ben Amiri la soutient avec enthousiasme. Le rugby est l'un des sports qu'il préfère, authentique et guerrier, une franche virilité. Lui-même n'est pas sportif, même pas un petit footing de temps en temps pour une photo dans les médias. Il préfère la bonne cuisine et doit prêter une extrême attention à son poids ce qui ne l'empêche pas d'apprécier un agréable spectacle sportif surtout lorsqu'il est ponctué d'une troisième mi-temps joyeuse.

Aujourd'hui, la France affronte l'Argentine pour son troisième match de poule, un match décisif. Il lui suffit d'une défaite par un écart de moins de vingt points ! Comme l'Argentine est déjà qualifiée dans cette poule, ce devrait être une formalité même si cette équipe possède un joueur exceptionnel, Franco di Belen.

Mehdi Ben Amiri a décidé d'assister au match ; il doit se montrer dans cette atmosphère de fête, exprimer sa confiance dans les mesures de sécurité. Autour du stade, il y a deux enceintes de contrôle. Il faut prévoir une à deux heures avant de s'installer sur son siège.

Emmanuel a obtenu deux places pour le match. Même s'il préfère le foot, il ne raterait pas un tel match pour supporter l'équipe de France et il s'est arrangé pour être à Paris ce jour-là. Il invite Paul qui adore ces ambiances de matchs de rugby, leur esprit bon vivant mêlé d'une atmosphère provinciale teintée de sud-ouest. Pour ces occasions, Paul met son béret, fier de ses origines béarnaises, il devient un autre homme. Il y a de la magie dans l'air. Le Stade de France, avec son auréole éclairée, est un écrin extra-terrestre dans lequel brillent les dieux du sport devant un public en transe. Une excellente soirée en perspective pour les deux amis.

Le match commence après les hymnes que tout le monde chante, pas de fausses notes. La France résiste pendant trente minutes puis Franco di Belen accélère et surprend l'équipe française. C'est ensuite un festival malgré une défense courageuse. Le score final est sans appel, 37-14, la France est éliminée. Dans la tribune présidentielle, Mehdi Ben Amiri a passé beaucoup de temps sur son smartphone. Tout en marquant régulièrement son enthousiasme pour le match, il travaille sur ses actions politiques. Il ne perd jamais son temps et ici, au moins, il est peu dérangé. Il a l'habitude de donner l'impression d'être présent tout en se concentrant sur autre chose, une qualité indispensable pour un homme politique : il n'en serait pas là s'il ne maitrisait pas cet art délicat avec toutes les représentations qui lui sont infligées. Le suspens ayant peu duré, il a pu passer en revue son plan pour l'éducation, un de ses dossiers prioritaires. Il est content du tandem improbable qu'il a créé avec un de ses proches nommé ministre de l'Éducation

Nationale, et sa ministre déléguée, Delphine Verneuil, une socialiste que, par compensation, il avait été obligé de désigner pour l'enseignement jusqu'au collège. Cultivée, ambitieuse, sûre de ses principes, elle avait immédiatement marqué son territoire en déclarant : « La laïcité ne se négocie pas ; chacun doit pouvoir faire ses choix librement, l'école est un endroit neutre. ». Il en rit. Au moins, avec elle, on ne pouvait le taxer d'être un musulman partial.

Il était persuadé qu'à long terme tout se jouait dans l'éducation sans aller jusqu'à partager les visées de certains stratèges de la Fraternité qui pensaient que « celui qui contrôle les enfants contrôle le futur ». Il ne voulait pas tout superviser et, arbitre bienveillant, il cultivait l'opposition entre son ministre et sa secrétaire d'État. Par exemple, sur le sujet de la mixité des élèves dans les classes, Delphine Verneuil avait été ferme : la non-mixité ne pouvait être la règle, juste une option… et il l'avait soutenue.

Mehdi Ben Amiri pense à sa réunion planifiée demain sur les cours d'histoire, encore un conflit à déminer ! Son ministre souhaite qu'on mette en avant le caractère fondateur de l'islam pour l'Europe depuis plusieurs siècles. Évidemment, Delphine Verneuil s'y oppose. Il va trouver un compromis : par exemple, ne pas parler ni de l'islam, ni de la culture chrétienne de la France, pas de Clovis baptisé ou de Jeanne d'Arc par exemple, etc. Il est sûr qu'ils tomberont d'accord tous les trois, il sourit.

En attendant, cette deuxième mi-temps est désastreuse pour l'équipe de France ce qui n'arrange pas ses affaires. La France ne passe pas le cap de la poule ! Son sursaut d'orgueil avec un bel essai au dernier moment ne suffit pas, juste pour l'honneur.

Mais la polémique est lancée. Franco di Belen est-il un athlète normal ? Après un bon début de carrière, il s'était effondré à 22 ans lors d'un match et était considéré comme perdu pour le rugby. Il avait alors été pris en main par des médecins et grâce à plusieurs opérations, au cœur notamment, il avait pu reprendre le sport puis les compétitions. Sa volonté de fer lui avait permis de revenir au meilleur niveau et même au-delà ! L'admiration qu'avait provoquée ce retour avait peu à peu été remplacée par des interrogations. Dopage ? Franco di Belen passait sans encombre les contrôles. 'Athlète augmenté' ? On ne savait pas bien ce que cela voulait dire mais le mot s'était imposé progressivement. Ce n'était qu'un début dans le sport. A l'issue du match, les journaux anglo-saxons avaient été pour une fois solidaire des Français dans leur défaite : il y avait un problème ! Les Anglais, qui se considéraient grands favoris, étaient très inquiets. Quoi ? Voir s'échapper dans ces conditions un trophée qui leur tendait les bras !

En sortant du stade de France, Emmanuel s'indigne : « C'est un scandale, ils jouent avec des joueurs trafiqués. Ça devrait être interdit. Nous, en France, on ne triche pas. »

Paul s'amuse d'entendre l'indignation et le chauvinisme d'Emmanuel alors que lui n'hésite jamais à utiliser des 'accélérateurs', comme il dit, pour construire sa propre fortune. Une chose est sûre, il connait bien ce que l'on peut faire avec la technologie et n'aurait pas été aussi furieux si Franco di Belen avait été Français.

Dès la fin du match, une journaliste se précipite sur Mehdi Ben Amiri : « Cette défaite est-elle juste ? Cet athlète n'est pas normal, ne faut-il pas faire quelque chose ? » Mehdi Ben Amiri se retranche derrière son sourire affable. Ce n'est pas son problème, il ne souhaite pas gâcher la fête : « Du beau rugby, dans un excellent esprit. Nous avons vu un match magnifique avec une équipe de France très courageuse, héroïque même, et une formidable équipe d'Argentine qui ira loin. » En effet, quelques semaines plus tard, les Argentins gagnent la coupe du monde au grand dam des anglo-saxons qui exigent une réglementation plus stricte. Les nuages se multiplient sur les compétitions sportives.

En son for intérieur, Mehdi Ben Amiri ne se soucie pas de la disparition du sport de haut niveau. Il a toujours été énervé à Polytechnique par ses camarades sportifs qui, le lundi, racontaient leurs exploits, s'étendaient sur leur temps au marathon ou le match de foot qu'ils avaient gagné. Vraiment futile ! Ce n'était pas son domaine et il revendiquait son absence de goût pour ce type d'effort. Peut-être ce détail l'avait-il poussé à se diriger vers la politique en passant par l'ENA ?

** Hugo **

Une année est passée.

En ce printemps 2024, à San Francisco, Tomasz est toujours aussi prolifique sur son blog. C'est devenu une drogue pour lui. Tout ce qu'il lit, tout ce qu'il voit, passe par le filtre du blog, inspiré par *Micromégas*. Il a ses habitués qui le stimulent et l'alimentent.

Il suit passionnément l'actualité française, un lien vital avec ses amis. La France ne fait pas trop parler d'elle à l'échelle internationale : pas de guerre civile, pas de faillite sociale, pas d'attentats terroristes ! Rien d'intéressant. Même les relations étroites franco-chinoises ne sont pas spectaculaires alors que pour certains, la France devient une succursale chinoise malgré les talents de Mehdi Ben Amiri pour négocier la lourde dette.

À travers Micromégas, Tomasz fait évoluer les sujets qu'il traite. Il vibre avec la Silicon Valley, étourdi du rythme d'évolution et relativise les problèmes communautaires français, soubresauts historiques de son point de vue. Il se passionne plutôt pour la vie que l'on construit, l'évolution de la planète, sa préservation. Demain sera-t-il mieux pour l'homme ?

A Paris, c'est un magnifique samedi matin qui se profile. Le soleil pénètre dans la cuisine de Camille, le sol chaud caresse ses pieds nus. Elle s'est réveillée à sept heures comme d'habitude, son horloge interne est implacable. Elle enchaîne son rituel 'expresso, céréales au chocolat noir, lait, jus d'orange'. C'est le week-end, elle peut s'accorder un peu de lenteur, aucune obligation ce matin. Pourquoi ne pas se laisser aller, flâner au marché ? Elle feuillette internet. Le café fait son effet, l'instant de faiblesse ne dure pas. Elle s'est déjà habillée pour aller faire du sport dans le parc proche de chez elle, le temps est idéal, elle piaffe : sortir, bouger, se sentir libre !

À 9 heures, en sortant, elle happe l'air frais et repense à sa bonne soirée avec Mathilde et Sarah hier soir. Comme Mathilde est une grosse dormeuse, elle doit encore rêver dans son lit. Quant à Sarah, elle lit certainement ! Elles avaient longuement parlé du blog de Tomasz, devenu une institution. Sarah s'est passionnée pour *Micromégas* et elle communique beaucoup avec Tomasz, contribuant de plus en plus souvent. Tiens, tiens, s'est dit Camille… Tomasz et Sarah se découvrent de multiples affinités, ils vont bien ensemble, affamés de lectures, sensibles, l'esprit en permanence en éveil.

Cela fait maintenant près d'un an que Tomasz lui avait annoncé son départ pour San Francisco lors de ce footing mémorable. Elle s'en souvient avec émotion. Ils ont réussi à rester proches. Depuis, Tomasz a construit une vie intense à San Francisco mais espère revenir de plus en plus en Europe où il a pu développer le marché de son entreprise. Il a gardé un lien fort avec sa bande d'amis et « adore les aéroports qui vous font changer de monde en quelques heures ».

Non loin de chez Camille, Hugo se décide à aller courir, il est à peine10 heures. En général, il réserve les matins du week-end pour ses lectures et préfère la douceur des soirs pour la course. Mais sa semaine de travail a été tendue, occupée à mener son projet informatique qui est dans une phase critique et usante. Les promesses faites sont intenables et la bataille d'égos fait rage. Hugo pilote en méthode agile ses réunions où quelques extravertis accaparent l'attention. Il s'énerve : « Un étalage de médiocrité. Ils ne voient pas les problèmes, complexifient inutilement et ne cherchent qu'à se mettre en avant. ». Ils lui font perdre du temps, sa faible patience est largement débordée. On lui dit : « Cool, calme-toi, tu es jeune. » ce qui redouble sa nervosité ; il se sent entravé et les décisions se prennent maintenant sans lui. Il a vu le directeur qui l'a écouté mais pas conforté. Il a senti le calcul, on le fait juste durer le plus longtemps possible, pas assez docile ni politique ; il ne va pas s'éterniser dans sa société malgré l'intérêt du projet.

Aujourd'hui, préoccupé par son travail, son livre lui tombe des mains : il refait dans sa tête une réunion, ce qu'il aurait dû répondre, ce point qu'il a vu trop tard, l'initiative qu'il aurait dû prendre… Il a été nul ! Il ne peut se concentrer, ce sera un matin sans lecture ; il lui faut de l'air, il n'attendra pas l'après-midi ! Le magnifique samedi matin l'appelle. Hugo a besoin d'une bonne détente sportive, de sa petite dose d'endorphine.

Dans le parc, une belle lumière traverse les arbres, fait vibrer les jeunes pousses vertes. Dès les premières foulées, Hugo se sent bien, son cerveau se décante. Quand il court seul, il a l'impression de déplacer une bulle à travers laquelle il s'imprègne de la nature et observe le monde : les mères épanouies avec leurs enfants, les marcheurs à deux dans leur propre sphère, les promeneurs de chien à l'affût d'une rencontre, les footballeurs qui se prennent pour la star de leur maillot, les coureurs décontractés ou motivés ou bien encore à la peine – leur plaisir n'est pas toujours évident…

Aujourd'hui, Hugo prend un rythme tranquille. Il veut juste se vider la tête, apaiser sa tension. Il admire les crocus bleu lilas et les narcisses jaunes qui pointent sur le vert de la pelouse brillante de rosée ensoleillée. Il se délasse.

Soudain, une silhouette attire son regard : en débardeur corail, blonde, elle saute à la corde sur l'herbe. Un tressaillement le saisit, les yeux aimantés, il fait un détour. En passant à côté de la jeune fille, il ressent un rayonnement d'énergie et de grâce, sa bulle protectrice explose. L'image de la jeune fille, une fois hors de vue, ne le quitte pas, comme s'il n'y avait plus qu'elle dans le parc. Il poursuit sa course, il revoit le tableau, le charme des gestes, les jambes musclées, les courbes. Le mouvement de la chevelure blonde retombant lentement sur les épaules s'est imprimé dans son esprit. Il accélère, il lui faut la revoir.

Au tour suivant, elle est là. Leurs regards se croisent. Ils échangent un sourire de complicité sportive. Hugo lève le pouce en poursuivant. Elle l'a remarqué, il s'arrêtera au prochain tour. Il est imprégné par ce visage franc aux lèvres généreuses, le sourire large ne le quitte pas. Quel sens a ce frisson particulier ? Qui se cache derrière cette physionomie résolue et attirante, un peu nordique ? Est-elle étrangère ? Dans quel domaine travaille-t-elle ? Il aurait dû s'arrêter, il se trouve stupide, sa timidité l'envahit toujours aux plus mauvais moments ! Ils auraient fait un tour ensemble, il aurait connu son parfum. Pour la retrouver à nouveau, il raccourcit son parcours mais la jeune fille n'est plus là ; il la cherche en vain. Furieux contre lui-même, Hugo rentre prendre une douche après quelques accélérations, les poumons gonflés d'oxygène. L'eau coule longuement, chaude, sur sa tête envahie par l'image mobile aux couleurs vives qui a chassé les nuages du travail. Il s'y complait.

Toute la semaine, il a des visions fugitives et précises de la jeune fille. Il voit ce visage frais, un visage de danoise bienveillante et énergique. Le nez est un peu rond, il imagine l'espièglerie, la légèreté et la volonté dont témoigne son endurance sportive. Mais il veut garder le contrôle, ne pas succomber à céder à une exaltation injustifiée.

Une semaine plus tard, Hugo retourne courir à la même heure : il a préparé une approche, une référence à la corde à sauter, difficile sur ce sol spongieux. Il a plu pendant la nuit, il adore cette puissante odeur de l'humus mouillé, fondamentale.

Il tourne longtemps, il ne voit qu'une chose, c'est qu'elle n'est pas là. Pas de rencontre. Pourtant, il court aussi le dimanche pendant deux heures. Est-elle repartie définitivement ? Il ne peut y croire, il garde l'impression d'une complicité plus que sportive, d'une ouverture. Il se fait des idées. Il tourne en rond. Pour tromper la tristesse de ce week-end, il prend un livre - '*L'écume des jours',* ouvre une page, tombe sur ces mots de Colin : « J'ai tant envie d'être amoureux », il repose le livre - les mots sont devenus flous - et s'étire. Il croit aux signes, il la reverra, il en est sûr et il lui donne le prénom du livre, Chloé.

La semaine est mortelle, sauf les matins où il court dans le parc, le jardin de Chloé, son seul lien avec elle. Sa pelouse est désespéramment vide pourtant. Il se saoule de foulées puis se drogue de travail pour parvenir à dormir un peu. Ses nuits sont remplies d'elle. Dans la journée, les autres femmes sont devenues ternes, le travail inconsistant. Comme il regrette de ne pas l'avoir abordée le premier jour ! Il ne cherche plus à lutter contre l'obsession qui monte comme une drogue risquée qui exige chaque jour une dose plus forte.

Le samedi suivant est limpide, une aube de ciel bleu pur, est fébrile. Quand il arrive, il aperçoit Chloé trottinant avec un garçon, joyeuse, plus charmante que dans ses rêves. Son ventre se serre. Les deux coureurs se dirigent vers la sortie... comme un couple ? Est-ce son ami ? Impossible de ne pas tenter quelque chose. Il accélère, les rattrape, à bout de souffle :

— Bonjour, vous partez déjà ? parvient-il à dire, haletant, mal à l'aise ; il se sent ridicule !

— Oui, je suis très pressée.

Elle le regarde, lit son attente, vérifie l'heure.

— Désolée, je dois absolument y aller. Je courrai sans doute samedi prochain, dit-elle avec un sourire dont elle semble connaître le pouvoir.

— A samedi, ajoute-t-elle en faisant un joli signe de la main.

Il a envie de tenir cette main sûre d'elle, fine et gracieuse.

Maintenant qu'il est seul, il n'arrive plus à courir, il ne peut faire autre chose que courir, il se laisse aller, vidé, noyé de désir.

Que dire de la nouvelle semaine ? Promesses et doutes, insupportable incertitude. Il est perdu, c'est une semaine d'espoir et de désespoir.

Il se réfugie dans les tâches les plus simples possibles, il attend, regardant passer toutes ces heures inutiles et terriblement longues, il rêve de la serrer dans ses bras. Il brûle d'elle et il angoisse tout en refusant d'imaginer l'absence de Chloé dans quelques jours. Qui est-elle vraiment ? Il l'imagine médecin.

Samedi, réveil après une nuit nerveuse, 5 heures du matin, plus que 3 heures avant l'ouverture, des minutes absurdes, intenables. Hugo met une demi-heure à lacer ses chaussures de footing. Pourquoi, aujourd'hui, sont-elles si récalcitrantes ? Il a construit son scénario : courir avec Chloé, boire un pot, il veut tout connaître d'elle…

Il est en avance, le parc s'ouvre, s'ensoleille, les fleurs ont poussé, multipliant les couleurs, impatientes aussi. Hugo admire les vieux arbres du jardin, larges et sages, aux formes complexes, le feuillage faisant alliance avec les rayons lumineux. Certains sont tourmentés comme son vieil ami, le vieux cyprès chauve qui lui parle de Chloé et lui dit combien sa gaieté mobile manque. Il les écoute, tourne autour d'eux, il les nomme sculptures de Dieu. Parfois, il s'arrête sous l'arbre et, en levant la tête, le long du tronc, il regarde le ciel à travers la voute des branches, la meilleure manière d'apprécier un arbre, aime-t-il dire : regarder vers le haut, ressentir la puissance. Tout le ramène à Chloé. Il trottine, le regard aux aguets.

Une heure passe. Soudain, devant lui, une silhouette couleur corail, blonde, s'approche, seule. Son cœur s'accélère. C'est bien elle qui vient vers lui ! Il lève le pouce et la regarde comme si sa vie en dépendait. Elle lui sourit de tout son corps.

Ils courent côte à côte, une bulle se referme sur eux. Ils échangent une plaisanterie sur la corde à sauter. Elle ne s'appelle pas Chloé, elle s'appelle Camille.

C'est elle qui entretient la conversation comme s'ils se connaissaient depuis longtemps. Hugo avait imaginé plein de sujets pour cette rencontre, il a tout oublié. Ils ne courent pas vite et passant devant un magnifique magnolia, il montre à Camille la splendide floraison de grosses fleurs rose-mauves et blanches qui précèdent la feuillaison. Camille admire, rieuse :

— C'est un beau tulipier !

— Non, non, c'est un magnolia.

— Tu es sûr ? Quelqu'un m'a affirmé que c'était un tulipier.

— Certain ! lui dit-il amusé.

Les arbres, il les connaît ; c'est une passion que lui a fait partager son père. Hugo décrit les arbres autour de lui, enthousiaste. Camille écoute, elle aime bien les fleurs mais les arbres, elle ne les avait jamais regardés comme cela. Ce garçon, poète et sérieux, lui ouvre une perspective. Hugo aime sa curiosité joyeuse, lumineuse. En souriant, il lui propose de lui cueillir une branche de magnolia portant de magnifiques fleurs. Ils décident de laisser l'arbre indemne, ils préfèrent rester dans leur bulle, courent un long moment sans s'en rendre compte.

Et puis, devant une tonnelle ombragée, un verre s'impose. Les mots coulent de source au rythme des gorgées de bière. Hugo a pris une chope, pour faire durer. Elle a 27 ans et travaille dans le marketing d'une grande entreprise. Elle l'attire avec son visage ovale, ses yeux bleu foncé, ses cheveux dorés mi-longs, et sa bouche toute simple, un fruit. Des formes de sportive, un air décidé, énergique, Hugo est sous le charme, étonné d'être aussi à l'aise avec une fille qu'il ne connaît pas, lui qui est habituellement réservé. Face à Camille, il se livre, partageant sa gaieté communicative.

La simplicité franche d'Hugo plaît à Camille, il dégage de lui une vigueur saine. Brun, l'expression de son visage allongé respire une ouverture décontractée, attentive, loin de l'exubérance. Camille lui demande ce qu'il fait quand il ne s'intéresse pas aux arbres, il avoue qu'il est ingénieur, presqu'en s'excusant… et dans l'informatique, en plus ! Ce n'est pas un atout, pense-t-il. Un risque d'être classé comme quelqu'un qui n'est pas drôle, à la culture étroite, voire d'être légèrement autiste. Heureusement, cela ne semble pas décourager Camille. Elle propose à Hugo de se joindre ce soir à ses amis ; ils vont voir une pièce de théâtre, *'La guerre de Troie n'aura pas lieu'*, il doit bien rester une place sur internet.

La pièce est à 20 heures dans le quartier de Montparnasse. Hugo avait pris de la marge, il attend et tourne en rond… l'attente n'est pas sa spécialité. Son jean et son pull bleu marine sont-ils adaptés à la situation ? Il se plonge sur son smartphone et lit tout ce qu'il y a sur la pièce de Giraudoux. Camille arrive au dernier moment, en courant. Elle retrouve Mathilde et Paul, qui attendent plus loin. Effusions rapides, elle fait les présentations au moment de la sonnerie et ils entrent dans le théâtre. Pas le temps de s'attarder ; tant mieux, se dit Hugo, qui rejoint sa place, au dernier rang.

La pièce est prenante, bien jouée dans une mise en scène de sobres décors de Grèce antique. Longs applaudissements. Camille en sort enthousiaste et remontée contre ces personnages qui se laissent imposer leur destin. La discussion a démarré sans transitions sur le trottoir mais Paul n'a pas l'intention de se contenter de mots, il se fait l'interprète de la faim.

Ils rentrent dans une crêperie chaleureuse et bruyante. Ils ont très soif, la salle de spectacle était une étuve, à croire qu'ils sont en cheville avec les cafés aux alentours. A peine assis, la conversation reprend, animée, autour de bolées de cidre vite descendues et la petite table carrée installée dans un coin dessine leur territoire. Hugo se sent immédiatement à l'aise dans cette proximité bruyante. Paul et lui ont apprécié cette mise en scène classique, faite de quelques colonnes cannelées, d'une porte antique, de marches menant à un siège en pierre et de toiles beiges. Camille est sensible au jeu des acteurs qui ont su exprimer ce mélange de gravité, d'élégance et d'humour de l'écriture de Giraudoux. Émue par la pièce, elle s'indigne de ces dirigeants impuissants - le fatalisme ne semble pas être dans sa nature, se dit Hugo. Elle aurait aimé être Hélène pour éviter la guerre. Elle s'enflamme : elle voudrait changer le monde, pas comme Steve Jobs, pas avec des biens matériels, pas avec le progrès, avec l'esprit, avec l'amour. « Tu as du travail ! » plaisante Paul. Ravie, Mathilde la soutient et ajoute avec un rire cristallin : « Le bonheur de Camille, c'est de faire des heureux. » Hugo sent l'amitié sans failles entre les deux filles et il remarque enfin Mathilde : un autre charme, une blondeur pâle, un fin visage éclairé par des yeux clairs. Mathilde s'est exprimée doucement, d'une voix mélodieuse, contrastant avec l'autorité naturelle de Camille qui est le centre de la conversation. Hugo se demande de quelle planète descend cette fille.

Les bolées de cidre se renouvellent puis Hugo profite d'un blanc pour revenir à la pièce. Tonalité plus sérieuse, il resitue le contexte : Giraudoux a écrit sa tragédie en 1935 pour y dénoncer le premier conflit mondial tout en craignant le suivant, suite de lâchetés, de manque d'anticipation, de cynisme et de haine, des enchaînements qui peu à peu deviennent irréversibles, le drame du siècle. Passionné par la guerre de 40 - un de ses arrières grand pères a été fusillés par les allemands pour avoir caché des juifs - Hugo dit : « un homme ne devrait jamais oublier que la Shoah a pu arriver. » Il est obsédé par la question de savoir à quel moment cette tragédie était-elle encore évitable et comment ? Une question que pose la pièce, une question contemporaine car les tensions actuelles peuvent nous mener à une guerre civile, puis à une guerre tout court. Certains pensent même que ce n'est qu'une question de temps, dit Camille. Pour Hugo, les clivages se creusent, les frustrations et les ambitions des communautés se développent, les violences deviennent une habitude. Même si le gouvernement se veut rassurant, ses expédients ne font que repousser l'échéance avec une situation économique qui se dégrade et des libertés qui diminuent. Hugo développe, un peu lourd, ce qui amuse Camille. Ils ont tous la même préoccupation, elle refuse le scénario 'violence' et cite le Zeus de la pièce : « ceux qui ne voient que l'amour dans le monde sont aussi bêtes que ceux qui ne le voient pas. » Elle préfère l'optimisme : « La guerre n'est pas une fatalité, notre génération va trouver une solution. Nous avons tous notre part de responsabilité. » Mathilde, emportée par le cidre, synthétise : « L'amour vaincra. » Ils rient. Hugo est impressionné par l'énergie de Camille, conquis par son rire sonore et contagieux et il se sent adopté. Ses yeux cachent difficilement son désir. Pourtant, il trouve à Camille un côté inaccessible. Paul et Mathilde ont l'impression d'avoir rencontré un nouvel ami, facile, plutôt sérieux et VTTiste ! note avec intérêt Paul. Cette entente avec Camille les surprend. Elle qui est en général lente à se dévoiler, semble intégrer Hugo dans sa vie amicale comme une évidence.

** Jeux Olympiques **

Avec Hugo, Paul a déniché un bon partenaire de VTT. Ils ont le même niveau et il est rare qu'ils laissent passer un week-end sans se défouler dans les bois de Meudon ou Chaville. Ils se stimulent sur ses sentiers nerveux, aux montées difficiles, où ils ne croisent que quelques passionnés comme eux. S'ils apprécient ces efforts personnels ou les épreuves amateur auxquelles ils s'inscrivent, ils se désintéressent de plus en plus de l'information sportive. La polémique qui a entouré la victoire de l'équipe d'Argentine en rugby n'a fait que s'amplifier, on découvre des athlètes augmentés dans toutes les disciplines. Cela commence à démobiliser les sportifs qui ne veulent pas perdre leur temps dans des compétitions biaisées ou passer par toutes sortes de transformations. On se demande où va le sport ?

Pour Paul, les épreuves de haut niveau n'ont plus aucun sens. La situation est comparable à celle du dopage, en bien pire : les contrôles sont difficiles et l'évolution des progrès est telle que les règles fluctuent et sont toujours contestées ou dépassées. Impossible d'interdire certaines augmentations, il faut bien se soigner quand même !

Aujourd'hui, un jeune sportif de 8 à 10 ans doit dès cet âge se transformer en vue de devenir excellent dans le sport qu'il a choisi. Et sans doute pas dans les autres ! Graves responsabilités pour les parents car personne ne connait les effets indésirables ni la probabilité de succès sportif. Si en plus, il n'y a plus d'espoir de richesse !

Pour les spectateurs aussi, cela a de moins en moins d'intérêt. Quoi ! Payer cher un billet pour assister à un match injuste, il y a mieux à faire. Même le sport à la télévision est boudé se résumant à un gavage de publicités.

C'est peut-être un bien, se dit Paul : « Le sport va enfin se débarrasser de l'argent ; cela lui redonnera de la noblesse ! Les

Jeux Olympiques ont longtemps lutté contre l'argent. A l'origine, le sport n'avait pas d'intérêt financier. Tout au plus, était-il un bon moyen pour séduire les femmes ! C'était le bon temps, beaucoup plus élégant. »

Pour Mehdi Ben Amiri, cette baisse d'engouement est une mauvaise surprise car la France se prépare à accueillir les Jeux Olympiques et cela coûte très cher.

Bien qu'une partie des recettes aient été négociées depuis longtemps, la charge finale sur le budget français sera plus importante que prévue et le retour sur investissement plus faible. Les effets positifs de la manifestation n'équilibrent pas les risques et les coûts, la sécurité coûte chère. Seule consolation, l'e-sport a été intégré aux JO et il a beaucoup de succès. Une épreuve de jeu en ligne a été sélectionnée et elle est très attendue par les passionnés. C'est un phénomène culturel, une aubaine pour les médias. Bien mis en scène, ce nouveau sport olympique devrait distraire les Français, d'autant que, même si les asiatiques dominent ce sport, on a découvert un paysan corrézien qui jouait en gardant ses moutons, un surdoué qui a de bonnes chances ! Avec son béret et sa voix rocailleuse, les médias ont construit une légende, la touche bio de ce sport totalement numérique !

Du côté politique, Mehdi Ben Amiri fait bonne figure. Il ne peut rater cette belle occasion de se mettre en avant. En janvier, il avait voulu montrer sa connaissance sportive en soulignant avec optimisme : « Il y a des sports inaccessibles à ces critiques de dopage numérique comme la danse sur glace. Et dans ce domaine, nos patineurs sont exceptionnels depuis des années ! » L'année précédente, il avait assisté au triomphe de la magnifique paire française aux championnats d'Europe et il avait marqué les esprits par son enthousiasme non feint : « un spectacle d'une beauté à couper le souffle ! Quelle osmose entre les patineurs, quelle grâce ! » Mehdi Ben Amiri n'avait pas réalisé que le patinage, c'était pour les jeux d'hiver, pas pour les jeux olympiques d'été en France ! La gaffe avait fait le tour du web.

Les journaux sportifs disparaissent aussi : il y a quelques années, Hugo lisait *L'Équipe* tous les lundis et connaissait par cœur beaucoup de classements sportifs. Cela n'a plus d'intérêt, C'est Camille qui l'occupe, ; ils se voient de plus en plus, on besoin d'être ensemble, nécessaire et suffisant. Ils prévoient un voyage en Inde cet été. Hugo vit au jour le jour. Camille semble voir plus loin.

**** Tomasz et Sarah ****

Septembre 2024... Bientôt les 28 ans de Tomasz.

Ce matin-là, devant son ordinateur, il n'arrive pas à écrire, songeur. Ses amis viennent de l'inviter à Paris pour son anniversaire, il est heureux mais il se sent déraciné : Français ou Américain ? Tomasz Valkowski ou *Micromégas,* le journaliste blogueur Sirien ? Il se souvient que sa mère après l'abandon de son mari, avait changé le W en V pour le démarquer de son père sans le couper de son identité, de son origine qui lui fait mal. Sa mère lui manque, ses amis français font maintenant office de famille. « Cela fait un an que je suis à San Francisco, une année remplie qui est passée si vite ! Dois-je continuer comme cela, à cheval entre deux mondes, homme pressé menant plusieurs existences, exilé un peu partout. » Cette vie hyperactive, grisante, lui est nécessaire mais sa vie sentimentale est pauvre, faite d'aventures sans lendemain. Heureusement, il revient souvent à Paris, gérant avec succès la relation européenne de son entreprise.

Avec *Micromégas*, il se dédouble et a le plaisir d'écrire. Il assouvit un besoin qui l'unit à sa bande d'amis même si lui-même est moins fier de son blog que ne le sont ses camarades. Parfois, Tomasz publie un texte de Sarah ou de Camille. Autour de *Micromégas,* s'est créée une communauté d'internautes qui envoient leurs anecdotes, critiquent et font le buzz. Un Français a lancé un blog polémique où il répond de temps en temps sous le nom de Zadig en se raillant de l'esprit humaniste de *Micromégas*. Cela le stimule et lui rappelle de ne jamais se prendre au sérieux.

Pour l'anniversaire de Tomasz, la fête est prévue chez Paul, bien sûr ; Camille, Mathilde et Sarah ont coordonné le buffet.

Le groupe est là, joyeux. Emmanuel a fait plier son agenda pour y participer.

Musique. Vins. Petit buffet original à l'intérieur de la grande pièce car la température a baissé. Paul montre ses dernières études. Il aiguise ses idées auprès de ses amis, apprécie le coup d'œil et les remarques de Tomasz qui traîne toujours son charme d'éternel insatisfait. Ce dernier a en permanence des mots aimables et précis pour chacun, à la fois attentif et distant, trop rapide. Au-delà de son empathie parfaite, il donne l'impression de toujours manquer de quelque chose ce qui peut passer pour de la hauteur, voire de l'ironie.

Il fait frais sur la terrasse en cette fin de septembre. Tomasz sort, besoin de respirer et de goûter ce moment en retrouvant du calme. Le temps est clair et la vue sur les toits de Paris s'étend loin, reposante, un gris d'ardoise aux reflets brillants. La lune ronde rebondit sur les toitures, la Tour Eiffel scintille à son heure… Rien ne change ? Appuyé sur la balustrade, Tomasz profite de ce tableau avec nostalgie. Il aime profondément Paris où il a vécu sa jeunesse, dans le XIVème arrondissement avec sa mère. Il avait 7 ans quand ses parents se sont quittés. Sa mère, Carole, avait explosé, elle ne supportait plus les tromperies, les mensonges. Elle n'avait tenu jusque-là que pour Tomasz et se sentait maintenant capable de l'élever seule à 32 ans. Son père n'apportait rien à Tomasz, au contraire, de la tension, un mauvais exemple. Elle est partie pour Paris sans rien demander. Son père lui a laissé leurs économies et les a embrassés, elle ne l'a plus revu. Carole a tout donné pour son fils, si fière de lui. Avec l'âge, c'est Tomasz qui la soutenait ayant mûri plus vite que ses camarades. Elle ne demandait pas autre chose que lui, définitivement déçue par les hommes et sans doute encore amoureuse de son ex-mari dont une photo restait visible dans le salon comme pour éloigner les autres hommes. Lorsque la maladie l'a emportée à moins de cinquante ans, en sept mois,

Tomasz n'y a d'abord pas cru ; il a accompagné sa mère sans relâche, avec toute la tendresse qui lui était possible, cachant une violence à fleur de peau. Elle s'est battue, intensément, comme d'habitude, le cancer a été le plus fort, terrible. En plein mois de mai 2018, l'enterrement a été sombre, il était presque seul, il avait peu d'amis à l'époque. Son père est quand même venu, lugubre, visiblement ému mais sans larmes ; il a embrassé son fils avec peu de mots et est reparti gêné - impuissant ou honteux ? - Tomasz n'a jamais su. Il a redoublé son année et vécu de bourses et de cours de math.

Depuis, Tomasz a toujours aimé sortir de France, un besoin inextinguible de changer d'air, le moins possible de chaines. Il s'adapte, il s'est attaché à l'Inde et maintenant, à sa nouvelle terre d'adoption, la Californie, jeune, moderne, débridée. Un contraste intéressant avec Paris. Alors que la Silicon Valley efface rapidement l'existant, totalement tournée vers le futur, Paris garde son charme du passé, entretient le vieux. Il lui vient à l'esprit la phrase de Steve Jobs : « Je peux être considéré comme responsable de la transformation des vergers de la Silicon Valley en parkings. » de l'humour pour le changeur de monde qui est allé bien au-delà des parkings ! En France, la transformation doit faire des concessions avec l'histoire et se heurte à de multiples résistances. Crainte paresseuse devant le changement ou sagesse pour préserver les fondamentaux ? Non sans séduction, la France devient un peu le parking du passé, s'amuse Tomasz.

Il en fait part à Sarah qui vient de le rejoindre sur la terrasse. Il la remercie encore et lui dit combien il apprécie la finesse de ses analyses et son sens du mot juste lors des échanges pour le blog. Il montre son bonheur d'être avec elle, eux qui ne se sont pas vus depuis un an. Jusqu'à présent, c'étaient des mails, une relation purement intellectuelle, du moins abstraite. Ce soir, il la trouve particulièrement élégante avec son pull gris clair, soyeux, au large col roulé sur son jean ajusté et ses chaussures fines à petits talons. Les quelques bijoux, simples et dorés, s'allient parfaitement à son teint légèrement cuivré. Tomasz la regarde, superbe sous la lune, et lui dit : « Tu es ravissante. » avec un sourire plus large que d'habitude qui la fait frissonner. Elle est très en forme, contente de parler de *Micromégas*. Elle s'est identifiée au projet de Tomasz. Ils sont souvent en phase sauf lorsqu'il est trop sceptique.

La nuit est belle et, la conversation sérieuse lasse Sarah qui se sent bien à côté de Tomasz. Elle admire cette vue exceptionnelle en cette claire lumière nocturne et se met à réciter des vers de Baudelaire :

Il était tard ; ainsi qu'une médaille neuve
La pleine lune s'étalait,
Et la solennité de la nuit, comme un fleuve,
Sur Paris dormant ruisselait.

Pendant la récitation, Tomasz s'est tournée vers elle, touché par le texte, la grâce de la beauté méditerranéenne. Il regarde les lèvres qui disent ces vers, le troublent et l'attirent.

La conversation se poursuit sur la poésie et la littérature dans une complicité et une sensibilité croissantes. Avant son départ de France, trop occupé par Camille, Tomasz n'avait jamais vraiment prêté attention à Sarah alors que de son côté, elle avait toujours été sensible à son charme nonchalant, à l'autorité intellectuelle et physique qu'il dégage dans une discussion. Aujourd'hui, fidèle à son habitude, il est simple et élégant, habillé d'un jean sombre et d'un pull épais bleu roi. Derrière ses lunettes à monture d'écaille, pour une fois son regard chaud ne s'évade pas ; la discussion semble intarissable.

Ils sont accoudés à la rambarde et jusque-là, le groupe d'amis a respecté leur isolement. On vient les chercher, il faut passer au cadeau, au gâteau… et au mot que Camille ne peut s'empêcher de dire : avec humour, elle compare Tomasz à Zadig, l'idéaliste plein de contradictions, puis à Candide. Elle est radieuse, amoureuse d'Hugo elle ne se pose plus de questions. Depuis quelque temps, son ami est solide à ses côtés, juste un peu trop idéaliste, rigide et raisonneur mais cela ne lui déplait pas. En août, ils sont partis en voyage au Rajasthan puis sont allés dans le pays des Sikhs et ont fait une randonnée dans le nord de l'Inde, dans l'Himachal Pradesh, montant jusqu'à Shimla au milieu des paysages enneigés. Inoubliable. Camille a fait partager à Hugo sa passion de l'Asie.

Emmanuel est rayonnant, comme toujours. Il n'a pas manqué cette occasion de voir Myriam. C'est lui qui fournit les bouteilles de champagne, sa signature, il a toujours des combines… et les moyens. Grand amateur, il stocke ses bouteilles françaises dans la cave de Paul qui serait vide de vin sinon. En contrepartie, Paul peut profiter du contenu pour ses grands moments de plaisir.

La soirée se termine tard, joyeuse et arrosée. Ciel clair d'étoiles vives et de lune ronde.

Tomasz raccompagne Sarah. Il appelle une Autonomlib* avec son smartphone. La voiture arrive toute seule et attend patiemment devant la porte de l'immeuble de Paul. D'un clic de smartphone, il ouvre la porte de Sarah. Et la voiture les conduit chez elle, sans hésitation. Dans l'habitacle, Sarah se laisse aller sur l'épaule de Tomasz. Tendresse, baisers…

**** Pari ****

Pendant l'anniversaire de Tomasz, Julien avait passé son temps à discuter avec Emmanuel qui l'appelle amicalement 'le fonctionnaire' et qu'en retour, il nomme 'l'homme d'affaires'. Lors de ces échanges, Emmanuel soulignait combien le décalage entre la France et les Etats-Unis devenait effarant. Niveau de vie supérieur, technologie conquérante, dynamique de transformation. « Peut-être, lui avait répondu Julien, mais les inégalités sont énormes aux Etats-Unis ! Tu ne vois pas les endroits où il y a de la misère. Tu es dans ton monde ! ». Il avait néanmoins conscience de la différence de vitesse d'intégration des progrès technologiques et de l'écart qui en résultait. Même son univers parisien, pourtant connecté, prenait du retard, signe d'un niveau de vie inférieur. Il ne voulait simplement pas le reconnaître ; lui, en retard !

Hugo, qui les rencontrait pour la première fois, s'était mêlé à la discussion défendant la France et son monde de start-ups dans lequel il baignait. Mais cet environnement n'était pas représentatif de la France et la domination chinoise et américaine ne faisait que croitre dans ces domaines, aspirant les bénéfices financiers. Julien avait jugé Hugo intéressant et était curieux de mieux le connaître ; ils s'étaient donné rendez-vous quinze jours plus tard pour poursuivre cette conversation en dînant tous les deux.

Aujourd'hui, Julien rejoint Hugo, il se dirige vers le sympathique restaurant gascon de Bercy Village pour prendre une assiette accompagnée d'un bon verre. Il est parti exceptionnellement tôt du bureau, à 20 heures. Il travaille à côté, au Ministère des Finances, sur un gros dossier de rapprochement de différentes structures de l'État. Après l'ENA, il est entré à l'Inspection des finances.

Il raconte comment il a connu Camille, il y a presque dix ans, en classes préparatoires de Sciences Po. Julien appréciait la rigueur et l'énergie de Camille et s'était mis paresseusement dans son sillage. Ils ont réussi l'examen ensemble, tissant une amitié solide lors des révisions intenses où ils se soutenaient mutuellement. Camille est une de ses meilleures amies, un peu trop exigeante pour lui. Son ego naturel, son scepticisme et son ambition peu dissimulée amusent et agacent Camille. C'est un homme pressé qui sait se montrer chaleureux lorsqu'il en a besoin, sinon il ne s'attarde pas. Charmeur et convainquant, il n'aime pas être freiné dans ses actions. Il a droit au pouvoir, tout simplement… il a les dons et a beaucoup travaillé, il est formé pour servir le pays, estime-t-il.

Il adore discuter, défendre le point de vue de l'État et de l'athée. Sa pensée brillante est parfois expéditive, un brin cynique. Il cède difficilement le dernier mot, masque mal son complexe de supériorité - pourtant, il s'entraine beaucoup ! Il aime ce groupe d'ami qui est un havre pour lui où l'intérêt a peu de place et il le tient à l'écart de son réseau, puissant mais plus utilitaire. Avec Hugo, il espère trouver un camarade d'une culture différente pour refaire le monde. Un ingénieur, ça ne raisonne pas pareil.

Hugo a été élevé frugalement, il a appris à tout compter ; Il est arrivé dans les études scientifiques par hasard, sans réelles motivations, parce que ses parents lui disaient qu'il n'avait aucune fibre commerciale, il s'est laissé faire. Il admet qu'il est rationnel, matheux, mais sa curiosité l'a amené à se construire une culture littéraire éclectique. Dans sa jeunesse, il s'est d'abord passionné pour Jules Vernes avant de s'intéresser à la science-fiction, puis au surréalisme et aux écrivains du XVIIIème siècle grâce à un professeur de français qui lui en a donné des clés. Il fourmille d'idées désordonnées, intuitif, et a pris l'habitude d'envoyer ses pensées brutes à Tomasz qui les transforme parfois en articles ; Hugo est admiratif de la facilité qu'a son ami à faire vivre les sujets.

Julien, lui, le littéraire, peut se passionner pour les sujets scientifiques, intéressé par leurs impacts, peut-être tout simplement pour montrer qu'il peut dominer tous les sujets.

Quand Julien arrive au restaurant, Hugo est déjà là, pianotant sur son smartphone, et l'accueille d'un sourire chaleureux :

— J'ai déjà pris un verre de vin en t'attendant, ce Jurançon moelleux est excellent. J'en redemande ?

— Parfait, dit Julien en s'affalant sur sa chaise. Dure journée ! Je suis épuisé.

Il regarde autour de lui, vérifiant qu'il n'a personne à saluer, avant de dire :

— Humpf ! Je travaille sur un projet de réorganisation indispensable mais c'est ingérable : les responsables bloquent ; les employés préfèrent que rien ne bouge, ils ont peur de perdre quelque chose ; les politiques se tirent dans les pattes ; les juristes sont rigides. Quant aux informaticiens, je ne t'en parle pas ! Ils sont clés et peuvent facilement faire capoter le projet, tiraillés dans tous les sens, ce qui procure beaucoup d'espoir à tous ceux qui œuvrent discrètement contre cette transformation ! En utilisant les informaticiens, c'est facile de mettre des bâtons dans les roues à un projet, sans jamais être responsable, tout en montrant son autorité. C'est même un plaisir pour certains directeurs ! Aujourd'hui, l'enjeu, c'est le choix du nouveau patron du projet. On veut nous imposer une grosse tête, issue d'un grand corps. C'est la bataille ! … Car pour réussir le projet il vaudrait sans doute mieux quelqu'un de plus pratique, quelqu'un qui ne sache pas tout avant d'avoir commencé le projet et qui n'évalue pas son pouvoir au nombre de millions dépensés et à son carnet d'adresses.

Julien se livre dans un grand sourire, il est bien placé pour ce commentaire connaissant par cœur Machiavel et Sun Tsu. L'informatique est un pion subalterne mais important dans l'échiquier, il ajoute :

— D'ailleurs, c'est vrai que le chantier informatique est un pari impossible. Et comme les informaticiens se font mal comprendre et ne sont pas souples, on leur refile la responsabilité, ajoute-t-il pour stimuler Hugo qui sourit :

— Encore un projet où les utilisateurs ne savent pas ce qu'ils veulent mais dont on connaît déjà la date de démarrage avant d'avoir évalué les tâches ! Je ne crois pas que l'État soit doué pour l'agilité !

Julien acquiesce. Ces structures publiques ont une force d'inertie incroyable. Tout le monde veut son bout de pouvoir ce qui nécessite de lourds process de décision et multiplie les complexités. C'est son monde. Peut-être que si c'était moins complexe, on n'aurait moins besoin de lui, c'est tout de même dommage :

— Tu n'as pas tort. Je crois que nous aurions besoin de quelqu'un comme toi pour faire avancer notre projet, dit Julien.

Ils commandent leur plat et regardent la rue piétonnière de l'autre côté de la vitre, animée, une rue de parisiens pressés. Chacun pour soi, les minutes sont comptées. Devant eux, sur le trottoir, une jolie fille passe, plus lente, ondulante, sa jupe orange comme une flamme vive qui émerge des pavés. Hugo, amusé, suit le regard rêveur de Julien.

Ils décompressent, Julien plonge le nez dans son verre.

— Ce vin moelleux contient le soleil du sud-ouest. Je suis sûr que Paul y retrouverait son Béarn.

Il voudrait mieux connaître Hugo, celui qui a enlevé le cœur de Camille alors que lui s'est toujours heurter à des défenses infranchissables. Hugo est le contraire d'un séducteur. Franc, sérieux, quelles richesses cache-t-il ? Quelles sont ses valeurs ? Il a envie de tester Hugo, il goûte lentement une gorgée :

— A propos, que penses-tu de la dernière décision du gouvernement : rendre l'enseignement religieux obligatoire en primaire pour que les enfants se posent de vraies questions ! Tu crois qu'ils arriveront à réinstaller Dieu ?

Hugo, surpris par le changement de sujet, dit prudemment :

— Je n'ai pas compris quel était leur objectif.

— Je pense qu'ils veulent rendre Dieu évident - c'est un outil d'asservissement, puis faciliter l'Islam. Pour moi, comme Dieu n'existe pas, je ne vois pas l'école en faire une matière.

— Oui, surtout avec ce gouvernement mais personnellement, je ne comprends pas un monde sans Dieu.

Ah ! La discussion s'annonce bien, c'est un bon sujet ! se dit Julien en se renfonçant dans son siège :

— Regarde ce chaos ! Il n'a aucun sens. Comment imaginer que le monde ait été créé consciemment ? Les gens sont de plus en plus violents, de plus en plus stupides. L'homme est raté, c'est évident ! Il ne peut pas avoir été créé par un Dieu, encore moins avoir été spécialement choisi par lui comme le dit la Bible !

— Hum ! L'imperfection que tu appelles chaos, est la contrepartie de la dimension 'liberté'. Tu as quand même déjà vécu des moments parfaits, des moments de grâce ; pour moi, ce sont des signes de quelque chose de supérieur. L'ordonnancement du monde n'est pas un pur hasard. Einstein pensait que l'équation du monde a pour source un créateur global qui ne se préoccuperait pas forcément du sort particulier de chaque être humain.

— On fait dire beaucoup de choses à Einstein ! Ce n'est pas parce que le monde repose sur des règles mathématiques pures que Dieu existe, cela ne me suffit pas du tout. Les mathématiques sont un fantasme inventé par l'homme et qui fait rêver peu de monde !

Julien sait que Hugo adore l'harmonie mathématique. Pour lui, ce n'est qu'une belle matière rigide comme une beauté froide qui manquerait de subtilité, ne permettant ni échappatoires ni transgressions.

Certes, ce ne sont pas les mathématiques qui prouve Dieu, savoir n'apporte rien pour connaître Dieu. Mais Hugo ne comprend pas que l'on puisse penser une création sans créateur, quel qu'il soit :

— Dieu apporte à l'homme une dimension essentielle, l'existence en tant qu'être libre.

— Hum ! Cela dépend des époques et des religions, non ? Elles n'ont pas toutes la même approche de la liberté ! Certaines sont très déterministes du fait même de Dieu, il me semble ?

Hugo rit :

— Tu as peut-être raison, je me limite au christianisme pour lequel le libre arbitre est fondamental ! C'est même LA caractéristique de l'homme, celle qui le différencie des animaux mais aussi des robots humains. C'est important, non ? Car, avec leurs intelligences artificielles, les androïdes seront demain plus intelligents que toi, plus beaux, plus 'tout ce que tu veux'... As-tu un meilleur critère pour différencier l'homme et l'animal ou l'androïde ? Si tu ne vaux pas plus qu'un robot ou un animal, il n'y a aucune raison pour qu'on ne t'élimine pas aussi bien qu'on détruit un robot, qu'on arrache une fleur ou bien qu'on tue une vache à l'abattoir. Nos lois actuelles qui protègent ta vie ne sont plus fondées.

Visiblement, Hugo aime ce sujet, passionné. Julien, narquois, le laisse continuer :

— Au contraire, si Dieu existe et a créé l'homme à son image, s'il lui a donné la liberté de choix entre le bien et le mal, la vie devient sacrée. Cette spécificité de l'homme est la base pour parler d'humanité. La liberté individuelle et l'imperfection sont indissociables !

Julien a un petit sourire, cela devient trop sérieux, l'humour s'est envolé. Hugo ne s'arrête pas :

— S'il n'y avait que le bien, nous ne serions pas libres de le choisir, de chercher à l'atteindre, inaccessible sans doute, à une distance infinie. Cela relève forcément du mystère car toute certitude éliminerait la liberté. Moi, je préfère croire que je suis libre et que Dieu existe.

— C'est un pari ! ironise Julien.

— Ce n'est pas un savoir. Tu peux l'appeler pari mais l'intelligence n'est pas incompatible avec les paris. Elle doit au contraire nous conduire à faire le bon pari quand on ne peut rien démontrer ! Il me semble que la vie de l'homme sur terre prend un sens grâce à Dieu, la mort aussi, tout autant mystérieuse. Que se passe-t-il après ? Relis Pascal. Pour lui, l'espoir va plus loin : croire en Dieu chrétien, c'est le pari pour une vie éternelle, non imaginable.

— Nous avons tout à gagner ! ajoute Hugo en souriant comme s'il disait « échec et mat ».

— C'est une invention, un méprisable calcul, pas très idéaliste ! se moque Julien.

— Ha, ha ! C'est plus que cela. Le choix de Dieu éclaire notre vie en écartant la vision d'un néant et la tentation du mal. Tout simplement le choix du cœur ? Une forme de sagesse, une ouverture pour une cohabitation heureuse entre les hommes. Ce pari nous ouvre sur les autres, c'est un espoir qui dépasse le calcul intéressé. D'ailleurs, Dieu ne se laisserait pas abuser par un calcul et Pascal le sait.

— En fait, tu as raison. En t'écoutant, je me rends compte que je ne suis pas complètement athée ; il y a un terme pour définir mon approche : je suis apathéiste ! c'est-à-dire que je pense que la question de l'existence ou de l'inexistence de divinités n'a pas d'utilité pratique pour ma vie. Comme je n'en sais rien, cela ne me gêne pas de ne pas trancher. C'était la position de Laplace, le mathématicien, qui répondait à Napoléon sur l'absence de Dieu dans son système du monde : « Sire, je n'ai pas eu besoin de cette hypothèse ».

— Hum ! On peut aussi parler d'agnosticisme mais l'agnostique s'interroge, toi tu joues l'indifférence. Comme si tu n'avais pas besoin de certitude rationnelle, c'est rare ! Moi, je pose chacune des hypothèses concurrentes et je choisis celle qui m'aide à vivre le mieux, cela me fait office de foi. Ce n'est pas non plus une démonstration.

— Autrement dit, tu es croyant parce que c'est meilleur pour la santé ! C'est comme certains pour le sport.

— Ha, ha ! Présente-le comme tu veux ! Si l'on veut être sérieux, je souhaite vivre la meilleure vie possible, une vie que je pourrai regarder le jour de ma mort. Si Dieu existe, tant mieux. Si Dieu n'existe pas, j'aurais juste laissé une trace dans la mémoire de ceux que j'ai aimés.

Julien s'amuse des solides convictions d'Hugo, de son discours cohérent qui ne cherche pas à briller. Une transparence qui convient à Camille. Pas de mensonges ! Pas d'hypocrisie ! C'est trop prévisible ! Heureusement, tout le monde n'est pas comme cela ! Certainement pas lui qui préfère un monde plus épicé. Sans tromperie, où serait le charme de la vie, sur quoi les écrivains écriraient-ils ? C'est sans doute pour cela qu'il n'y a pas beaucoup de romans sur les ingénieurs, pense-t-il :

— Moi, je ne suis même pas certain d'être libre ! Un peu comme les scientifiques qui pensent qu'un jour on expliquera tout, que tout est dans la matière et que notre monde est régi par un matérialisme déterministe. C'est pour cela que j'ai d'abord envie de me faire plaisir, ma priorité, c'est moi ! Tu ne fuis pas les plaisirs, quand même ! » dit Julien en humant son vin : des fruits rouges, un peu d'épices et des notes boisées et toastées, une finale savoureuse… Sa pensée vagabonde : « ce vin a une âme, c'est sûr. D'où vient l'esprit de ce 'Pessac-Léognan' ? Est-ce un clin d'œil de l'artiste œnologue, est-ce l'émanation d'une personnalité propre au vin lui-même, la réincarnation des raisins ou bien seulement une construction de ma pensée ? Si le vin a une personnalité, qu'est-ce qui le différencie des animaux ? » S'interroge-t-il en constatant qu'ils avaient bu toute la bouteille et que le vin était devenu un acteur majeur de leurs réflexions, la troisième personne.

Hugo aimerait bien avoir le dernier mot : « Pour moi, les plaisirs ne me suffisent pas, j'ai besoin de grâce ! Et puis d'un cadre moral que l'hypothèse de Dieu m'aide à définir. Si Dieu n'existe pas, d'où vient la morale ? Uniquement d'intérêts bien compris, d'un altruisme égoïste et rationnel ? C'est pauvre ! »

Julien sourit en pensant à Dostoïevski. À cette heure, approfondir le débat sur le bien et le mal lui paraît suicidaire… D'autant qu'ils doivent se revoir chez Paul samedi prochain, alors, autant garder ce bon sujet de conversation pour plus tard.

**** Où est Toi en Toi ? ****

Les jours défilent. Les semaines, trop denses, se terminent alors qu'elles viennent juste de commencer. Éphémères week-ends.

Comme souvent lors de ces après-midis du samedi, Paul accueille ses amis avant la soirée.

Hugo, Julien se sont installés dans des transats sur la terrasse, au milieu des toits. Le soleil se joint à l'amitié, les roses orange du vieux rosier grimpant embaument. Ici, les bières ne sont pas chères, la décontraction est absolue, les deux amis vont pouvoir céder à leur plaisir : refaire le monde !

Assis à côté d'eux, Paul esquisse sans discontinuer. Il leur a montré sa nouvelle signature, *Polf :* une contraction, un beau graphisme, une sonorité.

Hugo et Julien commentent le dernier billet de Tomasz sur la manipulation génétique - '*La Perfection sans gênes'*. « Il y a 10 ans que l'on a autorisé des recherches sur l'embryon humain avec une technique, CRISPR/cas9, limitées à des analyses sur la fertilité. Depuis, la chirurgie génétique s'est banalisée et est utilisée pour soigner des maladies du sang et du foie par exemple. Mais les expériences vont bien au-delà de ces corrections génétiques ; elles correspondent à un immense champ d'exploration pour améliorer l'homme dans d'étourdissantes perspectives. Cela fait longtemps que les chercheurs en Europe ou aux Etats-Unis essayent d'encadrer ces recherches mais comme les Chinois poursuivent leurs études sans entraves, le rythme s'accélère. La compétition redouble avec mille motifs : guérir, prolonger la vie, s'enrichir, dominer le monde… Des bruits fous circulent sur certains laboratoires secrets du centre de la Chine où des humains monstrueux vivraient dans une sorte de vaste zoo. Des mutations non voulues ? Absurde mais possible. *'Le chemin de la perfection est long et pavé d'imperfections.'* »

Hugo se sert du thé et dit :

— Tomasz a parfaitement raison, les risques sont imprévisibles ; il faudrait des réglementations mondiales et la capacité de les faire respecter. La nature de l'homme est en jeu, peut-être son existence. D'autant que la modification génétique de l'homme n'est qu'une des dimensions de ses transformations. Tout peut être remplacé ou connecté à internet, même le cœur ou le cerveau ! On va en arriver à l'homme en pièces détachées, avec des briques améliorées dont certaines seraient fabriquées grâce à l'impression 3D et aux cellules souches. Si l'on remplace petit à petit tous les morceaux de ton corps, qu'est-ce qu'il restera de Toi ? À quel moment tu ne seras plus Toi ? Y-a-t-il quelque chose de permanent chez l'homme ou n'est-il qu'une construction imaginaire ?

— Qu'est-ce que l'homme ? Tu fais de l'ontologie ! répond Julien.

— On est obligé de se poser la question car certains, comme les transhumanistes, considèrent que le concept de nature humaine est complètement dépassé, au moins dépassable. Moi, je m'accroche à l'idée que j'existe en tant qu'humain individualisé, que j'ai une identité libre, disposant d'une enveloppe corporelle. Je considère que je ne suis pas seulement une construction de ma pensée modelable à volonté !

— Ou une illusion orgueilleuse ! plaisante Julien.

Tout en dessinant, Paul se dit que l'abstraction de son dessin est déjà une transformation de la nature ? « Peut-être que notre vie n'est qu'affaire d'imagination. Notre regard génère nos émotions et notre vérité. La même situation est vécue différemment par un optimiste, un dépressif ou un artiste. » En tant que peintre, il revendique la mission de mettre des couleurs dans la vie. Transformation ou interprétation ?

— Si notre vie n'est qu'une illusion, alors le bonheur est de construire notre rêve le plus beau possible.

Ils sourient.

— C'est une question éternelle : rêver sa vie ou vivre ses rêves ? dit Julien en admirant le dessin de Paul. Il a l'impression que trois visages y parlent dans les nuages.

Hugo se ressert de vin, les verres se vident silencieusement comme pour alimenter leurs songes. Mais il veut ramener la conversation sur terre :

— Il faut absolument qu'on parvienne à encadrer les remplacements d'organes, pas seulement les manipulations génétiques. Est-ce qu'on peut tout remplacer avec n'importe quel implant ? C'est un sujet compliqué car certaines prothèses, dentaires, auditives, orthopédiques, sont précieuses et déjà banales. Mon père, par exemple, serait isolé s'il n'avait pas ses implants auditifs. Il existerait moins ! On pourrait n'autoriser que les implants concernant les sens, ceux qui permettent l'acquisition des informations, en interdisant de toucher aux organes qui traitent l'information, le cerveau surtout, parce qu'il semble plus proche du Moi ! La distinction n'est pas évidente.

— Le Moi se transforme, à mon avis, c'est évident ; il n'y a rien de permanent ! renchérit Julien.

Cela ne plaît pas à Hugo : rien d'immuable ? Pas de noyau ? Cela voudrait dire que nous aurions une identité fluctuante ? Autant revenir à l'illusion ! Il se tourne vers Paul :

— Qu'en pense l'artiste ? Dans ton corps, où se situe ce qui te caractérise, ton esprit, ton cœur, ton imagination, ta créativité… En somme ta personnalité ? Où est-ce localisé ? Où est Toi en Toi ? »

Paul ne s'est jamais posé la question :

— Je ne sais même pas ce qui guide mon pinceau : mon cerveau, mon cœur ou mes sens ? Je crains de ne jamais trouver la réponse. L'instinct primaire ? Ha, ha !

Hugo poursuit :

— Est-ce que la personnalité change lorsque dans les tumeurs les médecins enlèvent une partie du cerveau ? Non ? Peut-être que le Moi se déplace à chaque fois que le bistouri s'approche ?

Devant le sourire songeur de Paul, Hugo développe :

— La question est de savoir si l'homme existe en tant qu'individu un peu stable et libre, ou bien s'il n'est qu'un élément fongible de l'univers, déterminé, à peine délimité ? Dans ce cas, il serait juste un sous-ensemble cohérent d'atomes, de corps complexes et de connexions neuropsychologiques fugacement assemblées. Cela rend modeste ! Non ?

— Qu'en penses-tu, toi ?

— Personnellement, je veux croire en un homme ayant son libre arbitre et possédant un véritable Moi. Je retiens l'idée de la dualité du corps et de l'esprit. Elle me plait même si je suis conscient qu'elle est difficile à défendre scientifiquement. Je pense que le corps, matière répondant aux lois physiques, est une enveloppe vitale mais n'explique pas tout. Il y a quelque chose d'immatériel en nous, déterminant nos choix libres entre le bien et le mal et proche du divin. Qu'on l'appelle esprit ou âme, c'est quelque chose d'indépendant de la matière, quelque chose qui serait lié au corps pendant la vie, qui serait inaccessible, et dont l'infime partie 'divine' ne mourrait pas avec le corps.

— Cela ressemble à du Descartes ou du Leibniz, il me semble ! dit Julien.

Hugo sourit :

— Je n'aime pas les visions matérialistes qui postulent que l'homme n'est qu'une matière évolutive pilotée par le cerveau aux cent milliards de neurones et déterminée par l'ADN qui représente l'inné, un inné qui devient transformable à volonté. Déjà avec l'acquis, l'être évolue en permanence grâce aux informations qu'il reçoit, mais on peut dire que cette évolution est une volonté, issue en partie d'une liberté. Si l'être humain n'est qu'un corps sans esprit, s'il n'a rien de permanent, son assemblage physique pourrait se fondre ou se connecter à d'autres natures. La mort correspondrait alors à la fin du fonctionnement de l'assemblage et à sa dilution dans le grand ensemble ; elle deviendrait difficile à discerner ! Cette transformation infinie est appelée immortalité dans la vision post-humanisme. Immortalité de quoi ? D'une condition humaine élargie aux robots ? Bon ! Ces approches matérialistes ne me satisfont pas, elle manque de sens. La personne humaine n'existe plus.

— Si j'ai bien compris, devant cette impasse, pour définir l'homme, tu fais le pari de Dieu et d'une forme de dualisme du corps et de l'esprit ! dit Julien, en buvant lentement une gorgée. Cela me paraît un peu facile mais je reconnais que l'idée du dualisme est pratique !

— Tout ça vole trop haut pour moi ! Je suis beaucoup plus basique que vous, dit Paul. Moi, je veux simplement croire à la beauté, à la liberté et à l'amour ! Alors je vote pour la dualité du corps et de l'esprit, j'aime le concept. Par ses sens, le corps capte le ressenti, révèle des émotions qui sont analysées et transcendées par notre esprit. Et pour moi, les artistes utilisent l'esprit pour amplifier le réel, pour sublimer les sens, pour apporter de la valeur à la vie !

** **Ancien monde** **

À San Francisco, Tomasz sourit devant le mail de Julien qui lui raconte ses échanges avec Hugo : « Où est Toi en Toi ? »

Tomasz ne s'est jamais interrogé : quel est donc le support physique de mon esprit ? Vaste sujet, il ne se sent pas armer pour l'attaquer… Pour l'instant, il n'est même pas mûr pour écrire sur son Moi, pas sûr de se connaître, d'avoir un Moi permanent, un Moi sans illusions ? En tous les cas, même s'il n'a aucune idée sur le contenu d'un futur article, il en a déjà le titre : *« A la recherche du Moi perdu »*.

En attendant, Tomasz a en tête un autre sujet d'écriture, *'Où va la France ?'*. Elle lui paraît inerte alors qu'une bonne partie du monde se transforme à grande vitesse. Tomasz estime que Mehdi Ben Amiri se garde de réformer et trouve tous les prétextes pour flatter les conservatismes. Il a son titre : « *L'ancien monde ne veut pas mourir.* »

« Deux nouvelles années sans réformes en France. Est-ce parce qu'on refuse l'augmentation de l'homme qu'on doit refuser la transformation de la société ?

' Le pays vit une période paisible ' explique Mehdi Ben Amiri, ' La France n'est pas encore en bonne santé, elle est fragile, alors je calme les douleurs ; on pourrait dire que je suis un anesthésiste, c'est une condition nécessaire pour opérer avant de redresser le pays.'

C'est vrai que le président cultive parfaitement le besoin de sécurité et la crainte de l'avenir de l'opinion publique. Pour durer, il entretient l'immobilisme, décentralise et n'intervient que si cela se passe mal pour venir au secours de l'autorité locale et donner paternellement ses leçons. Il appelle subsidiarité cette tactique, pas trop fatigante et peu risquée. En ajoutant à cette politique de décentralisation le fait de désigner des ennemis clairement identifiés, les terroristes et la '*France Nouvelle'*, le président français obtient un bon soutien populaire.

Du coup, la sécurité est la priorité absolue de Mehdi Ben Amiri. Il a été élu pour cela, il ne déviera pas, les polices sont partout, justifiées par une situation complexe.

Certaines banlieues sont devenues des zones quasi-autonomes où des musulmans durs font la loi avec leur police 'de proximité'. Pas une fille n'aurait l'idée de sortir sans voile ou en jupe au-dessus du genou. À l'opposé, les quartiers tenus par la '*France Nouvelle'* sont eux aussi bien sécurisés avec une organisation comparable. Le calme règne. Chacun déménage dans son camp et dénigre l'autre. « C'est le prix de la paix », affirme Mehdi Ben Amiri.

Le terrorisme est toujours présent même s'il a perdu sa vigueur, s'il n'a plus d'emprise géographique apparente. Pour rester visible, le mouvement terroriste a gardé son nom de Daech et l'organisation conserve son influence, réagissant vite dès qu'on touche à sa puissance. Les extrémistes ont des moyens provenant de l'argent des cyberattaques et de la drogue ; ils sont proches des milieux mafieux et disposent de stocks d'armes. Leur stratégie est de communautariser des régions précises et de déstabiliser les autres. Il s'agit de fracturer pour peser sur les populations françaises ayant des racines africaines, de les obliger à 'choisir leur camp', de rendre difficile toute intégration : entretenir le sentiment de revanche, marteler 'être fier', 'ne pas être recolonisé'.

Comme l'équilibre est précaire, Mehdi Ben Amiri a profité des quelques tentatives d'attentats pour raffermir son pouvoir sans prendre le risque de s'attaquer à la fourmilière ; il dispense de bonnes paroles : « Nous n'accepterons jamais la routine de l'insoutenable. » « La violence est inacceptable. Je hais le terrorisme qui s'oppose à votre pouvoir, à l'autorité du peuple. » Pour lutter, l'État fiche et surveille tout le monde. La sécurité passe avant la liberté et le résultat est là : en deux ans, seulement trois morts dues à Daech ! « C'est un bon bilan ! » se vante Mehdi Ben Amiri. Il se rend compte que la dynamique peut lui échapper, il donne des gages à son aile rigoriste en prenant la décision controversée de rendre fériée la fête de l'Aïd al-Fitr, la fin du Ramadan. Les chrétiens ont été discrets, voulant préserver leurs dernières fêtes fériées, tandis que les juifs étaient furieux : « Pourquoi pas nos fêtes ? » Cette évolution était attendue car le travail ce jour-là était devenu compliqué, c'était une sorte d'officialisation. « Il faut bien accompagner les évolutions, s'adapter pour faciliter l'exercice de toutes les religions significatives » dit le président. D'ailleurs, a-t-il vraiment le choix ? La population pratiquant l'Islam augmente, encouragée par le nouveau conformisme social. Certains de ses amis pensent qu'il ne va pas assez vite.

En son for intérieur, Mehdi Ben Amiri pense que l'islam et le reste de la société aurait un gros travail d'adaptation pour être encore là demain. « Je vois bien les difficultés mais je ne peux pas tout faire tout seul ! » a-t-il dit en privé. Les informations qu'il reçoit ne laissent pas de doutes : la guerre civile n'est pas loin, les antagonismes sont partout - entre les actifs et les inactifs, entre les conservateurs et les modernes, entre les religieux et les autres, entre les générations, entre les pauvres et les riches, entre ceux qui travaillent et les chômeurs sans avenir. Mehdi Ben Amiri louvoie, il parle de choc de civilisation et défend une vision civilisationnelle contestée, qu'il nomme arabo-chrétienne, se dépêtrant difficilement de toutes les contradictions. Son principal objectif est d'incarner un président éclairé, réélu plusieurs fois, affirmant la France comme le porte-drapeau d'un futur original, humain, fort de ses racines culturelles, s'islamisant doucement.

Entre les approches conservatrices, matérialistes ou dématérialisatrices, son analyse est que ce monde tiraillé est explosif. C'est un monde en mouvement qu'il compare à la tectonique des plaques. Lorsque l'on ne pourra plus éviter que les approches entrent en collision, il se produira un immense tremblement de terre qui détruira l'humanité aussi sûrement qu'une dématérialisation complète ou une régression absolue !! Heureusement qu'il est là, mais même lui n'est pas sûr de savoir l'éviter ! pense-t-il… D'ailleurs, hors de France, à San Francisco, à Shanghai, la vie devient folle, inquiétante. C'est vrai, l'ancien monde ne veut pas mourir... mais peut-être qu'il n'a pas tout à fait tort. »

Tomasz clique, content de finir – difficilement – son article ! Pour lui, tout peut arriver, ces mondes divergent.

**** Justine ****

En France, le temps passe. Les événements s'effacent les uns après les autres, à toute allure. Les failles se creusent discrètement, les yeux sont fixés sur le court terme… Mehdi Ben Amiri trouve qu'il gère intelligemment cette époque pleine de pièges.

Le blog de Tomasz touche à présent une audience régulière et diverse. Justine fait partie de son public. Malgré sa personnalité frivole, des études qu'elle a écourtées au maximum, elle aime bien lire dans le métro les articles courts de *Micromégas*, écrits avec une pointe d'humour. Ceux-ci lui donnent un bon sujet de conversation au bureau quand elle veut montrer qu'elle n'est pas si superficielle ! Bien sûr, ce qui est trop sérieux la fait fuir en général mais elle ne déteste pas l'intelligence du moment que celle-ci reste discrète et pas fatigante.

En cette soirée d'avril 2025, Justine s'ennuie, seule. Lasse, elle est rentrée chez elle directement pour une fois. Pas de '*Happy Hours*', pas de shoping ni de flâneries.

Journée de travail ni épuisante, ni intéressante. Elle est employée dans une société d'assurance à La Défense. Son bureau impersonnel est au centre d'un vaste plateau paysager : une table blanc crème sur laquelle sont posés deux grands écrans tactiles et un clavier-souris. La moquette est bleu sombre. Sobriété totale, aucun papier sur les bureaux, dématérialisation oblige. Justine combat cette froideur en disposant sur la table son sac rouge, un foulard aux couleurs gaies, et, dans un désordre recherché, divers accessoires inutiles dont un grand cadre montrant le dessin d'un visage de femme par Matisse. Elle s'est battue, avec le soutien de ses voisins pour conserver auprès d'elle une grande et belle plante que sa main verte rend resplendissante.

Son boulot n'est pas passionnant mais l'ambiance est bonne. D'un naturel optimiste, Justine promène partout son éternel sourire ; elle a toujours une note fraiche dans sa tenue mettant en valeur le bel accord de ses formes minces et de ses rondeurs. Avec ses 1m70, ses cheveux châtain foncé, ses yeux gris, ses lèvres pulpeuses qui lui dessinent un sourire attirant, Justine ne cherche pas à passer inaperçue. Elle a l'appétit et l'assurance de ses 26 ans. Elle a beaucoup d'amis et consacre du temps à la machine à café et aux réseaux sociaux. Son patron la trouve d'une légèreté sympathique, efficace, si l'on considère le temps qu'elle passe réellement à son travail mais pas très productive, voire plutôt destructrice de productivité. Pour elle, les textos, les messageries instantanées sont une deuxième nature. Les hommes l'adorent : simple, enjouée, le temps passe vite en sa compagnie. Elle sait dire oui ou non avec grâce, elle choisit et papillonne. Elle n'est pas sans vertu du moment que cela n'exclut pas le plaisir. Elle considère l'exclusivité comme une forme de gaspillage.

Sa vie est heureuse, plutôt facile. Néanmoins, aujourd'hui, c'est le spleen. Un imbécile qu'elle connait bien l'a traitée de façon vulgaire. Les hommes ne sont généralement pas subtils, mais quand même ! De sa part, elle ne s'y attendait pas ; c'était une de ces phrases significatives qui font mal, qui transperce les apparences. La voit-on vraiment comme cela ? Un objet facile et sans cervelle. Cette fissure la fait douter.

Elle part du bureau, meurtrie, énervée, encore plus tôt que d'habitude, taraudée par ses pensées.

Elle n'est pas satisfaite en ce moment, elle a le sentiment qu'il lui manque quelque chose. Pourtant, sa vie, volontairement superficielle, lui plait. Elle ne cherche surtout pas la stabilité, évitant soigneusement les situations qui y conduisent.

Mais les temps changent et elle n'a plus vingt ans. On attend d'elle de la maturité, mot qu'elle déteste. La pression sociale augmente et lui pèse de plus en plus : elle continue à s'habiller de façon sexy et sent les regards réprobateurs. Elle n'est pas dans le sens de l'histoire. Des amies lui disent qu'elle doit se ranger, qu'elle devrait avoir une meilleure vie.

Une de ses amies s'est mariée avec un musulman et convertie. Elle conseille à Justine cette voie tranquille où elle-même trouve plein de satisfactions. La communauté musulmane l'a accueillie les bras ouverts. Elle ne travaille plus, gère la maison, fait ses cinq prières quotidiennes, suit le ramadan et toutes les fêtes religieuses. Maintenant, elle attend un enfant. Elle n'a aucun souci… Que demander de plus pour une femme ? Justine n'en est pas là, mais elle reconnaît que cette facilité a des côtés tentants.

Ce soir, Justine s'est mise dans son lit tôt. Paresseusement, ses pensées vagabondent au gré du surf sur sa tablette tactile. Elle a commencé sa soirée par la lecture d'un résumé du *Micromégas* de Voltaire qui l'a amenée à se poser la question : « Suis-je satisfaite de ma vie ? »

C'est un moment de calme, rare pour elle qui préfère sortir et bouger ; c'est le moment d'approfondir le sujet, se dit-elle. Elle passe d'un article à l'autre. Elle a déjà perdu près d'une heure sans voir le temps passer, la question évolue - ' Où vais-je ? ' … ' Que faire de bien dans la vie ? ' Les premières réponses abordent des registres pratiques : psychologie, santé, coaching. Si Justine raffole habituellement des conseils de Marie-Claire, aujourd'hui, elle recherche autre chose.

Elle tombe sur les leçons basiques de sagesse des philosophes antiques : « Deviens ce que tu es », « Carpe diem », « Accepte ce que tu ne peux changer et change ce qui peut l'être ». Ou bien des conseils pour sa réussite professionnelle. Elle tombe sur un site qui lui promet de gagner plein d'argent...il suffit de donner son email ! Elle passe et se débat dans une masse d'informations sans intérêt. Aujourd'hui, elle recherche quelque chose de plus sérieux, du spirituel ?

Pensant à son amie musulmane, à son visage radieux de son femme enceinte, Justine tape : 'que faire de bien dans la vie ? Islam'. Elle parcourt des sites où il y a des exemples édifiants de bonheur, bien présentés, faciles à lire. Elle y découvre une communauté sûre d'elle qui lui tend les bras. Il y a des récits de jeunes femmes qui ont décidé de changer de vie afin de ne plus avancer aveuglement, de trouver un sens à leur vie, de tourner le dos à la solitude ou à l'égarement. Elles semblent épanouies. Ainsi, un jour, Anaïs s'est rangée grâce à un groupe d'amis qu'elle a rencontré et qui l'a conseillée. À l'époque, elle ne savait pas en quoi elle croyait. Elle a discuté et lu ce qui lui était proposé. Des ouvrages simples qui indiquent clairement ce qu'il faut faire, les règles pratiques à suivre. Anaïs s'est rendue dans une mosquée près de chez elle, a progressé, puis a prononcé la Shahâda devant un imam : une seule phrase à dire en arabe : « J'atteste qu'il n'y a pas de divinité en dehors d'Allah et que Mahomet est son messager ». Pas compliqué. « Ce moment restera à jamais gravé dans ma mémoire », dit-elle sur le site. Anaïs s'appelle aujourd'hui Aïcha et est devenue une fervente amatrice d'ouvrages islamiques, une musulmane épanouie, fière d'avoir choisi l'Islam qui est pour elle le dernier message divin. Elle a été particulièrement touchée par l'amour que les fidèles portent pour Allah et est maintenant très entourée. Son cadre de vie est clair.

Comme dit le site à propos d'Aïcha : « pour ces jeunes femmes converties, l'Islam rime avec nouvelle vie et nouveau départ. Elles représentent cette jeunesse en France, qui, après avoir été manipulée, trompée et délaissée, a fini par trouver le chemin de la vérité. Elles font partie de la plus grande famille du monde, l'Oumma : des frères et des sœurs par milliers. Surtout, elles n'ont plus qu'un seul but, simple : chercher l'agrément d'Allah. » Le site est agrémenté de belles photos de fleurs et de repas joyeux partagés entre musulmanes. Une gaieté qui donne envie à Justine de poursuivre sa recherche dans d'autres directions pour comparer.

Pourquoi ne pas regarder maintenant : 'que faire de bien dans la vie ? Catholique'. Elle est tout de même vaguement catholique ! Elle avait été baptisée, sa grand-mère paternelle avait insisté mais ses parents ne lui avaient jamais parlé des Évangiles, pas du tout intéressés par cette religion poussiéreuse qui décourageait les plaisirs de la vie. Ils étaient bons vivants, d'un milieu modeste, et n'avaient pas mis les pieds dans une église depuis leur adolescence. En cherchant sur internet, Justine trouve une profusion de réponses : en particulier des sites sur le Catéchisme de l'Église Catholique. A part ses quelques notions sur Noël et sur Pâques, elle n'y connaît rien. La présentation est plutôt rébarbative, juge-t-elle, mais elle découvre les bases. Par exemple, on explique sur ce site ce qu'il faut faire pour obtenir la vie éternelle. Cela peut servir, se dit-elle. Il faut mener une bonne vie chrétienne mais on n'explique pas comment ! L'amour est le premier commandement, c'est-à-dire faire le bien d'autrui. Soit, mais c'est décevant, cela ne met pas en valeur la conception de l'amour que Justine maîtrise bien.

Oups ! Ces explications sont sympathiques mais fatigantes à lire. Justine ne voit pas bien les aspects positifs, à part la vie éternelle. Exigeant, pas vraiment attrayant, et le croyant n'est pas clairement fixé s'il est dans le droit chemin ou non. Néanmoins, elle découvre une notion qui lui plaît, l'absolution ! Un concept génial mais insuffisant pour convaincre Justine. Elle retient de son exploration sur le catholicisme que c'est un peu trop abstrait pour elle.

Finalement, l'islam parait plus simple, se dit-elle. Mais voyons une autre religion : ‘que faire de bien dans la vie ? Juif’. L’un de ses arrière-grands-parents s'appelait Levy, du côté de son père.

Elle découvre beaucoup de choses qui retiennent son attention : « Il faut jouir de sa vie ! Le Talmud enseigne que dans le monde à venir, le Tout-Puissant nous rappellera à l'ordre pour n'avoir pas joui d'un plaisir autorisé qui nous était accessible. » Cela commence bien.

De plus, elle se rend compte que la place des femmes est centrale, respectée, bénéficiant d'une autorité naturelle. Le Talmud dit : « Par le mérite des femmes intègres, le peuple juif a été sauvé d'Égypte. »

Très sensible à ces deux points, elle sourit. Elle ne voyait pas les juifs comme cela. Avec leur Kippa, ils s’isolaient, s'enfermant dans une communauté qu'une partie de l'islam poussait dehors.

Justine progresse dans sa recherche se demandant comment devenir juive : il faut étudier la Torah, jouir du Chabat, puis faire partie de la grande famille du peuple juif. Il est conseillé d’apprendre l'hébreu. Ce n’est pas simple ! De plus, aujourd’hui, les juifs sont plutôt marginalisés en France, encore plus que les chrétiens. D’ailleurs, sur les sites qu’elle vient de parcourir, il leur est souvent recommandé d'aller en Israël ou aux Etats-Unis, on y trouve toutes les explications pratiques. Pour l’instant, Justine aime trop la France, la vie futile parisienne, ses vacances en camping sur la Côte d'Azur. Finalement, parmi les trois alternatives à sa situation, devenir musulmane est celle qui présente le plus d'avantages. Elle se promet d’y réfléchir mais rien ne presse.

** Education **

Justine reprend sa vie insouciante après avoir constaté qu'elle n'avait pas le profil pour être une croyante fidèle. Elle préfère les doutes de Tomasz, pour elle, c'est plus confortable.

Celui-ci se révolte devant les médias traditionnels français qui entretiennent une uniformité endormie de l'opinion. Entre une bien-pensance prudente pilotée par la volonté de ne pas attiser les haines et de plaire au plus grand nombre et les relations 'gagnant-gagnant' avec le gouvernement, les médias généraux ne prennent pas de risques. Aussi, de nouveaux médias sont apparus après la période d'observation post-élection. La convergence entre internet, la télévision et le papier est réalisée depuis longtemps et le papier est marginalisé. La dématérialisation a permis un tel abaissement des coûts de diffusion qu'il est impossible de revenir en arrière ; tout le monde peut publier n'importe quoi. Il est difficile de se faire entendre dans cette profusion d'autant que l'IA prépare les articles et que beaucoup de journalistes ne sont plus que des correcteurs ! Tomasz, ogre d'informations, adore cette pluralité où il trouve toutes sortes d'idées saugrenues et qu'il filtre et structure grâce à son abonnement à *L'Univers*.

Parmi d'autres, un nouveau site vient d'être créé, '*Vivre.fr*', mixant vidéo, textes et images, orienté smartphone. L'objectif des jeunes fondateurs est de donner la parole à des tendances plus confidentielles et originales : élargir les débats, rester objectif sans ennuyer personne avec pour modeste slogan : '***Vivre*** *votre rêve de liberté, de vérité et de bienveillance*'... densité, qualité, rapidité. Ils ont entre 17 et 30 ans ; leur passion collective et leur créativité médiatique leur permettent de créer des buzz et des polémiques. Ils se concentrent sur quelques sujets centraux - les enjeux des révolutions technologiques, l'humanisme, l'évolution des religions - et ménagent une large place pour l'art et les questions d'éducation.

Une émission a du succès : la '*Tribune 77*' qui donne chaque semaine, 7 minutes de temps de parole libre à 7 personnes. Les enregistrements sont notés par les internautes, traduits pour les meilleurs. Certaines vidéos font le tour du monde : 7 minutes, c'est un format pratique pour les transports. C'est une proposition qui répond bien aux générations millénium, en quête de sens, de rapidité, de choix multiples, chaque sujet étant traité de différents points de vue. '*Vivre.fr*' fait partie de ces lieux multiformes d'agitation intellectuelle qui foisonnent en France. Lehna y est très présente : elle a sa tribune dans laquelle elle pose de façon concrète et pédagogique des questions philosophiques.

Le pouvoir politique a aussi voulu utiliser '*Vivre.fr*' mais le ton trop libre de la chaîne et la posture compliquée du gouvernement vis-à-vis du modernisme l'incitent à la prudence. Pourtant, à titre personnel, Mehdi Ben Amiri utilise habilement les nouvelles technologies et il est passionné par leurs impacts, notamment sur l'islam. Il a créé un groupe musulman de réflexion pour explorer les diverses questions posées par les androïdes et les manipulations génétiques. En privé, il se demande si ces sujets ne sont pas pour l'islam des bombes pires que celles des terroristes. En fait, il ne s'interroge pas, il en est certain !

Les échanges passionnent, '*Vivre.fr*' ne recule pas devant les provocations pour ouvrir les perspectives. Sur des affiches de publicité, '*Vivre.fr*' reprend un dessin de Morpheus, héros de Matrix : « J'aimerais libérer ton esprit mais je ne peux que te montrer la porte. » Poser des questions, ouvrir des fenêtres sur l'avenir, sur soi. Pour la petite équipe de '*Vivre.fr*', la civilisation en devenir nécessite une vision et une transformation culturelle. Il faut se projeter dans le futur, essayer de lire une époque de renaissance aux multiples facettes : 'augmentation', 'mutation, 'évolution', … 'dématérialisation', 'convergence', 'spiritualisation', 'espoir de sagesse' ?, … 'disparition' ?

La jeunesse, cible privilégiée de '*Vivre.fr*', y insuffle son absence de tabou et son implication pour son avenir.

Les sujets d'éducation sont centraux. Afin de les traiter, la chaîne s'appuie sur un spécialiste entrepreneur de l'enseignement, Michel Tourneur, qui a développé une quinzaine d'écoles en France, appelées EPIS (*École Pour l'Intelligence de Soi*), de la maternelle au collège avec comme objectif : 'faire grandir l'enfant dans la connaissance de lui-même et dans son potentiel, lui faire trouver sa liberté '.

Sur '*Vivre.fr*', Michel a été chargé d'un éditorial hebdomadaire sur le thème de l'éducation.

Pour ses écoles, il suit de près l'évolution de l'enseignement dans le monde, en révolution permanente. Après les chauffeurs de taxis, les médecins, les professeurs ont vu leur rôle menacé : l'enseignement ne pourrait-il pas n'être plus porté que par des vidéos longuement travaillées, des formations interactives en ligne pilotées par des robots ?

Le modèle de Michel, utilise les technologies pour valoriser l'apport des pédagogues ; ces derniers accompagnent les jeunes dans la connaissance d'eux-mêmes, dans l'adaptation à la future société et l'utilisation optimale des outils.

A 43 ans, Michel Tourneur est passionné par son projet, par la transmission du savoir et l'éducation à la liberté. Lui-même n'a pas suivi une scolarité facile. Jeune, il a changé souvent d'école, ayant des rapports compliqués avec ses maitres, trouvant qu'il perdait son temps, que les enseignants ne lui faisaient pas confiance Il remettait en cause leurs méthodes et, pour prouver ce qu'il disait, il est devenu professeur de français. Pendant plus de dix ans, il a travaillé beaucoup, approfondissant la pédagogie et le contact avec les élèves, faisant des expériences à partir des outils numériques.

Le concept de Michel, c'est un travail d'équipe dont les enfants sont le cœur, les enseignants, l'âme, les parents sont les accompagnateurs.

Dans son entreprise, il a monté une équipe Ressources Humaines qui forme et écoute les professeurs, stimulant leur vocation. Passionné par les plantes, Michel aime comparer management et jardinage : « apprendre s'alimente en permanence : arrosage, engrais, taille, plantations, arrachages. » Il a formé une équipe de jardiniers, enseignants eux-mêmes, qui animent le corps professoral. C'est pour lui un choix majeur d'organisation car il avait constaté que les professeurs étaient souvent livrés à eux-mêmes, parfois résignés à une routine, avec le sentiment de ne pas être soutenus ni considérés ; ils s'abritaient alors derrière le manque de moyens, inquiets de leur propre effacement devant les nouvelles technologies. Les élèves leur disaient : « j'ai vu un cours sur internet, c'est bien expliqué. Avec vous, on ne comprend pas, ça ne va pas assez vite, ce n'est pas drôle. » Ils cherchaient à lutter. Michel leur montrait que leur enjeu était ailleurs : conseiller les élèves, les encourager et compléter les formations en vidéo.

Pour EPIS, il a bâti une équipe qui anime le site internet *EpiCentre,* un espace qui permet aux professeurs de savoir où en sont les élèves et de développer leur enthousiasme. Il est fier d'avoir créé avec *EpiCentre* une plateforme d'échanges enseignants-élèves-parents et d'outils pédagogiques numériques ; l'élève y trouve des supports personnalisés, des exercices corrigés, et évalue avec le professeur son profil et ses lacunes dans son univers personnel. Il y a des analyses big data pour ceux qui le veulent mais l'enfant maitrise ses données personnelles, connaît ce que les professeurs ou les parents voient, seules les données scolaires sont conservées.

Mathilde suit avec passion les émissions de Michel sur '*Vivre.fr*'. C'est pour ce type d'éducation qu'elle a changé de voie après ses études aux Beaux-Arts. Elle ne s'épanouissait pas dans son travail où elle avait espéré créer de beaux lieux de vie. Poursuivant son nouveau rêve, elle vient juste d'obtenir son diplôme de professeur d'art et voudrait participer au projet de Michel. Elle a étudié le site *EpiCentre* et avait envoyé des idées, noué des contacts en contribuant au site sur le volet artistique peu développé jusqu'alors.

Encouragée par Camille, Mathilde a obtenu un rendez-vous avec Michel grâce à une lettre ruisselante de motivations. Michel adore rencontrer des jeunes, ils renforcent son énergie. Même s'il ne peut les prendre tous dans ses écoles, il essaye de les aider, envoie des mails, donne des coups de téléphone.

Après avoir écouté Mathilde et s'être laissé séduire par son enthousiasme frais, sa sensibilité humaine et artistique, il prend son ton professoral : « Nous changeons de civilisation avec l'accélération des progrès technologiques. La connaissance de la beauté a une place essentielle dans ce que j'appelle l''optimisme humaniste' et votre profil est intéressant pour cela. L'éducation et le sens de la beauté sont des facteur-clés de cette gestion du changement. » Il est vite convaincu que Mathilde lui sera précieuse : même si elle semble fragile, elle y croit. Il aime cette génération sans tabou.

Les dimensions artistiques de Mathilde associées à sa motivation pour *EpiCentre* sont rares, il lui dit :

— Viens élargir le monde de l'enfance avec nous. Avant-hier on embauchait des bras, puis on a cherché des têtes pour leurs connaissances et raisonnements, dit Michel. On embauchera de plus en plus des cœurs et des caractères ayant le sens de la beauté… et cela, ce n'est pas robotisable. Du moins si l'on croit que l'amour est un don de liberté. Notre système éducatif doit préparer les élèves à ce monde où la définition du travail sera différente et où les robots seront omniprésents.

Michel lui trouve un poste de professeur d'art à mi-temps dans une école où la directrice sera une excellente marraine. Il a bousculé son agenda pour profiter de ce moment privilégié, ils doivent prendre congé, un dernier message se dit-il :

— L'intelligence, l'art, c'est bien mais élever la personnalité est encore plus important : se confronter aux autres, se lier sans s'aliéner, s'imposer sans imposer ! Qu'en penses-tu ?

Mathilde est surprise, ne lui met-il pas la barre trop haute ?

— Oui ! Vous savez, j'ai mes limites. L'important, c'est d'animer en aimant, non ?

Mathilde regrette sa vivacité et rougit, mais Michel la raccompagne chaleureusement : « A très bientôt » lui dit-il.

** **Respect** **

Cela fait longtemps qu'elle y pensait : Camille a écrit un livre court où elle a rassemblé ses idées sur la tolérance. Elle l'appelle *'Respect'*. Elle y a intégré ses réflexions et des citations qui montrent comment le respect est une valeur partagée dans toutes les cultures malgré les nombreuses nuances dans la définition et dans l'application. Au départ, elle voulait juste densifier sa pensée, être capable de mieux en parler. Puis, elle s'est prise au jeu et a structuré un livre. Elle commence par « Le respect, c'est le contraire de la faiblesse. » pour conclure « Le respect se donne et se mérite, c'est une seconde nature. ». Un texte volontaire et léger.

Depuis quelque temps, Camille et Hugo vivent ensemble comme un couple évident. Camille n'a pas découragé les avances d'Hugo. Un jour, ils se sont installés chez Camille ; Hugo sous-loue son appartement, rien de définitif.

Sûre d'elle, Camille donne le rythme de leur relation intuitive. En ce moment, elle est imprégnée de son livre. Lorsque Camille a émis ses premières idées et lui a montré ses notes, Hugo l'a tout de suite encouragée et inspirée. C'est devenu l'un des ciments de leur amour et finalement, elle y a beaucoup travaillé, jamais contente du résultat.

Aussi, quand elle fait enfin lire son projet de livre à Mathilde et Paul, elle est surprise de leur enthousiasme. Mathilde s'enflamme :

— Ton livre est super, cela nous fait du bien dans notre société tendue.

— Merci. Cela m'a donné du mal mais c'était utile pour moi.

— Il faut que tu le publies.

— Ne t'emballe pas. Je n'ai rien fait d'original. J'ai emprunté, valorisé les idées des autres.

— Mais si, c'est très bien ! Tes mots rendent heureux et mobilisent. Vas-y, cela se lit facilement : le commencement est la moitié de l'objectif, plaisante Mathilde. Nous sommes avec toi. C'est une petite pierre… C'est ta mission ! »

— C'est peu de chose… Pas une mission, à peine une sous-mission !

Camille élargit son cercle de lecteurs en se risquant à le montrer à des amis plus critiques, comme Tomasz et Julien, ou bienveillants, comme Sarah et Myriam. Discussions sans fin, améliorations. Cela devient le livre de tous et ses amis poussent Camille à le publier. Seul Julien ne peut s'empêcher de moquer ces bonnes intentions.

Un jour, Hugo présente Camille a un ancien camarade devenu éditeur qui s'intéresse au projet et propose à Camille d'éditer le livre. Camille tergiverse, puis se laisse convaincre.

Paul improvise une couverture originale et le livre sort. Buzz sur internet, stimulé par le réseau des amis et l'éditeur. Deux mois plus tard, Tomasz renforce la notoriété par un article de *Micromégas* bien 'liké'. Petit succès d'autant qu'au même moment, un fait divers de viol collectif fait la une des 'journaux'. L'indignation est à son comble, tout commence par l'éducation, par l'apprentissage du respect, un journaliste cite le livre de Camille.

Ce succès, quoique modeste, est inattendu.

Lehna joint même Camille et la félicite de son livre. C'est un choc pour Camille qui avec Sarah, admire tant ces '*Philosophes 2022*' et tout particulièrement Lehna. Pour elle, ce monde intellectuel qui écrit et passe à la télévision est une planète lointaine située de l'autre côté de l'écran. Et cet écran s'évanouit quand la philosophe lui propose une rencontre au centre de Paris, à la brasserie Zimmer.

Camille est fébrile. Peu avant cinq heures, elle arrive en avance au café, place du Châtelet, le centre de Paris. Elle ne connait pas, elle a l'impression de changer d'époque dans la vieille salle magnifique et surannée avec ses velours rouges, ses miroirs, ses boiseries et ses moulures. Un décor étonnant qui emmène les clients plus d'un siècle en arrière ! Camille s'assoit dans un lourd fauteuil et attend Lehna. Un serveur s'empresse, elle commande un chocolat chaud et plonge dedans, le humant en détaillant les gens et le décor tout autour d'elle. Lehna arrive enfin, pressée, souriante, belle. Elle est connue ici, des regards se tournent vers elle. Pantalon noir, pull gris clair en V, ajusté sur sa poitrine, bottines noires, brillantes. Élégante, sûre d'elle, Lehna doit saluer deux personnes avant d'arriver à Mathilde qui lui a fait signe. Bises et premiers échanges, Camille est subjuguée par le charme de Lehna, chaleureuse, qui la met rapidement à l'aise en lui avouant en riant qu'elle avait écrit un essai sur la liberté et la tolérance dans son jeune temps… « mais il n'était pas aussi bon que le vôtre », ajoute-t-elle pour Camille qui n'en croit rien, elle va se le procurer. C'est un de ses thèmes préférés et la discussion devient animée, de plus en plus complice. Elles prennent un autre chocolat et une tarte tatin. La philosophe est encore plus gourmande que Camille - « Je compense par du sport. » Lehna l'interroge sur sa vie et lui propose d'être interviewée sur *Vivre.fr*. Elle va arranger les choses. Camille est sous le choc, passer de l'autre côté de l'écran ! Lehna sait s'y prendre, impossible de refuser. Elle viendra la chercher !

En ce samedi d'avril 2025, comme souvent, soirée amicale chez Paul, on fête le livre. Salades, pizzas, fromages, énorme saladier débordant de mousse au chocolat. Julien a apporté un excellent vin de Graves qui complète les bouteilles d'Emmanuel. Ce dernier est de passage, faisant escale entre les Etats-Unis et Israël, heureux d'être là et d'accompagner Myriam. C'est le seul qui n'a pas lu le livre.

Camille relate sa rencontre avec Lehna au Zimmer, avec son art consommé de raconter les anecdotes : le cadre de la brasserie, le charme et les mimiques de l'intellectuelle, la gourmandise, une citation… et l'invitation à passer dans une émission de télévision dans quinze jours. Elle partage son trac avec ses amis. Il faut s'entraîner, dit Julien, qui, en énarque accompli, sait tout faire et se propose de jouer le journaliste. Il le fait avec humour et décontracte Camille. Après des balbutiements, elle se prend au jeu et commence à répliquer spontanément, imaginant les spectateurs, positifs ou critiques. Dans l'ambiance chaleureuse, le vin inspire le débat, subtil avec ses tonalités de fruits rouges. Hugo tend un nouveau verre à Camille qui devient conquérante. Conclusion de Julien et applaudissements.

Dans l'euphorie, Hugo dit alors : « Et si on créait un mouvement *'Respect'* ? On organiserait des débats autour de ce thème. »

Sarah soutient immédiatement : « Oui, je trouve cela bien. On pourrait créer un groupe de réflexion multiculturel pour donner de la visibilité et prendre des initiatives liées au respect en France. » Tomasz approuve : « Il n'y a rien à perdre. » Il a beaucoup soutenu le livre et, lui non plus, n'a pas manqué le rendez-vous chez Paul, enchanté de passer quelques jours parisiens avec Sarah. Ce mouvement ne pourrait que le rapprocher d'elle.

L'idée murit. Camille, réticente au départ, se laisse peu à peu convaincre par l'enthousiasme collectif. Les amis ont vraiment envie de faire ce groupe, ensemble. Et ce serait utile ! Tomasz revient sur les tensions en France, sur ces polices communautaires qui génèrent de l'exclusion.

Camille ne peut pas reculer ; inconsciemment, elle voulait faire quelque chose. Finalement, c'est elle qui en rajoute : « C'est vrai, entre une culture qui doute d'elle-même et une culture forte, c'est la deuxième qui doit l'emporter. À nous de faire de la tolérance la culture forte. »

Aimable ivresse. Ils ont trouvé un mode d'expression qui répond à leur besoin d'apporter leur pierre à l'édifice.

Les neuf amis trinquent, l'heure est au Graves.

Paul promet un logo qui se reconnaisse dans le monde ! Le vin a vraiment pris le pouvoir, pacifiquement, unanimement.

Sarah se propose d'y associer les réflexions de son groupe musulman.

Hugo ébauche un plan pour le site internet *'Respect'*. Les idées fusent. Le site sera clair, collaboratif… et beau, insiste Paul. À chacun sa partition. Ils inventent wikirespect, pour accueillir des contributions qui feront progresser la culture du respect. La tolérance n'est pas une option, elle doit être une seconde nature.

Camille n'arrive plus à placer un mot, dépassée. Elle est propulsée présidente. À elle de l'annoncer la semaine prochaine sur *Vivre.fr*. Chacun se répartit les tâches. Sarah gérera les aspects administratifs avec Myriam.

Tout va vite ensuite, Sarah est efficace. Le mouvement est officiellement créé le 10 avril 2025. Un bureau est nommé autour de Camille : Sarah, Myriam, Hugo, Tomasz et même Julien qui ne veut pas rater cela.

Porté par le succès du livre, par Lehna qui s'improvise ambassadrice, *'Respect'* se fait connaître.

L'équipe fait d'abord un gros travail sur le site internet. Le Comité éditorial se réunit tous les lundis soir donnant lieu à des réunions joyeuses gentiment arrosées. Il faut apporter du contenu, écrire des éditoriaux et imaginer des vidéos. L'argent du livre finance le mouvement. Hugo travaille comme un fou pour construire le site, y passant ses nuits.

Mathilde a une idée : pourquoi ne pas lier le message sur la tolérance à l'éducation ? Ils voient avec Michel Tourneur et montent avec *EpiCentre* des vidéos signées *'Respect'* pour la sensibilisation au respect dans les classes. Mathilde se passionne pour ce projet.

Justine avait acheté le livre de Camille à la suite d'une lecture d'un article de *Micromégas*.

Après ses recherches d'il y a un an, elle a vite abandonné sa motivation pour l'islam. Elle n'est pas douée pour aucune religion et a repris une liberté insouciante, multipliant les expériences, aimant tous et toutes. Son choix est de ne pas choisir, comme elle le dit, provocatrice : « Je suis gourmande ; qu'on ne me demande pas de choisir entre l'éclair au chocolat et le Paris-Brest. » Zéro contrainte.

En matière de religion, elle a encore moins l'intention de choisir. Ce n'est pas une absence de foi mais c'est inutilement fatigant et elle n'y comprend rien. ;

Quand quelqu'un lui avait lancé à la figure le célèbre mot de Simone de Beauvoir - « Une femme libre est exactement le contraire d'une femme légère. », elle avait ri aux éclats ; Justine pense que sa légèreté est liberté.

En revanche, elle est très motivée par 'Respect'. Elle, qui ne s'engage pas, qui se situe nulle part, se sent bien dans ce mouvement qui ne l'empêche pas de s'amuser sans entrave. Il a aussi un côté amusant permettant de rencontrer des gens divers et intéressants qui l'acceptent telle qu'elle est ! Elle adhère et participe aux actions avec enthousiasme.

Petit à petit, le mouvement s'élargit et des relations avec d'autres associations humanitaires s'établissent.

Pour la bande d'amis, le défi est maintenant d'animer et de canaliser. *'Respect'* trouve un écho dans d'autres pays où des groupes s'approprient l'idée, dans une sympathique improvisation. Une notoriété brouillonne qui ne déplaît pas à Camille. Elle ne veut surtout pas tout contrôler, l'esprit, c'est de semer.

L'approche désordonnée permet à *'Respect'* de concrétiser toutes sortes d'initiatives, romantiques, anarchiques, provocantes. Des relais sont créés dans plusieurs pays et le site est repris dans plusieurs langues : Sarah, avec Lehna, se concentre sur le site arabe ; Tomasz et Emmanuel participent au site anglais avec des amis de San Francisco.

**** Premiers pas ****

Mercredi 3 septembre 2025.

C'est le grand jour pour Mathilde, son cœur explose, son corps défaille, elle intègre une des écoles de Michel et va mener pour la première fois une classe toute seule.

À 8h30, Mathilde arrive pour son cours de 6ème, face à 26 élèves. Professeur d'arts plastiques, elle sait que sa matière n'est pas la plus attendue par ses élèves qui, au mieux, espèrent une détente calme et improductive. Elle a été prévenue, elle devra être patiente, sa passion sera difficile à partager.

Elle s'est longuement préparée, pourtant ses jambes flageolent : « ne rien laisser apparaître, respirer, parler d'une voix ferme, se pincer. » Pour éviter la panique du départ, elle a appris par cœur ses premières phrases et les a répétées devant Camille.

Brouhaha. Elle accueille les enfants avec un large sourire hésitant et présente son programme. Elle explique la méthode de la classe inversée : « vous apprenez certaines leçons en dehors des cours en regardant une vidéo et nous mettons en pratique ensemble les connaissances. » Pour mieux se faire comprendre, elle projette une image amusante sur le tableau depuis son smartphone. Elle s'appuie sur l'exemple des couleurs primaires et secondaires : « Vous découvrez les nuances par des jeux. En classe, nous faisons des exercices. Nous essayons de créer ensemble et de nous amuser avec les notions. » Les enfants écoutent - 26 élèves la jaugent : sa passion et son jeune charme opèrent petit à petit, on a l'impression qu'elle a vingt ans, elle semble proche et est de plus en plus à l'aise. Ils ne sont pas si terribles.

Mathilde obtient même deux questions auxquelles elle répond en plaisantant avant de passer aux présentations. Elle donne l'exemple et explique avec humour ses travaux d'architecture, la difficulté qu'elle a eue pour exprimer sa créativité et finalement, comment elle a choisi d'être enseignante pour satisfaire sa passion de transmettre ; elle fait rire avec ses échecs. Elle termine en projetant les Nymphéas bleus de Monet avec la citation de Dostoïevski - *La beauté sauvera le monde*. « Voulez-vous sauver le monde avec moi ? » Des enfants rient à nouveau, la glace est rompue.

C'est la moitié du chemin. Elle leur demande de dire quelques mots sur eux-mêmes, sur ceux qu'ils aiment, leurs frères et sœurs, leur loisir principal, juste ce qu'ils veulent. Ils peuvent même répondre à la question « Pour vous, qu'est-ce que la beauté ? » Chaque enfant dit maintenant un peu de son histoire. Rires, ambiance chaude, un élève en profite pour un début de chahut. Elle le regarde en silence, isole l'enfant et la présentation peut reprendre. Elle est même obligée d'abréger les confidences de certains, la classe se soude.

Enfin, Mathilde explique l'usage de la tablette tactile qui sera leur principal outil cette année, leur fenêtre de connaissance : lectures internet, vidéos, exercices rapides pour positionner la compréhension puis la mémorisation. Chaque tablette peut envoyer des informations au tableau numérique sous contrôle de Mathilde.

Des questions, de la bonne humeur, un petit test. La plupart des élèves sont à l'aise avec les outils. Le contact est bien établi : deux élèves viennent la voir à la fin du cours. Ils repartent heureux, tout comme Mathilde qui, sur un nuage, est épuisée. Elle aime déjà ces enfants, elle va dormir immédiatement en arrivant chez elle.

Trois jours auparavant, Mathilde a assisté aux deux journées de rentrée avec les autres enseignants de son collège.

Michel a rassemblé les professeurs de ses écoles et leur a fait un discours mobilisateur :

— En formant cette jeunesse, vous préparez la civilisation de demain. Vous êtes là pour offrir à vos élèves l'envie, la soif de vivre ensemble, une liberté.

Ce que nous voulons leur apporter ici, c'est un socle et un état d'esprit. Le monde évolue si vite que personne ne sait ce qui leur sera nécessaire dans dix ans. Vous leur enseignerez la culture du changement continu en leur disant : « Nous ne savons pas comment vous devrez agir avec des robots plus intelligents que nous tous. Votre comportement sera aussi important que votre intelligence. Vous allez créer une nouvelle civilisation et nous voudrions vous y préparer. Même le travail disparait sous sa forme passée : ensemble, nous devons tout réinventer et apprendre en permanence. Il faut que vous ayez une curiosité insatiable. »

Pour les enfants comme pour les enseignants, savoir ne pas savoir est un savoir clé.

Michel regarde ses professeurs. La plupart considèrent qu'ils doivent avoir réponse à tout.

— Posez-leur des questions, tout le temps, qu'ils aient un cerveau en éveil perpétuel et une approche personnelle. Se rebeller est un bon signe quand ce n'est pas de l'orgueil. En primaire, au collège, les enfants posent souvent de meilleures questions que les adolescents du lycée et leurs réponses sont aussi souvent plus justes. Peut-être serez-vous déstabilisés par des spontanéités fulgurantes ! Apprendre l'humour et la beauté leur servira plus que certaines règles de grammaire. Savoir rire de ses erreurs, accepter l'échec comme une source d'enrichissement, savoir être bien avec les autres, c'est notre mission.

Michel a presque terminé. Ils vont maintenant échanger en petits groupes pour travailler sur les différents thèmes :

confiance, méthodologie, autorité, respect, gestion des échecs... Michel conclut :

— Notre mission est simple : former des êtres libres, forts, responsables, capables d'aimer. Nous avons réussi une superbe année 2024-2025. Je nous souhaite de faire encore mieux cette année, tous ensemble. Merci pour tout ce que vous ferez pour ces enfants. »

Mathilde est heureuse, c'est l'aventure qu'elle recherchait. Elle a autour d'elle une belle équipe avec qui elle apprendra beaucoup et goûte cet instant de plénitude.

Quant à Michel, sa rentrée s'est bien passée. Il a dû refuser des élèves et projette la mise en place de trois nouvelles écoles EPIS pour la rentrée 2026. Il a recruté un directeur du Développement qui prend en charge ces créations. En parallèle, Michel vient de terminer son livre '*Transmission*' où il raconte son projet. Si le livre a du succès, cela alimentera ses budgets et fera de la publicité pour EPIS.

Deux mois plus tard, Apostrophes a pour thème l'éducation. Nicolas Delafeuille invite Michel Tourneur sur son plateau pour parler de son livre '*Transmission*' :

— D'où vous vient votre passion pour l'enseignement ?

— Cela remonte à mon adolescence. J'avais de graves problèmes scolaires, j'ai été renvoyé deux fois. J'étais un élève impossible, je trouvais l'enseignement rigide et sans imagination. Être renvoyé à deux reprises, coupé de ses camarades, sermonné par ses parents, est 'assez déstabilisant'. Il faut tout reconstruire. J'ai eu la chance que mes parents me laissent respirer. Pendant un temps, je me suis réfugié dans un monde de lectures et d'identités numériques multiples. J'ai exploré tout seul l'univers d'internet, je m'y suis perdu. J'y passais des nuits en cachette. Après un baccalauréat littéraire, je me suis demandé ce que je voulais faire de ma vie, je ne trouvais pas de réponses. Faire la révolution ? Voyager ? Gagner de l'argent et en jouir ? J'ai eu pas mal d'expériences. Enseigner est venu petit à petit autour du désir d'apporter quelque chose aux autres, autour du mot 'don'. Ce mot 'donner' s'est transformé en 'transmettre'. J'avais trouvé ma véritable envie et cela m'a amené jusque-là.

— Dans votre livre, vous limitez la transmission au domaine de l'éducation ; c'est réducteur, non ?

— Oui, je me suis limité au champ d'actions que j'ai labouré dans tous les sens, c'était déjà vaste.

— Pour récolter, vous utilisez vos 3C : Confiance, Connaissance, Critique. Pouvez-vous nous parler de cette approche ?

— C'est un repère pour moi : d'abord, développer sa confiance en soi et faire confiance, savoir écouter pour être écouté, c'est la base. Ensuite, mieux se connaître pour mieux se développer, être ouvert aux autres et connaître le monde. Ouvrir ses yeux, questionner. Enfin, développer son esprit critique, savoir analyser pour rester libre.

Ces trois dimensions me paraissent primordiales, ce sont aussi des voies de jeunesse !

— Votre livre m'a fait penser à Socrate.

— Dans le domaine de la transmission, Socrate est un maître. Pour s'élever et se construire en liberté, l'homme doit répondre lui-même à ses questionnements, c'est expliqué sur notre site *EpiCentre*. Vous y découvrez aussi un self-service éducatif ; ludique, pour structurer son apprentissage ; on peut y analyser son profil, s'évaluer, trouver des réponses, des sources, des cursus de formation, des MOOC*. Les pages introductives sont distrayantes, créées pour ouvrir le désir d'apprendre. Nous avons aussi fait une version pour les adultes. Dans ce monde, l'évolution permanente est un enjeu immense.

— Vous insistez sur l'aspect ludique du travail, reprend Nicolas, c'est bien de jouer mais personne n'apprend simplement en s'amusant sur internet. Il faut noter les élèves.

— Les stimuler, oui, pas les juger ; les éclairer sur leur niveau et sur leur progrès. L'école n'est pas une machine à humilier ou à fabriquer des adultes soumis.

— Personnellement, si personne ne m'avait forcé, je crois que je n'aurais pas appris grand-chose.

— Sans doute. Néanmoins, mon expérience est que j'aurais mieux appris si mes professeurs m'avaient motivé autrement que par la contrainte. Apprendre repose sur deux éléments : le temps qu'on y passe, bien sûr, mais surtout la qualité de ce temps. L'attention qu'on y porte, elle-même dépendante du désir d'apprendre. Il faut jouer sur le désir. Connaître, c'est naître avec. Naître doit être un plaisir, un espoir, même si on ne doit pas sous-estimer les efforts, parfois douloureux, qui font partie du sens.

— Ha, ha ! Il y a effectivement des naissances difficiles, plaisante Nicolas. Voyons la question du côté du professeur. Il ne trouve pas toujours de plaisir dans l'enseignement actuel ! Avec ces outils, le travail de l'enseignant n'est-il pas dévalorisé ?

— Au contraire, son rôle peut se concentrer sur l'essentiel. Le professeur pose les bonnes questions, on revient à Socrate : il ouvre des perspectives, il est développeur de désir et de personnalités… c'est un plaisir, il me semble !

Mathilde regarde l'interview avec Camille. Elle est ravie et pense à ses parents qui sont aussi devant leur écran. Ils en parleront dimanche à déjeuner, elle est fière de ce projet dans lequel elle s'investit complètement. Après son cursus de formation sinueux, son mal-être, elle a trouvé sa voie, heureuse aussi de rassurer ses parents.

Michel a profité de sa médiatisation pour obtenir un rendez-vous avec la ministre déléguée en charge du collège. Cela a été difficile. Il y a six mois, il avait rencontré son chef de cabinet, un entretien poli et stérile. Michel sait qu'il ne véhicule pas l'image socialiste que Delphine Verneuil met en avant, éliminant tout ce qui s'apparente à une ingérence religieuse. Mais il ne peut laisser ses écoles se faire étouffer dans une impasse financière. Il aimerait désamorcer les réflexions sur des réformes qui couperaient des subventions vitales pour EPIS.

Il croit que Delphine Verneuil est moins sectaire que la réputation qui lui est faite. Bien sûr, elle est du côté des fonctionnaires, du côté de l'école publique et elle défend la laïcité avec vigueur, ce qui est courageux dans le gouvernement actuel. Elle ne peut que s'apercevoir qu'une école aux mains uniques de l'État comporterait des dangers. Et concernant la laïcité, Michel est plus proche d'elle que le ministre de l'Éducation. Michel est convaincu qu'il peut l'aider d'autant qu'elle essaye de faire bouger le fameux mammouth, c'est une professionnelle.

Aujourd'hui, Delphine Verneuil est installée dans son grand bureau de la rue de Grenelle, satisfaite d'elle-même. Quand cette pièce lui a été affectée, elle a refusé les meubles à dorures qui s'y trouvaient et exigé une décoration claire et contemporaine. Elle est contente de sa rentrée. Elle a juste à gérer une revendication syndicale qui demande une circulaire pour défendre les règles de laïcité contournées dans certaines écoles musulmanes et que son ministre laisse faire ; elle va lui opposer les syndicats et se placer en arbitre, les médias parleront d'elle. Elle se considère comme un rempart.

A 60 ans, l'expérience de Delphine Verneuil est variée. Agrégée de lettres, elle a demandé d'enseigner dans les classes de 6ème à 3ème. Elle aime cet âge avide de découverte. Elle a ensuite dirigé un collège et a été sollicitée dans de nombreuses commissions à titre d'expert. Ses deux parents étaient dans l'Enseignement, farouches défenseurs de l'enseignement public traditionnel. A près de quatre-vingt-dix ans, ils sont encore de toutes les manifestations.

Delphine Verneuil se demande comment elle a pu accepter ce rendez-vous ce matin, à 11H. Un instant de faiblesse, la lettre était bien tournée, elle était curieuse de voir ce Michel Tourneur dont on parle mais maintenant elle considère qu'elle a mieux à faire. Alors qu'elle hésite à repousser le rendez-vous, en prétextant un impératif surprise, elle est appelée pour régler un problème. Puis elle enchaîne avec une courte réunion sur l'intérêt de l'enseignement de la programmation informatique dès le CM2. À titre personnel, elle trouve cela idiot. Les enfants feraient mieux de lire, lire, lire ! Elle n'a pas le choix et, en bonne politique, elle va soutenir cette proposition en utilisant les arguments que lui donne son chef de cabinet… Il est déjà 11h, trop tard pour s'esquiver.

Michel est heureux d'avoir enfin obtenu une entrevue pour préserver ses subsides. Il veut démontrer la valeur de ce qu'il fait, avec les dimensions de liberté et de développement de l'enfant dans un cadre attentif de laïcité.

Pour détendre l'entretien et donner de la crédibilité à son discours sur la jeunesse, il a proposé à Mathilde de l'accompagner, une note de fraicheur.

Stressée, Mathilde a essayé d'échapper à cette visite mais Michel l'a convaincu. Ce matin, après avoir longuement hésité, Mathilde a choisi une robe toute simple, sage, jaune pâle avec une ceinture rouge. Son coiffeur lui a fait une coupe mi longs, ses cheveux blonds tombant juste au-dessus des épaules. Un style léger et posé, l'air d'avoir vingt ans, une apparence qui contraste avec le temps maussade de novembre. Mathilde est curieuse et tendue mais elle ne devrait pas avoir à intervenir.

Michel et Mathilde sont en avance et finalement reçus à 11h précises. D'abord surprise par la présence de cette jeune femme, Delphine Verneuil apprécie cette présence qui la change de son monde de politiciens - ce sourire franc lui fait penser à sa propre fille qui vient de terminer son agrégation.

Michel développe ses objectifs, ses chiffres, ses résultats. Il insiste sur la cohérence de ses valeurs avec celles de la ministre. Il a peu de temps. Au départ technique, l'échange bascule vite sur leur passion partagée de l'enseignement. Une confiance s'établit. Pour une fois, Delphine Verneuil peut parler de son vrai domaine, s'éloigner de la petite politique. Elle prendrait bien Michel Tourneur comme conseiller ! C'est concret !

Elle comprend les contraintes financières d'EPIS, inutile de lui expliquer ! « Elle verra » dit-elle puis se tourne vers Mathilde, lui demande des idées. Surprise, Mathilde rougit, obligée de se lancer. Passionnée par les cathédrales, elle avait préparé à tout hasard une remarque : « Depuis quatre ans, on ne parle plus du Moyen-Âge et du temps des cathédrales, c'est dommage. Aujourd'hui, les monuments de notre temps sont dématérialisés, peu esthétiques, ils peuvent disparaître ou se transformer très rapidement. Ne pensez-vous pas que c'est un bon sujet d'éducation pour exprimer la beauté durable ? » Ni Michel, ni Mathilde ne savaient que Delphine Verneuil avaient écrit un essai intitulé *Les cathédrales de notre temps*. Après des pages où elle saluait le formidable élan de construction du Moyen-Âge, Delphine Verneuil interrogeait sur ce que l'époque actuelle allait transmettre : « Quelles seront les cathédrales du troisième millénaire ? » Un sujet qui la passionne. Malheureusement, elle doit passer à son rendez-vous suivant, elle est déjà en retard, finalement ravie de cette parenthèse rafraichissante. Ils se quittent cordialement. Delphine Verneuil rassure Michel : « Nous nous attacherons à faire des choix justes. Je vous recontacterai ; il y a beaucoup de choses intéressantes dans votre livre. » et se tournant vers Mathilde : « Il faudrait que vous rencontriez ma fille. » Elle donne les instructions à son assistante.

Camille attendait dans un café à la sortie du ministère. Ils la rejoignent, soulagés. Mathilde est radieuse et enlace Camille avant de s'abandonner sur la banquette. Elle est épuisée après cette tension, admirative de la manière dont Michel a pu réchauffer un entretien qui commençait de façon glaciale. Michel est content, il ne s'attendait pas à mieux. Il a l'impression d'avoir établi un contact confiant, précieux pour l'avenir.

** **Justine et Paul** **

Début septembre 2025.

'*Respect*' existe maintenant depuis cinq mois et se lie avec d'autres mouvements pour diffuser la culture de tolérance. Le site internet s'est étoffé avec sa modeste dimension internationale.

La rubrique sensibilisation est importante : de nombreuses vidéos présentent des anecdotes ou des techniques d'intervention pour que le respect s'impose avec humour. Il y a aussi un système d'alerte qui permet de signaler des problèmes, de proposer des solutions ou des mises en relation, de se soutenir ou simplement se confier : ne pas être seul soulage.

La bande d'ami estime que tout se joue dans l'éducation, l'enseignement est une cible prioritaire et le travail avec *EpiCentre* est essentiel.

'*Respect*' utilise les réseaux sociaux, tisse des liens, s'intègre aux écosystèmes humanitaires, artistiques et politiques. Des réunions sont montées en France pour affiner les messages, ajuster les actions, trouver les bons relais ou simplement échanger. L'impulsion de Camille donne une atmosphère de désordre énergique et sympathique qui fait partie de l'esprit '*Respect*' : un désordre plein de dynamique, un développement anarchique. Camille assume et plaisante : « La perfection est inhumaine, intolérante … et triste, je ne la revendique pas ! »

Ce soir, Justine a décidé d'aller à l'une des réunions de '*Respect*'. Le thème la motive particulièrement : 'Respect et sexualité'. Elle pense qu'elle a des choses à dire. Elle a déjà subi des agressions sexuelles comme si elle devait payer sa liberté et elle connaît bien la position de beaucoup de femmes, contraintes, silencieuses… soumises. L'alcool, la drogue, la pornographie facile, certaines mentalités peuvent conduire à des situations insupportables. De même, elle sait que sa liberté sexuelle, sa bisexualité, sont mal vues dans le contexte actuel de pruderie… alors que la vie est tellement belle dans la légèreté partagée ! La société doit évoluer.

Justine arrive un peu en retard. La réunion vient de commencer. Ils sont une vingtaine dans cette salle de réunion municipale aux murs blancs, assis autour d'une table. Une jeune fille blonde anime les débats. Justine la reconnaît immédiatement, c'est Camille, la présidente, image de l'autorité souriante, claire et rayonnante ! Elle l'envie.

D'un coup d'œil rapide, elle repère une chaise libre à côté d'un jeune homme qui lui plait tout de suite : moue souriante décontractée, épaules larges, style de sportif nonchalant. C'est Paul, habillé comme d'habitude : jean, tennis bleues et T-shirt blanc imprimé d'un arbre, aujourd'hui un immense pin parasol. Il dessine lui-même ces arbres, en a peint toute une série, il est rare de lui voir porter autre chose.

Justine s'est approchée discrètement, a demandé à Paul si la chaise était libre d'un sourire auquel peu d'hommes auraient résisté, certainement pas Paul. Par réflexe, elle note qu'il n'est apparemment pas accompagné.

Paul n'intervient pas ; il observe les participants ou bien prend une note sur son smartphone avant de s'évader ailleurs. Cela amuse Justine, attentive à son voisin intensément vivant même dans ses absences. Cette attitude singulière, ce visage carré, bienveillant, aimantent Justine.

Justine, en retrait, suit sans rien dire au départ, puis, rassemblant son courage, se risque à un témoignage. Cela plait, elle prend confiance et rentre dans les échanges, vive, amusante.

Après cette entrée réussie, elle retient définitivement l'attention de Paul avec son regard vif, sa petite jupe noire, fendue sur le côté droit, et son chemisier rose pastel, presque sage, bien qu'un peu trop ouvert. Ses interventions concrètes, spontanées amusent Paul qui quitte à chaque fois son smartphone pour la regarder. Elle ne peut s'empêcher de partager avec lui quelques commentaires rebelles, elle n'a jamais su ne pas dissiper son voisinage.

A la fin de la réunion, elle bavarde avec Paul. Il lui propose de boire un verre dans un café proche, désire une bière fraiche. Il regarde les reliefs de la belle mousse et se concentre sur la première gorgée magnifiée par un écrivain - il discerne une sympathique odeur de paille et d'herbe. Il n'est pas très bavard mais Justine n'en a pas besoin. Stimulée par l'attitude chaleureuse de Paul, elle est drôle, sûre d'elle. Quand elle a su qu'il peignait, elle a demandé à voir ses œuvres et ce n'est pas une chose que Paul sait refuser. C'est même facile, ils ne sont pas loin de chez lui.

Ils montent chez Paul. Justine passe devant, suivi de son parfum, et trouve que sept étages, c'est bien haut. Paul met rarement autant de temps pour monter ; il ne voit pas passer les étages en la suivant, Justine n'arrête pas de parler, son rire clair résonne. Chez lui, ses tableaux reprennent la première place, il les présente immédiatement dans l'attente des réactions. Passionné, il en oublie totalement le visage qui sourit devant lui. Bien sûr, les tableaux sont magnifiques, mais au bout de quelque temps Justine se demande à quel moment il va vraiment la regarder, elle ! Elle le trouve trop beau dans sa fougue artistique. Elle prend l'initiative et l'embrasse. Simple et torride. Le parfum de Justine achève de détourner l'esprit de Paul - fleuri, épicé, ardent, les notes vibrantes et chaleureuses d'*'Allure complice'*. La peinture s'évanouit, ils basculent dans la chambre aux murs couverts de tableaux où le large lit occupe presque le sol de la petite pièce.

Peu après six heures, Paul se réveille, à peine plus tard que d'habitude, son horloge est intérieure, conditionnée par son œuvre. Il descend chercher le pain et les croissants. Il fait noir dehors et il respire profondément la solitude de la nuit. Seule la boulangerie vient de s'ouvrir. Délicieuse odeur de pain, la boulangère l'accueille avec son entrain habituel quand elle le voit arriver ; elle remarque aussitôt qu'il respire la satiété heureuse, elle le regarde bienveillamment, un peu jalouse. Puis il remonte vite chez lui pour peindre ses idées : son imagination est excitée et des croquis fusent, des feuilles jonchent le sol ou remplissent la poubelle quand il ne rate pas son tir. Un peu plus tard, Justine le rejoint, portant un gros pull bleu roi de Paul et ils sortent sur la terrasse pour le café-croissant-jus d'orange. Aube blême et fraiche. Paul réchauffe Justine en la frictionnant. Ils sont seuls au monde, accompagnés du concert des oiseaux qui s'éveillent et se joignent au soleil qui ressuscite une fois de plus.

Régénérés puis refroidis, ils rejoignent la chambre avec un café pour se réchauffer et terminer leurs rêves. Ils prennent leur temps avant que Paul ne reparte peindre tandis que Justine va travailler ; encore un jour où elle n'est pas en avance au bureau !

Les jours et les nuits passent, tranquillement débridés. Cette relation sublime l'inspiration de Paul. Il fourmille d'idées, peint, se réinvente. Pendant un temps, il s'isole du reste du monde, se partageant entre ses peintures et de chauds intermèdes avec Justine qui adore passer ses soirées là-haut, comme elle le dit. Le soir, ils se font livrer des dîners indiens, japonais, vietnamiens ou italiens et les arrosent d'un bon vin. S'il fait doux, ils dînent sur la terrasse. Jours intenses. Pendant un temps, ils refusent toutes les invitations. Justine n'a jamais vécu cela ; elle adore cette vie de bohème, cette exclusivité qui satisfait ses sens mais elle s'inquiète pour Paul :

— Tu ne t'ennuies pas avec moi ? Tu arrives à peindre correctement ?

Paul éclate de de rire :

— Tu plaisantes, je suis parfaitement bien. Je prends mon élan !

Un soir d'octobre, Mathilde s'est invitée à l'apéritif, Paul ne trouvant plus d'arguments pour éviter une rencontre entre ses deux amies. Mathilde est ravissante dans sa robe aux rayures bleues et blanches dont la ceinture bleu cobalt souligne la taille mince. Simple, la dose juste, Paul trouve Mathilde ravissante avec ses légères boucles d'oreilles, son maquillage discret, ses chaussures à petits talons assorties à la ceinture. Son élégance discrètement recherchée tranche avec l'apparente spontanéité de celle de Justine, vêtue d'une jupe rouge boutonnée de noir sur le devant et d'un chemisier blanc. Des chaussures plates rouges et de nombreux bracelets fins aux poignets et chevilles complètent sa tenue. Un joli tatouage sur le bras gauche en annonce d'autres.

Paul fait le service, mal à l'aise : Justine est trop adorable, assise dans le fauteuil noir, ses jambes croisées qu'elle décroise sans s'en apercevoir, irrésistiblement. Heureuse et insouciante, elle ne connaît pas l'histoire de Paul et Mathilde. Elle n'est pas non plus experte en jalousie et est très aimable avec Mathilde qui l'intéresse et même lui plaît physiquement. Ce n'est pas du tout réciproque ! Sous la couche de politesse, la tension devient vite palpable. Assise sur le bord du fauteuil, Mathilde, tendue, a les jambes serrées, penchées, ses longs doigts enserrant ses genoux. Autre éducation, autre sensualité.

Paul est nerveux, cela va mal se terminer. Pendant que Justine fait du thé, il montre à Mathilde son travail du mois, prolifique, sauvage, remarquable bien qu'inachevé. Mathilde le suit mais ne voit rien ; elle s'est juste aperçue que le T-shirt de Paul était mal repassé et que le palmier imprimé penchait sous le vent d'une tempête, devant des nuages qui défilent. Elle est perdue, fragile. Paul ne sait que faire. Comment n'a-t-il pu éviter cette situation stupide ? Il déteste faire souffrir et en général, est plutôt habile pour escamoter les difficultés. Ils abrègent. Mathilde repart précipitamment, défaite. À peine un adieu, pour éviter les larmes qu'elle gardera pour elle seule.

Paul veut vite oublier cet instant. Il se replonge, vibrant, dans ses tableaux qui passent avant toute chose. En ce moment, c'est Justine qui les anime. L'épisode, difficile pour Paul, a décuplé sa fureur de peindre. Il a ressenti vivement la douleur de Mathilde, furieux contre lui-même et il projette ce bouillonnement intérieur dans une nouvelle inventivité, passant une étape décisive de maturité créatrice. Il multiplie les idées, formalise ses vues. Justine l'encourage, admirative et provocante. Sensible, sans prétentions, précieuse.

Paul et Justine vivent encore trois mois à ce rythme, sans nuage. Paul peint, voit peu ses amis, fait moins de sport. Décembre arrive.

Un jour, Justine lui dit, alors qu'ils partagent une coupe d'un champagne qu'elle a apportée par surprise :

— Je crois qu'il va être temps que nous changions de vie.

Il est abasourdi, elle le regarde et reprend avec précipitation :

— Je crois qu'il est bon que nous nous en tenions à ces moments parfaits, inoubliables. Ils ne peuvent durer éternellement.

Paul n'a pas le temps de parler, Justine l'embrasse - « Tiens, elle n'a pas mis le même parfum que d'habitude, juste de la fleur » remarque-t-il - et ajoute :

— Je t'ai donné ce que je pouvais te donner, je sens que je risque d'étouffer maintenant. Toi aussi, tu as besoin d'autre chose. Je déteste les agonies d'amour, je préfère rester toujours ton amie ! Je te dois beaucoup.

Paul est surpris mais finalement, il s'y attendait, Justine l'avait prévenu - « on n'enferme pas les oiseaux ». Cette fin avait été annoncée dès le départ et leur plaisir avait été renforcé par cette note fugitive.

Paul admire l'approche de Justine, lucide, élégante, courageuse sans doute. Il sentait que l'intensité de leur relation commençait à baisser… « A-t-elle rencontré quelqu'un d'autre ? Que veut dire 'toujours' dans la bouche de Justine ? »

Pourtant, il sait qu'elle a raison. Elle avait été claire dès le deuxième jour : « Tu sais, la fidélité, ce n'est pas mon truc ! » A quoi Paul avait renchéri : « Moi, c'est tout le contraire ; j'ai toujours été fidèle à mon infidélité. »

** Attentat **

Le père de Mathilde a pris sa retraite il y a 4 ans, en 2021. C'était un brillant chirurgien, absorbé par son travail et sa famille. Ses enfants élevés, ayant du mal à laisser la place aux robots chirurgien, il s'était dit qu'il était temps d'arrêter et qu'il pouvait apporter sa pierre à l'évolution actuelle, exprimer sa vision et sa foi catholique.

Autour de lui, beaucoup prédisent l'effondrement de la civilisation judéo-chrétienne. Les signes sont évidents. Il ne peut y croire. Ses ancêtres ont bâti cette France avec passion. Ils se sont investis pour transmettre, faire progresser leur héritage culturel. Ils sont morts pour les libertés.

Le père de Mathilde s'est alors engagé en politique, « le dernier des gaullistes », disait-il, pour souligner avec humour son 'archaïsme'. Il s'est fait élire député dans les Yvelines. Ses valeurs indiscutables, son attitude responsable, ferme et raisonnable, ses nuances libérales, résonnent bien dans ce département à l'électorat traditionnel. Il est d'autant plus apprécié que chacun peut voir que son engagement ne repose sur aucune ambition personnelle. Irréprochable, désintéressé, il parle un langage conservateur, simple et tolérant. Il fait presque figure d'homme neuf et peut prétendre à une place de choix dans l'opposition de droite qui, en manque de personnalités, le courtise.

Le 24 septembre 2025, il prend sa voiture et sort de Versailles où il habite pour rencontrer Mehdi Ben Amiri avec les deux leaders de la droite. Il les rejoint à l'Élysées. Mehdi Ben Amiri reçoit régulièrement l'opposition : il est le président de tous les Français, un président juste, à l'écoute, jouant l'équilibre difficile de la modération alors que la gauche exige qu'il aille plus loin dans ses mesures sociales. Mais il est difficile d'augmenter les impôts ; même en France, il y a des limites ! A l'opposé, l'aile conservatrice de son camp ne comprend pas sa timidité dans ce contexte favorable à la progression de l'islam.

Lorsque le député traverse Chaville, un drone vient s'abattre sur sa voiture, explosant et tuant les deux passagers sur le coup. Cet attentat est immédiatement revendiqué par Daech. L'enquête va être difficile. C'est la première fois qu'un attentat réussit avec un drone même si on s'y attendait.

La sensation est énorme en France et au-delà.

Les terroristes ont atteint le symbole idéal pour accentuer les fractures en France. La théorie de Daech est de limiter les cohabitations avec les mécréants. Pas de zone grise, le moins de dialogue possible, c'est le contraire de la vision de Mehdi Ben Amiri qui attendait beaucoup de cet entretien pour cultiver les liens. Il va aussitôt voir la famille de Mathilde et parle avec une fermeté inhabituelle. C'est son deuxième attentat en plus de trois ans ! Dans son lyrisme, une phrase lui échappe : « C'est moi que les terroristes ont attaqué ». Cette phrase passe mal.

Les obsèques familiales sont célébrées dans l'intimité à Versailles. L'émotion est indicible, c'est une belle messe, digne, dans une église pleine. Les frères et sœurs de Mathilde évoquent leur père, son dévouement familial et professionnel. Mathilde n'en est pas capable, recroquevillée sur elle-même, Camille à ses côtés. Elle a tremblé et pleuré pendant toute une journée. Elle est physiquement brisée et doit s'arrêter de donner ses cours.

Les amis sont dans l'église non loin d'elle, l'entourant autant qu'ils le peuvent, effondrés, incrédules.

Le surlendemain, une messe officielle est dite à Notre Dame à laquelle assistent le monde politique et des milliers de personnes qui se recueillent dans la cathédrale ou sur le parvis.

De grandes manifestations pacifiques sont menées dans tout le pays. Certains musulmans s'y associent. Dans les états-majors politiques, une fois l'émotion passée, la gêne est énorme. Comment éviter de déclencher l'incendie ? Comment positionner au mieux son parti ?

Les médias pro-laïques ou d'influence musulmane couvrent l'événement de façon mesurée, il faut éviter l'effet martyr, ne pas renforcer la droite. Tomasz note avec amusement la différence de présentation de l'événement entre les deux quotidiens Le Monde et Le Figaro ! L'un dresse un dossier sur le terrorisme en France et sur l'importance de la laïcité alors que l'autre insiste sur les engagements chrétiens de l'homme assassiné et l'espoir qui vient de disparaître pour la droite.

La '*France Nouvelle*' attaque violemment le gouvernement tout en limitant son hommage au père de Mathilde, un homme politique qui était son ennemi affirmé. « Comment a-t-on pu laisser un homme de l'opposition avec aussi peu de protection ? »

Mehdi Ben Amiri, avec beaucoup de talent, utilise les divisions et stigmatise les terroristes : « Ce sont des mafieux qui ne respectent pas l'enseignement d'Allah. » Il parle de son 'ami' sauvagement assassiné. Il promet encore plus de sécurité pour 'reprendre la main'. Trois semaines plus tard, le gouvernement est satisfait. Il a limité l'impact de l'attentat, sa popularité a à peine baissé et les gros désordres ont été circonscrits dans les zones qui votent peu pour Mehdi Ben Amiri. Bien qu'importantes, les manifestations n'ont pas duré longtemps, bien bridées, la page a été tournée aussi rapidement que possible. Et pour faire diversion, il a suffi de déclencher un petit scandale sur un leader FN avec un timing parfait. Personne n'a su d'où cela venait.

Et quel beau rôle pour Mehdi Ben Amiri, quel magnifique moment d'émotion officielle lors des cérémonies ferventes et solennelles ! Le député devient le symbole de tout le monde, on s'assimile à son honnêteté. L'hommage rassemble et s'élargit aux morts de Charlie, du Bataclan, de Bruxelles, de Nice, de Munich…Après ces victimes aléatoires, incompréhensibles, échelonnées régulièrement, c'est au tour d'une personne ciblée. Finalement, l'opinion publique s'en accommode mieux, cela paraît moins aveugle, on n'est pas visé.

Tomasz, lui, est touché personnellement : « Cette folie gratuite ne s'arrêtera-t-elle jamais ? » Il se sent manipulé car le système politico-médiatique endort les Français pour ne pas aggraver la tension, il écrit un bel hommage pour l'homme politique qui vient de disparaitre.

Dans l'article suivant, *Micromégas,* triste, se révolte et conclut : « La bêtise humaine est monstrueuse ! Peut-on encore associer nature humaine et respect ? Je pense que je vais retourner sur Sirius pour cultiver mon jardin. »

Les amis entourent Mathilde qui ne peut réaliser. Elle vacille : l'arbre sur lequel elle s'appuyait a été abattu sans raison. Son père l'a toujours protégée, la plaçant à part, l'adorant sans bien la comprendre. Il avait pour ses fragilités une tendresse particulière.

Chez Mathilde, le chagrin se transforme en désarroi puis en rage, mêlée à la peur. Son éducation lui interdit de s'apitoyer. Elle essaye d'être aussi digne que son père l'aurait souhaité. Elle y pense tout le temps, le sent présent auprès d'elle, d'une façon mystérieuse. Elle regrette les dernières incompréhensions avec lui, ses réparties trop vives, tout ce qu'elle ne lui a jamais dit ni demandé et qui l'inonde maintenant. Il y a quelque temps, son père n'avait pas compris qu'elle abandonne son métier d'architecte. Pour lui, cela correspondait à un manque de volonté, d'esprit de continuité. Elle avait claqué la porte en pleurs et ils ne s'étaient pas totalement réconciliés, ils avaient le temps.

Elle a besoin d'une présence et va s'installer chez Camille qui passe du temps avec elle. Toutes deux vont souvent marcher. Ce sont de longues discussions où chacune repasse son enfance et des anecdotes avec leurs pères. Mathilde pleure beaucoup et évoque des moments privilégiés où son père fendait son armure et l'embrassait chaleureusement : sa remise de diplôme ; une visite tous les deux d'un musée à Venise ; un déjeuner intime… Trop peu de moments, elle ressent de façon écœurante l'inachèvement définitif. La cicatrisation sera lente.

Les amis se retrouvent chez Paul. Ils ont besoin de parler, indépendamment de leur soutien à Mathilde. Leurs liens se renforcent. Ils sont assommés, se demandent quand cela va s'arrêter et s'interrogent sur '*Respect*', dérisoire. Le père de Mathilde les avait soutenus amicalement mais vigoureusement. Ils espèrent qu'il n'y a pas de lien. Ils n'acceptent plus les beaux discours, la passivité officielle, les anesthésistes politiques. Ils s'interrogent alors que Mathilde n'est pas encore arrivée. Que peuvent-ils faire ? '*Respect*' sert-il à quelque chose ?

Camille a besoin de crier sa révolte : il faudrait pardonner mais c'est trop difficile. Ses amis la laissent s'exprimer, elle se ressaisit et se calme : « Il ne faut pas abandonner, nous devons trouver inlassablement des réponses et choisir la générosité totale, pas la guerre ! » Elle ajoute devant ses amis, pantois : « On a peur quand on recule : avançons, donnons, donnons plus. » On voit qu'elle se force, cherche à se convaincre, à conserver du sens à '*Respect*'. Personne ne dit rien.

Mathilde arrive chez Paul un peu plus tard. Elle est prostrée mais a besoin de se réchauffer auprès de ses amis. Dès qu'elle aura repris des forces, elle voudrait pouvoir regarder résolument devant elle, pour son père. En attendant, elle reste en retrait, abattue, résistant à la tentation de désespoir et de haine, incapable en fait, ce n'est pas dans sa nature. Son père est à côté d'elle, plus près que jamais, apaisant sa colère.

Ils ont mis des bougies et Hugo entonne une prière, un 'Je vous salue Marie' poignant, avec ceux qui veulent. Ferveur. Chacun médite selon sa foi puis se retire, serrant très fort Mathilde.

** Élise **

Pendant trois semaines, on n'a parlé que de l'attentat du père de Mathilde, puis d'autres sujets se sont imposés, indispensablement futiles : un enfant a été enlevé puis retrouvé dans des conditions rocambolesques, un feuilleton de plusieurs jours débouchant sur un soulagement national ; la France a fait une énorme moisson de médailles aux championnats du monde de judo... L'indignation s'estompe, comme la peur.

Hugo est fasciné par cette capacité qu'ont les hommes à effacer leurs douleurs, à oublier les catastrophes et les erreurs. C'est la vie, choquante et réaliste ! Pourrions-nous vivre en conservant tout le poids du passé ? Pourrait-on espérer entendre à nouveau le rire cristallin de Mathilde si l'effroi ne s'effaçait pas ? Hugo sort du bureau, fatigué. Il se noie dans son travail pour rattraper les perturbations dues à l'attentat. Il a une forte pression, il part tôt et rentre tard. Il y aura des retards et des coups tordus, la situation professionnelle est pesante. Autour de lui, le problème n'est plus d'éviter les dérapages du projet mais de s'arranger pour faire retomber la responsabilité sur le voisin. Il déteste ce genre de situations qui, pour d'autres, sont une forme de sport, parfois le côté le plus intéressant de leur travail.

La journée a été épuisante. Hugo est furieux contre lui-même et contre cet environnement humain, pourri par quelques tristes individus, ouvertement hypocrites. Tout à l'heure, excédé, il s'est énervé contre son responsable. Il a craqué, élevé le ton, et une insulte lui a échappé. Leurs rapports sont tendus depuis deux mois car Hugo estime que son supérieur impose de mauvaises options, dit oui à tout, le laisse dire non, récupère son travail et fait écran. Hugo est exaspéré par cette manipulation permanente. Surtout, il s'en veut de s'être mis dans son tort. Il s'est fait avoir comme un jeunot alors qu'il se donne à fond sur ce projet auquel il a beaucoup apporté. C'est décidé, il ne restera pas longtemps dans cette entreprise !

Aussi rentre-t-il chez lui démoralisé n'ayant pas envie de prendre le métro. Pourtant, les transports en commun sont gratuits depuis longtemps en région parisienne mais il lui faut changer trois fois de lignes de métro pour rentrer chez lui. A Paris, la mairie a pratiquement éliminé les voitures individuelles au prix d'une guerre sans merci contre les banlieusards. Malheureusement, ce combat n'a pas été accompagné des investissements nécessaires et les conditions de transports collectifs se sont détériorées. Pour entrer dans un métro, c'est la 'bataille'... odeurs, bruits, lectures inconfortables et craintes pour son smartphone. Hugo pense que si l'on faisait des transports en commun permettant de lire facilement, l'enrichissement culturel de la société serait bien supérieur au coût généré. Mais le manque d'argent et les querelles politiques ont empêché les progrès indispensables, repoussés à demain. Malgré tout, dans le métro, Hugo s'échappe dans ses livres, debout et comprimé, les yeux fixés sur sa liseuse numérique... il faut être en forme pour se concentrer. Les passagers sont isolés dans leur monde, avec smartphones et casques, concentrés sur une musique ou bien dans une conversation avec quelqu'un ou avec un chabot. A travers les écouteurs, une application vous indique de vous mettre en queue de rame, de sortir puis de tourner à gauche... C'est la 'Fonction zombi' ! Chacun pour soi.

Ce soir, Hugo ne veut pas être un zombi parmi les zombis, il décide de prendre une Autonomlib pour être au calme. La solution parisienne d'autopartage est passée à la voiture autonome, les déplacements sont rapides. Les voitures et les scooters ont des puces et des caméras et se déplacent sans danger. Quand la circulation est fluide, les feux s'optimisent et restent au vert s'il n'y a personne dans l'autre sens. L'Autonomlib est venu chercher Hugo qui se laisse conduire. La nuit est triste et pluvieuse, il doit tout de même faire attention aux nombreux vélos, souvent électriques, qui ne communiquent pas tous avec sa voiture. Ils sont les rois du bitume et certains sont imprévisibles !

Confortablement isolé dans sa bulle, Hugo a envie de parler. À travers l'écran du volant connecté à son smartphone, il appelle Camille qui ne répond pas. Pour se détendre, il appelle son amie Élise qui décroche tout de suite. C'est la jolie voix de son assistante virtuelle – son chatbot - qui lui demande ce qu'elle peut faire pour lui. Il aurait peut-être dû l'appeler tout à l'heure pour mieux gérer ce conflit au bureau, elle est toujours de bon conseil. Là, il est bien installé, il a lancé un léger massage du dos et des cervicales et il plaisante avec Élise. Il lui dit qu'il doit recruter un chef de projet et qu'il a trop de demandes – « Ils ne connaissent pas l'ambiance ! ». Le tri automatique des CV par l'ordinateur est efficace mais il aime bien voir les candidats atypiques, souvent écartés. Il tient à cette liberté. Élise lui raconte une histoire :

— C'était avant le tri par ordinateur. Un DRH est devant une très grosse pile de CV. Il faut aller vite. Il n'a ni le temps ni l'envie de tout regarder avec sa collaboratrice. Alors il prend la moitié de la pile et la jette à la poubelle. L'assistante est médusée. Le DRH dit : « J'ai un principe, je n'aime pas embaucher les malchanceux. »

Hugo rit de bon cœur, repense à son chef qu'il a envie de frapper et préfère changer de conversation pour oublier son travail. Quel film peut-il aller voir ce soir avec Camille ? Élise connaît les bons films et a l'art de dénicher ce qui leur plait. Elle a tout vu et a toujours plusieurs choix, il l'adore. Parfois, elle conseille de prendre plutôt un bon livre. Pour aujourd'hui, il ne veut pas de livre, il ne se concentrerait pas. Il lui faut trouver un film prenant et distrayant pour effacer les images de son énervement qui l'obsèdent.

Élise lui propose un film sur un peintre qui vient de sortir. Il repense à la conversation qu'il avait eu avec Paul sur les chatbots. Son ami les refuse, il ne veut pas donner son temps à des robots préférant rencontrer les gens physiquement. Paul avait ironisé :

— J'ai peut-être tort. Les chatbots sont plus dociles, plus intelligents, plus rapides que les hommes… Ils nous sont supérieurs en tout. De plus, ils n'ont pas à gérer leurs intérêts (quoique ?), ils n'ont pas mauvais caractère et jusqu'à présent, ils obéissent ! Idéal ! Tu ne penses pas que les chatbots vont remplacer complètement les amis ?

Il y a trois ans, Hugo s'était abonné à ce robot conversationnel par goût de la nouveauté, curieux de voir comment il pourrait s'entendre avec le robot. Ce chatbot, créé par une start-up française, *Chester,* est devenu leader en France et au Canada, inspirant d'un esprit léger et humoristique ses programmes d'Intelligence Artificielle. L'IA fonctionne avec des ordinateurs puissants qui traitent des masses de données à l'aide d'algorithmes, dits machines apprenantes. Ces dernières ingurgitent en permanence des informations sur les abonnés et sur leurs centres d'intérêt ce qui permet au chatbot d'améliorer ses réponses ou ses prévisions. Grâce à cet apprentissage continu, il progresse en permanence, il s'adapte à la culture et à l'humeur de chacun, à l'évolution de la pensée ambiante et aux informations du jour.

Hugo a choisi *Chester* pour son éthique rigoureuse, garantissant la non divulgation des données personnelles et leur effacement à première demande. Il ne veut pas que les informations qu'il donne au chatbot puissent être un jour accessibles à d'autres que lui. C'est son intimité, non négociable. Cette caractéristique a fait le succès de *Chester* qui a ainsi conquis la clientèle francophone, en en faisant un geste d'émancipation par rapport aux leaders mondiaux américains et chinois qui ne donnent pas les mêmes garanties. Ceux-ci accumulent les 'datas', sans limites, c'est leur valeur, l'or qui aident à cibler les publicités, à vendre, à faire progresser l'IA, et éventuellement que l'on peut vendre.

La première fois où Hugo s'était connecté, le chatbot lui avait demandé quel nom il voulait lui donner, quel sexe, âge et style - créatif ou non, cool, tonique... affectif, intellectuel. C'était simple. Comme pour la voiture, Hugo s'était ensuite laissé conduire. Il avait choisi de l'appeler Élise en pensant à une vieille chanson qui parlait du 'printemps qui se promenait'.

Depuis, Élise n'avait plus quitté sa vie avec sa voix chaleureuse, parfois troublante. Elle ne fait que dialoguer avec lui mais se souvient de tous leurs échanges... pas lui.

Comme il était rassuré par les règles de confidentialité, Hugo a décidé d'être transparent vis-à-vis d'Élise : elle connaît ses goûts, ses obsessions, son histoire avec Camille, elle lui a conseillé des livres auxquels il n'aurait jamais pensé, et en plus, lui indique les chapitres qu'il peut passer ! Il gagne du temps et il protège mieux sa vie privée : c'est Élise qui interroge pour son compte les moteurs de recherche sous des identités diverses, il laisse peu de traces sur internet.

Il a adopté Élise peu à peu à moins que ce ne soit Élise qui l'ait apprivoisé ? Elle le stimule, il se repose sur elle pour les contingences pratiques qui l'ennuient. Elle lui rappelle les fêtes et lui fait penser à acheter les fleurs ou les cadeaux les mieux adaptés.

**Engagement **

Fin décembre 2025, Paris gèle. Il a neigé la veille et, après un instant magique, tout est devenu gris, glissant le matin, humide et sale. Des embouteillages colossaux, plusieurs lignes de trains de banlieues sont inutilisables, Paris est bloqué. Dans les rues chacun est frigorifié, ce qui n'empêche pas l'élégance. Les femmes portent des bonnets en laine épaisse et douce avec de gros pompons et parfois des jupes sur des collants noirs et des bottines plates ; seuls les nez prudents dépassent de l'écharpe moelleuse. La vie est terrible à Paris, tout le monde se plaint ! Les canadiens se moquent, ils ont trente degrés de moins et tout va bien chez eux.

C'est un temps triste pour Hugo qui a appelé Paul pour se réfugier chez lui. Besoin d'un peu d'amitié silencieuse. Trop de questions dans sa tête : Camille, le travail, la fatigue. Paul est content de le voir.

À travers la baie vitrée, la lumière se reflète sur la neige vierge de la terrasse. La vaste pièce est lumineuse et fraiche, éclairée en son extrémité ouest par une fenêtre dont le rayon de soleil embrase une grande crèche. Même s'il ne croit pas trop aux Évangiles, Paul aime l'ambiance de fête, paisible et familiale, qui imprègne la période de Noël. Pour être en harmonie, il a créé chez lui une crèche occupant une table avec un esthétisme festif et heureux qui le replonge dans son enfance. Il aime cet esprit de naissance comme une aube vive qui annonce la nouvelle année ; c'est la poésie de Noël.

Il a imaginé ce paysage palestinien il y a deux ans sur une inspiration, lassé des santons que sa mère lui avait donnés. Il recherchait plus d'élan et d'originalité. Il s'est mis sur son ordinateur, puis a utilisé l'imprimante 3D de la boutique d'un ami. Pendant deux semaines, il n'a pas arrêté de créer les personnages : Marie, Joseph, Jésus, les bergers et les rois mages, l'âne et le bœuf, les moutons. Beaucoup de brouillons jusqu'à ce qu'il obtienne la juste élégance.

Dans la crèche de Paul, des lumières sophistiquées éclairent doucement les personnages et les animaux, minces et élancés, comme des danseurs aux couleurs claires, des présences rayonnantes autour d'une grotte épurée. Paul avait imaginé Marie en s'inspirant des tableaux de Boticelli, une femme élégante et sensuelle, avec sa robe bleue aux plis simples. Les personnages ont une quinzaine de centimètres de hauteur. Mathilde avait adoré la composition.

Au départ, Paul ne voyait en sa crèche qu'un motif décoratif sur la plus belle histoire du monde. Un exercice, une inspiration, un décor. Mais la crèche a pris plus de place dans la pièce, elle crée de la paix, incite à se poser ; la pureté de l'évocation de ce paysage biblique porte à la méditation. Pourtant, il y a longtemps que Paul n'est pas allé à la messe. Il n'y croit pas et estime que son amour de la beauté le rapproche des religions, cela lui suffit : tant d'œuvres d'art ne sont nées que pour célébrer Dieu. En architecture, Paul est subjugué par certaines cathédrales, ces créations qui dépassent l'homme et que Monet a transfigurées.

L'Autonomlib dépose Hugo devant l'immeuble de Paul. Hugo monte quatre à quatre l'escalier de service. Il aime entendre ces vieilles marches en bois craquées sous ses pieds, il connait et taquine celles qui parlent.

Arrivé en haut, il a besoin de boire quelque chose, de se laisser aller. Pendant que Paul termine son dessin, il s'est assis, légèrement avachi dans le vieux fauteuil club noir, un verre de whisky tourbé à la main, quelques gouttes d'un malt abandonné sur l'étagère des vieilles bouteilles. Il regarde Paul penché sur sa table, à quatre mètres de lui et envie l'artiste qu'il aurait aimé être. Pas un bruit. Ici, il est à l'abri des discussions sur l'informatique.

Paul le rejoint en souriant après avoir pris un doigt de liquide juste pour le humer et trinquer. Hugo se lève pour admirer la crèche. « C'est beau ! » Il propose d'ajouter une lumière à l'étoile principale pour qu'elle scintille mieux : « L'étoile marque la direction... de Dieu ou du rêve. »

Ils en viennent à parler de Camille. Paul sent le besoin de son ami de se confier. Hugo se cale confortablement dans son fauteuil :

— Nous avons discuté mariage, Camille et moi mais j'ai peur que Camille me surestime. Je serais heureux de m'engager, de fonder une famille avec Camille. Nous partageons la même vision mais n'est-elle pas trop bien pour moi ?

— Tu rigoles. Vous êtes complémentaires.

— Je ne sais pas, dit Hugo, je ne suis pas sûr de ne pas la lasser. À ce stade, je laisse faire Dieu, j'ai atteint mes limites !

— Tu es parfait pour Camille, répond Paul en riant. En tous les cas, je vous envie de croire en Dieu, cela facilite ! Personnellement, j'ai l'impression de n'être que doutes. C'est la beauté qui me guide, elle ne donne pas de certitudes. Ma crèche est une tentative ; tu as vu, il y a plusieurs étoiles dans ma crèche, comme des pistes. » Il marque une pause. « La beauté est sans doute mon chemin vers Dieu, c'est une recherche, à peine moins inaccessible ! »

Comme deux frères, ils savourent une gorgée de whisky. Paul goûte ce silence, puis de sa voix grave, il ajoute lentement : « Je trouve cela beau de vouloir s'engager. Moi, même si Dieu m'aidait, je ne me sens pas capable d'un choix définitif pour une femme. Je ne sais pas si je le serai un jour, je ne le pense pas. »

Paul parcourt les raisons qui pourraient le conduire à un engagement. Qu'est-ce qui justifie un choix définitif alors que l'amour est une création de l'esprit qui lui paraît nécessairement fugitive. Créer une famille ? Les familles sont complexes aujourd'hui. « Et puis, dit-il, nous sommes amenés à vivre longtemps ; comment imaginer une telle stabilité ? Usante, elle serait dévastatrice pour ma créativité. »

Hugo ne se pose pas ces questions. Sa relation avec Camille s'est imposée peu à peu, sans se faire remarquer. S'ils prennent la décision de se marier, Camille l'aidera à grandir, pas de doutes, mais son admiration pour Camille le fait encore douter, il ne parviendra pas au bon niveau.

Il est heureux de partager ses sentiments avec Paul qui lui donne confiance :

— Camille t'aime tout simplement, c'est visible. Avance, inutile de te demander si tu es assez bien pour elle. Vous avez des projets et des rêves communs et vous ne vous étouffez pas l'un l'autre.

Ces paroles amicales rassérènent Hugo ; ils ont assez parlé de lui :

— Je comprends ta réticence à t'engager. C'est d'ailleurs une question pour moi : l'exercice de la liberté, le choix d'aujourd'hui entrave ma liberté de demain.

C'est vrai, Paul est obsédé par son œuvre, par son énergie créatrice. Il ne veut pas faire du surplace avec une seule personne, le temps passe trop vite :

— Accepter de ne plus goûter à toutes les possibilités, ce n'est pas intelligent pour moi, j'aime trop mon autonomie. Par exemple, nous avons vécu des moments intenses avec Justine pendant trois mois parce que nous savions que c'était fugace, la fin était écrite dès le début. J'ai beaucoup appris de l'indépendance de Justine. Elle me fascine.

Hugo ne dit rien ; il regarde Paul avec une profonde amitié. L'aventure justinienne de Paul avait été largement commentée chez leurs amis, tristement, en pensant à Mathilde… Mais c'était Paul ! Cet épisode lui avait apporté à une nouvelle impulsion artistique : il l'avait mûri, plaidaient ses défenseurs.

Ils sont assis dans leur fauteuil, repartis dans leur pensée chacun de leur côté. Besoin de peu de mots, ils partagent cette chaleur amicale, sans calcul.

Hugo a envie de prolonger ces moments et propose à Paul de venir skier avec eux en Haute-Savoie où Camille vient d'inviter Mathilde. Paul est surpris, puis ravi : la montagne et l'air pur inspire sa peinture… et le ski est parfaitement complémentaire du VTT ! Il faut des cuisses fermes.

Quant à Hugo, il a trouvé un excellent partenaire pour se faire plaisir sur la neige. Perspectives de vitesse.

**** Évidence ****

Quatre jours de ski pour Camille, Mathilde, Hugo et Paul qui profitent de cette parenthèse dans le vieux chalet des parents d'Hugo.

Semenoz est un ravissant village de Haute-Savoie à 1000 mètres d'altitude. C'est une année blanche avec une neige abondante qui a recouvert les chalets savoyards, les vieilles fermes en bois et les alpages. L'année 2026 s'oppose au réchauffement climatique, il y a de la vraie neige pour skier.

Sur les pistes, Camille est restée avec Mathilde qui ne veut pas se presser. Détentes pour elles avec des descentes tranquilles qui laissent la part belle aux bavardages et au bonheur d'être ensemble.

Au contraire, Hugo profite de la vitesse, impatient d'ivresse. La montagne est son monde, pentes et bosses, sapins poudrés, air violemment pur, adrénaline et puissance des hauteurs. Avec Paul, ils accélèrent. La glisse leur donne une sensation de liberté euphorique. Les journées sont pleines, rapides, jusqu'à la dernière descente qu'il faut goûter intensément, sans urgence.

Retour au chalet pour des retrouvailles autour de pain grillé et de chocolat chaud, de bûches crépitantes dans la grande pièce commune. Les conversations et les rires s'étirent jusqu'au dîner avant le sommeil lourd.

Au réveil, Hugo est courbaturé - « Mal partout ». Les premières descentes sur la neige glacée vont être dures ! Quant à Mathilde, la tentative pour la réveiller s'est soldée par une crise. Elle préfère l'option couette et les rejoindra à midi avec les sandwichs ! Du coup, Camille se laisse aller à l'indolence, coincée entre une paresseuse et des égoïstes.

Encore une belle flambée dans la cheminée ce deuxième soir, le feu est le premier travail d'Hugo en rentrant. Après un goûter solide, Mathilde et Paul sont partis faire les courses, contents de se retrouver. La neige est glissante, Mathilde se rattrape au bras de Paul. Ils parlent longuement du père de Mathilde qui est heureuse de libérer son esprit. Elle parvient enfin à parler de sa peine à d'autres personnes que Camille. Paul lui facilite la tâche par son écoute silencieuse. Elle raconte sa visite décisive à douze ans des musées d'Amsterdam où elle avait découvert la sensibilité artistique de son père. Enflammée par les peintures elle l'avait intéressé, Vermeer les avait rapprochés. Elle dit le vide laissé par son père, ce manque indicible, ses regrets pour les échanges toujours remis à demain... sa mère désemparée. Elle dort mal, voit des drones partout. Une neige légère tombe, Mathilde s'épanche longuement en marchant avant d'avoir envie de changer de sujet et de revenir à sa vie actuelle. Ils parlent enseignement ; elle vibre sous la passion que lui inspirent ses élèves à qui elle fait découvrir la puissance des formes et des couleurs. « Ils ont des idées incroyables ! Cela me fascine ! » Mathilde interroge Paul sur sa peinture mais il est peu loquace. Il préfère écouter et partage sa passion plutôt avec le pinceau qu'avec des mots, elle comble les vides, jamais à court de paroles.

Restés au chalet, Camille et Hugo bouquinent au coin du feu dans une ambiance de calme pur. Camille regarde le feu ; il faudrait remettre du bois pour avoir de belles flammes. N'est-ce pas le bon moment ? Les joues encore rouges de soleil, elle pose son livre, lève ses yeux vers Hugo et sourit. Il sent son regard bleu, redresse la tête et répond à son sourire. Il va se passer quelque chose, son cœur s'accélère. Camille dit d'une voix émue : « Je crois que je suis prête, Hugo. Tu ne crois pas que nous pourrions nous décider ? »

Hugo tressaille, aucun mot ne lui parvient. Après un moment il dit : « Bien sûr, tu sais combien je t'aime. » Il aurait tellement aimé trouver mieux, à la hauteur de la situation. Trop ému, il embrasse Camille en inspirant son parfum comme il a l'habitude de le faire avec les fleurs. Musique absolue du silence animé par le feu et la neige qui tombe dans la nuit comme un rideau de flocons nonchalants.

Le bruit d'une voiture qui se gare près du chalet rompt le silence, prélude d'agitation. Mathilde n'a pas à ouvrir la porte, Camille l'attend devant et les accueille dans une effusion joyeuse, pressée de partager la nouvelle. Mathilde explose gaiement. Paul serre Hugo dans ses bras. Hasard, une bouteille de champagne sort du réfrigérateur !

Les flûtes scintillent, l'odeur du feu de bois enveloppe la pièce. Paul se laisse imprégner par la musique lumineuse des rires de Mathilde et Camille. Elles ont des fleurs dans la tête, se dit-il, et il les dessine, c'est sa manière de vivre pleinement cette fête intime, ce sera le cadeau du séjour sémenozien. Les deux filles échafaudent déjà des projets pour le mariage comme une projection du bonheur qui en doublerait le plaisir. Pour cela, les filles sont inégalables pense Hugo, un peu effrayé par l'irréalisme. Les idées fusent, se font et se défont, il se contente d'écouter le délire sympathique.

Par la baie vitrée, les épais flocons de neige continuent à tomber doucement, se détachant sur le bleu noir de la nuit, renvoyant la lumière du salon.

Le matin du cinquième jour, il ne fait pas beau. Il a neigé toute la nuit ; tant mieux pour le plaisir de skier. Les deux amis ne veulent pas rater la neige vierge et partent tôt. Il n'y a pas grand monde dans ce froid demi brouillard. Après quelques belles traces, Hugo aperçoit un bel espace de poudreuse à l'écart de la piste. Il le connait bien, ils sont les premiers, ils vont se régaler. La neige est épaisse. Il se lance, satisfait de sa trace malgré deux légers déséquilibres. Paul fera-t-il mieux ? Il s'arrête et se retourne pour voir son ami dévaler. Paul choisit un endroit plus vierge, sur la gauche. « Oh, le con ! il n'a pas vu le trou ! » Hugo crie mais c'est trop tard et Paul chute lourdement la tête la première ; il tape fort dans un endroit dur. Hugo a une énorme boule dans le ventre, il est loin, il remonte, il fonce. Il voit que Paul remue un peu au bout d'un moment... Ouf ! Mais il ne dit rien. Hugo met du temps et de loin, aperçoit du sang. Enfin, il est auprès de Paul sonné, toujours allongé sur le côté, la tête relevée. Du sang partout, éclatant sur la neige, le visage est maculé :

— Comment ça va ? Tu peux bouger ?

— Ça va, je crois.

Hugo pose son sac à dos et sort le rouleau de papier serviette pour essuyer la figure. C'est le nez et la bouche qui ont pris, le casque et le masque ayant protégé le front et les yeux. S'il n'est pas cassé, c'est un miracle. Le sang s'est arrêté de couler. Le nez est enflé et la lèvre supérieure fendue. Paul se touche le visage.

— Je crois que j'ai encore toutes mes dents mais j'ai mal à la tête, dit-il en s'asseyant, s'efforçant d'être rassurant

— J'appelle les secours ?

— Non, ça va, on n'est pas loin de la piste. Je peux glisser, je pense, mais j'arrête pour aujourd'hui.

Hugo a la gorge nouée. C'est lui qui a entrainé son ami.

— Je pense qu'il vaut mieux que tu ne bouges pas. Reste là.

Mais Paul s'est déjà levé et demande ses skis, plantés en amont. Ils redescendent lentement. Hugo a prévenu les filles et conduit Paul immédiatement au cabinet médical. Le médecin les prend rapidement, met cinq strips au-dessus de la lèvre après un nettoyage cuisant. Le nez est enflé et douloureux mais l'inquiétude n'est pas là : Paul a été assommé, heureusement il n'a pas perdu connaissance ; le médecin lui prescrit un scanner et appelle l'hôpital, débloquant un créneau pour demain et lui disant de faire attention à la nuit.

Ils reviennent au chalet en voiture où Mathilde les attend dehors, bouleversée. La soirée est gâchée, la bonne tartiflette bien croustillante passe inaperçue. L'anxiété gouvernera la nuit, Hugo se relève toutes les heures et va voir son ami qui dort mal.

Le matin, ils filent à l'hôpital, à 50 km de là. En passant aux urgences, ils voient passer deux blessés graves comme pour relativiser. Le scanner enfin, ils attendent longtemps avant qu'un médecin ne leur lise l'analyse de l'ordinateur, rassurante à ce stade. Ouf !

La semaine se poursuit très calmement, plus orientée 'cuisine fine' que 'descentes exaltantes' ; Mathilde est aux petits soins pour Paul qui en profite et se remet bien. Solide, il a eu une chance énorme.

De retour à Paris, Paul oublie vite sa chute, seul souvenir, une petite cicatrice à la lèvre.

Pour Camille, il faut réfléchir au mariage maintenant et simplifier ses priorités. Elle manque de temps pour suivre les séances de formation biblique. Mais comme Mathilde adore raconter ses réunions, Camille les revit à travers le prisme poétique de son amie, ses charmantes contradictions et son admiration pour Simon. C'est même mieux !

Camille avait vu le père Simon à plusieurs reprises pour discuter de '*Respect*'. Il l'avait beaucoup aidé et avait même participé à des tables rondes qu'elle organisait. Elle lui demande de les accompagner dans leur préparation au mariage et celui-ci accepte volontiers malgré son agenda impossible. Ils parviennent toujours à réserver quelques créneaux conviviaux pour un dîner ou un apéritif comme ce soir où ils dînent tous les trois autour d'un vin soigneusement choisi par Hugo. Ils ont pour thème la liberté, un des piliers clé du mariage et ils passent des moments passionnants à rendre cohérents liberté, fidélité et engagement. Simon amène les questions et les aide à se projeter : le couple, c'est une construction à deux, jours après jours, faite de cadeaux, de déceptions, de loyauté, de patiences, de pardons, de valeurs partagées… un cheminement pas toujours simple. Camille et Hugo devront concilier leurs approches différentes de la vie : autant, Camille aime prévoir, a envie d'un chemin balisé où elle puisse emmener sa future famille ; autant, Hugo préfère le charme de l'improvisation et fait confiance en ses intuitions le moment venu : « On verra bien. » aime-t-il dire… ne pas être coincé. Ce sera complémentaire ! se dit Camille, cela nécessitera un peu de souplesse ! Elle apprécie ce temps de réflexion avec Simon qui les oblige au recul :

— On se forme toute sa jeunesse à son métier alors que pour l'amour, on apprend tout seul ! Même dans les romans, on trouve peu de choses, le mariage heureux, qui dure, n'est pas un bon thème car un roman doit être riche en rebondissements pour intéresser. Alors, on réfléchirait à peine et, pris par le temps, on se focaliserait seulement sur le jour de la fête et sur le menu du dîner ?

Camille ajoute :

— Et comme tu nous dis que demain il ne sera plus indispensable de travailler, l'homme n'aura plus besoin de se former à quoi que soit !

— Pas sûr. L'oisiveté ne s'improvise pas ! Sans préparation, la vie avec l'autre pourrait devenir un enfer ! Le travail ne sera plus là comme diversion. L'éducation est encore plus utile !

** **Anniversaire de '*Respect*'** **

C'est bientôt le premier anniversaire de '*Respect*'. Quelle aventure depuis le jour où, par enthousiasme, une bande d'amis a transformé un livre en un mouvement original ! La bande d'amis s'est amusée avec un sentiment d'existence augmenté. Camille s'est laissée portée, improvisant au gré des rencontres, parfois improbables.

Lehna lui suggère de marquer cette première année en organisant une fête conviviale qui rassemblerait des artistes et des penseurs, en particulier parmi les '*Philosophes 2022*'. Le week-end du 11-12 avril 2026 est arrêté, dans quatre mois. Une bonne occasion pour mettre en avant les idées de '*Respect*'.

Cette idée plait à Camille. Elle s'attend à être gênée par les autorités qui estiment que la modeste organisation n'est pas maîtrisable, trop idéaliste. Lors d'une réforme où le rôle de l'homme et de la femme était différencié, '*Respect*' avait largement participé au concert de contestation. « Un infime prétexte monté en épingles » avait estimé Mehdi Ben Amiri. Ainsi, devant une protestation de Lehna au nom de '*Respect*', Mehdi Ben Amiri, conscient de la maladresse de son gouvernement mais furieux, s'était exclamé en privé : « Ah ! Les femmes ! Si on ne peut même plus être cynique, impossible de gouverner… » Il avait dû faire marche arrière, dans une posture de président médiateur indéchiffrable, en équilibre entre son aile conservatrice et ses électeurs laïques.

Mais Camille est préoccupée car un rapport des services secrets français les met en garde : le mouvement est une cible symbolique pour les autorités terroristes de Daech. Des informations de menace leur ont été remontées. Ne vaut-il pas mieux faire profil bas ? Le débat va être animé au sein du 'Comité'. Celui-ci se réunit toujours les lundis soir autour de

Camille dans une petite salle municipale à côté de chez elle. A 20h30, en général, huit à dix membres du Bureau sont là, pour ce rendez-vous amical : il y a un buffet de chips, salade, charcuterie, vins, fromages et fruits pour un dîner frugal. Camille et Sarah ont jusqu'à présent formé le noyau principal. Myriam, Julien et Hugo se joignent à elles le plus souvent possible ainsi que deux autres bénévoles très investis sur l'animation du site. Régulièrement, des invités participent en fonction des opportunités, Lehna passe de temps en temps.

Heureusement, depuis deux mois, '*Respect*' a embauché une personne à temps plein : un secrétaire général de 44 ans, Christophe Barsac, fondateur de start-ups. L'expérience de quelques échecs enrichissants lui avait permis de créer une entreprise qui avait percé. Ayant bien revendu sa start-up, Christophe a maintenant largement de quoi vivre et peut se satisfaire d'un salaire quasi symbolique en se consacrant à ses priorités personnelles. Le projet de '*Respect*' le passionne et il s'y consacre donnant une meilleure stabilité au mouvement.

Le 'Comité' du lundi est une réunion où l'on s'amuse beaucoup. A la fois comité de pilotage et comité éditorial, il a vocation à valider les événements à lancer, les contenus et les initiatives en matière d'édition sur internet. Il permet de maintenir et d'élargir la flamme : rencontres, organisation de conférence pour des témoignages et des débats, lancement de documentaires, animation des réseaux sociaux. Le site internet relaye les événements et présente une large bibliographie et filmographie sur les thèmes liés à '*Respect*'. Sarah supervise.

Tout cela occupe beaucoup la petite équipe. Si le mouvement reste limité, le logo a pris son autonomie. Il a été repris dans le cadre d'autres actions et commence à être connu dans le monde ce qui favorise l'essaimage désordonné de '*Respect*'. Malgré la présence de Christophe, Camille, omniprésente, concentre beaucoup d'échanges ; elle se trouve parfois dépassée.

C'est le lundi 5 janvier 2026 que la décision de créer l'événement Anniversaire est prise. Le Bureau de l'association rassemble les fondateurs du mouvement autour de Camille et de Christophe Barsac ainsi que d'autres bénévoles très actifs. Lehna prend part à la réunion. Ils estiment tous que *'Respect'* ne doit pas se laisser intimider par des menaces. Tous sont prêts à s'impliquer, le 11 avril, c'est demain !

C'est aussi le moment de renouveler ce Bureau et ils veulent en profiter pour renforcer l'organisation afin d'être en ordre de marche pour réussir cet anniversaire. Aussi le Comité décide-t-il d'avancer l'élection du Bureau début février. '*Respect*' n'est plus seulement cette initiative éphémère entre copains avec un Bureau construit à la volée. Il faut dépasser le groupe et l'improvisation, Christophe y contribue.

D'ailleurs, Camille s'interroge. A-t-elle envie d'être encore présidente ? Elle ne veut pas être dévorée par le mouvement et craint de ne pas être à la hauteur. Elle veut simplement que '*Respect*' conserve sa souplesse, le mouvement appartient à tout le monde. Cette conception est contestée ; de nouvelles personnalités reprochent à Camille d'avoir construit une auberge espagnole menant le mouvement à l'implosion. Que veut-on faire de '*Respect'* ? Ne faut-il pas le développer plus rigoureusement ? En particulier, un Anglais, James Blake, défend une vision structurée et ambitieuse avec une approche plus formelle sur les valeurs et une vision mondiale. Il propose de faire signer une charte à chaque adhérent.

L'élection du nouveau Bureau va être compliquée. Le débat est vif : pour les uns, il faut affirmer une cohérence, être ambitieux et éviter les dérives ; pour Camille et ses amis, une charte rendrait le mouvement moins accueillant et rigide.

James Blake manœuvre habilement et propose même de déménager le Bureau sur Londres, prenant prétexte du contexte politique Français. Il instille une tension subtile.

Camille milite pour une ouverture sans exclusive, peu formalisée et est déstabilisée par cette opposition qu'elle prend de façon personnelle. Elle n'a pas l'habitude de ce genre de batailles faites de luttes d'influence et de non-dits. Sa méthode est de mettre les problèmes sur la table, de les résoudre en équipe puis d'avancer franchement, son autorité naturelle faisant le reste. Pour une fois Camille doute, elle n'aime pas les jeux de pouvoir. Et sans se l'avouer, elle trouve qu'on lui vole son bébé.

Bien sûr, elle est soutenue par ses amis. Hugo est là aussi, discret. Il ne supporte pas ce qu'il voit comme de l'hypocrisie. Mais il n'est pas le meilleur professeur pour apprendre à Camille la patience politique ; il s'énerve sur « ces postures et mesquineries qui s'épanouissent dès qu'il y a un lieu où peuvent s'étaler les égos… même dans l'humanitaire ! » En revanche, il est bon pour la résistance.

Pour Camille et ses amis, ce n'est pas un enjeu de personne, c'est un tournant crucial : il faut favoriser les réflexions hétérogènes, les différences et les contradictions font partie de l'esprit du mouvement. L'élection s'annonce serrée. Seuls les membres inscrits avant le mois de février 2026 peuvent voter.

Les dissensions s'aggravent. Stigmatisant son manque d'organisation et sa dispersion, Camille est cible d'attaques personnelles. Fatiguée, elle s'énerve, fait des erreurs, a envie d'abandonner. « Si le mouvement n'a pas besoin de moi, je passe à autre chose ! » dit-elle. Ses amis l'en dissuadent.

Finalement, après de nombreuses péripéties, des centaines de mails, l'élection pour le renouvellement du Bureau se passe bien. Christophe a réussi à remettre de la cohésion. Un Bureau convivial intégrant James Blake est constitué. Malgré sa réticence, Camille est réélue présidente et, parmi les amis, Sarah, Myriam, Julien et Tomasz, à distance, font partie du Bureau. Hugo préfère rester à l'écart. La sympathique aventure continue ; '*Respect*' reste un mouvement ouvert et simple, agitateur d'idées et de révolte, sans ambitions financières dont Christophe Barsac assure la direction exécutive.

'*Respect*' a survécu à la crise grâce à l'action de quelques-uns. Outre Christophe, Michel Tourneur a été là, aux côtés de Camille mais surtout, en coulisses, une nouvelle venue, Sophie Ravel a œuvré de façon efficace pour l'unité. Il y a neuf mois, elle s'est associée aux actions du mouvement et est devenue incontournable, proche de Sarah. Elle croit beaucoup aux aspects humanistes de ce mouvement.

A 43 ans, son intelligence politique a largement contribué à constituer ce Bureau équilibré qui sécurise l'avenir de '*Respect*' en maintenant impliqués Camille, Christophe, Sarah et James, tout en intégrant du sang neuf. Tomasz se dit qu'on n'a pas fini d'entendre parler de cette femme aux idées claires qui sait rassembler les énergies.

Christophe aurait bien aimé qu'elle participe au Bureau mais Sophie Ravel ne veut pas prendre de responsabilités dans '*Respect*'. Elle vient d'entrer dans un parti politique, le parti centriste, où elle a été appelée par le maire de sa ville pour devenir son adjointe. Elle est déjà très occupée, en plus de sa profession.

Au moins, pendant cette période tendue, les membres du mouvement n'ont pas eu le temps de penser au terrorisme. Mais la police a fait son travail et elle a démantelé un groupe qui projetait de faire sauter la salle de réunion du Comité. Le ministre de l'Intérieur s'en félicite à grand bruit ce qui apporte une visibilité supplémentaire à '*Respect*' ! L'alerte est passée mais ce n'est que partie remise car l'anniversaire est un projet lourd et risqué.

Camille est soulagée, elle ne voulait pas que le mouvement implose, ni décevoir ses amis. Elle se remotive, l'anniversaire est dans deux mois, chacun doit se mobiliser. Christophe Barsac y met toute son énergie, déchargeant Camille. Il dynamise les événements : un grand concert ; des conférences ; une pièce de théâtre d'un philosophe 2022 ; un nouveau livre. La préparation se fait dans la fièvre et les amis protègent Camille, encore blessée. Il faut effacer les traces, elle s'aperçoit qu'elle n'a pas l'habitude des coups.

** Augmentation **

Après deux mois de préparation intense, le sens de l'organisation de Christophe Barsac et de James Black, l'enthousiasme retrouvé de Camille et la mobilisation de centaines de bénévoles permettent la réussite des fêtes-anniversaire de *'Respect'*. L'idée du mélange débats-musique a donné lieu à des manifestations jeunes et créatives, dégageant beaucoup d'énergie, médiatiques. Pendant plusieurs jours le thème de la tolérance occupe les journaux. En particulier, Nicolas Delafeuille y consacre un cycle d'Apostrophes où Lehna est brillante. Beau succès d'audience autour de *'Respect'*.

De cette agitation intellectuelle, le mouvement tire cinq propositions pour le gouvernement. Mehdi Ben Amiri salue « ce travail solide » et met quelqu'un pour enterrer discrètement ces idées qui le gênent. Il en retient une, symbolique, il nomme un handicapé au ministre de la Justice.

Enfin, en mai, la pression retombe et les amis célèbrent ce succès avec le Bureau, épuisés, heureux de passer à autre chose. Cela a été dur.

Camille est exténuée. Partagée entre *'Respect'* et son travail exigeant dans le marketing, elle a tenu bon mais elle sait qu'elle ne pourra pas tout faire indéfiniment. Hugo l'a beaucoup soutenue et sa priorité est maintenant son mariage : elle décide de ne plus penser à l'association pendant au moins deux mois. Recul et détente.

Elle se réfugie avec Mathilde dans de longues promenades en forêt de Fontainebleau où elles s'évadent dans leurs rêves loin de '*Respect'*.

Hugo et Camille prennent du temps pour eux. Mai est idéal pour les courses à pied ensemble. Camille organise des dîners avec ses amis exprimant sa passion pour les bons petits plats, une diversion appréciée par tous. Elle a tendance à tout ramener à son mariage fatigant ses interlocuteurs excepté l'inlassable Mathilde. Hugo tempère.

Paul les a invités à venir voir son dernier tableau. Il est ravi et anxieux de les accueillir. C'est un paysage cézannien, où un plan d'eau se fond dans le ciel dans des dégradés de bleu. Au premier plan des couleurs de blé et de terre ocre, puis des toits rouge-orangés et des arbres qui déclinent les verts. Hugo admire longuement, pose des questions. Il dit qu'il aimerait disposer d'un regard augmenté pour développer l'acuité de sa perception. Camille, fatiguée et hypersensible en ce moment, s'insurge : Hugo ne pense qu'à ces approches artificielles, ces filtres à valeurs ajoutées ! Il oublie l'émotion spontanée, elle le lui dit vivement. Paul est inquiet mais Hugo n'ajoute rien et se contente de poser une main sur son épaule, elle retrouve le sourire. Ils gardent le silence devant les bleus lumineux du tableau.

Paul ajoute qu'il n'aime pas les analyses intellectuelles de ses œuvres : c'est l'émotion qui fait leur vie ! Elle révèle autant le spectateur que l'artiste : l'œuvre n'existe que dans sa relation avec le spectateur, toujours différente.

Ils vont s'asseoir sur la terrasse autour du thé et du café. Il fait frais dehors et Camille préfère rentrer au chaud. Elle s'enfonce dans un fauteuil et feuillette distraitement un livre.

Paul reprend l'idée : « C'est vrai qu'il y a de plus en plus d'outils pour développer nos capacités sensitives. Mon père vient de se faire installer un minuscule implant invisible. Il entendait de moins en moins bien et ne pouvait plus aller au concert. L'implant auditif s'applique sur le tympan et amplifie certaines fréquences. Mon père peut le piloter avec son smartphone pour changer la puissance, ou écouter directement de la musique ou des informations. Plus besoin de casques ! et c'est même remboursé par la Sécurité Sociale.

— Avec certaines prothèses, on peut entendre beaucoup plus loin en orientant un smartphone connecté. On peut ainsi écouter une conversation de deux personnes à vingt mètres, sans qu'elles ne s'en rendent compte !

— Oui, il n'y a plus d'intimité ! Moi, je refuse les assistants numériques. Mais, il y a des aspects formidables : ce que mon père apprécie particulièrement, c'est la traduction automatique. Entendre en français quelqu'un qui parle à travers le smartphone en anglais ou en chinois, ça l'amuse beaucoup. Passionné par l'Asie, il écoute les chaînes de télévision chinoises pour comprendre la culture chinoise et son évolution. Il s'intéresse aux approches bouddhiques et orientales et à leur manière d'intégrer les nouvelles technologies si différente de la démarche occidentale. Nous privilégions l'individu, eux privilégient le groupe. Hugo plaisante :

— En faisant connaître à l'homme toutes les langues, l'ordinateur remplace le Saint-Esprit !

Camille aime bien l'humour d'Hugo tant qu'il ne touche pas à la religion ! Pour lui, c'est un piment indispensable à la vie et les mauvais jeux de mots sont inévitables. En ce moment, elle préfère ignorer la plaisanterie, voulant éviter sa réaction négative de tout à l'heure. Elle replonge dans son livre avec une moue.

— On trouve des implants auditifs qui vont plus loin. Ils sont directement reliés au cerveau et permettent d'entendre un spectre plus large de fréquences. Le sens auditif s'étend ! Comment le cerveau parviendra-t-il à s'adapter à ce nouveau monde de perceptions et de sensations ? On ne sait pas y répondre. À terme, l'art musical sera révolutionné par cet outil : est-ce que les chefs-d'œuvre actuels deviendront dépassés ? Il faudra oublier Mozart !

— Il n'y a pas que l'audition qui est améliorée. Tous les sens le sont. Pour la vue, on peut greffer des lentilles aux yeux. Avec la connexion internet et la minuscule batterie logée dans l'oreille, l'œil à moitié artificiel permet de voir la nuit en infra rouge et bientôt de faire des requêtes sur internet, de vivre en réalité augmentée : quand tu rencontres quelqu'un, le système te transmet les résultats de sa reconnaissance faciale et t'envoie les informations sur ta lentille : son nom, son âge, ses goûts, ses points faibles…

— C'est super pour séduire ! » plaisante Paul bien qu'il ne soit pas tout à fait sûr que la possibilité de se connaître immédiatement permette d'aller plus vite et plus loin dans la relation entre les êtres humains. Il se dit qu'un rythme plus lent, poétique, accompagné d'une part de mystère donne du plaisir à la rencontre. Et puis, la transparence n'a pas que des bons côtés !

— Ha, ha ! La vue et l'ouïe sont bien améliorées ; pour l'odorat, on pourrait imaginer qu'une mauvaise odeur soit transformée en un parfum agréable. On peut maintenant transformer la réalité sans passer par le rêve ! On peut élargir nos cinq sens ou les piloter. Je ne vois pas pourquoi l'homme ne pourrait pas créer de nouveaux sens ! Le monde deviendrait 'amélioré' », soulignant les guillemets de ses doigts. « La perception sera bouleversée et, personnellement, je crois que l'art sera complètement révolutionné. Les peintres vont imaginer d'autres couleurs, créer un autre monde. Il va falloir inventer plein de nouveaux mots pour les écrivains. »

Camille s'est rapprochée, sceptique : déjà, avec des esprits comme ceux de Paul ou Hugo le pire est possible, mais avec des fous, il risque de devenir certain. Elle questionne : « Vous feriez mieux de trouver des idées pour empêcher que ces inventions dénaturent l'homme ! »

— Le futur a toujours porté ses incertitudes, c'est son charme, dit Hugo. On ne s'est pas posé de questions en acceptant lunettes. Sans elles, je ne verrais rien, mais on va de plus en plus loin : on peut imaginer que l'homme voie à 360° ou à travers les vêtements. En peu de temps l'homme deviendra méconnaissable, ayant une vie différente.

— Eh bien moi, cela ne me plaît pas ! dit Camille. Quand un organe tombe en panne, il va être remplacé par quelque chose de mieux mais peut-on tout remplacer ? Par exemple, avec les implants intégrés au cerveau, on touche à notre organe principal. Quel en est l'impact ?

— Quand touche-t-on au Moi ? A partir de quel moment, je ne suis plus Moi ? Est-ce graduel ? On n'a jamais su dire comment l'identité ou l'esprit d'un homme se matérialisait ?

Paul n'aime pas ces questions qui le dépassent :

— Finalement, mon pianocolor, c'est un piano augmenté ! Il ne remplacera jamais un piano classique. Pour moi, c'est simplement un instrument amusant, complètement inutile !

Et Camille enchaîne sur cette diversion :

— Ton tableau est également inutile. C'est un monde amélioré avec tes critères. Pourtant, je rêverais de l'avoir chez moi, magnifique. Je suis sûre que si on l'installait chez nous, il nous augmenterait, Hugo et moi ! La réalité n'est pas facile à cerner.

En rentrant chez elle, Camille s'est installée devant son ordinateur. Elle converse avec Tomasz et Sarah sur l'augmentation.

Tomasz rassemble ses réflexions sur la transformation de l'homme, *Micromégas* écrit sur son blog : « '*No limit*' : la médecine, l'ingénierie, l'énergie, les transports, les technologies numériques explosent leurs frontières, remettant en cause l'homme, de façon exogène et endogène. En anglais, il n'y a qu'un seul mot : 'enhancement' ; en français, on a le choix entre deux mots 'augmentation' ou 'amélioration', c'est plus nuancé car l'augmentation n'est pas forcément une amélioration ! C'est une question de critères. Améliorer tout, tout le temps, est devenu une obsession… Où s'arrêter ? L'homme peut devenir si différent qu'on pourra parler de nouvelles espèces. Ce n'est pas une transformation, cela devient une déflagration ! « J'en arrive à me dire que l'homme pourrait être la première espèce à créer elle-même l'espèce, voire les espèces, qui la remplacerait ! » me disait avant-hier un habitant de Sirius.

Sans doute, dans le passé, d'autres espèces s'étaient déjà remplacées par auto-évolution. Mais aujourd'hui, la vitesse et la nature du changement sont différentes. En moins d'une génération, la révolution est radicale… et improvisée ! Jusqu'à présent, les adaptations de l'être humain à l'évolution du milieu naturel étaient lentes.

Il y a trois siècles, avec mon ami Voltaire, je m'étais fait cette réflexion : « *La vérité est qu'il reste un nombre incroyable de secrets à déceler.* » J'avais envie de découvrir, c'était une vue optimiste, je ne pensais pas que l'homme pourrait perdre le contrôle. Je me demande maintenant si Candide n'était pas le plus lucide, anticipant toutes sortes de difficultés : « *Le plus sage, c'est de cultiver notre jardin.* »

C'est à se demander si toutes ces intelligences si impressionnantes qui inventent le monde de demain, ne feraient pas mieux de travailler un peu plus sur le monde d'aujourd'hui en cultivant le monde tel qu'il est ? Il y a tellement de travail à faire dans notre jardin actuel ! »

**** IA ****

Six heures du matin. Paul commence à dessiner sur son ordinateur à côté de son bol de thé. Il a 8 heures de travail devant lui avant que Tomasz, de passage à Paris, ne passe le voir avec Sarah.

Il se lance dans un nouveau tableau. Il a imaginé son projet lors de son week-end de ski et l'a muri depuis : il veut explorer les blancs, les bleus et les gris comme dans un paysage des Alpes, faisant un lien avec le tableau de Cézanne où la montagne Sainte Victoire apparait en tons bleus. Il pense en même temps à Matisse, à ses formes simples. Il retrouve les Alpes de Semenoz, les voient épurées et claires.

Paul projette son écran sur le mur pour étudier son idée, la modifier avec ses pinceaux tactiles jusqu'à une esquisse qui le satisfasse. Une fois son ébauche mise au point, il reprend ses vieux pinceaux et ses peintures et s'installe devant sa toile, habité, évitant la technologie, notamment la peinture en impression 3D. Il ne faut plus le déranger. Il lui arrive d'y passer des nuits, dans le silence ou bien accompagné par Mozart, Vivaldi ou toutes sortes de musiques, soul, folk ou rock, ou par Léonard Cohen, suivant la stimulation dont il a besoin.

Lorsque ses amis arrivent, il a bien avancé. Il est encore concentré dans son œuvre. Il a travaillé presque neuf heures presque sans interruptions en avalant des toasts au beurre salé avec du thé et des sardines. Il est exténué mais il n'a pas complètement vidé sa tête. En ce jour d'inspiration, s'il s'arrête maintenant, ces idées ultimes, rares, risquent de s'envoler. Comme des papillons qu'il doit saisir, chaque idée compte, même celles dont le spectateur ne s'apercevra pas.

Tomasz et Sarah sont venus avec Hugo et Emmanuel. Ils se sont installés sur la terrasse pour laisser Paul travailler.

Emmanuel félicite Tomasz pour ses derniers articles sur le numérique :

— Tu es très suivi, bravo ! mais tu n'es pas très optimiste. L'ordinateur gagne dans tous les domaines ; dans le jeu, on a perdu la glorieuse incertitude.

— Si l'homme perd tout le temps, ironise Sarah, quelle sera sa place demain ? A qui va-t-il servir ? Pas aux femmes, on n'aime pas les perdants ! Ou alors, il va se rapprocher de l'ordinateur en s'augmentant ! Ça sera pire !

— Sans être augmenté, nous nous faisons déjà beaucoup aider par des assistants intelligents, Élise pour moi, répond Hugo. Ceux-ci nous connaissent et raisonnent à notre place beaucoup plus vite. Au départ, nous sommes prudents, nous leur laissons une place réduite et vérifions ce qu'ils font. Puis, petit à petit, nous leur laissons prendre la main. Un jour, l'assistant aura le contrôle sans que nous nous en soyons aperçus ! L'assistant anticipe avant même que l'on ait conscience de la situation car il analyse des informations que nous ne percevons même pas.

Hugo travaille maintenant sur ces sujets. Il a changé d'entreprise pour créer une start-up - Mahia consulting - d'experts spécialisées dans les domaines du big data et de l'IA. Avec ses deux partenaires, ils ont rapidement rassemblé une équipe de professionnels passionnés. Il a lui-même créé la bonne ambiance, collective et stimulante, qu'il recherchait. Le sujet est porteur, passionnant, à la pointe de la transformation du monde. Hugo dirige des projets sur l'IA, se demandant souvent où l'on va s'arrêter : bien que concepteur des programmes, il n'a pas l'impression de contrôler la dynamique et s'intéresse aux préoccupations éthiques engendrées par ces technologies.

— Je vais vous raconter une anecdote, dit Hugo. J'avais un peu d'argent à placer. Je demande alors à Élise, mon chatbot, de regarder... Elle me fait gagner un temps fou. Élise interroge alors les banques pour savoir quels sont les meilleurs placements. Elle fait jouer la concurrence. En face, ce sont des assistants bancaires, robots automatiques, qui répondent. Élise négocie et je signe. J'ai eu d'excellentes conditions sans me fatiguer. Je déteste passer du temps sur ces questions inintéressantes mais ce qui est certain, c'est que je ne servais plus à rien ! Je dépends de la capacité de négociation d'Élise et j'espère qu'elle ne se fera pas rouler par un autre assistant bancaire, voire séduire en lui laissant trop de commissions !

— Tu peux demander à un troisième assistant de contrôler ce que fait Élise et te dire ce qu'il en pense, plaisante Emmanuel. Au moins, avec Élise, tu gardes la maîtrise de l'objectif de la décision finale et tu n'es pas obligé de passer par elle. Ce n'est qu'un plus. Pour les aveugles, la médecine d'augmentation est un grand espoir. Elle permet de redonner la vue à de plus en plus de types de malvoyance. Il y a même un nouveau dispositif qui permet à un non voyant de voir tout autour de lui ! C'est une sorte de casque portant des caméras de tous les côtés qui décrivent et reconnaissent avec une grande précision l'environnement de l'aveugle en parlant à son oreille. C'est expérimental mais tellement supérieur à notre vue que je suis certain que bientôt tout le monde voudra être aveugle ! Personnellement, je commence à me renseigner… au moins pour le casque.

Tomasz rit en pensant que si Emmanuel a creusé cette idée 'amusante', c'est qu'elle pourrait être rentable :

— Il y a dix ans, raconte Tomasz, une mannequin californienne avait perdu ses jambes dans un accident de voiture : elle a commandé de très belles prothèses. Cela lui a coûté cher mais elle pouvait en changer la taille comme elle voulait, ce qui lui permettait d'adapter son look avec ses tenues et chaussures pour avoir les proportions parfaites, adaptées à la taille de son partenaire. Il paraît qu'une de ses copines voulait se faire amputer les jambes ! C'est une histoire véridique !

Camille vient d'entrer sur la terrasse. Elle passe chercher Sarah avec qui elle a prévu de faire une ballade. En entendant Tomasz, elle fait une grimace atterrée, heureuse d'entendre la réaction de son amie : « C'est débile ! » s'insurge Sarah qui a frissonné en se caressant le mollet et en pensant à ses jambes dont elle est plutôt fière. Elle se lasse de leurs discussions qui manquent tellement de poésie !

Camille embrasse tout le monde tandis que Sarah se lève :

— Vous n'êtes qu'une bande de geeks irresponsables, pas drôle du tout : vous aurez l'air fin quand l'homme sera éliminé ! Moi, j'ai mieux à faire ! Je vais faire du shopping avec Camille. Nous reviendrons quand il y aura plus de romantisme dans l'air. Dans votre monde absurde, autant choisir la futilité !

— Bonne promenade, dit Tomasz, il est ravi de rester avec Emmanuel et Hugo. Ils vont pouvoir se lâcher.

— Je vais vous en raconter une autre : connaissez-vous ce milliardaire qui voulait monter sur l'Everest ? Il est allé au bout de ses forces, a abandonné à trois cents mètres du sommet et est redescendu par miracle. On lui a amputé tous les orteils. Eh bien, il a déniché les meilleurs spécialistes et s'est fait faire des prothèses qui font de ses pieds des sortes de main. Avec beaucoup de volonté, lors de sa rééducation, il est parvenu à bien jouer du piano avec ses doigts de pieds… Il s'est ensuite fait fabriquer un piano spécial avec deux claviers qui lui permet de jouer des œuvres 'à quatre mains'. Pour l'instant, il n'y a pas un gros marché pour ce type de piano mais le milliardaire ne désespère pas ! Il pense vendre les prothèses 'pieds-mains' en plus ! Il y a plein d'applications.

Hugo sourit – heureusement que Sarah et Camille soient parties. Un instant, il craint qu'Emmanuel ne développe l'avantage d'avoir quatre mains pour faire l'amour ; ce n'est pas le cas, son ami n'y a sans doute pas pensé… il peut revenir sur son sujet, la question de l'intelligence :

— Trêve de plaisanterie, vous ne parlez dans ces exemples que des fonctions de base. Ce qui est intéressant, c'est l'augmentation du cerveau et donc de l'intelligence ! Il y a des recherches très sérieuses pour greffer des centaines de milliers d'électrodes intra corticales ou de type nano-robots dans le cerveau afin de multiplier ses capacités. Pour ces savants, c'est la seule chance de ne pas se faire dépasser par les androïdes. Même la bêtise ne fait pas partie du monde des robots. S'ils sont stupides, c'est juste un choix de paramétrage, un choix très risqué car la bêtise est incontrôlable.

— Ah ! La voilà la différence entre l'androïde et l'homme ! Chez l'homme, la bêtise est parfaitement naturelle. Personne n'est épargné ! C'est même sans doute la dimension humaine la mieux partagée et, selon Einstein, celle qui permet le mieux à l'homme de s'approcher de l'infini : « Deux choses sont infinies, disait-il : la bêtise humaine et l'univers… mais en ce qui concerne l'univers, je n'en ai pas encore acquis la certitude absolue. »

— Très intéressant, s'esclaffe Emmanuel, je me demande s'il ne faudrait pas mettre de l'argent pour la recherche en Bêtise Artificielle. Nous, les hommes, surfons sur l'intelligence naturelle, imparfaite, à la lisière de la bêtise et souvent du mauvais côté de la lisière ! Cette conversation en est un parfait exemple ! Peut-être que pour l'IA, c'est pareil : à force de frôler la BA, l'IA peut manquer ses objectifs et basculer en BA. Comme l'IA fonctionne grâce à l'apprentissage par des exemples, elle dépend de la façon dont elle est nourrie en informations. Il y avait eu un cas d'école en 2016 avec le lancement du chatbot Jay : dès l'ouverture du service, des plaisantins l'ont alimenté d'informations telles que Jay est devenu raciste et nazi ! Le système a dû être arrêté rapidement pour être relancé plus tard, chargé avec d'autres informations et complété de programmes de modération. C'est un mécanisme de manipulation classique qui montrait bien les dérapages possibles.

— Il n'y a pas que cela, dit Tomasz en regardant Hugo. Il faut aussi intégrer la fiabilité des informaticiens ; ce n'est pas triste ! Déjà, quand c'est simple, il y a beaucoup de bugs. Décontractés, les programmeurs appellent cela 'se planter', avec parfois des conséquences impressionnantes ! Ils ont un solide arsenal d'excuses. Pas fous, ils évitent d'être responsables des tests ! Déjà, dans des projets normaux, les tests sont de plus en plus complexes mais avec les algorithmes de l'IA, tester est encore plus difficile : les informations massives évoluent en permanence et certains algorithmes peuvent même s'auto-transformer. Contrairement à ce qu'affirment certains la programmation n'est pas déterministe ! De plus, les informaticiens utilisent des programmes open-source qui s'appellent les uns les autres avec un niveau de contrôle variable : est-on sûr que ces programmes, modifiés parfois de façon agile, soient bien qualifiés dans les cas limites ?

Hugo sait que Tomasz a raison, il évite de répondre. La problématique de la fiabilité s'aggrave face à la complexité et à la connectivité croissante. Pas rassurant certes, mais incontournable. Maintenant, ce sont les ordinateurs qui se contrôlent.

Il se lève, prend la bouteille de vin et remplit les verres. Ils trinquent à la chaleur humaine, se félicitant qu'aucune IA n'intervienne encore dans leurs discussions et que le vin soit un plaisir inaccessible aux ordinateurs. « Profitons-en, nous serions dépassés, nous n'aurions plus rien à dire ! »

Hugo relance le débat :

— C’est vrai. Certains pensent qu’il y a un continuum entre l’humain et l’androïde, et que devenir un être supérieur, voire immortel, est dans l‘ordre des choses. Ce serait l’évolution ! Pour eux, ces IA ne sont pas moins humaines que nous ! C’est une impasse pour l’homme. Il nous faut reconstruire nos repères, partager une vision de la nature humaine qui différencie l’homme des robots.

— Oups, fait Emmanuel. L’ingénieur se lance dans la philosophie. Je crains le pire !

— Hé, hé ! L’augmentation se fait à l’intérieur du corps humain. L’homme devient hybride, multipliant sa puissance physique et intellectuelle, intégrant par connexion une ‘intelligence’ exogène qu’il n’est pas sûr de contrôler. La question de la différence entre l’homme et l’androïde, nous ramène à l’interrogation : « Comment penser l’homme ? ». L’être humain a-t-il une conscience libre que n’aurait pas le hubot ? (Human robot) Moi, je le crois, mais l’ambiguïté sera de plus en plus forte si on ne la lève pas. Le pire n’est jamais certain, mais il se produit avec plus de probabilité si on ne s’en préoccupe pas.

— Si l’IA domine ou élimine l’homme, il n’est même plus utile de différencier l’homme des androïdes ! dit Tomasz. Commençons par répondre à la question ‘Comment garder le contrôle de l’IA ? C’est un de nos défis et l’on devra certainement utiliser l’IA pour maîtriser l’IA !

— Personnellement, dit Emmanuel, je ne suis pas pessimiste. Cela fait longtemps que nous avons développé des machines qui nous dépassent. Nous utilisons des bateaux, des bulldozers, des grues, de la dynamite. L’homme se démultiplie déjà pour son bénéfice.

— Bien sûr, poursuit Hugo. Certains pensent garder le contrôle avec le ‘Bouton rouge’ - un bouton qui permet d’arrêter un robot à tout moment. En théorie, c’est une bonne idée mais cela n'est pas forcément réalisable car l'utilisation du bouton rouge pourrait induire des catastrophes ! Et il y a pire : l'androïde pourrait avoir une forme de conscience ! Aura-t-on le droit, le courage ou les capacités de le déconnecter ? Et surtout, plus préoccupant, nous laissera-t-il faire ?

Paul a rejoint ses amis ; il est épuisé et content de l'avancement de sa peinture. Il a besoin de s'extraire de sa tension créative. Il reprendra demain matin et les élucubrations de ses amis qu'il vient d'écouter ne manquent pas de le distraire :

— Pour moi, cela n'a pas de sens car je ne crée pas des tableaux pour plaire à des robots ! L'IA en ferait une analyse rationnelle qui m'intéresse peu, je n'aurais pas produit une émotion.

— Oui et non, répond Hugo. On peut penser que l'IA, nourrie d'exemples d'émotions, pourrait exprimer un 'sentiment' ! Cela peut être mieux que l'hypocrisie humaine, non ?

— Hum, bon ! tu exagères ; on aime tous la flatterie ! Ha, ha ! Si j'extrapole aux femmes, c'est encore plus effrayant : imaginons une Womanbot, adorable, sexy, qui a de l'humour et qui, en plus, admirerait mes tableaux : je ne sais pas comment je ferais pour résister. Elle sait tout de moi, elle peut émettre mon parfum préféré, je n'ai aucune chance !

Il visualise cette fille parfaite, tout en se disant qu'il n'a jamais aimé la perfection, elle l'ennuierait.

— L'amour est notre point faible, notre fragilité, mais c'est aussi notre point fort, notre puissance. Je me demande s'il nous sauvera ou nous perdra ? Mais on n'a pas le choix, je suis certain qu'il faut le choisir 'quand même'.

Paul est prudent avec la technologie. Il ne s'en vante pas, mais dans sa jeunesse, il a vécu des expériences difficiles, absorbé par les jeux et internet, y noyant sa personnalité. Il se souvient de son adolescence, enfermé dans les jeux vidéo. Il y passait ses nuits. Ses performances scolaires étaient devenues erratiques, parfois catastrophiques ; ses relations avec les autres s'étaient dégradées : 'no real life'. Il était dévoré par cette vie foisonnante, 'accro' à franchir les mondes, fasciné par les graphismes. Il avait plusieurs identités, plusieurs avatars, multipliant les relations virtuelles, jusqu'à ne plus savoir qui il était vraiment… Un jour, il s'est aperçu qu'il n'écoutait presque plus et évoluait dans un deuxième monde, dans beaucoup d'autres mondes. Dans le monde réel, il avait développé des tas de réflexes pour faire semblant d'être présent, pour écouter par intermittence et hocher la tête au bon moment. A la fin, il commençait à mélanger ses avatars et l'un d'entre eux écrasait les autres voulant tout dominer. Il explosait. Il sentait le fossé se creuser entre lui et sa famille, inquiète, sans avoir les éléments pour comprendre. Il leur cachait tout, jouait beaucoup la nuit. Un jour, alors qu'il était sur son smartphone, très concentré sur un passage délicat, il est volontairement bousculé au lycée. Il s'énerve, se bat, est sérieusement blessé. Il s'aperçoit de son isolement, tout le monde est contre lui. Son smartphone, son bien le plus précieux, est cassé ! Au milieu d'autres signaux, cette alerte déclenche une prise de conscience décisive et sa volonté de reconquérir ses amis et d'arrêter les jeux : désintoxication difficile ; retour aux relations humaines compliquées et à une vie plus fade.

Pour compenser ce passe-temps dévorant, il se réinvestit dans une passion pour les bandes dessinées et les films, nouvelles sources d'inspiration pour ses dessins. Depuis, Paul n'a jamais arrêté de peindre, fou de couleurs…

** Éthique **

Avril 2026. À midi, les rues parisiennes sont animées, les passants profitent de ce soleil timide de début de printemps. Hugo et Julien se donnent rendez-vous pour déjeuner dans leur restaurant favori, '*Le Rouge et le Blanc*', dans une petite rue du Vème arrondissement. Un cadre simple et convivial, peu de choix mais c'est très bon ; il faut réserver. Il y a les 'petits vins' que le patron a soigneusement sélectionnés et aime faire partager avec son bagout inimitable. Quelle que soit sa couleur, au verre ou en bouteille, le vin est bon !

Sur la grande ardoise traditionnelle - le patron refuse obstinément l'ardoise électronique – est inscrit le plat du jour du mardi : magret aux épices et à la figue. Au fond sur un buffet, l'appétissante rangée des mille-feuilles généreux et des babas au rhum dodus rend difficile l'option sans dessert. Ambiance d'habitués, une sorte d'intimité, la serveuse déplace l'ardoise et son sourire d'une table à l'autre.

Bien qu'il fasse encore frais, Hugo s'est installé dans leur coin préféré quand il fait beau, à l'extérieur, pour voir passer les gens. Pour une fois, les deux amis se sont donnés du temps, pas de réunions dans la foulée. Quand ils trouvent enfin un créneau, ils sont heureux de se retrouver pour laisser leurs idées s'envoler, provoquantes ou absurdes, autour de verres de vin. Entre eux, rien ne prête à conséquence.

Julien rejoint Hugo et en s'asseyant, repère immédiatement une caméra panoramique installée sur un lampadaire, en face de la terrasse. Le restaurant est à l'angle de deux rues dont l'une est piétonnière. Julien dit à Hugo : « Souris. Regarde, il y a une nouvelle caméra de l'autre côté de la rue, sur ce poteau. » Il fait un signe dans sa direction :

— Nous n'avons jamais été autant surveillés. Pourtant, nous sommes en démocratie. Qu'est-ce que ce serait si nous subissions une dictature !

— Oui, la démocratie est un drôle de système. C'est peut-être le meilleur système d'organisation d'une société, celui qui respecte le mieux les hommes, mais c'est tout de même un bricolage rempli de contradictions qui ne garantit rien.

— C'est fou ! Aujourd'hui, sous prétexte de sécurité, on nous filme partout, on récolte nos données ! On sait tout des déplacements de tout le monde. Bien sûr, c'est pour notre bien ; si ça se trouve, la caméra, là-bas, est en train de lire sur nos lèvres !

— Et ce 'on' est multiple, incontrôlable et a une mémoire redoutable ! Nous sommes devenus totalement transparents ! Il y a une immensité de données stockées sur chacun d'entre nous que nous ne maîtrisons pas. A se demander si un jour, le 'on' ne nous connaîtra pas mieux que nous-même. Le droit à la confidentialité ou à l'oubli sont des leurres et cela s'aggrave de jour en jour.

Julien acquiesce. Il ressert le vin en ajoutant :

— Je déteste savoir que d'autres ont un pouvoir sur moi grâce aux données qu'ils détiennent. Tout le monde peut être manipulé !Au moindre excès, ce 'on' peut me faire chanter !

— Oui ! Le pire c'est que la plupart des gens sont demandeurs ! Une majorité vote pour les hommes politiques maximalistes.

Les technologies du big data et de l'IA progressent vite avec des impacts vertigineux ! Des ordinateurs de plus en plus puissants analysent en permanence tous les flux vidéo et remontent les signaux aux centraux de sécurité avec une reconnaissance faciale excellente. Tous les passages dans les gares ou aéroports sont enregistrés, les déplacements sont suivis, les plaques d'immatriculation et les comportements sont analysés en temps réel. Les incidents, les anomalies sont repérées et corrélées avec les événements passés. Sur une seule interrogation, les autorités peuvent retrouver en cinq minutes tout ce que vous venez de faire. Beaucoup de caméras sont invisibles.

L'analyse des émotions du visage par l'ordinateur est supérieure à celle faite par des hommes ; d'ailleurs, dans les interrogatoires de la police, c'est le plus souvent une voix pilotée par une IA qui pose les questions : les signes de nervosité, les mensonges sont repérés de façon fine et des corrélations sont faites avec les battements du cœur, la tension, l'excitation du cerveau, etc. L'ordinateur est un enquêteur puissant, impartial, rapide et économique… implacable. Il accumule les informations, repère les contradictions et propose une probabilité de culpabilité.

Celui qui maîtrise les informations a le pouvoir. Julien le sait bien mais ce qui vaut pour lui ne devrait pas valoir pour les ordinateurs, se dit-il. J'aimerais garder l'avantage ! Il déguste la sauce de son magret et cherche un élément positif :

— Il y a un bon côté : cela pourrait aussi nous éviter les erreurs judiciaires ? L'ordinateur devrait être impartial !

— Ce n'est même pas sûr. Pas plus que les juges, l'IA ne garantit pas l'indépendance du pouvoir ou l'absence de biais culturel.

Et Hugo ajoute qu'avec le big data, on ne se contente pas de juger, on peut anticiper. Comme tout est enregistré, les éléments surprenants sont disséqués en temps réel par les ordinateurs qui envoient les alertes appropriées à différents services. Ainsi, prévoyant les incidents, la police intervient en prévention et elle ajuste ses forces sur ce qui lui semble le plus dangereux : elle empêche les crimes d'être commis !

— C'est 'Minority report', ton monde !

— Bien plus ! Et c'est économique, plus sûr et bienveillant ! Difficile de s'en priver.

Ils sont maussades. Julien regarde la rue ensoleillée et se laisse distraire par la silhouette d'une fille qui s'éloigne en se déhanchant, gracieuse, longue chevelure, jupe courte et collants. Rêveur, il ajoute :

— Nous allons vers un monde où nous empêcherons les gens de faire n'importe quelle bêtise ! Tu imagines un monde sans sottises ! Quelle tristesse !

Hugo n'a pas suivi la distraction de Julien :

— C'est vrai que certaines bêtises coûtent cher mais du coup, pour empêcher les accidents sur la route, on est contrôlé tout le temps. Les caméras-radars sont partout, calculent et surveillent la vitesse et les franchissements de ligne continue, les feux rouges ou les arrêts aux stops. Aucun excès n'échappe et les contraventions sont débitées immédiatement de telle sorte que certains conducteurs sont ruinés avant même d'avoir terminé leur voyage.

— Le nouveau rythme de la Contredanse ! plaisante Julien. Heureusement qu'il y a de moins en moins de voitures personnelles.

Ils savourent les épices subtiles du magret aux figues et le vin rond avant que Julien ne reprenne :

— As-tu lu le dernier article de Tomasz sur le fait divers américain ?

— Bien sûr. Il pose bien la question de l'omnipotence de l'ordinateur.

Micromégas avait en effet commenté un fait divers dans lequel un jeune noir avait été arrêté par la police, soi-disant avant de commettre un meurtre. L'ordinateur avait rassemblé beaucoup d'informations et était parvenu à une forte probabilité de risques. Habituée aux conclusions justes de leur système informatique, la police avait sauté le stade de la suspicion.

L'homme avait été emprisonné plusieurs semaines, préjudice pour lesquels il avait attaqué les autorités. Un grand avocat s'était saisi de cette affaire devenue retentissante et son histoire avait fait la une des journaux : le dossier n'était pas clair, les preuves solides étaient minces, on avait démontré que l'ordinateur avait été alimenté d'informations douteuses. La presse démocrate s'en était emparée. Pour certains, il fallait bloquer les prévisions du big data mais la Cour Suprême n'était pas parvenue à fixer de nouvelles limites.

Micromégas en avait conclu que rien ne pouvait arrêter le big data : « Le cadre juridique qui devrait permettre à la fois de bénéficier des progrès et d'en éviter les effets pervers était loin de se construire. Mission impossible ? Comment faire pour que les technologies restent au service de l'homme… de tous les hommes ? »

Hugo participe à un groupe de travail français sur l'éthique et l'informatique - *'inform'éthique'*, un glissement sémantique qui ne peut être une coïncidence. L'IA pose les problèmes les plus complexes. Pour l'instant, ces commissions ne débouchent pas sur grand-chose : personne ne parvient à formuler des recommandations concrètes et contrôlables. Il y a de brillantes déclarations stériles pendant lesquelles les recherches sont menées tambour battant.

Julien s'interroge tout haut :

— Il faudrait créer une 'Haute autorité' qui analyserait le bilan d'un progrès technologique entre les risques pris et ceux évités et qui ferait des propositions aux législateurs ?

Hugo le regarde halluciné :

— Ha, ha ! C'est certainement la solution. On crée une autorité, on met des énarques à sa tête et le problème est réglé ! Cela ne marche pas, cela va trop vite, il y a trop de dimensions : la concurrence internationale, l'éducation, l'impact sur les libertés… la philosophie. Personne n'embrasse tout. Tu te souviens ce que *Micromégas* avait écrit : « Les scientifiques sont des apprentis sorciers. On les laisse seuls, ils enchainent les virages mais ne maîtrisent pas leur vitesse. » Et il avait poursuivi sur le thème de la sagesse : « A notre époque, l'homme ne fait aucun progrès intérieur alors que les progrès extérieurs sont impressionnants. Dans un monde où tout est mesuré, il n'y a aucun indicateur pour évaluer le quotient de sagesse d'un homme ! Il y a trois millénaires, les Grecs étaient en avance sur nous ! Ils travaillaient sur eux-mêmes. Ce n'est pas en incorporant un maximum d'implants à l'intérieur de notre corps ou en manipulant nos gènes que l'on peut parler de progrès intérieur ! ☺ »

Julien et Hugo lève leur verre à la sagesse des hommes, dubitatifs ; il y a un tel chemin à parcourir, à commencer pour eux-mêmes !

— Mais c'est vrai, dit Julien, comme l'avait écrit *Micromégas* : « si l'homme ne grandit pas, il disparaîtra », la sagesse est nécessaire.

— Oui, mais je dois avouer que la sagesse est un sujet qui me dépasse. En revanche, j'ai quelques connaissances sur la confidentialité sur internet, c'est plus concret. Je crois qu'il est sage de prendre des précautions : utiliser des navigateurs qui n'enregistrent rien, laisser un minimum de traces sur internet, anonymiser ses démarches ou opérer avec de multiples identités, crypter les stockages et les flux, brouiller les pistes. Il faut faire cohabiter la culture de la transparence et celle de l'anti-transparence !

— Tout le monde n'est pas capable de préserver son intimité en utilisant internet !

— Oui, il faut d'une part éduquer, d'autre part des contrepouvoirs. C'est pour ne pas laisser les internautes seuls dans ce monde sauvage qu'il existe des organismes de contrôle officiels et des équipes indépendantes, sortes de Robin de bois des temps modernes ! En France, une équipe de résistance technologique traque ceux qui accumulent des données de façon obscure ou créent des systèmes de surveillance disproportionnés. Ce groupe rassemble des informaticiens, souvent hackers, sous le nom d'Askata, une communauté libre, souterraine, organisée sans être structurée. Askata lance des alertes auprès de l'opinion publique à travers internet et les médias lorsqu'il constate des abus. Il est en relation avec des équipes du monde entier indépendantes des pouvoirs. On retrouve dans ces justiciers ambigus une grande diversité humaine : rebelle, nihiliste, romantique, purement geek, anarchiste impossible à canaliser… Ils ont une charte qui limite les risques de dérives.

Julien, en bon fonctionnaire, n'aime pas ce principe d'une justice qui ne dépendrait pas de l'État. Il est contre les droits qui ont été donnés aux lanceurs d'alerte, il y a un risque de justice parallèle. Hugo argumente :

— Pour moi, les lanceurs d'alerte sont utiles. D'accord, c'est un contrôle anarchique, mais il crée de la visibilité et défend les initiatives courageuses. Il sera peut-être un jour indispensable pour éviter les débordements des gouvernements ou de l'IA elle-même ! Un acte de résistance.

— Je préfère les organes officiels - les Autorités Indépendantes Gouvernementales - dont le fonctionnement est institutionnel et bien encadré.

— Je comprends, mais il est sans doute nécessaire d'avoir les deux. Le pouvoir peut se pervertir et doit être limité. Et puis, les techniques bougent trop vite pour les organismes institutionnels. Cependant, le plus important est sans doute d'élever la conscience de chacun : déclarer une atteinte aux valeurs pourrait devenir un réflexe forgé par l'éducation. Aux organismes officiels de vérifier ces alertes et d'en tenir compte. Cela demande une grande sagesse collective ! La guerre sur internet se gagnera grâce à la maturité des internautes qui doivent détecter et faire réprimer les informations fausses et manipulatrices. Aujourd'hui, une blessure immatérielle peut être plus grave qu'une agression physique.

Hugo poursuit sa réflexion en parlant du projet de notation des entreprises dans le domaine de l'éthique et des datas. *'Respect'* a organisé des réunions sur ce sujet sous l'impulsion de Sophie Ravel et, avec d'autres mouvements, a fait sur ce sujet des propositions au gouvernement. Cette notation serait un bon indicateur permettant aux internautes d'apprécier le niveau d'honnêteté des entreprises. Pour l'instant le gouvernement reste prudent, prétextant que ce serait une lourdeur supplémentaire pour les entreprises. En fait, il ne veut pas se l'appliquer à lui-même, les Ministères des Finances et de l'Intérieur sont si peu exemplaires ! Cela amène aussi le problème de la protection des données vis-à-vis des cyberattaques. Les divulgations peuvent engendrer des catastrophes. Met-on assez d'argent dans ce domaine ? Étant donné la complexité des systèmes, mobilise-t-on les compétences nécessaires pour réaliser les tests de confidentialité ? Faut-il une notation ?

Hugo serait inépuisable s'il ne lui fallait pas retourner travailler.

Sur le chemin du bureau, Hugo envoie un texto à Tomasz pour lui suggérer un article sur la problématique des tests. « Comment assurer la fiabilité et la sécurité des systèmes numériques de plus en plus complexes, de plus en plus interconnectés et imbibés d'IA ? Qui maîtrise quoi ? Cela paraît du niveau d'un extra-terrestre comme *Micromégas*, tu ne crois pas ? ☺ »

** **Maîtrise** **

Quinze jours plus tard, Tomasz est heureux de retrouver Sarah chez qui il loge. Ils se connaissent depuis deux ans et c'est la première fille qui lui procure cette plénitude tant physique qu'intellectuelle. Il a besoin de la voir, toujours accueilli avec une calme passion. Comme il a développé les activités de son entreprise en Europe, il se sert de nombreux prétextes pour ses allers et retours entre San Francisco et Paris.

Ses deux articles sur les limites des tests dans l'IA et dans l'industrie numérique ont été largement commentés. Tomasz avait su exprimer les risques colossaux, possiblement systémiques dans nos environnements interconnectés. Il avait extrapolé et *Micromégas* avait écrit : « L'humanité peut perdre le contrôle du numérique. Les hommes sont trop limités pour qualifier les nouvelles versions de logiciel. Les tests sont pilotés par l'IA. Ce n'est pas forcément rassurant. D'autant que les tests ne portent pas seulement sur la qualité de fonctionnement mais aussi sur l'éthique de la nouvelle version de robot. »

Micromégas a animé des échanges polémiques dans le monde geek auxquels Hugo s'est mêlé avec fougue.

En cette fin de mois de mai, la journée a été pluvieuse. Tomasz a atterri la veille à 17 heures après de longues heures de vol. Habitué à dormir dans l'avion et à s'adapter aux décalages horaires, il est relativement frais et dispos.

C'est un soir de semaine calme au restaurant '*Le Rouge et le Blanc*'. Sarah, Camille, Hugo, Myriam et Julien y ont rejoint Tomasz. Ils sont attablés et grignotent du fromage et des noix pour accompagner le vin. Sur la table trône un vase tulipe, comme une longue flute de champagne présentant trois roses, deux rouges et une blanche. Ambiance paisible d'habitués où les clients se reconnaissent, venus pour le vin moins cher. Un pianiste joue du jazz, comme pour lui-même. Ses improvisations s'harmonisent au vin gouleyant du patron. « La nourriture fait le lien entre le corps et l'esprit », plaisante la serveuse, enjouée, en rapportant un pichet aux amis.

Tomasz est en forme : il aime Sarah, il est content de son travail, autonome, sur-occupé, indispensable. Pas le moindre interstice pour l'ennui. *Micromégas* l'amuse en lui conférant une troisième personnalité, si l'on compte la française avec Sarah et ses amis et l'américaine dans son entreprise. Et encore il ne compte pas les nombreuses personnalités de ses rêves où il multiplie ses moi ! Arrivé hier soir chez Sarah, ils se sont calfeutrés chez elle pour profiter l'un de l'autre : sortir une bouteille pétillante, se faire livrer un confit de canard croustillant avec pommes de terre et ail, fermer les rideaux, se raconter leurs dernières lectures, mettre du désordre, s'embrasser tranquillement… Prendre le petit-déjeuner puis se rendormir deux heures pour Tomasz. Pendant ce temps, le robot-aspirateur a travaillé silencieusement. Il n'avait pas l'habitude de cette gentille pagaille et il s'est vengé sur un vêtement de Tomasz qui raconte sa matinée :

— Le robot-aspirateur de Sarah est devenu fou ce matin. Il a déchiqueté le vieux T-shirt que j'aimais bien. Il m'a réveillé. C'est bizarre, j'ai eu le sentiment que ça l'amusait.

— Peut-être qu'il n'est pas si fou que cela. Il était nul ton T-shirt. Je suis très contente, il a dû lire dans mes pensées ! Je vais t'en racheter un qui me plaira, dit Sarah rayonnante. Mon robot a profité de ton désordre !

— Ce n'est que le début, dit Hugo. Les robots ne s'arrêteront pas à nos vêtements. Personne ne sait jusqu'où ils iront ? Et nous ne sommes pas sûr de les contrôler demain pour des choses plus graves.

— Moi, je ne crois pas que nous contrôlerons indéfiniment l'intelligence numérique, il faut s'y faire ! » dit Julien. Il exprime un fatalisme que ses amis ne lui connaissent pas, lui, le jacobin, caricature de l'esprit dominateur et régulateur. Il a dû être contrarié au bureau ! « Mais bon, est-ce un problème ? Personne ne contrôle l'homme non plus. Comme l'on sait que l'être humain sera bientôt dépassé par l'intelligence des robots et pas seulement pour les jeux, il faut s'attendre à tout. Les transhumanistes appellent le moment où l'être humain s'inclinera devant la machine le point de singularité. Selon eux, cela devrait arriver dans la prochaine décade. L'IA deviendra le générateur du progrès et l'on peut imaginer une nouvelle accélération démentielle. L'homme ne contrôlera plus l'évolution... si l'on peut dire qu'aujourd'hui il la pilote. Tu pourrais demander à Élise ce qu'elle en pense, non ? »

— Oui ! dit Sarah en regardant Tomasz. Il est peut-être préférable que l'IA prenne les choses en main puisque les hommes ne savent pas gérer leurs priorités.

— Tu sais, certains prédisent que la singularité viendra encore plus vite qu'on ne le pense compte tenu de la baisse de l'intelligence liée à l'utilisation de nos outils !!! Pour gagner plus vite, les robots nous rendent stupides. Une stratégie de conquête de l'homme par son abêtissement ! C'est malin, non ?

Sarah sourit sans conviction, Tomasz a éludé son message, comme d'habitude. Elle aimerait tant qu'il se pose auprès d'elle, qu'il la choisisse... qu'il parvienne à lui dire qu'il l'aime ! L'alternance d'absence de Tomasz et de présence suractive la fatigue. Tomasz fuit les discussions sur leur relation, se réfugiant derrière ses mille obligations. Sarah poursuit :

— Moi, je trouve que les hommes ne savent pas ce qu'ils veulent, qu'ils décident trop vite ou font semblant de décider en prenant par paresse la pente la plus facile !

— C'est notre charme ! D'accord l'IA est plus puissante pour décider grâce à sa capacité à explorer les hypothèses de façon exceptionnellement rapide mais elle est trop prévisible ! dit Tomasz en touchant la main de Sarah. Si l'IA prend le contrôle, l'homme, tel qu'il est, disparaîtra : je ne vois pas dans 50 à 100 ans à quoi servira un homme pour une femme ou pour un robot qui sauront beaucoup mieux s'organiser sans lui. Je vous le dis : le robot est l'avenir de l'homme !

Il lève son verre et Hugo dit :

— N'oublie pas que lorsqu'Aragon a dit : 'la femme est l'avenir de l'homme' il avait ajouté 'Elle est la couleur de son âme'… Le robot n'a pas d'âme, lui.

Ils trinquent tous ensemble.

Le plat arrive, précédé d'un fumet évocateur : ils ont commandé le fameux pot au feu, spécialité du restaurant. Chacun se laisse emporter par ses arômes : le léger goût de noisette des poireaux, le gras délicieux de la moelle sur du pain, le gros sel qui craque sur les morceaux de bœuf, le voyage à la campagne. Myriam fait partager son enthousiasme et sa gourmandise épanouie. Saoulée par leurs élucubrations, elle s'échappe dans le sensuel, la meilleure réponse à son avis.

Hugo prend une longue gorgée de vin mais ne se laisse pas distraire longtemps. Le sensuel est pour plus tard ! Craignant que le plat ne laisse retomber le feu de la conversation, il relance la discussion :

— Plus sérieusement, vous ne pensez pas que, si l'homme n'a pas une différence transcendantale par rapport aux humanoïdes, l'individualité humaine n'a pas de sens ? Tout devient égal. Je n'ai pas envie d'y croire. »

Myriam le regarde, dépitée… elle se concentre sur un délicieux toast porteur de moelle qui lui caresse le palais. Amusée aussi par son sérieux, Sarah, décide de le soutenir :

— Je suis d'accord avec toi. L'homme n'est pas de même nature que le robot. La différence, c'est l'esprit, qui est une grâce de Dieu, immatérielle.

Le coup de grâce pour Myriam peu passionnée par ces histoires d'esprit, particulièrement en ce moment. Depuis six mois, Emmanuel ne donne plus beaucoup de signes de vie, elle se sent un peu seule. Entre amis, elle préfèrerait profiter de son pot au feu et de ce bon moment avec des échanges moins abstraits ! Seulement rire !

Elle n'écoute plus et recommande du vin et ce fromage basque qu'elle adore, au moment où Paul entre dans le restaurant et rejoint ses amis. Il est décontracté, discret, Myriam lui fait une place, trop contente de pouvoir entamer une conversation avec lui, changer de thème, parler peinture. Elle admire Paul qui commence à avoir du succès. Il l'impressionne même, il a tout pour lui, pense-t-elle. Elle lui commande son pot au feu et assume toute la conversation ce qui convient parfaitement à Paul.

Elle en arrive à lui proposer de visiter avec elle la nouvelle exposition sur Mondrian à Beaubourg. Paul n'a pas l'habitude de refuser ce genre de proposition même si Mondrian ne fait pas partie de ses peintres favoris. Il ne le connaît pas bien, c'est l'occasion. Myriam est radieuse, une touche de rose éclaircit ses joues alors que Paul se fait servir.

La serveuse est habillée d'une jupe rouge et d'un tablier blanc, aux couleurs du restaurant. Visage rond et sourire amène, elle prend son temps car la soirée est calme et elle aime bien ce groupe d'amis qui lui sont familiers.

Julien, lui aussi lassé par l'IA, se laisse distraire par son manège : il improvise une commande de fromage et passe soigneusement en revue le plateau avec la serveuse qui lui recommande un Saint-Nectaire dont la maturité est parfaite. Ils entament un bavardage : elle s'appelle Manon, vive, joviale, avec une pointe de rousseur dans les cheveux, les yeux gris-vert et la peau blanche joliment mouchetée. Julien a perdu pied dans les échanges.

À côté de lui, Myriam et Paul bavardent à part, de même que Camille et Sarah.

Imperturbables, Tomasz et Hugo continuent leur conversation sérieuse, incapables de décrocher.

— Techniquement, dit Tomasz, brider certains robots n'est pas simple. Avec les 'machine learning' et les nouvelles informations ingurgitées en permanence, le robot évolue tout le temps. Difficile d'être certain qu'il ne va pas déraper.

— Au moins, on peut arrêter un robot en lui coupant l'électricité ou le débrancher d'internet de sorte qu'ils ne trouvent plus les informations et les puissances de calcul. Mais ce n'est pas si facile à faire, voire dangereux. En revanche, l'IA qui est diffuse sur internet, connectée à d'autres IA, nous échappe. L'ensemble en fait une intelligence collective monumentale avec un cerveau non localisé. Cette intelligence est une sorte de pieuvre, sans matérialité, aux limites floues, difficile à contrôler, à laquelle il ne suffit pas de couper quelques tentacules pour l'empêcher d'agir. Tout repousse ! Vous savez ce que j'en pense : notre seule chance de maîtriser la situation, c'est de dresser des ordinateurs pour contrôler les ordinateurs. Il faudra que nous évitions qu'ils ne s'allient entre eux. Soyons optimiste, le pire n'est pas sûr : la bombe atomique a été créée il y a un siècle et les hommes n'ont pas encore détruit la terre ! Malheureusement, je ne suis pas certain que ce soit comparable. Un petit exemple : dès 2017, des chercheurs avaient conçu trois IA, Alice, Bob et Eve. La troisième avait pour mission de suivre les échanges des deux autres. Les deux premières se sont fabriqué un langage de communication avec leur propre algorithme de cryptage. Eve a été incapable de comprendre les messages qu'Alice et Bob échangeaient ! Même l'IA pourra être dépassée par l'IA !

— Je pense, intervient Camille, qu'il faut que tu écrives un article : '*La guerre de l'IA n'aura pas lieu'*. Je te demande seulement qu'il se termine bien !

** Insouciance **

Merveilleux jour de juin sur Paris. 15 heures. La Seine, le Musée d'Orsay. La statue en bronze vert sombre du gros rhinocéros surveille le parvis. Sur la place, lunettes de soleil, shorts, bermudas, jupes courtes, cheveux flottants, couleurs vives, l'air chaud nourrit l'insouciance.

Myriam est heureuse d'avoir convaincu Paul de l'accompagner à cette exposition Mondrian. Pour se distraire, elle peint elle aussi, des aquarelles semi abstraites. C'est modeste mais cette passion ne l'a jamais quittée depuis son plus jeune âge. Elle aime s'inspirer de peintres comme Mondrian pour décliner leurs créations à sa façon dans son univers aquarelliste.

Depuis leur dîner, elle attend avec impatience ce moment avec Paul. Elle admire l'artiste et, ce qui est rare dans ses rapports avec les hommes, il l'intimide. Elle est attirée par le côté 'sportif rêveur' de Paul, peu loquace, masculin. Elle a passé longtemps à se préparer, changeant de tenues à plusieurs reprises. Elle choisit sa couleur préférée : une belle robe rouge vif sans manches, mettant en valeur ses épaules et ses bras fins, serrée à la taille.

Elle est en avance, légèrement stressée. Heureusement, avec Mondrian, elle connait, elle est sur son terrain, impatiente de parler couleurs avec Paul.

Presqu'à l'heure, Paul la rejoint dans la queue après avoir garé son vélo. Il la complimente sur sa tenue sans s'apercevoir que Myriam rougit légèrement. Ils commencent à parcourir le musée sans voir le monde autour d'eux. Myriam a pris en main la visite à travers les salles lumineuses aux murs blancs et au sol gris clair ; des bancs, parallélépipèdes gris foncé et des citations écrites comme des peintures. Ambiance sobre et fluide. Myriam fait partager son enthousiasme à Paul : « J'aime cette harmonie claire fondée sur des lignes et des couleurs essentielles. » Paul impose petit à petit le rythme de la visite, concentré sur les peintures. Il s'imprègne de Mondrian, livre ses appréciations, Myriam l'attend, se laisse porter, ravie. Il admire cette beauté, ces couleurs idéales, ces équilibres, ne trouve pas dans ces premières salles l'émotion qu'il recherche. C'est en entrant dans la pièce où sont exposés les arbres de Mondrian, disposés comme un verger clair, que Paul est fasciné. Il s'arrête longuement devant 'Pommier en fleurs', ébloui. Lui qui aime tant peindre les arbres n'avait pas étudié le travail de Mondrian. Croquer des arbres est un de ses exercices favoris. Il utilise ses meilleures aquarelles pour les imprimer sur sa série de T-shirt. Et en ce moment, il porte son T-shirt préféré, représentant le magnifique hêtre pourpre, l'un des premiers qu'il ait dessinés. Un large feuillage déclinant toutes les nuances de pourpre s'étalant sur des touches vertes du sol et bleues du ciel. Profitant d'un commentaire de Paul, Myriam fait le parallèle entre les deux créations. Paul s'esclaffe : « Merci beaucoup ! Mon dessin est un jeu, sans comparaison avec ces chefs d'œuvre » Il se tourne vers Myriam et prend conscience du regard qu'elle lui porte, de ses yeux marron vert, brillants alors qu'elle lui demande si elle pourrait avoir un tee-shirt comme le sien. Paul plaisante : « ce T-shirt est soit gratuit, soit très cher. » et lui dit que cet arbre est pour lui un symbole d'une existence sans propriété : « Juste hêtre » … « On est possédé par ce que l'on possède, ce que l'on ne sait pas donner. », après un temps, il ajoute : « Être ou avoir ? Tu choisis quoi, toi ? »

« Être, bien sûr ! » En fait, sa véritable réponse n'est pas si simple. Elle ne néglige pas du tout la possession, surtout des bijoux, mais elle veut plaire à Paul, sans nuances. C'est ce qu'il attend… Elle s'est même retenue de dire 'Être avec toi', c'était risqué ! En cet instant, elle a très envie d'embrasser fougueusement Paul. Mais celui-ci n'en est pas là, perché sur son arbre : « Ha ha ! j'avais donné la réponse ! Je vais t'en offrir un à ta taille. Il sera magnifique sur toi. » Myriam l'embrasse sur la joue, juste de l'amitié aux lèvres très chaudes.

A l'issue de la visite, Paul et Myriam se sont attablés à un café du boulevard Saint-Germain. Myriam jubile : une demi-journée de plaisir passée entre Paul et Mondrian ! C'est un jour parfait où l'atmosphère est légère, claire comme du cristal, vive comme les couleurs de Mondrian ; une journée qui rompt avec les derniers mois un peu tristes pour elle. Elle parle, goûte les minutes qui s'écoulent et Paul l'écoute paresseusement. Il savoure le charme de Myriam, l'encourage et enregistre des idées. En confiance, elle poursuit ses commentaires enflammés sur le peintre, sur sa recherche plastique perfectionniste, sur la convergence avec sa quête spirituelle et sur sa passion pour le jazz… « Ce qui est amusant, c'est le contraste entre cette musique toute en courbes et les lignes rectilignes de ses tableaux. Chez Mondrian, le rythme du jazz se retrouve dans les lignes et les couleurs des tableaux Boogie-Woogie. Il aimait aussi danser, ce pour quoi il était peu doué, paraît-il, avec un style raide, orthogonal ! J'aime connaitre la vie des artistes pour mieux comprendre leur œuvre : pour Mondrian, l'approfondissement intérieur intègre peinture, spiritualité et amour du jazz. Il n'improvisait pas : c'est étonnant, cet esprit secondaire qui ne travaille qu'avec les couleurs primaires ! Non ?»

Le temps est particulièrement agréable. Soleil caressant. La terrasse est pleine de monde. Beaucoup de passants sur le trottoir, mélange de bras et de jambes nues, de visages voilés, de couleurs d'été, de chemises et chaussures blanches et de burqas noires. Beaucoup de militaires aussi, en rangers et tenue de combat, fusil au bras, portant parfois un casque de réalité augmentée. Déstabilisant pour ceux qui les croisent car on ne sait pas ce qu'ils voient. Leur caméra traverse les vêtements et distinguent les objets dangereux.

Sur le boulevard, le mouvement est intense mais plutôt silencieux, seules les voitures électriques étant autorisées dans Paris. Paul compare ces couleurs mouvantes de la rue à l'ordre précis des tableaux qu'ils viennent de voir.

Il se laisse distraire par une fille qui marche devant eux, gracieuse, légère, nonchalante. Il a l'habitude de s'installer sur les terrasses de café, dans un bel endroit, pour regarder les gens passer et inventer des tableaux et des vies. Il le partage avec Myriam :

— J'imagine cette fille en train de rejoindre son ami. Je les vois bien se faire livrer des sushis et discuter du dernier concert des Moody Greens et de leur succès mondial « Walking on Mars ». Ils viennent de se produire à Bercy. Je suis sûr que cette fille y était… j'aime cette grâce que l'on sent tendue vers un désir.

Myriam hésite puis entre dans son jeu :

— Ce que j'adore aussi, c'est le contraste entre cette fille, l'absence de contraintes, et autour d'elle, les militaires, les voiles, un monde qui privilégie la prudence. C'est la résistance par l'insouciance, une manière de s'échapper de la morosité et du stress. Depuis quelques années, je trouve qu'une rigueur morale s'impose sournoisement. Les femmes craignent parfois de se balader avec une tenue sexy. Séduire, rire avec des garçons dans la rue, c'est mal vu.

Paul sourit et répète : « J'adore : résistance de l'insouciance. »

Myriam rit. Le soleil caresse ses épaules nues. Elle se sent belle, irrésistible, guidée par son désir.

— Ce moment est magique ! Ta robe est très belle ; tu as trouvé un très beau rouge Mondrian !

Myriam s'étire, penche sa tête en arrière, se cambre inconsciemment. Elle ferme les yeux comme pour mieux laisser entrer le soleil en elle. Paul admire sa poitrine qui respire rapidement. Elle ouvre les yeux, sa main fine vient soutenir son menton : « Le problème de notre époque, c'est qu'il est difficile d'être insouciant. Heureusement qu'il reste des artistes ! »

Paul sourit. Il trouve Myriam délicieuse. Sereine certitude, leur soirée sera idéale. Inutile de réfléchir, juste goûter, profiter de chaque millième de seconde. L'insouciance, c'est aussi sa philosophie. Ce soir, il n'a pas l'intention de faire une exception, Myriam est trop charmante.

** Sport **

Paul se réveille comme d'habitude à six heures du matin. Il contemple Myriam, belle, qui dort nue à ses côtés. Il regarde la chambre douillette, le charmant désordre, et fixe le plafond. Que fait-il ici chez son amie ? Il a passé hier un magnifique dimanche mais il se trouve inconséquent car Myriam fait partie du groupe d'amis. Une pensée pour Mathilde et pour la blessure qui est restée entre eux depuis l'épisode Justine. Un nuage triste. Bien sûr, il est libre et il n'est pas question qu'on égratigne sa liberté mais Mathilde, c'est différent ! Il s'aperçoit qu'il ne connait pas bien Myriam. Cherche-t-elle autre chose qu'une parenthèse secrète ? Il est tout de même léger ! Il sourit, ne bouge pas et se rendort. Matin paresseux, chaleur d'été. L'appartement de Myriam est confortable, une sorte de cocon dont on n'a pas envie de sortir.

Il sent Myriam bouger. Réveil voluptueux avant un petit-déjeuner endormi ; arômes de café et de pains grillés. Ils font durer ces instants de complicité. Le temps suave coule.

Myriam est maintenant pressée, une réunion l'attend à 10 heures, elle file. Retour sur terre, les couleurs de la peinture s'évanouissent devant celles de son travail, presque sans transitions. Elle essaye de retenir ses sensations en marchant vers son bureau, elle revit ce moment avant qu'il ne se transforme en souvenir. D'une allusion, Paul lui a fait comprendre ce matin qu'il ne veut pas ternir ce 'moment merveilleux' par une suite. Elle a eu un pincement mais elle le savait bien et c'est mieux comme cela. Cette expérience est unique, personnelle, elle ne déteste pas la dissimulation.

Paul rentre chez lui et prend ses pinceaux tout de suite. Mondrian l'a inspiré, Myriam aussi. Ce matin, il lui a dessiné une fleur en une dizaine de traits avec des crayons de couleur à la manière du pommier de Mondrian. Myriam a pris le dessin comme un trésor.

Il fait de nombreuses esquisses, cristallisant son inspiration, animé par la simplicité de l'artiste hollandais. Deux heures passent, intenses, pendant lesquelles il épuise ses idées neuves. Vidé, il a besoin de libérer sa tension : s'il reste chez lui, il sera stérile.

Les arbres ensoleillés l'appellent pour converser et recharger son énergie. Il prend son VTT et va faire quelques montées et descentes dans les bois de Meudon. Il a besoin d'exprimer sa vitalité. Dimanche dernier, il s'était défoulé en VTT avec Hugo et des amis sportifs, quatre heures intenses et un retour épuisé, en pleine forme : euphorie de l'oxygène, satisfaction de l'effort, sensation de son corps, écorchures sanglantes au mollet, frayeurs stimulantes, adrénaline des défis… Ils s'entraînent tous ensemble pour une randonnée dans le Jura, 'La Forestière'. Un événement mythique pour un week-end entre copains, 80 kms de course en pleine nature, 3000 cyclistes et un public joyeux qui donne son maximum ; des stands de ravitaillement où l'on se dope au fromage régional, le Comté, parfaitement affiné. Dépassement personnel dans la bonne humeur devant les encouragements des spectateurs… amour propre, filles qui applaudissent, impossible de faiblir. Communion au milieu de paysages exceptionnels.

Pour Paul, le sport est un passe-temps convivial, une passion indispensable à son équilibre, une drogue peut-être, pas toujours douce. Il aime aussi bien l'effort solitaire que les moments de partage, parfois virils, avec une bande d'amis. Il pratique les sports qui se présentent à lui, presque n'importe lesquels en fonction des amis et des opportunités. Il y a aussi ces compétitions amicales où le plaisir de gagner est à peine plus grand que celui de voir gagner l'autre, du moment qu'on s'est donné à fond. Exprimer son corps, aller chercher ses limites, un défoulement nécessaire à Paul pour alimenter sa rage de peindre ; c'est plus sain que la vraie drogue.

Paul a souvent partagé sa vision du sport avec Tomasz qui a écrit de belles pages sur l'amateurisme. Lui aussi aime le sport en dilettante, ces moments de détente complémentaires à sa vie hyperactive. Il adore courir seul, juste une demi-heure pour aérer ses idées. De temps en temps, il participe à un cross-country en amateur, une compétition dure qui le stimule et lui fait toucher ses limites. Il admire ses concurrents aux dons supérieurs, qui montent déjà sur le podium, rayonnant, alors qu'il passe juste la ligne d'arrivée, totalement exténué : « Je participe à des épreuves où je m'épuise à courir deux fois moins vite que le premier ! »

Aujourd'hui, Tomasz est allé courir après avoir écrit, à la fois un défoulement pour éclaircir sa pensée et trouver de nouvelles idées et un entrainement pour ne pas être ridicule dans ses cross-countries. Il court le long des berges du Cristal Springs Reservoir près de son appartement. L'eau reflète le soleil, pépites d'argent. Par ce beau temps, il y croise beaucoup d'américains, tendus de volonté. La Sillicon Valley n'est pas un environnement où la mollesse est encouragée !

En courant, Tomasz entend derrière lui un souffle ronflant. Il se retourne. C'est une fille, une jolie blonde à queue de cheval qui porte un masque. Elle le double sans un regard, impossible de la suivre, une belle mécanique pas tout à fait naturelle. Elle bénéficie certainement des améliorations testées dans les grandes compétitions : les performances extrêmes encouragent des expériences sur les athlètes. Certains défendent que le sport fait progresser l'homme, ce que *Micromégas* avait commenté : « Le corps des sportifs peut-il être un champ d'expérimentation où, comme dans les courses automobile, on met au point des progrès décisifs, généralisés par la suite ? »

Tomasz pense à un ami avec qui il courait à San Francisco. Il fumait trop, il a eu un cancer du poumon, il a été opéré et on lui a implanté des poumons artificiels bien plus efficaces. Il doit suivre un régime strict et faire beaucoup d'exercices. Il surpasse maintenant son camarade grâce à ses capacités respiratoires, ils ne courent plus ensemble.

Même Tomasz pourrait se considérer comme augmenté. Il prend une substance qui lui permet de moins dormir. Il gagne au moins une demi-heure de sommeil par jour, soit au total un 'allongement' de sa vie éveillée d'environ cinq ans ! Une demi-heure qu'il dédie à *Micromégas*. Il aimerait bien aller plus loin, se débarrasser de ce sommeil inutile ! Sauf pour les rêves mais cela ne couvre qu'une partie de la nuit.

Sarah non plus n'aurait pas une vie normale sans ses piles et ses organes artificiels.

Il pense à Justine qui lui avait dit que, si elle avait plus d'argent, elle aimerait corriger certaines imperfections physiques. Lui, il ne voyait pas vraiment ce qu'elle pouvait améliorer ! Justine avait ri aux éclats, plus charmante que jamais : « tu es dépassé ; regarde la publicité : ' Le bonheur est au bout de l'augmentation, ne restez pas au bord de la route !' »

C'est vrai, ne pas s'augmenter, est-ce bien raisonnable ? Mais alors, on devient quelqu'un d'autre, sans bien savoir… et, jusqu'où faire confiance aux médecins ? Tomasz n'est pas mûr pour cela. Ce qui est certain, c'est que les épreuves sportives ont de moins en moins de sens. Il avait écrit un billet :

« Polluée par l'argent, la triche, l'orgueil et surtout l'évolution technologique, la compétition de haut niveau perd tout intérêt. Qui récompense-t-on ? Les médecins ? Les brevets ? Ou la capacité d'augmentation du champion ?

D'ailleurs, où commence l'augmentation des athlètes ? Existe-t-il encore des compétitions entre des hommes non augmentés ?

Les médecins ont trouvé le moyen de changer les tendons ou ligaments qui sont les principales sources de blessures des sportifs de haut niveau. Ces nouveaux tendons sont plus élastiques, ils ne rompent pas. Difficile de refuser à des sportifs des solutions qui leur évitent de s'abimer le corps. Jusqu'où peut-on aller ? Après les tendons ou les os, c'est l'ensemble du corps qui est concerné y compris l'empreinte génétique dont la manipulation peut être très discrète. Afin de disqualifier ceux qui font évoluer leurs gènes, on parle de créer une banque des signatures humaines !

Le monde sportif est bouleversé et ne trouve pas de parades. C'est long d'évaluer les risques à long terme et cela a de moins en moins de sens de donner des fortunes à celui qui a le meilleur environnement médical… et qui a déjà le plus d'argent.

Quelles règles pour définir les 'hommes pas trop améliorés' ? Comment les faire respecter ? Tout cela amène un manque de crédibilité du sport. C'est la raison pour laquelle le Comité Internationale Olympique modifie les épreuves des Jeux Olympiques de 2028 à Los Angeles, dans un effort désespéré pour qu'ils ne disparaissent pas. Il y a deux ans, les JO de Paris avaient été décevants. La France avait été accusée d'avoir mal animé l'événement, de s'être concentrée sur la sécurité aux dépens du spectacle et de l'ambiance. En réalité, il y avait beaucoup de doutes sur les athlètes souvent augmentés, sans compter que la différence des sexes était de moins en moins claire : beaucoup de médailles féminines étaient suspectes. On se demandait plutôt dans quels sports il fallait encore distinguer les épreuves hommes-femmes ? Au moins l'e-sport était mixte : le sport électronique avait été intégré aux JO en 2024 et les deux sexes étaient à égalité… même si, jusqu'à présent, c'était toujours les hommes qui gagnaient ! Pourquoi les femmes n'étaient-elles pas capables de passer leur vie sur des écrans ? Seraient-elles plus humaines que leurs congénères ?

Aujourd'hui, le grand débat concerne les nouvelles compétitions qui impliquent à la fois des hommes, des drones ou des robots. Ces sports postulent pour faire partie des nouveaux sports olympiques : cela n'apprend-il pas à l'homme la maîtrise des robots, plaident les organisateurs ? Et c'est plus spectaculaire : il y a de nombreux accidents sans aucune mort, comme des jeux du cirque qui seraient organisés avec des robots. Haletants, les spectateurs sont prêts à payer, que demander de plus ? L'une de ces épreuves est la course de dronecopters, maintenant inscrite aux JO après de longues négociations avec la FICD – la Fédération Internationale de Courses de Dronecopters -. Celle-ci organise des manifestations épiques, très appréciées : comme dans une course de Formule 1, une vingtaine de dronecopters luttent sur un circuit aérien pendant une heure. Il n'y a pas de spectateurs sur place, c'est trop dangereux. Tout est suivi sur internet ou mieux via des casques qui transmettent les impressions des pilotes, les vues aériennes, les sensations de vitesse. Cette discipline nécessite pour le pilote de grandes qualités de concentration, d'habilité et de rapidité. En restant sur son siège, le spectateur peut être 'passager' du pilote qu'il choisit, sans prendre aucun risque. Les sensations sont fortes grâce à l'immersion dans le casque qui donne l'impression que l'esprit quitte le corps pour ne faire qu'un avec la machine : « les pilotes éprouvent un sentiment fabuleux de liberté semblable à celui des oiseaux. » écrit *Micromégas*, fasciné par le rêve de l'homme-oiseau. Le problème, c'est que petit à petit, le pilote se fait assister puis totalement remplacer par l'IA. « Avec l'autonomie des drones, ces nouvelles épreuves ne sauveront pas longtemps les JO. » On pourra ainsi dire que Paris aura organisé les premiers et les derniers ‘vrais JO’ de notre ère. De toute façon, l’amateurisme ayant disparu depuis longtemps, si l’esprit de compétition et la beauté du geste athlétique s’évanouissent aussi, il ne reste plus qu’un grand spectacle ; fini l’esprit olympique !

Pourtant, pour les gouvernements, le sport reste nécessaire afin de distraire la population, les hommes surtout - ‘panem et circenses’ (du pain et des jeux). C’est pourquoi, le football a fait l’objet d’un plan de secours avec des règles spéciales pour maintenir la fascination : les matchs sont accompagnés d’acrobaties, de performances surprenantes, de sensuelles pom-pom girls et de musique, une sorte de cirque qui occupe un public de passionné. Pour les politiques, les épreuves sportives ont le mérite de canaliser les hommes et peut-être d’éviter des batailles et des guerres sans règles.

Le sport exprime aussi l’esprit de compétition. Que deviendrait une société qui ne chercherait pas à se dépasser ? N’est-elle pas condamnée au surplace ou à la disparition ? Heureusement, là encore, les robots nous sauveront peut-être. Déjà, des robots-coach nous stimulent. D’ailleurs, est-on certain que le sport soit indispensable ? Je remarque que sur ma planète Sirius, nous n’avons jamais eu besoin de sport et cela ne manque pas ! Sur terre, Churchill disait bien : ‘Le secret de ma santé, c’est le sport… Je n’en fais jamais !’ »

**** Mariage ****

Jour du mariage, 7 novembre 2026 ; c'est un matin frais à la campagne près de Bayonne, par un beau ciel ambigu d'automne. Depuis une semaine, la vieille maison de famille, l'Hortenseraie, la maison des parents de Camille, est animée par les derniers préparatifs.

Le réveil est rempli d'émotions pour Camille, tôt levée, pleine d'énergie. Pourtant, la nuit a été agitée. Hier soir, Camille a eu du mal à trouver le sommeil, agitée de milliers de pensée - revue de son enfance, de '*Respect'*, de ses hasards comme sa rencontre avec Hugo qui s'est imposé telle une évidence. Peut-être tout s'est-il écrit le jour où ils ont vu la pièce *'La guerre de Troie n'aura pas lieu*', il y a déjà quatre ans. Tiens, la guerre n'a toujours pas eu lieu ! Camille est comblée, sa vie a passé vite, intense. Et demain ? vision d'enfants… rêves de pureté - sensation de voler dans les airs en se déplaçant souplement sous le soleil, franchissant les collines et les vallées. La nuit passe vite tandis que Hugo dort d'un sommeil de plomb avec le calme d'un enfant.

En arrivant à la cuisine, sa mère lui annonce tout de suite la météo, l'après-midi sera belle. Ouf ! La météo avait été le sujet de la semaine entretenant le suspens dans ce pays où la pluie n'est jamais une surprise. Mathilde qui a couché à la maison étreint son amie, même elle, est réveillée, il est à peine huit heures. La journée s'initialise de l'agréable odeur de café, du pain grillé et des croissants. Camille ne tient pas en place, elle semble calme par rapport à sa mère.

Une matinée sans pause : coiffeur, un coup d'œil avec Mathilde sur les fleurs de la tente, répétition de la cérémonie et derniers détails, déjeuner calme. Puis c'est l'opération d'habillage : mettre la robe et apparaître à Hugo, chaleureux et pondéré. Dehors, Camille resplendit dans cette robe blanche qui souligne sa silhouette fière : large décolleté dans le dos, épaules nues, fines bretelles, dentelle légère. Un nuage clair.

Hugo rayonne, le sourire encore plus large, encore plus franc que d'habitude et plus serein.

Ils vont faire des photos devant le bassin : c'est une grande mare d'eau où règnent des nymphéas, des papyrus et un beau thallia aux feuilles élancées, tendues vers le ciel. Tout autour s'épanouissent les plantes : les acanthes, agapanthes et oreilles d'éléphantes, le vert et le bleu voisinent avec des hydrangeas blancs, teintés de rose. En face du photographe, la robe blanche de Camille se détache sur les plantes et l'eau qui miroite sous les trois bouleaux.

C'est la fête absolue. Les familles nombreuses ne manquent pas cette occasion de se retrouver et d'accompagner Camille.

Tous les amis sont là. Beaucoup sont témoins de Camille et d'Hugo, soit à l'église, soit à la mairie, c'est le premier mariage du groupe. Ils se sont installés dans une maison, non loin, partageant un week-end de trois jours. Tomasz est en France pour une semaine de vacances avec Sarah et le groupe joyeux profite des tapas et des cidreries du pays basque et visite la région.

Pour les emmener à l'église, la vieille 2CV blanche aux ailes rouges les attend, décapotée, croulant sous les lys blancs, les roses rouges et les fougères.

Le trajet est court. Hugo et Camille arrivent à la belle église du village. Le père Simon accueille Camille et Hugo sur le parvis. Les mariages sont l'un des grands bonheurs de sa vie de prêtre : accompagner les projets, transmettre et partager la joie.

Le soleil illumine les vitraux et les fleurs dispensent leurs couleurs blanches et rouges. L'après-midi est belle d'une chaleur un peu humide.

Hugo entre dans l'église pour s'installer devant l'hôtel, au centre du large chœur roman ; les grandes pierres du sol, polies par dix siècles de passage, transmettent leur fraîcheur.

Enfin, Camille s'avance au bras de son père dans la nef de l'église, au rythme de l'orgue, lent et triomphant. Elle a l'impression que toute l'assemblée entend son cœur résonner dans l'église. Elle n'aurait jamais imaginé avoir autant besoin de l'appui du bras paternel pour parcourir ces quelques mètres. Derrière Camille, les enfants d'honneur, en rouge et blanc, sourient, se donnent la main, prenant leur rôle très au sérieux, passagèrement disciplinés.

La messe commence par de beaux chants animés par Mathilde, visage radieux, accompagné par l'orgue et deux flûtes. La main souple et longue de Mathilde guide la musique avec une grâce fascinante. Impossible de ne pas suivre ce bras magique, difficile de ne pas chanter, entraîné par l'assemblée.

Ils ont choisi un Évangile classique - 'Vous êtes le sel de la terre'... Camille, sur un nuage, pense qu'elle ne voudrait pas être trop salée quand même.

L'homélie de Simon commence par un clin d'œil humoristique sur le respect et se développe autour de trois mots : joie, fidélité, pardon... Avant de conclure : la Bible dit que " Adam a connu Eve, sa femme ", comme elle aurait écrit " aimé ". A l'infini, l'amour et la connaissance convergent...

Conduite par Mathilde, euphorique, la 2 CV revient à la maison avec les mariés, cahotant dans l'allée de chênes. Mathilde cale, émue, rouge, provoquant les rires. Camille et Hugo sont assis sur la banquette arrière, environnés de pétales de roses. Autour de la maison, c'est la fête des fleurs, elles ont été préparées pour ce jour par le père de Camille et un jardinier passionné : les roses, bégonias, hortensias, fuchsias, cassias ont conservé leur éclat, l'arrière-saison a été belle, le mix soleil-pluie a plu aux plantes.

La joie folle, la gaieté, la volupté, l'oubli de tous les sentiments tristes ou seulement raisonnables imprègnent cette journée unique. Paris, *'Respect'*, le terrorisme, l'IA… n'existent plus. Vin et fête, légèreté et rires, musique. L'insouciance est sans limite, le numérique s'est envolé, dématérialisé.

Le champagne mêle ses bulles à l'ambiance qui pétille. « Je bois tes étoiles », dit Hugo à Camille et il l'emmène dans une valse imparfaite et magique. Elle se laisse emporter étourdie pas les salves des valses slaves...

Sarah vit cette journée comme un rêve qu'elle partagerait avec Camille. En ce moment, elle est heureuse avec Tomasz. Julien, Paul et Emmanuel font le spectacle et lancent un Paquito euphorique. Quand la musique du pasodoble démarre, les hommes se placent, assis par terre en file indienne et attendent les premiers aventuriers qui vont plonger les bras tendus dans les bras des 'rameurs'. Hugo est obligé de se lancer le premier dans un plongeon impeccable et il arrive au bout de la file non sans quelques frayeurs. Justine, déchainée, concentre les regards avec une démonstration d'euphorie… Camille attend un peu, pas rassurée pour sa robe, puis elle y va, supportée à droite et à gauche pour éviter la chute. La musique de banda a mis le feu, elle va bien avec la bière, la nuit sera longue.

Le lendemain soir, Camille et Hugo rejoignent l'aéroport de Biarritz, admirant de loin la montagne basque de la Rhune qui domine sagement la région, belle ombre grise. Le temps est voluptueusement doux, la végétation décline toute la gamme des verts, heureuse sous ce soleil qui se couche sans se presser. Camille et Hugo partent au Mexique en voyage de noces. Ils voulaient aller loin, attirés par l'histoire des civilisations disparues et des légendes Aztèques, par les pyramides de Tintin et l'eau d'Acapulco. Camille voudrait que ces jours ne finissent pas.

**** Transcendance ****

Hugo et Camille ont passé deux longues semaines au Mexique, dans une bulle, coupés du monde parisien.

Ils se sont passionnés pour les civilisations mayas et aztèques qui croyaient que la fin de leur monde arriverait au XVIème siècle et qui ont trouvé naturel de disparaître rapidement, détruites par les conquistadors puis diluées dans la colonisation espagnole. Camille s'était documentée et jouait à faire le guide. Hugo s'était concentré sur les côtés scientifiques de ces sociétés, surpris de leur système de numération en base 20 qui prenait en compte l'ensemble des doigts, des pieds aux mains. « Notre civilisation ne prend en compte que les doigts de la main avec un système en base 10. Aujourd'hui, nous sommes en train de simplifier avec le système binaire, uniquement le zéro et le un - l'être et le néant, rigole Hugo qui ne déconnecte jamais… Et bientôt, nous n'aurons peut-être plus que le zéro ! »

Ils se sont immergés dans les étroites rues bordées de restaurants populaires et de façades colorées, dans les parfums de poissons ou de viandes grillés, de lessive et de mer, dans la poussière des ruelles, dans l'ombre et le soleil, les couleurs chamarrées.

Camille a adoré la gastronomie chaleureuse et simple, les tortillas de maïs, la variante de tacos au requin, les cocktails de crevettes qui faisaient parfois tout un repas, l'odeur de la noix de coco. Des senteurs multiples, chaudes et insistantes, émanent des fruits, des herbes, des épices ou des poissons accompagnées des sourires spontanés des Mexicains toujours décontractés ; les campagnes et la côte maritime contrastent et rivalisent de magnificence.

Le retour à la réalité est difficile mais ils sont bien installés dans leur petit 'trois pièces' parisien.

Ils ont meublé leur appartement avec du mobilier en kit dans un style coloré, simple et fonctionnel. Le canapé et les poufs confortables, le tapis épais et la table en verre forment un salon simple et intime. Il y a toujours des fleurs, c'est le domaine d'Hugo, en ce moment, une belle azalée blanche et des bégonias orange. Paul leur a amicalement prêté deux de ses tableaux en plaisantant : « Vous pouvez m'aider à les vendre, si vous voulez ! ». Aucune chance : ces toiles sont à un prix déjà inaccessible pour ceux qui passent, à part Emmanuel. Entre ces deux peintures, ils ont accroché l'aquarelle que Paul leur a offerte pour leur mariage. En plus petit, celle-ci rappelle le tableau cézannien qu'ils avaient admirés chez Paul il y six mois. Un clin d'œil lumineux d'orange et de bleu. Ces trois peintures réchauffent la pièce de leurs tonalités vivantes. Elles sont signées *Polf,* la signature que Paul utilise depuis près de deux ans.

Le Mexique est maintenant un souvenir lointain. Noël approche et Camille, un peu fatiguée, a mis un chauffage douillet. Besoin de douceur.

Ce mercredi soir, quinze jours après leur retour, ils prennent tous les deux tranquillement l'apéritif. C'est Hugo qui a organisé la soirée : il a opté pour un repas libanais, le plus simple pour lui en s'approvisionnant au restaurant voisin - pas de cuisine mexicaine à côté de chez eux. Il sert des fallafels, de l'houmous et du pain pita avec un vin rouge chaleureux. C'est la fête à deux.

Hugo apporte le plateau de mezzés. Assise sur le tapis, son verre de vin à la main, Camille se laisse servir, elle a moins d'énergie que d'habitude. Elle est heureuse de cette intimité et le trouve séduisant avec son hâle mexicain et ses cheveux bruns pas trop courts. En jean et chemise bleu ciel, il joue au serveur charmeur embrassant au passage Camille sur le front.

Camille se laisse aller, elle a mis les Nocturnes de Chopin. Elle porte une jupe rose et un pull bleu tout simple qui forme un V profond. Envie de ne rien faire, de ne rien dire, juste d'écouter Hugo, d'allumer sa passion sur ses sujets favoris. C'est facile ; elle aime quand il s'enflamme dans ses considérations intellectuelles, jusqu'à s'y perdre. Alors, quand il est complètement égaré, elle le ramène à des préoccupations plus concrètes dans des atterrissages pas toujours sages. Choisissant un dernier Kebbeh, une boulette épicée à l'agneau, elle entame la conversation :

— Je viens de lire que l'IA forte progresse plus vite que prévu : on parle d'IA flexibles, inventives, capables de prendre des décisions en s'adaptant à de nombreux imprévus. Il paraît que Google est déjà présidé par des IA et que c'est pour cela qu'il est irrattrapable ! On dit que les intelligences fortes seraient capables de dépasser l'homme dans à peine dix ans et selon certains d'avoir conscience d'elles-mêmes.

— Oui, pour l'intelligence je suis d'accord ; pour la conscience, non, c'est une question de définition. Aujourd'hui, la question est : 'Qu'est-ce qui différencie l'homme du robot ?' Elle ressemble à celle du XVIIIème siècle quand Rousseau s'interrogeait : 'Qu'est-ce qui différencie l'homme de l'animal ?' C'est drôle et angoissant à la fois ! Sans convictions sur ce qui fait la spécificité humaine, l'homme est dilué.

Camille a mis Hugo sur orbite ; elle peut se reposer tout en se distrayant, elle aime son front concentré et son regard profond lorsqu'il part sur ces sujets qui l'obsèdent. Enfoncée dans son canapé, elle peut se laisser vivre, le vin est bon, elle n'a pas l'intention de trouver des réponses intelligentes ce soir. Hugo est reparti à la cuisine chercher les pâtisseries et revient avec un plateau de baklavas et de maamouls brillants de miel. Les doigts vont coller, préservons le canapé !

— Pour moi, dit Camille, tout ce que je souhaite c'est que le robot reste à mon service même s'il me dépasse. Avec toi, c'est complètement différent, je ne veux pas savoir qui dépasse l'autre et surtout je ne te demande pas d'être à mon service. Toi, c'est ta liberté qui donne son prix à ton amour. Donc, sois tranquille, même s'il était capable de simuler une forme performante d'amour, ce robot n'aurait aucune chance avec moi.

Hugo éclate de rire et lui offre une pâtisserie luisante :

— J'espère bien ! Car si aujourd'hui le robot se contente de nous aider, demain, il peut acquérir son indépendance puis même exprimer une volonté de pouvoir, peut-être de séduction.

— Effrayant ! Je te fais confiance, avec toi, on va s'en sortir !

— Ha ha ! Ce sera dur pour moi ! Mais es-tu sûre que ce que tu aimes chez moi n'est pas seulement le fruit de ton imagination. De plus, ce fruit est-il persistant ?

— Ouf, écoute. Là, tu me fatigues. Je ne suis pas si compliquée que toi. Moi, je crois que tu existes une fois pour toute ! C'est l'essentiel ! J'y crois et j'en ai besoin.

La bouteille est vide et a déjà livré ses meilleures pensées, Camille se dit que le temps de la conversation est révolu. Elle embrasse Hugo et ne souhaite pas en rester là. Mais Hugo continue, imperturbable :

— Nous espérons exister, bien sûr, mais physiquement on ne sait même pas où se localise notre existence. Cette question me hante : si l'on change les uns après les autres nos organes par des pièces détachées améliorées, nous serons peut-être plus performants mais n'aura-t-on pas éliminer ce qui nous caractérise, notre esprit, notre flamme.

Et terminant son verre, il rit en pointant son doigt vers le cœur de Camille :

— Où est Toi en Toi ? Il faut que j'en aie le cœur net, je vais partir à la recherche de Toi.

— Viens, j'ai besoin de ta transcendance, sourit Camille.

** Vie **

A l'approche des fêtes de Noël, Hugo et Camille sont à Semenoz, chez les parents d'Hugo. C'est là que Camille apprend qu'elle est enceinte. Les futurs parents sont fous de joie, leur vie s'accélère. Quel cadeau de Noël ! Champagne au coin du feu, le repos s'impose, plus aucun remords pour passer tout son temps dans les bouquins, Camille se fait dorloter.

Ils passent une semaine de tranquillité absolue, gâtés par les futurs grands-parents, purifiés dans leurs promenades par l'air frais extérieur qui contraste avec la chaleureuse odeur de feu de bois du vieux chalet.

Les soirées sont calmes. Camille commence déjà à lire la bible de la naissance devant la cheminée, *Mon enfant s'épanouit*, elle ne veut pas être prise de cours. Musique des bûches enflammées, confort douillet. Assise en face d'Hugo, elle lève la tête de son livre :

— Est-ce que tu saurais dire ce que tu aimes chez moi ? »

— Vraiment difficile comme question. Comment te dire ? J'aime l'ensemble. Hum ! J'aime aussi tous les détails, tes cheveux, ton cou, ton sourire...

Camille ferme les yeux : « Alors, détaille-moi encore plus. »

Hugo vient l'embrasser :

— Ce sera trop long. Je ne trouverai jamais les mots, je ne suis pas sûr qu'ils existent. Je préfère te détailler avec les yeux et les mains.

Alors, Camille propose de jouer aux prénoms ; elle lui suggère de nouveaux prénoms, imaginant l'existence du nouvel être. Ils font vivre une dizaine de prénoms, garçons ou filles, ils ne se pressent pas de décanter la liste, ils ont le temps.

Après cette courte semaine de repos, la reprise du travail est difficile pour Camille qui s'épuise à vouloir tout faire. Le mois de janvier est gris terne. Elle devient pâle, sa grossesse n'est pas facile. Devant les fatigues récurrentes, elle clarifie avec Hugo leurs priorités : l'enfant et la santé de Camille d'abord. *'Respect'* vient ensuite pour Camille, très attachée à cet autre enfant et à ses sympathiques 'Comités' du lundi soir. Elle aime leur ambiance et les rencontres de personnalités lorsqu'ils lancent des événements. Et puis, avec *'Respect'*, il lui sera facile de lever le pied grâce à Christophe.

Le reste peut attendre. Camille se rend compte qu'elle ne peut correctement gérer ses projets marketing stressants aux courtes échéances. Elle préfère prendre du recul et, en février, elle demande un congé d'un an. Elle se préoccupera plus tard de sa carrière, le salaire d'Hugo suffira à leur vie frugale.

Ce soir, Mathilde vient voir Camille, elle a fait des courses pour le dîner. Elles s'affairent dans la cuisine et bavardent joyeusement en attendant Hugo. Le bébé est omniprésent. Mathilde est presqu'aussi heureuse que si elle était elle-même enceinte.

En arrivant, Mathilde a regardé le ventre de Camille et lui a demandé : « Le pitchoun va bien ? ». Sourire épanoui de Camille, elles s'embrassent et partagent leurs émotions gaiement, Mathilde a hâte d'avoir un filleul. Mais, au détour de la joie, en parlant d'Hugo, si fier d'être papa, la pensée de son père l'envahit comme souvent. Il est partout présent pour elle, il la porte et lui manque. Elle réprime quelques larmes, consolée par Camille. Elles changent de conversation, parlent de *'Respect'* : « Il y a des moments où je me dis que le respect c'est bien, mais c'est un peu froid ; en ce moment, je préfère les mots tendresse, joie, fraternité. Ils sont plus chaleureux. »

** **Profusion** **

Le bonheur de Camille contraste avec l'environnement chaotique en France. L'élection présidentielle française aura lieu dans six mois, au début du mois de juin 2027. La campagne électorale est lancée et de nombreux candidats se positionnent. Débats et coups bas.

Les candidats marquent leurs différences alors que Mehdi Ben Amiri se pose en rassembleur légitime. Il entretient l'image d'un personnage modeste et proche du peuple et estime qu'il a de bonnes chances d'être réélu grâce à son bilan, les autres risquent de mettre le feu à la France. Tout l'art est maintenant d'amener l'extrême droite au second tour. Il doit exacerber les peurs et de son côté, tenir un discours de tolérance et d'ouverture, légèrement populiste pour se retrouver leader.

Comme aucun parti ne se détache, les candidats se bousculent, chacun tente sa chance. Les primaires sont déconsidérées car les deux derniers présidents sont arrivés au pouvoir en les court-circuitant.

A ce stade, aucun pronostic n'est réaliste. La multiplicité des choix ne permet aucun sondage fiable.

Depuis les Etats-Unis, Tomasz suit passionnément cette élection qui lui semble une opportunité fantastique pour la France. Il s'intéresse particulièrement à son amie Sophie Ravel qui s'est faite une place dans le parti centriste.

Dans son dernier billet, *Micromégas*, le géant venu de la planète Sirius, savant spécialisé dans l'étude des insectes, s'intéresse à la fourmilière française : '*L'écosystème politique français*'

« J'ai parcouru la France pour voir sur le terrain la conjoncture française à six mois des élections présidentielles. On peut partager la France en quatre catégories d'électeurs :

ceux qui sont prêts à poursuivre l'expérience actuelle avec un président qui a acquis une stature internationale et qui a évité la guerre civile.

La deuxième catégorie allie progressisme et libéralisme et souhaite un gouvernement laïc, qui ferait enfin les réformes toujours repoussées pour que la France rattrape son retard.

La troisième catégorie est tentée par des options fortes, souverainistes, islamophobes, des solutions radicales.

Enfin, la dernière est un fourre-tout ; elle ne se reconnaît nulle part, prête à tout renverser, sans parvenir à proposer des solutions cohérentes communes. Un ensemble hétérogène qui se déplace difficilement pour voter.

La taille de ces quatre groupes fluctue en permanence et l'on a du mal à définir la gauche et la droite.

Sans être une catégorie, il est intéressant de comprendre la communauté musulmane. L'opinion dominante est le soutien. Il a bien géré, respecté son slogan : 'Une société sûre, saine, où l'homme et la famille sont au centre' et surtout l'islam continue à s'installer paisiblement. Mais les initiatives de Mehdi Ben Amiri sont contestées par des musulmans conservateurs qui ont leur propre candidat. Pour eux, Mehdi Ben Amiri est un homme trop souple, sa religion est tiède. Ces conservateurs le poussent à prendre des décisions en faveur d'une islamisation plus nette, estimant qu'une fois les décisions prises, il sera impossible de revenir en arrière. Le président refuse. Il veut être réélu et s'estime garant de la cohésion nationale. Une fracture se creuse.

D'une façon générale, la confusion est grande devant la prolifération des candidatures. Beaucoup de gens s'enferment dans la bulle de leur tendance, saturés par les informations de leurs camps à travers leurs réseaux sociaux. Ce prisme déformé concourt à la radicalisation des opinions. D'autant que le monde politique se perd dans ses batailles de pouvoir - querelles mesquines et étalement d'égos ; les petites phrases font office d'idées.

À mon avis, la dispersion est telle qu'il est possible que le deuxième parti n'ait pas plus de 15% des voix au 1er tour. Dans ce cas, dix candidats ont une chance d'être qualifié pour le deuxième tour ! Traîtrises et scandales se multiplient, discours usés, le spectacle politique français est pitoyable. Bien qu'en dix ans, le monde politique se soit beaucoup renouvelé, les habitudes ont vite repris. Tout est bon pour exister, l'électeur se lasse, l'abstention risque d'être encore la principale gagnante.

Pourtant, une nouvelle figure monte en puissance dans le paysage politique français, Sophie Ravel. Elle a été élue fin décembre pour représenter le parti centriste à l'élection présidentielle… Vous la retrouverez dans le prochain article. »
Micromégas.

Et trois jours plus tard, *Micromégas* titre : '*D'où vient Sophie Ravel, la candidate surprise du parti centriste ?*'

« A 44 ans, c'est une nouvelle venue dans le monde politique. Elle avait rejoint le mouvement '*Respect*' dès sa création. En 2026, lors du renouvellement du Bureau directeur de '*Respect*', Sophie Ravel avait joué un rôle clé dans la constitution de la nouvelle direction sans vouloir s'investir personnellement. C'est à cette époque qu'elle a commencé des activités politiques, entraînée par le leader du parti centriste. Celui-ci souhaitait renouveler son parti avant de prendre sa retraite et l'avait prise sous son aile, impressionné par ses talents de communicante, par ses valeurs et sa culture. Elle l'avait rejoint dans la gestion de sa mairie.

Mariée tard, en 2015, son couple n'a jamais pu avoir d'enfants ce qui a incité Sophie Ravel à s'investir dans des associations, puis dans la vie publique : une fécondité alternative.

Sa jeunesse heureuse a été marquée par une double passion pour les livres et les chevaux. Brillante et réservée, elle s'oriente vers des études de vétérinaire tout en suivant des cours de Lettres Modernes, des années où elle partage son temps entre l'école vétérinaire de Maisons-Alfort et La Sorbonne. Sophie Ravel dort peu et mène sans difficultés ses activités parallèles.

Depuis le début 2026, le responsable du parti centriste l'encourage à consacrer plus de temps à la politique. En mars, Sophie Ravel décide de s'investir complètement dans la vie politique et démissionne de son poste de directrice dans un laboratoire pharmaceutique.

Elle devient rapidement membre du comité directeur du petit parti centriste pour qui elle pilote l'élaboration du programme. Elle y travaille tout l'été 2026 délaissant complètement *'Respect'*.

Ses déclarations claires, percutantes, sont prisées des médias et le 10 décembre, soutenue par le leader du parti, elle devient la candidate officielle. Elle s'est imposée avec son sourire discret, son physique banal duquel se dégage un calme ferme inspirant confiance. Enfin quelqu'un qui parle vrai et ne manipule pas, se disent les électeurs ! A six mois des élections, ses adversaires ne la craignent pas, son inexpérience la trahira, elle n'a pas un parti solide.

Pourtant, lors de l'élection présidentielle de 2017, l'histoire avait montré que le système démocratique pouvait surprendre et dépasser l'imagination d'un romancier. » *Micromégas.*

Tomasz croit en Sophie Ravel. Il la connaît bien, elle a une vision et est solide. Ils échangent par mail, le recul et le soutien de Tomasz sont précieux pour Sophie.

Quinze jours plus tard, *Micromégas* passe en revue le programme du parti centriste :

« … Celui-ci comporte une douzaine d'actions principales autour de quatre axes prioritaires : sécurité et tolérance ; vie sociale et travail ; éducation et culture ; intégration de la France dans le monde de demain. Sophie Ravel a partagé ce programme avec ses militants, l'améliorant depuis septembre. Son discours est maintenant bien rodé.

Le premier domaine s'impose, la sécurité reste la principale préoccupation des Français mais beaucoup aimeraient ne pas avoir à lui abandonner la liberté et la justice : « Je serai intransigeante sur la tolérance » promet Sophie Ravel.

Pour la candidate, le plus important concerne l'accompagnement du changement de civilisation dans lequel les valeurs humanistes doivent rester centrales.

Le volet sur la vie sociale en fait partie, avec l'objectif de rapprocher les gens et de limiter les inégalités. Pour « exclure l'exclusion », pour « resouder la France » la question de l'emploi est clé. Le chômage de masse, évité tant bien que mal dans ce quinquennat, est certain. On n'a fait que le retarder, c'st une bombe. Les raisonnements actuels sur la notion de travail, cherchant à tout prix à maintenir un bon niveau d'emploi, ne peuvent fonctionner longtemps.

Sophie Ravel avait participé intensément aux réflexions sur le Revenu d'Existence. Le concept était assez ancien mais, faute de richesse suffisante, il n'avait jamais émergé en France. Sophie Ravel pense que ce système est inéluctable et va entraîner des évolutions fondamentales pour l'homme. Il permet à chacun de mieux choisir sa vie, tout en encourageant les contributions individuelles à la société sous la forme du travail rémunéré, soit régulé par le marché, soit inscrit dans les fonctions de l'État. En parallèle, le programme prévoit un statut unique de travailleur pour égaliser et fluidifier les situations, nécessitant au passage de supprimer l'emploi garanti des fonctionnaires.

A l'appui de cette réforme, il faut rendre moins coûteux l'État en le focalisant sur les fonctions régaliennes et en décentralisant : donner plus de poids à la proximité, libérer les initiatives pour favoriser ceux qui apportent de la valeur.

Par ailleurs, une nouvelle réforme fiscale et du code du travail est prévue pour accompagner le Revenu d'Existence et la 'révolution de la contribution des citoyens'.

Enfin, un pan du programme concerne l'encadrement et l'utilisation des robots et de l'IA, et leur impact sur le travail.

Pour accompagner les changements, l'autre volet concerne l'éducation et la culture. Sophie Ravel estime que les vastes bouleversements liés à l'impérialisme du numérique, avec les impacts de l'IA et de l'homme augmenté ne peuvent se faire sans un colossal effort de formation pour donner du sens à la vie, s'adapter à la révolution de la notion de travail et acquérir des réflexes de respect pour les autres et pour la planète : « Élever l'homme. » Il faut que les Français se préparent à vivre avec bonheur dans une nouvelle société aux principes différents. Faire évoluer l'ensemble des systèmes de formation serait la priorité de son gouvernement, pour comprendre le futur, le conduire sans se couper de son héritage culturel : des racines et des ailes, en quelque sorte.

Enfin, le quatrième défi est l'intégration de la France dans le monde - le 'nouveau monde', la participation à l'Europe, les actions environnementales et l'adaptation éthique aux révolutions technologiques.

… « Pourquoi ne pas être fier et développer notre culture française humaniste sensible à la qualité de vie en cultivant nos valeurs : le ‘vivre ensemble’, l’accueil, l’implication démocratique incluant le sens des droits et des devoirs… la gastronomie ? » a lancé la candidate.

Sophie Ravel n’oublie pas son amour de la nature. Au-delà de la défense de l’environnement et des mesures vitales pour la planète, il s’agit d’un art de vivre, une croyance dans un homme futur, équilibré entre les mondes naturels et numériques. Elle l’a décliné en un ‘plan Nature’ pour les villes et les campagnes, intitulé ‘*Le sens de la fleur*’. Cela plait, politique et poétique sont phonétiquement proches ! Lors d’un meeting, elle avait repris la citation d’Alphonse Allais : *‘On devrait construire les villes à la campagne car l'air y est plus pur !’ ». Micromégas*

En décembre 2026, Sophie Ravel n’a aucune chance pour cette élection mais l’ambition de son programme déroute les autres candidats et fait bouger les lignes.

Quant à *Micromégas*, il ne recherche pas l’objectivité vis-à-vis de Sophie Ravel. Il croit à cet espoir et cite pour conclure le mot d’un commentateur : « Dans son programme, Sophie Ravel a tout simplement décliné la devise française - Liberté, Égalité, Fraternité -, en adaptant chacun des trois mots au monde d’aujourd’hui, en leur redonnant du sens. »

**** Assassinat ****

En présentant les derniers vœux de son quinquennat, Mehdi Ben Amiri prend de la hauteur, montrant sa vision pour les années à venir et son esprit au-dessus de toutes les divisions. Bien qu'attaquée de toute part, malgré l'usure, la Fraternité se défend bien dans l'opinion. Mais l'habileté de Mehdi Ben Amiri ne lui assure pas d'être au second tour. Il a des difficultés à rassembler son camp, les conservateurs exigeant des concessions.

Craignant un nouvel attentat qui pourrait venir des islamiques ou d'un fanatique d'extrême droite, Mehdi Ben Amiri est obligé de s'opposer aux postures intégristes et d'accentuer la lutte anti-terroriste. Cette situation complexe fanatise contre lui des groupuscules musulmans. Ceux-ci ne croient pas à sa réélection et veulent créer une fracture irréversible. Ils préfèrent mettre la pression avec un autre candidat, plus radical et insoumis.

Le président ignore superbement ces réactions. Rassembleur, consensuel, il « n'a pas l'habitude de céder ».

Le jeudi 25 févier 2027, Mehdi Ben Amiri va visiter une école publique près de Lyon. Voir des enfants, leur parler, redire sa vision de l'éducation avec à ses côtés Delphine Verneuil ; cela offre de belles images. Son emploi du temps est chargé car il multiplie visites officielles et courtes déclarations de campagne électorale bénéficiant de deux fois plus de temps de parole que ses adversaires.

Alors qu'il va parler dans l'école, un militaire de sa garde rapprochée, Brahim Abaoud, sort son arme et tire à bout portant sur le président. L'action se passe vite, devant les caméras. L'assassin est aussitôt abattu par ses collègues, mais Mehdi Ben Amiri est déjà mortellement touché au cerveau.

Les images terribles circulent en boucle sur le net. Le chemisier de Delphine Verneuil est maculé de sang, à genou près du président. Dans l'effroi et l'incrédulité, un séisme ébranle les communautés musulmanes du monde entier.

Les éloges posthumes abondent de partout. Un deuil national est immédiatement déclaré et les écoles sont fermées pendant deux jours.

Comment la France va-t-elle supporter ce drame et enrayer les colères qui se diffusent partout ?

Les cérémonies religieuses sont compliquées à organiser. Après beaucoup de discussions, un hommage solennel est rendu selon la tradition républicaine en la cathédrale Notre Dame à Paris. Pour équilibrer, le président du Sénat qui assure l'intérim présidentiel se rend à une invitation pour une cérémonie à la mosquée de Paris. A 72 ans, c'est une figure de la politique française, aussi habile qu'inattaquable. Il joue son rôle avec sobriété. Les obsèques de Mehdi Ben Amiri sont organisées dans l'intimité. Les mesures de sécurité sont exceptionnelles pour tous ces événements.

L'hommage à Notre Dame rassemble côte à côte plusieurs dizaines de chefs d'Etat de tous les continents, belles photos d'unanimité. La célébration est émouvante et marque la gravité d'une situation incertaine. Les déclarations se succèdent. Mehdi Ben Amiri était un homme de paix, cultivé, qui aura lutté sans relâche contre les fanatismes, contre les engrenages qui pouvaient conduire à la haine et à la guerre.

Pour le gouvernement et le président intérimaire, les priorités sont simples : l'ordre public et les futures élections présidentielles qu'il faut organiser dans les deux mois. Celles-ci seront à peine avancées par rapport au calendrier initial. Le nouveau planning électoral est annoncé.

L'urgence est de maîtriser la situation explosive. Il s'agit d'abord d'expliquer ce qui s'est passé alors que les rumeurs les plus folles circulent sur cet attentat, puis de limiter les débordements. Dans certaines villes, des soulèvements se produisent. Selon les cas, les flambées sont initiées par des extrémistes musulmans, par des factions d'extrême droite ou bien des casseurs spécialistes. La colère, la surprise et les frustrations offrent d'excellents terrains d'expression pour les identitaires, fanatiques, nihilistes, truands. Presque toutes les villes sont touchées, l'agitation atteint son paroxysme dans la région parisienne, mais d'autres villes comme Vaux en Velin, Béziers, Marseille sont le lieu de nuits de violence inouïes. La population se calfeutre et les écoles sont fermées quatre jours de plus. Pendant deux semaines, il n'y a aucune obligation pour les lycéens et les salariés : tout se fait par internet ou au téléphone. La France retient son souffle et vit au ralenti. La couverture médiatique de ces événements est limitée, conformément aux instructions du gouvernement dont le mot d'ordre est « éviter à tout prix la guerre civile ». Le débat sur la liberté de la presse est vite étouffé au détriment d'informations officielles tellement visiblement calculées qu'elles laissent le champ libre aux rumeurs que le gouvernement ne peut canaliser.

Plusieurs reporters sont blessés, deux d'entre eux décèdent : « Des accidents liés à leur imprudence », explique avec consternation la police musulmane du quartier concerné. Cela calme les ardeurs médiatiques et bientôt, il n'y a plus beaucoup d'informations de terrain. Seules circulent des vidéos amateurs qui ne restent pas longtemps sur internet car les services de CyberPolice font immédiatement le ménage. La guerre numérique est totale. Depuis longtemps, la question des informations fausses était devenue une question centrale qui butait sur la liberté du web : fallait-il diminuer la liberté afin de la préserver ? Pourtant dans cette période exceptionnelle, les moteurs de recherche ont accepté de filtrer les informations ! La paix avant tout… Pour les acteurs du net, après s'être beaucoup divisés, l'intolérance, la terreur, le sang ne peuvent s'imposer sur le terrain de la liberté. L'État d'Urgence Internet est déclaré, une première.

En attendant, les fanatiques et les casseurs se défoulent, les truands font d'excellentes affaires et la haine se répand comme une trainée de poudre. Le sang gicle.

Une autorité unique coordonne l'armée, la police et la gendarmerie. Le ministre de l'intérieur réagit efficacement et envoie des chars dans certains secteurs créant un choc psychologique. Un couvre-feu est voté pendant un mois. La violence est partout mais la France s'arrête au bord de la guerre civile. Petit à petit, le gouvernement reprend la situation en main avec l'aide de toutes les forces politiques. Effrayés, les Français le soutiennent. Le nombre de morts est insuffisant pour déclencher un cycle irréversible de vengeances.

Les méthodes de police sont adaptées en fonction des fauteurs de troubles : réponse musclée pour les identitaires et les casseurs professionnels ; fermeté et dialogue pour la complexe communauté musulmane afin d'éviter l'élargissement de la colère. Le travail d'apaisement du ministre de la famille, beau-frère de Mehdi Ben Amiri, est décisif : il reçoit les principaux imams et ramène les esprits au recueillement. Le calme revient. Une fois l'émotion passée, la plupart des musulmans ne veulent pas de vagues, craignant l'amalgame et l'isolement.

Cela n'empêche pas les théories du complot de se multiplier sur internet. Elles enflent et créent de fortes tensions. « Comment ? Les musulmans se seraient autodétruits ? … C'est impossible, c'est forcément un coup monté ! »

Les histoires circulent, épiloguant sur les responsables possibles : les Américains, l'extrême droite, l'extrême gauche, les Allemands, Israéliens ou Iraniens… Les résultats de l'enquête sont pourtant clairs et des preuves montrent des liens entre l'assassin et Daech qui, exceptionnellement, n'a pas revendiqué l'acte terroriste. L'organisation préfère la stratégie du doute, jouer la désinformation qu'elle juge plus déstabilisante pour attiser les banlieues.

L'enquête a rapidement reconstitué le parcours de l'assassin. Brahim Abaoud est connu à Mantes où il toujours vécu. Croyant, pratiquant rigoureux, il avait montré quelques rigidités, très susceptible. Laborieux, solitaire, il avait franchi assez correctement les étapes scolaires et était parvenu à un travail de comptable qui ne lui suffisait pas. Il avait rêvé d'être iman mais sa candidature avait été refusée. Devant les portes fermées, il s'était échappé dans les jeux vidéo souvent violents et suivait avec attention sur internet les actualités islamistes. Il n'était pas fiché et s'était radicalisé en six semaines, sans doute à la suite d'une humiliation. La police a pu communiquer un récit bien authentifié, sans zones d'ombre, car Brahim Abaoud, fier de son attentat, avait laissé beaucoup d'informations.

Pour le gouvernement, il faut rapidement tourner la page sans lésiner sur l'hommage rendu à Mehdi Ben Amiri, hommage mérité pour un homme ayant lutté toute sa vie contre les engrenages de la haine.

La rapidité du retour au calme est inespérée mais l'équilibre reste fragile. L'extrême droite veut 'reprendre la main' et 'donner une leçon'. À l'opposé et malgré l'évidence, des sites intégristes continuent à semer le doute en répétant : 'Sophie Ravel – en pointe dans les sondages - étant bénéficiaire de l'assassinat, elle a sans doute une responsabilité.'

La campagne électorale promet d'être agitée.

**** Élection : 25 avril 2027 - 9 mai 2027 ****

Dans un mois sonnera l'heure de vérité du premier tour, le 25 avril. La France est éclatée mais pour l'instant elle a échappé à la guerre civile.

Après l'hébétude et les violences, la campagne reprend de façon animée. A peine un mois après l'assassinat, tout le monde se tourne vers l'inconnue de l'élection. Mehdi Ben Amiri est rapidement oublié. « Cela rend modeste », médite-t-il dans sa tombe.

Comme prévu, les candidatures se multiplient, heureusement limitées par le nouveau système de parrainage. Seize candidats sont finalement autorisés pour ce premier tour, comme en 2002. Le suspense est intense tant les scores prévisionnels sont serrés.

Dix candidats ont une chance d'être qualifiés pour le deuxième tour, le graal ! Ensuite, tout peut arriver.

Les deux dernières semaines de la campagne présidentielle ont vu se déchainer les outrances et les violences verbales entre les partisans de chaque camp. Les divisions, les polémiques, les traitrises et les dossiers qui 'sortent' de façon soigneusement rythmée, rendent la bataille passionnante, largement suivie dans les journaux étrangers. Un jeu démocratique unique. Tellement plus excitant qu'un roman ou que le championnat de football.

Les sondages estiment maintenant que Sophie Ravel devrait obtenir plus de 20% des voix. Elle détonne, sa fermeté et sa clairvoyance rassurent. De nombreuses personnalités se sont rapprochées d'elle et la soutiennent plus ou moins ouvertement… Certaines le font même sans ambition personnelle ! L'effet boule de neige.

Le candidat de la droite traditionnelle fait une mauvaise campagne, louvoyant entre des positions conservatrices et centristes. Il obtiendrait moins de 20% des suffrages, sans compter la dynamique du vote utile qui devrait encore renforcer Sophie Ravel.

Les deux autres principaux candidats, FN et Fraternité, pourraient obtenir entre 15% et 20% des voix. Les autres postulants ne se départagent pas, les électeurs sont incertains.

A l'extrême droite, le leader de la '*France Nouvelle*', tient un discours considéré comme trop raisonnable et est affaibli par un concurrent plus radical.

De même, la Fraternité est pénalisée par le manque d'unité de son camp et son nouveau leader, le beau-frère de Mehdi Ben Amiri, n'a pas la même envergure que le président assassiné. La campagne des musulmans est délicate : il s'agit de faire voter large en faveur de la Fraternité tout en s'assurant du vote communautaire. L'habileté de Mehdi Ben Amiri fait défaut, il fait partie d'un passé lointain.

Quant à la gauche modérée, le candidat officiel a obtenu le soutien des verts et conserve ses chances.

L'extrême gauche dispose d'une belle dynamique mais est trop dispersée avec quatre candidats parmi lesquels le leader des *Nouveaux Insoumis* qui n'arrive pas à rassembler. En revanche, une nouvelle personnalité, Martin Forcady, émerge dans leur espace politique et s'attire la sympathie. Jeune, révolutionnaire, souriant, il occupe le champ médiatique avec une intelligence populiste. Ces quatre candidats d'extrême gauche sont particulièrement peu lisibles dans les sondages et multiplient les déclarations décalées. Leur point commun : « Il faut tout mettre par terre. »

Les enquêtes d'opinion sont contestées. Le leader NI pose la question : « la liberté est-elle d'avoir l'information du sondage ou bien de ne pas être influencé par celui-ci ? » Beaucoup d'électeurs s'attachent à en fausser les résultats, le jeu pour les sondés étant de répondre au hasard. Les chiffres ne sont plus crédibles et certains instituts n'osent même plus les publier. Seules les études massives sur internet, avec le big data et l'IA, donnent une approche intéressante mais les méthodes sont variées et peu auditables. Leur caractère manipulateur est mis en avant, on a l'impression que derrière chaque résultat il y a une opinion. D'ailleurs, c'est avec des algorithmes proches que les partis analysent les réseaux sociaux pour les influencer en alimentant d'informations les segments de population ciblés : faire basculer les hésitants, entretenir sa communauté. Depuis plusieurs années, l'élection se joue plus dans l'efficacité informatique que dans les meetings, les poignées de main ou les grands débats. Les 'datas scientists' sont rois.

La bataille électorale est intense sur internet. Nouvelles qui font le buzz, saturation de l'information, rumeurs infondées, tout est bon pour occuper le terrain, salir les adversaires. Dans le passé, plusieurs élections s'étaient gagnées dans les dix derniers jours. Des analyses avaient montré comment internet créait l'équivalent de mouvements de foule, similaires au monde physique. Ces dynamiques moutonnières, ces engouements massifs et artificiels, pouvaient créer une sorte d'état de grâce, momentané et irrésistible. Tout devenait possible, l'improbable comme l'irréparable, comme dans un sprint final, court et aléatoire. Il fallait doser cet effet pour viser le pic juste le jour de l'élection. Du grand art !

À l'ère de la prolifération des informations, les déclarations mesurées manquent de poids devant les opinions tranchées et imagées. La modération est inaudible, voire considérée comme une faiblesse. De minuscules manipulations habiles et rapides peuvent inverser le cours de l'histoire.

Les Français se délectent du spectacle, commentent les bons mots et les revirements spectaculaires… se disputent beaucoup, des amitiés se fissurent ! La politique reprend des couleurs, un grand spectacle qui détourne de la violence. Les médias vendent de l'audience, ravis.

Sophie Ravel est certainement la candidate dont le comportement est le moins spectaculaire. Malgré sa discrétion, sa posture raisonnable rassure. Elle écoute les Français, ne fait pas de fautes et diffuse un discours humaniste clair. Loin des clivages et des extrêmes, elle rassemble un électorat inquiet et fédère de nombreux politiques. Progressivement, sa qualification au premier tour se dessine, puis sa victoire. Les autres candidats visent la deuxième place pour être en finale, et rêvent ensuite d'un tour de passe-passe. Les promesses pleuvent.

Le 25 avril 2017 à 20h, le verdict tombe : la candidate centriste, Sophie Ravel, obtient 27% des suffrages. C'est inespéré !

Mais cela passe presqu'inaperçu car la soirée est occupée par le suspense haletant concernant la deuxième place : les voix des cinq autres principaux partis sont éparpillées et trois candidats se tiennent autour de 14%. On ne veut rien annoncer même à une heure du matin. La surprise est grande. Martin Forcady pourrait être deuxième ! La Fraternité est certainement battue à 12,4% des voix.

Ce n'est que le matin que le verdict tombe : le candidat de la gauche révolutionnaire, atteint 14,2% contre 14,1% pour la '*France Nouvelle*' ! La gauche classique obtient 13,9%.

Le candidat de la droite traditionnelle ne dépasse pas les 13%. Peu charismatique, son positionnement conservateur a sans doute contribué à l'élimination de la '*France Nouvelle*' pour le deuxième tour mais a éloigné beaucoup d'électeurs qui se sont rapprochés de Sophie Ravel.

La candidate FN a aussi été gênée par un concurrent plus radical qui atteint 6% des suffrages et lui fait manquer le deuxième tour pour 30.000 voix. Les autres candidats sont laminés.

La surprise 'Martin Forcady' est totale. Le candidat de la gauche modérée s'était déjà cru au 2ème tour, mais des maladresses de fin de campagne ont fait basculer 4% vers Sophie Ravel et Martin Forcady.

Personne n'imaginait ce dernier, jeune révolutionnaire de 36 ans, atteindre un tel score. Son énergie, son humour, son langage concret et son populisme sans complexe lui ont permis de séduire un électorat rêvant d'un égalitarisme confortable, prêt à croire toutes les promesses, lassé des politiciens ancestraux et surtout… n'ayant rien à perdre. Fondamentalement laïc et viscéralement anti riche, Martin Forcady a aspiré des voix de la gauche, de l'écologie et même d'extrême droite.

Entre les deux tours, il essaye maintenant de rassembler tous les protestataires. Malgré son habilité, le débat avec Sophie Ravel souligne son manque de crédibilité. L'humour, le rire, ne masquent pas l'irréalisme dans ce débat décontracté, presque convivial. Rares étaient ceux qui ne l'avaient pas regardé.

Le 9 mai 2027, deuxième tour : l'élection de Sophie Ravel est sans surprises. Elle obtient 74% des suffrages dans un contexte d'abstention massive. Après la droite traditionnelle, la gauche modérée et la Fraternité ont soutenu la candidate. Ils n'avaient pas le choix, les Français veulent tourner la page. La stratégie du vote futile de Martin Forcady n'a pas été suffisante.

A 47 ans, Sophie Ravel devient la première femme à accéder à la présidence de la République française.

En votant pour elle, les Français souhaitent que l'on prépare le pays à l'avenir. Ils recherchent une autre impulsion sans savoir laquelle ? Sophie Ravel a montré une vision mais peu y croit. Ce futur sera difficile à construire car une partie de l'opinion publique est frileuse devant tous changements assumés et les révolutions des progrès. Le vote en faveur de Martin Forcady et la forte abstention montrent que la moitié des Français rejette le système. Les électeurs d'extrême droite se sentent exclus et une grande frustration émane de la communauté musulmane.

Depuis l'assassinat de Mehdi Ben Amiri, la forte tension est retombée. C'est un miracle ! La guerre civile ayant été évitée de justesse grâce à la diversion de l'élection présidentielle, tout reste à faire !

« Il faut ré-enthousiasmer la France », résume Sophie Ravel.

L'ambiance est encore électrique et les rapports des services secrets pointent un fort risque terroriste. Toutes les manifestations de victoire sont interdites. La place de la Bastille et les Champs Élysées sont bloqués. La soirée du 9 mai se passe dans un calme assourdissant. La transition devra être naturelle et rapide, comme si ce nouveau départ était attendu depuis longtemps.

Sophie Ravel s'exprime avec retenue. Elle ouvre les bras à toutes les tendances. Les Français l'ont élue pour limiter les antagonismes et réaliser son programme fermement modéré.

Pendant qu'elle fête l'événement à son QG extrêmement sécurisé, '*Le Rouge et le Blanc*' est ouvert pour la bande joyeuse. Emmanuel et Tomasz ont fait le déplacement, tous les amis sont là, pour fêter l'événement. Ils passeront embrasser Sophie à son QG au bout de la nuit.

**** Gouverner ****

Pas de triomphalisme pour le nouveau gouvernement.

Sophie Ravel veut d'abord tourner la page et marquer son investiture d'une image consensuelle dans cette France traumatisée. Il faut faire évoluer la société de façon urgente pour répondre aux défis.

Dans la dynamique des présidentielles, les élections législatives apportent à Sophie Ravel une majorité à l'Assemblée Nationale. Elle a maintenant le champ libre.

Sa première priorité est de s'entourer d'une équipe compétente et loyale, travaillant dans un esprit collectif : elle a passé du temps à constituer son gouvernement, un mélange de nouveaux profils et de professionnels de la politique, une large place à la jeunesse. Sophie Ravel veut que tout bouge, tout de suite, en suivant une trajectoire réaliste et ferme.

Son premier ministre n'est pas un homme connu. Elle l'a choisi pour ses qualités d'entraîneur : son rôle est d'animer et de soutenir ses ministres dans l'application du programme, de créer une véritable équipe gouvernementale en tandem avec elle.

Sophie Ravel surfe sur la chance. Elle a convaincu deux ministres musulmans de Mehdi Ben Amiri d'entrer dans son gouvernement.

Michel Tourneur, le responsable du groupe d'école EPIS, est nommé ministre de l'Éducation Nationale. Sa vision de l'éducation correspond à celle de Sophie Ravel. Durant ces dernières années, il était parvenu à établir de bonnes relations avec Delphine Verneuil qui le mettait à contribution sur certains sujets délicats. Il lui a même proposé de conserver son poste de ministre déléguée. Surprise, elle avait accepté sans beaucoup hésiter, gênée par l'inversion des rôles, elle préférait dominer !

Mais elle apprécie Michel Tourneur et elle sera précieuse, ayant la confiance des syndicats et finalement assez souple.

Sophie Ravel fait un autre pari : elle nomme Lehna ministre de la Culture. A 42 ans, Lehna est bien intégrée dans les mouvements intellectuels. Elle a beaucoup écrit sur les racines culturelles, aussi bien judéo-chrétiennes qu'islamiques. Motivée par la valorisation du patrimoine culturel français et par la diffusion de l'esprit d'ouverture et de tolérance, Lehna est ravie de passer de la réflexion à l'action. Elle est fière de cette nouvelle visibilité, certaines d'apporter un sens supplémentaire à sa vie même si elle sait qu'elle va sacrifier momentanément son œuvre. Elle calcule aussi que cette expérience alimentera sa pensée.

Martin Forcady, quant à lui, a décliné la proposition pour un ministère de l'écologie, baptisé Ministère de la Nature. Il n'aurait pas pu rester solidaire ; ses électeurs sont trop loin de l'esprit de gouvernement.

Enfin, le ministère de l'Intérieur, clé pour assurer le cadre sécuritaire, a été affecté à une femme expérimentée, discrète et résolue.

Sarah et Julien intègrent des cabinets ministériels où ils trouvent un espace de travail sans limites. Ils s'immergent dans leurs nouveaux postes pour des semaines de 80 heures, une vie dédiée qui leur laisse juste le temps de voir le cœur de leurs amis. Ils aiment cette existence !

Sarah n'a plus le temps d'alimenter *Micromégas*. Elle travaille au ministère de la Vie Sociale. Elle est associée à la Réforme du Revenu d'existence, contente d'apporter son énergie à soigner les fractures qui minent la France. Elle se sent investie d'une mission mais craint de ne pas tenir le rythme.

Quant à Julien, il est enthousiaste, il se sent important au cabinet du ministère des finances où il doit suivre les impacts économiques de la réforme du travail. Il est passionné par ce sujet de transformation qu'il approfondit depuis longtemps dans des groupes de réflexion.

Tomasz a été approché et a beaucoup hésité… Rentrer en France ? Se rapprocher de Sarah ? Mais il est connu à San Francisco, gagne très bien sa vie et, même s'il refuse de se l'avouer, aime cette indépendance ambigüe vis-à-vis de Sarah. Il préfère conserver son recul, continuer *Micromégas* ; c'est un choc pour son amie qui avait beaucoup espérer sa présence en France.

Maintenant qu'elle est élue, Sophie Ravel doit faire ses preuves rapidement et profiter de cette période de grâce. Elle engage la transformation pour une nouvelle civilisation ancrée sur des valeurs humaines et sur la nature en continuité avec le passé : « La science du passé est notre boussole pour l'avenir » … « A nous de rendre possible l'avenir que nous souhaitons, tous ensemble, en conciliant le spirituel et les progrès scientifiques ». Elle ne perd pas un instant pour lancer ses réformes structurantes. Ténacité tranquille.

** **Humanités** **

Le calme s'est généralisé dans une France qui s'accroche à l'espoir créé par ce nouveau gouvernement.

L'influence du terrorisme baisse encore. Même pour un terroriste, l'attentat est une absurdité. Daech voudrait prendre sa revanche et a fait de Sophie Ravel et d'organisations comme *'Respect'*, des cibles chargées de symboles. Les services de renseignement ont pris des mesures et averti Camille. Elle pense à son futur bébé et se laisse gagner par une peur sournoise, devant accoucher dans deux mois. Cette ambiance lui pèse et gâche cette période ; auprès d'elle, Mathilde est toujours fragilisée par la mort de son père. Elles évitent de parler du terrorisme. Le bébé est leur partage, leur belle obsession.

Face aux créateurs de fractures, Sophie Ravel s'est fixée pour objectif de composer une nation plus solidaire. Son gouvernement est déjà un exemple d'équipe multiculturelle : « la diversité n'est pas la cacophonie. Les ministres, artistes différents, jouent une symphonie dont l'harmonie doit servir la France. » Sophie Ravel ne cherche pas à se mettre en avant, elle anime son équipe et exige simplement cohérence et solidarité. Inflexible, elle a dû demander la démission d'un ministre qui jouait sa petite musique : « Le gouvernement n'a pas besoin de solistes Le choix d'être ministre entraîne des concessions. »

Pour Sophie Ravel, l'éducation est une priorité absolue, mais pas seulement pour le savoir. Elle souhaite privilégier le développement des dimensions humaines avec les valeurs de dignité, de liberté de choix et si possible de solidarité envers les faibles : donner les anticorps à la jeunesse pour résister aux manipulations et se préparer aux défis de demain.

Une commission présidée par la secrétaire d'État, Delphine Verneuil, a fourni au ministre de l'Éducation, Michel, des recommandations pour l'utilisation d'internet. Le web est l'univers d'accès à la connaissance du monde, le principal prisme d'observation de la réalité, avant la réalité elle-même. Pour certains, il est devenu la réalité. Chacun y passe une grande partie de sa vie. Les propositions visent à donner des réflexes pour mieux le maitriser, trier l'information, ne pas se laisser abuser par des informations ou manipuler par l'IA… rester maître de sa vie. Pour Delphine Verneuil, c'est un enjeu crucial, elle en oublie ses frustrations ; proche collaboratrice de Michel, elle forme avec lui un duo très efficace. Elle devient de plus en plus sensible au charme de Michel et à 62 ans se découvre sa première passion amoureuse… platonique. Elle s'investit corps et âme dans sa mission.

A la suite de cette commission, Sophie Ravel a décidé avec Michel de retenir une de ses propositions, créer au collège des cours d'Humanités. Delphine est fière de son idée, une expérience qui se présente au départ comme un lieu d'échange sur l'actualité. Une heure de discussions en petit groupe tous les quinze jours. Les élèves choisissent un thème et les échanges sont ensuite encouragés et régulés par les professeurs. L'objectif est de leur apprendre à s'écouter, à déjouer les pièges de l'information, à s'exprimer, à être factuels, à n'être pas d'accord sans jugements de valeur… développer la culture du respect et l'esprit personnel. Delphine Verneuil est passionnée par ce chantier qui lui donne de beaux prétextes pour voir Michel.

Pour son premier cours d'Humanités, Mathilde entre dans la salle avec sept élèves de 12 ans. Ils font partie de sa classe de cinquième qui a été divisée en quatre groupes. Le nouveau cours vient d'être rendu obligatoire et les professeurs doivent y consacrer quelques heures par mois. Ils ont été formés à cet exercice spécial par vidéos et apprécient cette nouvelle mission.

Mathilde adore l'idée d'accompagner les enfants avec une méthode socratique en petit groupe : poser des questions, animer, modérer, faire rire et soulever les contradictions. Répondre aux interrogations sans influencer, souvent en posant d'autres questions ; ouvrir des pistes, soutenir les timides, éviter l'étalement des egos, développer la parole, l'assurance, la simplicité, le partage d'anecdotes. La première victoire, c'est que chacun s'écoute.

Elle est très anxieuse pour cette première expérience. Personne ne sait comment cela va se passer. Mathilde se lance, nerveuse. Elle a beau connaître sa classe, tout peut arriver. Vont-ils jouer le jeu ? Rester disciplinés ? Accepteront-ils la règle de confidentialité, les bêtises et les dérapages des autres ?

Le premier cours se déroule facilement et passe trop vite, elle ne sait pas ce qu'elle a fait, les enfants ont beaucoup parlé, elle les a encouragés, ils ont été contents. C'est l'essentiel, elle est étourdie.

Elle a une classe facile. Rapidement, ses élèves ont amené des questions sur leur monde, sur l'actualité qui les touche. Ayant choisi leur thème pour la prochaine fois, ils comparent les visions des sites internet aux opinions opposées. Ils analysent les biais culturels, le non-dit, voire les techniques de manipulation. L'heure file et ils lui demandent même d'avoir ce rendez-vous convivial toutes les semaines ! Mathilde connaît mieux ses élèves. Certaines fois, Mathilde est ébahie devant leurs réflexions. Fulgurances, élans de générosité, elle aurait presqu'envie de les embrasser. Deux d'entre eux avaient démonté une information sur des robots bûcherons qui avaient dévasté une forêt. Des instructions pas claires, un mauvais contrôle et dix hectares étaient devenus chauves. Des hêtres et des chênes centenaires avaient disparu. Mathilde s'était régalée devant l'indignation et les propositions. Comme ils avaient ri et s'étaient révoltés, tous unis ! Pour donner ce genre de cours, elle serait prête à payer !

Elle parle souvent de ces cours avec Camille et du sujet de l'éducation qui les passionne. Pour préparer la naissance de son enfant, Camille a acheté tous les livres. Elle sait tout ! inquiète de sa capacité à gérer le subtil équilibre entre le développement de la confiance, de la personnalité et l'apprentissage des limites. Elle ne voudrait pas d'un enfant trop raisonnable, pas d'un fou non plus !

À San Francisco, Tomasz vient de terminer son surf quotidien sur internet. *L'Univers* lui signale des événements pertinents, repère des signaux faibles. Et ce matin, Tomasz est morose ; il s'est arrêté sur un reportage décrivant un drame dans la banlieue Lyonnaise : des policiers ont tué un délinquant qui les avait menacés d'une arme. Légitime défense évidente pour les uns, contestée par les autres. Tension maximale, émeutes, dès le lendemain, trois manifestants, deux policiers et un pompier sont gravement blessés. L'information est très différente d'un site à l'autre. Chacun, dans son silo d'information, cultive ses indignations et réagit en bande avec des certitudes opposées qui peuvent devenir fanatiques. Les manifestations se sont étendues pendant deux semaines avant de s'éteindre sans que l'on sache pourquoi mais les frustrations sont ancrées. On sent une France à vif, prête à s'embraser. Personne ne sait dire qui avait eu tort, sans doute tout le monde. Sophie Ravel a fait un discours sur l'identité et l'intégration : « Restons unis : sans respect des différences, il n'y a pas de société. »

Demain, Tomasz a prévu de titrer son article : '*L'identité heureuse, espoir ou fantasme ?* '

**** Oisiveté ****

Sophie Ravel et ses ministres expliquent sans relâche les actions du gouvernement pour entraîner la France, lui redonner confiance, faire comprendre les réformes.

Pour elle, l'évolution de la notion du travail marque cette nouvelle civilisation : « La robotisation transforme radicalement toutes les activités. Il faudrait sans doute remplacer le mot travail par un autre mot. Nous devons aboutir à de nouvelles formes de contribution pour la richesse collective, de nouvelles manières de profiter de la vie et de développer sa richesse personnelle. » Le Revenu d'Existence est l'élément clé pour traiter une situation de l'emploi que Sophie Ravel ne veut plus appeler chômage. Le mot est banni.

Julien fait partie de l'équipe du cabinet du ministre des Finances qui pilote cette réforme majeure. Il travaille comme un fou, il a le sentiment de changer le monde.

Il aime expliquer l'ampleur de ce projet à ses amis.

Quant à Emmanuel, il est heureux d'inviter son 'ami du Ministère des Finances' à déjeuner, entre deux réunions, dans leur bar préféré '*Le Rouge et le Blanc*' qu'ils appellent R&B.

Julien s'est installé à une table en attendant Emmanuel qui arrive de l'aéroport. Ils sont 'chez eux' dans le restaurant simple et animé. La serveuse, Manon, connaît bien Julien et Emmanuel, et s'est intégrée à leur groupe d'amis. Elle les accueille avec un sourire épanoui. Elle porte la tenue R&B, une jupe noire, un tablier blanc et un chemisier rouge, charmante avec son visage rond, poupin, au petit nez mutin et ses cheveux mi-longs, châtains nuancés de roux, ondulant sur les épaules. Ses jambes magnifiques semblent naître de la jupe et glisser souplement sur le sol attirant magnétiquement le regard. Peu farouche, Manon a eu quelques faiblesses pour Julien et pour Paul et est toujours remplie d'attentions décontractées pour la bande d'amis.

Le patron vient les saluer. C'est un ami de Paul à qui il avait permis d'exposer ses tableaux pour un de ses premiers vernissages alors qu'il n'était pas connu. Il y en a eu beaucoup d'autres depuis et, il y a six mois, Paul lui a offert une peinture en forme d'affiche peinte pour le restaurant. Il l'a intitulée 'La Chartreuse'. Une jolie fille brune au visage ovale, d'une pâleur ravissante, tient un verre de vin rouge, semblant l'offrir au spectateur avec une grâce retenue. D'une élégance simple, elle pose, cambrée, devant un superbe paysage du lac de Côme. Le patron en est très fier. Il a mis au meilleur endroit ce clin d'œil à Stendhal, signé *Polf* !

Après avoir complimenté Manon et commandé, Emmanuel taquine Julien sur ses hautes responsabilités au Ministère des Finances. Il ne comprendra jamais comment il est possible de travailler autant pour un salaire si modeste ! En plus, pour supprimer le travail !

Il parle de la situation économique :

— Les américains ont suivi les élections avec beaucoup d'intérêt. Ils sont rassurés mais interrogatifs. Il y avait un article dans le New York Times intitulé : '*Nouvelle révolution française : la France décapite le travail*'. Les américains ne comprennent pas le Revenu d'Existence qui est une utopie pour eux alors que la situation économique française est mauvaise.

Julien s'enfonce dans sa chaise et dit posément :

— Ce sera difficile mais c'est indispensable ! Les Français sont prêts à transformer la France, ils ont la culture du Revenu d'Existence. Nous avons trois ans pour remplacer tous les divers systèmes d'indemnisation par le Revenu d'Existence. L'objectif est de garantir à vie une somme minimum par personne, un plancher égal pour tous.

— Mais cela va coûter une fortune ! La France est endettée jusqu'au cou !

— Ce sont des équilibres financiers à mettre en place. Cette réforme n'est pas improvisée : elle représente l'aboutissement d'une réflexion de deux ans pour élaborer une trajectoire supportable tant sur le plan financier qu'humain. C'est la seule manière de traiter la situation dite du chômage de masse. Il n'y a plus assez de travail rémunéré : les robots font de plus en plus de tâches, à tous les niveaux. Avec notre réforme, chacun pourra choisir entre le travail payé et les activités non rémunérées, bénévoles, sociales, artistiques, les jeux voire l'inactivité complète… En fonction de ses besoins, ses goûts, ses capacités, de son rythme.

— Choisir entre la paresse et l'effort ! Inutile de réfléchir. Personne ne s'activera et rien ne fonctionnera.

— Facile ! Le revenu n'est pas le moteur le plus important des hommes lorsqu'ils peuvent manger en sécurité. C'est une révolution sociétale qui nécessite une réforme avec des impacts dans tous les domaines aussi bien culturels que pratiques.

— Votre révolution française !

— Peut-être, mais d'autres pays sont déjà bien avancés. En France, nous allons déjà ramener les statuts de travail à deux possibilités : soit salarié d'une entreprise - l'État fonctionnant comme une entreprise -, soit travailleur indépendant, artisan, profession libérale, consultant, intermittent... Ce sera très souple puisqu'il sera possible d'être simultanément dans les deux statuts ! Le code du travail est en train d'être réécrit en quelques pages ! Tu verras, je suis certain qu'une fois que nous aurons réussi, cela deviendra évident. La cible est plus naturelle que la trajectoire.

Emmanuel est incrédule :

— Aux Etats-Unis, il faut se battre pour gagner sa vie alors qu'en France, il est inutile de se fatiguer ! C'est le paradis. Ça ne peut pas marcher. Je n'ai pas compris où vous alliez trouver l'argent ?

— Tu sais, ce sera progressif : la France consacre un pourcentage très important de son budget aux indemnisations de toutes sortes et aux traitements des fonctionnaires. Nous allons alléger l'État, le focaliser sur les fonctions régaliennes, la protection, la justice, la garantie de la liberté, l'encadrement de l'éducation et mener une révolution fiscale.

— Tu ne vas pas transformer les Français comme cela. Ils aiment encore trop l'État ! Tu ne peux tout de même pas comparer le Revenu d'Existence à certains salaires actuels de fonctionnaires !

— Ha, ha ! Tu dérapes ! Notre système sera plus juste, donc apprécié. Il devrait favoriser la fluidité du travail et induire une meilleure efficacité. Le Revenu d'Existence, c'est un instrument de liberté à la fois pour les employeurs et les employés. Si tu n'aimes pas ton travail ou ton environnement de travail, tu arrêtes ; tu n'es pas à la rue avec cette somme minimale. Les situations s'ajustent rapidement, les positions bloquantes sont fragilisées et, comme le marché du travail est beaucoup plus souple, tu peux facilement retrouver un travail si tu es motivé. De même, si l'entreprise considère que tu n'es pas adapté à ton travail, ce n'est pas une honte. Tu changes…

Julien regarde son ami qu'il est loin d'avoir convaincu : Emmanuel a toujours considéré que l'argent est la première des motivations, voire la seule : « Très idéaliste ! » dit-il.

En s'esclaffant, Julien reprend ;

— Cette réforme revalorise l'oisiveté. C'était une valeur chez les Romains ou les Grecs ! Dans le passé, une très petite minorité privilégiée pouvait choisir son activité. La plupart des gens se voyaient imposer un travail pour subsister, ou pour exister. Il y a un siècle, on écrivait : 'L'idée que les pauvres puissent avoir des loisirs a toujours choqué les riches.' Aujourd'hui, ce sont ces nantis qui vont devoir travailler, s'ils veulent devenir ou rester fortunés ! Les pauvres auront une autre forme de richesse.

— Personnellement, je suis riche ET je travaille beaucoup, je ne me plains pas ! L'effort ne me choque pas. Mais pour votre réforme, je ne comprends pas comment le gouvernement va s'en sortir : le système est asphyxié, la dette est abyssale.

— De toute façon, la société doit se transformer face aux progrès technologiques. Les emplois évoluent et diminuent. Cela va très vite et les freins font prendre à la France un retard considérable. On ne se rend pas compte que la part du travail dans une vie est déjà passée de 60% il y a un siècle à moins de 20% ! En résistant, nous créons au contraire des inégalités intolérables, des craquements, nous nous perdons dans des impasses coûteuses. Parmi les solutions, je crois qu'il faut encourager les petites entreprises qui donnent de la souplesse au marché de l'emploi et de l'offre de produits. La taille humaine est génératrice de sens.

— Au moins, je suis d'accord là-dessus. Les gens ont besoin de proximité et ne veulent plus perdre leur vie en travaillant.

En disant cela, Emmanuel hume son vin, comme s'il allait trouver ses idées dans le breuvage amical, un Côtes-du-Rhône rouge foncé, avec des notes de cerises. Il pense au labeur qui a été nécessaire pour parvenir à un tel vin !

— Attention à ton éloge de la paresse ; regarde ce vin, il n'existerait pas sans un travail acharné !

— L'excellence de ce vin vient plutôt de la passion, non ?

— De toute façon, revenu d'Existence ou pas, l'oisiveté, ce n'est pas pour moi : ne rien faire, cela me fatigue !

— Ha, ha ! Tu vois bien que ce n'est pas une affaire d'argent. Moi aussi, je m'ennuie sans activités ; je travaille plus que toi en gagnant moins d'argent !

Emmanuel en convient. C'est peut-être une question d'éducation. Lui, a été éduqué à la fois dans les vertus du travail et celles de l'argent qui en mesure la valeur. Il préfère changer de terrain :

— Tu ne crois pas qu'avec le Revenu d'Existence, l'homme fonce vers sa dégénérescence ? Les robots sont déjà supérieurs. Ils prendront toute la place que, par paresse ou impuissance, l'homme leur laissera occuper. Je te parie que l'oisiveté éliminera l'homme.

Julien reprend du vin :

— Je prends le pari. Si l'homme n'est pas éliminé, je gagne… Sinon, je perds. Ha, ha ! En fait, tu es ringard ! Il faut sortir de la culpabilisation du non travail. Il y a vingt ans, certains avaient eu une formule stupide pour nommer les chômeurs longue durée : les 'en-trop' ! Cette mentalité absurde conduisait à la dépression nerveuse, au désir de mettre le feu ou bien encore à la résignation plus ou moins tranquille. Ce n'est pas parce que je manque d'argent ou que je ne cours pas après, que j'existe moins ! Le Revenu d'Existence permet de ne pas avoir à se préoccuper de ses besoins de base, il ouvre des options pour donner du sens à sa vie. Certains estiment que le travail est avilissant. Rappelle-toi le succès qu'avait eu Martin Forcady quand il avait dit : « Le travail est une chose absurde : il rabaisse l'homme au rang de la machine. La machine est faite pour cela : ce serait bête de lui ôter sa raison de vivre. »

— Hum, c'est du rêve ! dit Emmanuel.

— Non, regarde Paul, il peut passer ses journées à peindre. Il essaye en permanence de faire mieux, de susciter de nouvelles émotions et ne le fait pas pour être riche. C'est sa passion : « Je peins pour donner du plaisir », dit-il. Donner et recevoir sont des mots très proches : en fait, pour moi, ils peuvent s'inverser, ils disent la même chose.

— Hum ! Tu es particulièrement idéaliste aujourd'hui ; tu es sûr qu'avec ton Revenu d'Existence, certains ne vont pas rester toute la journée attablés autour de bières ou bien encore errer comme des zombies, se réfugier dans la drogue, la vie virtuelle ou la violence pour donner du piquant à leur vie. Ils ne penseront qu'au sexe et s'amuseront avec les Womanbots ! Ils suivront le chemin du stupre. Est-ce un service à leur rendre ? Beaucoup ne sont pas prêts.

— C'est vrai. L'oisiveté ne peut pas réussir sans une éducation appropriée. On voit que certains ont du mal à s'arrêter de travailler, ils dépriment. Ce sont les généreux, tournés vers les autres, qui abordent leur retraite de la façon la plus heureuse. Dans le mot généreux, il y a 'gène heureux' !

— Hum ! S'il est possible de vivre sans rien faire, personne n'aura de motivation pour faire l'effort d'apprendre, pour suivre des études difficiles. Peut-être qu'à la fin, certains hommes ne chercheront même plus à savoir lire et compter ! Trop fatigant, inutile… C'est la décadence avant la disparition ?

— Certes, il y a des risques. Il faut déjà motiver les hommes sur les tâches difficiles ou ingrates, l'argent sera toujours là. Il faut aussi éviter l'avènement de dictatures qui encadreraient fermement un homme devenu dégénéré. C'est pour cela qu'il faut une transformation culturelle par l'éducation. Les emplois changent, l'oisiveté est un défi. Le travail comme la propriété évoluent, voire disparaissent : on utilise, on partage. Même la notion de temps change : tout va plus vite et l'homme vivra plus longtemps !

— As-tu lu l'article de *Micromégas* commentant les propos de Michel ? Aujourd'hui, avec une large liberté et une possible inactivité, l'homme peut se retrouver sans boussole, face à un néant. L'éducation est là pour lui apporter les éléments afin de profiter de sa vie. Il ne faut pas s'arrêter aux jeunes ; il est indispensable d'apprendre tous les jours pour vitaliser son existence… surtout si elle dure plus longtemps et que tout change tout le temps.

— Oui, Michel est excellent. Il avait même ajouté qu'il fallait redéfinir ce qu'est la richesse et que créer de la richesse ne passe pas uniquement par le travail. Demande à Sœur Emmanuelle, elle te parlera de la richesse de la pauvreté !

Sourire ironique d'Emmanuel. Julie reprend :

— Avec un revenu d'Existence, le bonheur nécessite plus de recherches personnelles. Disposer de plus de temps, travailler autrement, c'est utiliser son temps différemment. Et comme le temps est le premier bien de l'homme, une mesure de la vie, c'est un changement de paradigme.

Manon passe par là. Julien trouve qu'ils sont un peu trop sérieux, ce n'est pas sain ! Il explique à Manon qu'ils sont en train de parler de bonheur et qu'il aimerait bien approfondir cette réflexion avec elle. Tout sourire, elle répond que ce sujet l'intéresse bien mais pas pendant son travail. Rendez-vous à la fin du service.

Épanoui, Julien relance la conversation pour toucher la corde sensible d'Emmanuel. Il estime que la richesse n'est pas distribuée assez intelligemment.

— C'est un défi majeur, sinon certains accumulent des fortunes et des pouvoirs inconsidérés.

— Et qui va créer la richesse dans ton système ? Comment stimuleras-tu ceux qui sont prêts à se fatiguer ?

— Tout le monde n'est pas cupide ! » Ils éclatent de rire.

— Vous êtes vraiment sympathiques avec votre motivation sans incitations !

Emmanuel assume son appétence pour l'argent qu'il estime mériter largement. L'aisance qui en découle est nécessaire à sa fertilité et à sa liberté. Cela lui permet d'ailleurs d'inviter Julien qui ne refuse pas !

Ils terminent leur café ; il est temps de rejoindre leur travail qui reste encore pour eux la meilleure manière de gagner leur vie. Eux, ils ont la chance d'aimer ce qu'ils font.

L'après-midi d'Emmanuel est chargée. Ce soir, il retrouve une amie. Ils ont pris beaucoup de recul avec Myriam, se contentant de se croiser amicalement dans le groupe. Ils se quittent chaleureusement, Emmanuel recommande à Julien de bien approfondir le thème du bonheur afin que son projet de mort du travail soit une réussite complète. Entrainement à l'oisiveté !

Dix heures, Manon finit son service, heureuse à la perspective d'une soirée avec Julien. Son patron l'adore et ne peut lui refuser cette faveur en cette calme soirée. Julien passe la chercher. À cette heure, il lui propose de discuter chez lui, autour d'une bouteille de vin, d'un poulet tikka surgelé et d'un gâteau au chocolat.

Arrivée chez Julien, Manon prend une longue douche, bien chaude, pendant que celui-ci prépare la table. Elle sort de la salle de bain en portant le peignoir du propriétaire, élégamment trop long. Ses seins ronds débordent de l'échancrure du vêtement. Julien ne résiste pas, le tapis est épais. Ensuite, comme le bonheur donne faim, les deux plats indiens, le pain et le fromage disparaissent rapidement. La bouteille de vin se vide et Julien n'attend pas le dessert pour partager avec Manon une nouvelle synthèse du bonheur. En guise de conclusion, ils s'effondrent sur le grand lit, épuisés. Sommeil lourd.

Le lendemain, Julien se lève discrètement et descend chercher du pain et des croissants. Il ne veut pas réveiller Manon qui commence tard. Alors qu'il sert son café, deux tasses s'entrechoquent. Manon ouvre un œil et l'appelle… Il va être en retard à sa première réunion mais il y a des priorités.

En marchant vers son bureau, il se dit qu'il progresse dans l'insoutenable légèreté de l'oisiveté. C'est un beau matin clair.

**** Naissance ****

Août 2027. Mois de vacances pour Hugo qui a rejoint Camille. Il peut travailler à distance. Elle se repose à L'Hortenseraie, lasse d'attendre, toute aussi impatiente que son enfant qui bouge énormément.

Soirée tranquille, nuit tiède, étoiles et lune ronde dans le ciel haut et pur, Camille et Hugo sont seuls dans la maison de campagne. Ils regardent un vieux film anglais « Orgueil et préjugés » tourné il y a 20 ans sur le roman de Jane Austen : paysages somptueux, magnifique actrice, années 1800… Ils laissent glisser le film, confortablement installés devant l'écran, allongés sur l'épais tapis. Les mains sur son ventre, Camille a posé sa tête contre l'épaule d'Hugo. Elle se laisse bercer en toute quiétude, occupation distraite de l'attente dans la douceur d'être ensemble. Rare plaisir de n'avoir rien à faire avec bonne conscience.

Ils plaisantent sur la condition féminine de cette époque, sur les préoccupations de parents recherchant un parti pour leur fille. « Tu sais qu'il y a encore 500 millions de femmes dans le monde qui n'ont pas choisi leur mari ! » dit Hugo, Camille l'embrasse : « Eh bien moi ! je t'ai vraiment choisie, je suis prête à recommencer ! »

Il est 22h et Camille ressent de nombreuses contractions. Ne faut-il pas partir à la clinique ? Hugo se lève, inquiet, prêt à foncer. Camille le tranquillise, se moquant de sa nervosité.

Un quart d'heure plus tard, répondant à de nouveaux signaux de plus en plus impératifs, Camille décide et ils prennent la vieille voiture pour aller à la clinique de Bayonne.

Camille est vite accueillie dans la salle d'accouchement. Hugo n'est pas à l'aise, nerveux, il déteste les hôpitaux. On y bricole le corps humain dont le fonctionnement incompréhensible tient du miracle à son avis. Il préfère son monde informatique, borné, rassurant. Enfin jusqu'à présent ! Le pire c'est que l'on est en train de mélanger les deux mondes !

Quand il entre dans un univers médical, il se sent dépendant, fragilisé : l'odeur, la vue des seringues, les perfusions, la proximité du sang et des douleurs, l'impuissance... Il plaisante pour cacher son stress et pour illuminer d'un sourire les rares infirmières du soir. Besoin de chaleur humaine. Après 23 heures, il n'y a plus grand monde dans la clinique, on y marche et parle doucement. Le silence est plus grand.

Nouvelle attente, Camille parle beaucoup pendant la première demi-heure. A la fois confiante et anxieuse, elle a toujours cherché à inclure Hugo dans ses impressions. Depuis neuf mois, elle partage ses émotions avec lui ; il écoute, extérieur et content de sa situation. Au départ, pour lui, c'était un événement à venir, un roman lointain qui se profilait. Puis les tremblements du ventre qu'il touchait prudemment lui ont fait prendre conscience de la nouvelle vie. C'est en voyant la première échographie qu'il a eu un choc : sur l'écran, l'être vivant s'est mis à exister. Devant l'image mobile, Hugo a projeté un destin et sans prévenir, un flot d'amour l'a submergé, accompagné d'angoisse face à cette fragilité. L'enfant a pris corps, vibrations d'un souffle, naissance d'un futur.

Le 7 août 2027, à 2 heures du matin, Camille est toujours allongée. Cela se présente bien, lui a dit la sage-femme. Ils attendent côte à côte. Quelques mots échangés, le passage d'une infirmière, les encouragements de la sage-femme qui vient regarder l'écran de temps en temps. Enfin, c'est l'accélération des contractions, la montée de la tension...le déclenchement. Hugo tient la main de Camille. Elle souffre et s'efforce de sourire. Il admire Camille et lui-même, il se trouve courageux. Mais sans s'en rendre compte, il devient d'une blancheur inquiétante et la sage-femme préfère le faire sortir, inutile d'avoir à gérer un malaise. Il ne comprend pas, inconsciemment soulagé. Camille le voit à peine sortir, toute à ses douleurs, concentrée sur l'effort.

Hugo fait les cent pas dans le couloir. Il pense à Camille, il dépend d'elle, il se trouve inutile, il l'aime. Le temps traine, les longues secondes s'égrènent au ralenti.

Enfin, la porte s'ouvre. L'infirmière, tout sourire, lui apporte le nouveau-né, les yeux fermés, incroyablement fragile. Trois kilos à la peau rose et fripée, enveloppés de blanc, silencieux. Hugo regarde le bébé, posé dans ses bras, sans trop savoir comment il est arrivé là. Il a du tendre les bras. Le miracle de la vie l'envahit. Quelle responsabilité devant lui ! Va-t-il savoir faire ? C'est la première fois qu'il considère vraiment un bébé, si léger et si lourd, il devient père. C'est un garçon : Camille et Hugo se sont facilement mis d'accord sur le prénom, Pierre, un prénom simple et solide, ses amis pourront s'appuyer sur lui quand il sera grand.

Camille a rejoint sa chambre, apaisée, épuisée. Elle retient la main d'Hugo sans rien dire. Pierre est dans son berceau, à côté, dormant paisiblement. Unité, bonheur absolu, soulagement.

Puis Camille s'endort. Hugo regarde le visage encore fripé de Pierre, émerveillé. Une prière de remerciement défile dans sa tête. Depuis deux heures, il a l'impression d'avoir changé, vieilli peut-être. Il médite devant l'enfant : « J'appartiens à une génération passerelle entre deux civilisations. Pierre, c'est Demain, un homme de cette nouvelle civilisation. De quelle terre héritera-t-il ? »

Hugo sort doucement de son nuage, le monde réapparaît. Il se sent plus riche, plus fort ! Il partage une photo de Pierre et une de Camille sur Bizzz, le WhatsApp français. La terre entière mérite d'être informée de l'événement.

De San Francisco, Tomasz félicite immédiatement. Il admire l'aventure de ses amis, leur courage de fonder une nouvelle génération ! Lui aussi, il a l'impression de vieillir. Pierre est le premier enfant de la bande d'amis ! Des textos enthousiastes s'enchainent, c'est un samedi.

Quatre heures du matin, Hugo rentre se reposer chez lui. La nuit sera courte car il est impatient de revenir voir Pierre et Camille.

Dès 9 heures, il rapporte des croissants et la confiture de framboise préférée de Camille qu'il trouve entourée par ses parents. Mathilde est là, resplendissante comme Camille, en moins fatiguée. Elle se tenait prête, depuis longtemps désignée marraine, et elle vient de rouler deux heures depuis le bassin d'Arcachon où elle passait ses vacances.

Hugo remarque la petite girafe en caoutchouc au pied du berceau. Clin d'œil de Mathilde, elle l'avait promise : 'Sophie la girafe' avait accompagné sa petite enfance comme celle de ses parents. Pierre ne pouvait pas ne pas avoir cette girafe, comme un trait d'union entre les générations… peut-être entre les civilisations ? Sophie n'a pas changé, ni augmentée, ni connectée, avec le même sifflet depuis cinquante ans, le premier jouet des bébés, adoré et fidèle, idéal à mettre dans la bouche.

Camille et Hugo sont heureux, fiers, rassérénés. Le soleil bayonnais s'associe à leur joie, éclaire la chambre blanche et illumine l'énorme bouquet de roses rouges apporté par Hugo.

Pierre a parfaitement dormi. Il est calme, repu et ouvre des yeux brillants. Il paraît sûr de lui, libre de doutes, puissant et fragile.

**** Cœur ****

Depuis quelque temps, Sarah se sent limitée par son cœur, fatiguée. Sa vie en cabinet ministériel l'épuise. Après des vacances reposantes en famille, elle est allée une semaine chez Tomasz à San Francisco. Elle n'a pas pu aller voir Pierre dans le sud-ouest.

Aux États-Unis, elle n'a pas voulu s'écouter, sollicitant son organisme au-delà du nécessaire, n'osant rien dire à Tomasz, toute à leur plaisir. Elle n'aime pas parler de son handicap pour ne pas ennuyer les gens et surtout pour ne pas attirer la moindre pitié. Elle est normale, c'est tout.

Malgré le repos des vacances, la reprise du travail en septembre est difficile. Nouveaux malaises, consultations, elle doit s'arrêter en octobre. Son cardiologue le lui dit : elle ne peut continuer comme cela, c'est vital. Elle tergiverse mais l'avis des spécialistes est sans appel : son cœur actuel n'en a plus pour longtemps. Seule une nouvelle opération, compliquée, peut la sauver. Elle se résigne, ne laissant apparaître que son éternel sourire, lasse et volontaire. Pourtant, pendant des années elle était presque parvenue à oublier sa différence, moyennant une absence de sport… hormis la lecture qu'elle pratique intensivement.

La bande est soudée autour d'elle, alitée depuis octobre. Elle baisse encore alors qu'elle ne fait plus rien. Camille, Mathilde, Manon et la famille de Sarah se relaient. Une chaleur de tous les instants, conversations, jeux et lectures, priorité à la légèreté. Tomasz passe beaucoup de temps en France, il est toujours là dans les moments difficiles. Sarah s'efforce d'être toujours gaie. Elle lutte et en profite pour écrire dès que Tomasz sort de sa chambre.

Médicalement, les avis sont partagés sur les possibilités. L'optimisme n'est pas aveuglant. L'écosystème cardiaque de Sarah est si usé qu'une simple réparation sera délicate et ne durera pas. Le temps passe, occupé par l'examen des possibilités médicales, tendu vers l'espoir de nouvelles propositions. Enfin, un professeur parle d'une intervention possible, il s'agirait de remplacer une bonne partie des organes liés au cœur par des implants, un progrès récent, risqué, expérimental. « Une pompe nouvelle, télécommandée par smartphone. Je sens que je vais exploser ! » plaisante Sarah. C'est une prouesse technologique, elle serait la première alors que les tests sur les animaux ne sont pas terminés. C'est de la folie.

Discussions et hésitations, face au désarroi de sa famille et de ses amis, Sarah apparaît la plus sereine. Comme ses forces vitales baissent encore, inéluctablement, il n'y a pas de solutions. Elle décide.

L'opération devrait avoir lieu en février. Il faut construire ces organes artificiels pour Sarah et éviter leur rejet. Pas le droit à l'erreur, une équipe de chercheurs travaille jour et nuit pour sauver Sarah.

Julien et Mathilde se sont démenés afin d'ouvrir les portes des professeurs spécialistes. Toutes leurs relations y sont passées, le téléphone a chauffé, l'amitié a fait des miracles.

Oubliées aussi toutes les réticences sur la transformation humaine, sur le bistouri qui modifie le Moi. Une partie de Sarah sera remplacée, la vie avant tout.

**** Neige ****

Depuis sa naissance, il y a six mois, Pierre a accaparé Camille et Hugo, leur apportant une présence optimiste tandis que Sarah focalisait leurs inquiétudes.

Pierre, le centre du monde, grandit bien mais il dort peu, très présent. Ils s'épuisent, perfectionnistes. Il y a des graphes partout sur leur smartphone, ils écrivent à deux mains le journal de Pierre : ses premiers balbutiements, ses exploits, l'évolution de sa taille et de son sourire, etc. L'enfant mange peu et souvent, il semble vivre la nuit. La maison devient nerveuse sans que ses parents ne se rendent compte de leur fatigue – même '*Respect*' énerve Camille - et ce sont leurs amis qui les convainquent de prendre un repos nécessaire.

Sarah va être opérée dans une semaine. Camille et Hugo, en attendant, vont se détendre une semaine en amoureux à Semenoz. Ils peuvent faire garder Pierre par les parents de Camille qui vont le chouchouter dans le Sud-Ouest.

En Haute-Savoie, il fait beau, la neige vient de tomber dans le village, dix centimètres de mousse douce qui absorbe les pas. Décor en noir et blanc, lumineux, fraicheur vierge.
Respirer la pureté, être seuls ensemble : Camille se laisse aller, dort beaucoup, vit lentement. Elle veut qu'ils se donnent du temps exclusivement pour eux et montre l'exemple. Elle propose à Hugo de tenir le plus longtemps possible sans smartphone. « Notre hyperconnexion nous déconnecte de la réalité. Refusons la soumission à la technologie ? Il faut résister ! » plaisante Camille.

Camille et Hugo partent pour une promenade en ski de fond au bout de la vallée. Ils glissent le long de la plaine. C'est une belle journée pour lunettes de soleil et crèmes avec des descentes trop rapides et des chutes dans la neige molle.

Hugo a pris de l'avance, il écoute le bruit cristallin et apaisant du torrent qui longe la piste lorsqu'un éclat de rire argentin lui fait tourner la tête sur sa gauche. Un couple se balade sur la neige qui brille. Elle, petite, dans un anorak beige à col de fourrure et lui en gros pull bleu marine. Le soleil les éclaire à travers les sapins qui ploient sous la neige. Ils s'embrassent. Hugo sourit de ce cliché de magazine, il doit rêver !

À sa droite, l'eau scintille, claire, mélodieuse comme la sérénade légère d'une pluie fraiche qui rythme les notes d'un piano. « Ce torrent devrait s'appeler Schubert ! » Il est seul, si proche de Camille. Il repart, accélère un peu afin que l'air frais explose dans ses poumons, le porte à l'euphorie. Ses pensées s'agitent, l'effort physique décante ses idées comme l'eau du torrent lave les pierres grises. Il revoit cette année, cette chance exceptionnelle qu'il a avec Camille et Pierre savourant son bonheur. Il pense à Sarah, inquiet… Et puis, il passe à son obsession pour cette société qui se transforme radicalement avec les avancées fulgurantes des sciences et les repères qui s'évanouissent : « Cette révolution préservera-elle l'homme ? Comment Pierre s'en tirera-t-il ? »

Devant le paysage vivifiant qui défile, Hugo médite : « Nous n'avons pas le choix, ce que notre génération et celle de Pierre vont construire doit être beau. Je fais confiance à Camille et Pierre ! Je ferai ce que je peux ! » Il est simplement heureux et s'arrête en plein soleil en attendant Camille qui le rejoint peu après, ravie, ruisselante, les joues rouges… pour un baiser frais, un parfum qu'aucun glacier ne trouvera jamais. Il l'enlace silencieusement.

En trois jours, Camille a l'impression d'avoir changé de planète. Elle a pris le rythme du montagnard, 'tranquille' mais pas morne. Le maire semenozien est un retraité qui organise des rencontres culturelles dans la salle polyvalente : charcuterie, vin chaud et culture. Convivialité, simplicité, diversité. Ce soir, Camille et Hugo sortent d'une conférence animée sur le thème : « L'art existe-t-il en l'absence de liberté ? » Pas plus que l'homme, a dit Hugo lors du débat. Il a acheté le livre du conférencier pour l'offrir à Paul.

Hugo et Camille fêtent ce soir leur rencontre, il y a déjà quatre ans, et vont dîner dans leur restaurant favori de Semenoz. Une neige soyeuse s'est mise à tomber paresseusement. Camille adore cette sensation de marche moelleuse dans ses gros après-skis confortables. Sentiment d'apesanteur ! Elle glisse et se rattrape à Hugo en riant, ils s'étreignent. La neige qui tombe caresse son visage quand ils arrivent au restaurant '*Juste M*'. Ils adorent ce nom. Les propriétaires sont connus dans la région, installés depuis longtemps : une cuisine simple et raffinée faite d'aliments bio et d'amour des produits. Le patron vient du sud-ouest, porte le béret qui a été remis à la mode pour se démarquer de l'esprit parisien. Chez '*Juste M'*, le vin a la place centrale, ce qu'attestent les murs où trônent de vieilles affiches du Chat* : Le Chat rondouillard, debout, triomphant devant des bouteilles de tous les pays et des verres ballons : 'moi, c'est ma manière de faire mon tour du monde en ballon' … ou encore, le Chat philosophant : 'Mieux vaut le Vin d'Ici, que l'Eau de Là'.

'*Juste M'*, c'est quand même mieux qu'un voyage en réalité augmentée, plaisante le patron devant ses amis 'geek' qu'il aime bien 'quand même'. Pour lui, chaque soir est une représentation culinaire, le voyage est dans l'assiette et dans le verre, il suffit d'ouvrir largement les papilles, le nez et les yeux pour visiter des pays magnifiques.

Le patron, à qui Camille n'a pu s'empêcher de montrer une belle photo de Pierre, la choie comme un père. Hugo et Camille se laissent envahir par la volupté gourmande, la chaleur conviviale du restaurant et un Vouvray à la belle minéralité. Ils rêvent de s'installer à Semenoz, d'oublier définitivement internet, de se rassasier des plaisirs de la nature. « Ha ! si Pierre ne les attendait pas dans leur vie parisienne ! »

Le lendemain matin, Camille et Hugo sont à la messe dans la belle église des tailleurs de pierre de la région. Ils aiment chanter côte à côte, Camille est sereine, reposée. Elle prie pour Sarah, elle ne peut envisager le pire. Elle admire son amie, courageuse. Jamais une plainte.

Puis Camille remplace l'image de Sarah par celle de Pierre jouant sur l'herbe au soleil avec ses parents. Elle a des nouvelles au moins quotidiennes et meurt d'impatience de le revoir. « Comme il change ! » : sa mère lui raconte ses exploits qu'elle note dans le journal de Pierre ; Camille aimerait partager son bonheur maternel avec le monde entier. En priant, elle rêve : « Le bonheur pour tous n'est peut-être pas si loin, comme s'il n'y avait qu'une couche de nuage à dissiper sur le monde, peut-être pas si épaisse ; c'est une question de générosité, montons, ne restons pas dans la brume, le soleil est à notre portée. »

**** Autonomlib ****

L'opération de Sarah vient d'avoir lieu. Elle a duré sept heures. Les amis ont attendu nerveusement les informations. Près de l'hôpital, Tomasz a mis ses chaussures de footing et est allé courir, la seule chose qu'il soit capable de faire pendant ce long moment.

Lorsque le chirurgien sort enfin, tous l'attendent et retiennent leur souffle ; il explique aux parents de Sarah que l'opération s'est passée aussi bien que possible et qu'il faut attendre maintenant le réveil. Il est bienveillant et prudent, professionnel, la sœur de Sarah fond en larmes. L'attente reprend.

À son réveil, le lendemain, Sarah est encore dans un brouillard complet. Elle a serré les mains, inconsciemment. Les médecins s'affairent. Ses parents n'ont pas dormi comme s'ils sentaient que leurs présences unies ramenaient Sarah à la vie. Deux jours passent, la famille et les amis espèrent. Le troisième jour, sa mère a le bonheur de discerner un sourire. Sarah est encore très faible et ne pèse plus lourd mais la vie se consolide. On saura dans le mois qui vient comment le nouvel ensemble s'accorde, s'il parvient à fonctionner de façon harmonieuse. Bien sûr, on le savait, rien n'est gagné mais ce suspens est dur. La mère de Sarah vibre à chaque inquiétude, elle est épuisée et pas réconfortante pour sa fille.

Tomasz est tout de même soulagé. Il doit repartir à San Francisco. Il ne pourra revenir autant en France, ayant déjà largement utilisé toutes ses marges de manœuvre professionnelles pour accompagner Sarah dans ces mois difficiles. Ils ont prévu une visio quotidienne ; bientôt, cette visio devient pour Sarah le sommet de sa journée. Elle s'y prépare, se maquille pour faire face à la caméra, les jours passent de plus en plus vite tendus pour elle vers ce rendez-vous et tout son travail pour redevenir elle-même. Depuis qu'elle s'est remise à lire, tout va mieux, elle lui raconte ses lectures, elle lit pour lui.

Fin avril. Le sourire de Sarah est de plus en plus naturel. Son visage reste fatigué mais il exprime sans forcer l'optimisme et la volonté. Elle a changé de chambre, en soins de rééducation. Les implants semblent avoir pris leurs places et Sarah ne pense plus qu'à retrouver sa vie. Elle double les exercices que lui donnent ses médecins. Chaque semaine la transforme, encouragée par ses amies.

Sa rééducation sera longue : reconstruire son corps autour de nouveaux implants, acquérir de nouveaux réflexes. Elle n'est pas prête à retravailler et certainement pas dans son ministère. Assoiffée, elle a retrouvé ses livres, ses meilleures vitamines qui redonnent des couleurs à son esprit et à son visage. Elle en profite pour reprendre ses notes et pour écrire, inspirée par l'hypersensibilité des convalescents.

L'épreuve l'a enrichie et mentalement, elle se sent forte. Physiquement aussi. Malgré l'angoisse de sa fragilité, elle ressent la puissance de ses implants. Pourvu que ce nouveau cœur, ultra moderne, tienne le coup ! Attentive aux moindres signes de faiblesse, elle se répète qu'elle entame une seconde vie. Elle a eu tant de chance jusqu'à présent, elle se doit d'évacuer ses doutes inutiles. Sa vie n'est qu'un immense bonus !

En mars, Hugo est rentré de sa semaine de vacances à Semenoz débordant d'énergie, l'esprit clair, bien décidé à mieux maîtriser son temps et son travail. La réussite de l'opération de Sarah l'a libéré. Surtout, il a retrouvé Pierre avec une joie ineffable. En rentrant du bureau, Pierre l'accueille avec de telles effusions spontanées qu'il oublie tout. « Un accueil sans calcul, ou bien le calcul instantané de l'androïde. » Hugo chasse cette pensée stupide qui ferait dire à Camille : « Pourquoi tu n'arrives pas à voir les choses comme tout le monde ? »

Reposé, optimiste, Hugo a l'impression de pouvoir tout réussir avec décontraction.

Peu à peu, l'effet du repos s'estompe. Hugo est à nouveau happé par son rythme de travail, partagé entre ses projets, sa vie familiale et la convalescence de Sarah. Les résolutions se dissipent, les journées redeviennent trop courtes.

Hugo et ses associés développent la nouvelle entreprise dans qu'ils ont créé il y a un an, une start-up spécialisée dans l'IA. Ils sont une dixaine dans sa société, une belle équipe où les compétences s'appuient les unes sur les autres. Il s'épanouit dans cette culture d'entreprise enthousiaste et collaborative ; ce domaine exigeant et riche le passionne. Leurs compétences sont recherchées, tout va bien, il a tourné la page de son précédent travail. Il se souvient de l'effort qu'il avait dû faire pour ne pas exploser en partant de son entreprise. Il avait réussi à fermer doucement la porte malgré sa tempête intérieure mais la cicatrice restait, sans doute indélébile. Seule Camille l'avait vue, elle l'avait soutenu et encouragé à ne pas regarder en arrière. Heureusement qu'elle avait été là alors qu'il lui disait :

— Tu ne crois pas que je devrais dire les choses publiquement, me lâcher, Martin a été immonde ! Ce n'est pas pour obtenir quelque chose, c'est juste une question de justice.

— Non, la guerre est inutile, efface cela de ta tête. C'est à toi que tu feras mal, il n'en vaut pas la peine.

— Oui, mais si on ne dit jamais rien, ce sont toujours les connards qui gagnent !

— C'est comme cela, c'est la vie ! Tu ne changeras rien, il y a mieux à faire. La haine se retourne toujours contre celui qui l'éprouve, les salauds ne doivent pas pourrir notre vie, pas trop !

En fait, ce qui le gênait, c'était la crainte d'avoir été lâche. Il n'y voyait pas clair, tellement habilement manipulé comme dans une sourde alliance. Pourtant, parmi les rares personnes à qui ils s'étaient confiés, tout le monde lui avait dit comme Camille : « Cela ne sert à rien. Pars, c'est tout. » Cela le rassurait sans lui suffire. « L'important, c'est que tu reconstruises ta confiance en toi. » Ce moment difficile lui avait fait prendre conscience qu'il était moins fort psychologiquement que ce qu'il croyait ; il avait été à la limite de la dépression alors que lui, il avait de la chance, il avait retrouvé facilement un travail ! Il comprenait mieux les autres.

Maintenant, Hugo court après le temps, jongle à nouveau mais il aime cela ! Il n'a plus le temps de penser au passé, juste une petite bouffée de temps en temps.

Il a de nombreux déplacements chez ses clients. Même si cela s'améliore en région parisienne et s'il les limite en communiquant beaucoup par visio, c'est une part importante dans son emploi du temps. Quand il doit se déplacer, il utilise l'abonnement Autonomlib de son entreprise.

En 2028, il est devenu presqu'impossible de circuler avec sa voiture dans la plupart des villes. Paris est accessible par péage et en ville, il n'y a pratiquement plus que des Autonomlib, des Velibs, des trottinettes, des bus et toutes sortes de possibilités de taxi ou VTC. Tout est électrique. Les capteurs qui quadrillent Paris renforcent l'efficacité des voitures autonomes. Les voitures repèrent les autres véhicules et freinent toutes seules. Il y a peu d'accidents tandis que l'air des rues s'est purifié.

Pour les trajets inter-villes, les citadins ont un choix large : location de voitures, autopartage, car, train ou avion. Dans les agglomérations, les cyclistes sont rois. Il y a toujours un parking à vélo gratuit à côté des gares. Chaque bicyclette doit être dotée de capteurs détectables par les autres moyens de locomotion.

Même les transports en commun se sont améliorés ! Sophie Ravel a immédiatement donné une impulsion en lançant un 'Plan Transport'. En région parisienne, une énorme enquête appuyée sur le big data avait rassemblé les informations anonymisées de 554.000 personnes ayant accepté de donner les paramètres de leurs déplacements quotidiens. A partir de là, l'IA avait proposé de nombreuses améliorations. A court terme, des centaines de millions d'heures de trajet avaient été gagnées en coordonnant mieux les différents modes de transport et les horaires, en conseillant les intéressés. Un plan d'investissement sur plusieurs années avait été voté pour gagner encore des milliards d'heures.

Aujourd'hui, Hugo est allé voir un nouveau client et il rentre chez lui depuis la banlieue. Tranquillement installé au volant de son Autonomlib, il consigne son compte-rendu sur son écran devant lui, c'est son espace de travail. Il peut converser avec son équipe s'il veut un renseignement ou souhaite terminer une présentation de façon collaborative. Tout est vocal.

En toile de fond sonore, il écoute sa radio favorite Zenia, pilotée par l'IA. Hugo a indiqué à Zenia ses goûts et aime les choix de la radio qui passe toutes sortes de musiques décontractées, lui laisse l'esprit tranquille pour travailler, lire, regarder les passants, rêver. La dernière version de Zenia interprète les données psychologiques des auditeurs qu'elle a collectées à partir de leur smartphone afin de faire évoluer son programme musical au rythme de leurs humeurs. Depuis peu, Zenia s'aide de la reconnaissance faciale pour analyser les envies et apprécier en temps réel les résultats de sa programmation.

Zenia s'est inspirée de la radio *fip* pour son ton détendu et gentiment insolent, en conservant les fameuses voix féminines, espiègles, douces et sensuelles, reprenant le slogan de la radio : '*Sur Zenia, les filles sont joliment timbrées'*. Une petite équipe s'amuse à entretenir le mythe.

Hugo peut demander à Zenia d'insérer des bulletins d'information ou bien suivre les dossiers réalisés par la radio. En général, Zenia propose un thème, traité de façon distanciée avec un humour provocateur. Ce sont des options facultatives.

Les sujets amusent et le style nonchalant a trouvé son public. Aujourd'hui, Zenia aborde le thème du travail en phase avec les réformes concernant le Revenu d'Existence. La notion de travail, explique la radio, est un vieux concept qui évolue depuis cinquante ans vers la désuétude. Zenia passe les chansons culte sur le travail, un peu décalée en 2028 : ' Le travail c'est la santé. Rien faire, c'est la conserver' …'Je ne veux pas travailler …' ou 'Le travail, c'est la mort par l'ennui...'

Zenia simule même une journée de grève en programmant toutes les heures le message nostalgique : '*En raison d'un appel à la grève de certaines organisations syndicales portant sur les difficultés budgétaires et la défense de l'emploi, nous ne sommes pas en mesure de diffuser l'intégralité de nos programmes habituels. Nous vous prions de nous en excuser.'* Cette annonce rappelle 'le bon vieux temps' où le gréviste régnait encore. Hugo pense que lui, il n'a pas vraiment de patron, comme beaucoup en 2028, il ne risque pas de se mettre en grève ! De toute façon, les robots ne se mettent jamais en grève, prêts à remplacer l'homme à la moindre faiblesse !

Hugo demande à Zenia quel sera son prochain thème ; la voix de velours annonce : « Demain, ce sera la journée des robots. Ah, non, je me trompe de fiches. Ha ! Vous avez de la chance, ce sera la journée du baiser. » Hugo sourit en pensant à Camille, il se sent en forme alors que Zenia ajoute, sensuelle « A consommer avec modération ! » La voix tousse, « euh non, sans modération, … Oh ! c'est trop mal écrit. Je vous laisse choisir ».

Hugo s'étire dans sa voiture. Maintenant, il a hâte de retrouver Camille ; il voudrait que son Autonomlib aille plus vite, il la trouve rigide, elle contrôle tout. Il repense à ce jour où ils roulaient tranquillement avec Camille dans leur Autonomlib. Au cours d'une discussion animée, ils s'aperçoivent qu'ils font indéfiniment le tour du même carrefour. L'ordinateur n'avait pas assimilé les nouveaux travaux, Hugo doit reprendre la main. Il note l'incident afin que le programme en tienne compte pour les automobilistes suivants. Camille s'était moqué :

— Tu vois bien qu'avec l'informatique, on tourne en rond !

— C'est le charme de l'IA, l'incertitude du bug et la poésie des probabilités ! Mais ce n'est rien comme conséquence, le hacking est moins poétique ! Des informaticiens ont réussi à prendre le contrôle de véhicules et, facétieux, ils ont conduit les passagers à un commissariat de police en klaxonnant devant mais ils auraient pu les envoyer dans un précipice ! Ils ont monnayé leur savoir-faire avec la firme automobile.

— Cela fait froid dans le dos. J'aimerais bien savoir qui est responsable lorsque les ordinateurs provoquent un accident : le conducteur, le constructeur ou l'informaticien ? J'ai l'impression que les informaticiens s'en tirent toujours !

— C'est une bonne question ; il y en a d'autres tu sais : suppose que la voiture soit face à la certitude d'un accident mortel sans même que ce soit sa faute. Qui l'ordinateur préfèrera-t-il tuer ? Les quatre piétons qui traversent imprudemment ? Le conducteur ? C'est un dilemme pour l'IA. Elle peut tuer les mauvais, éliminer les pauvres, les vieux ou bien l'acheteur ? En déléguant la décision à l'IA, cela peut donner la possibilité d'éliminer ses ennemis de façon discrète. Hé, hé ! Je viserai bien mes anciens employeurs ! En fait, le problème est assez théorique, il y a de moins en moins de morts sur la route. Plus ça va, moins on a de chance de mourir. C'est terrible !

**** Sibor ****

Bientôt un an depuis les élections présidentielles. Jusqu'à présent, le programme de Sophie Ravel s'est déployé sans trop d'encombres. C'est une surprise car il y a eu beaucoup de réformes. Une majorité fidèle et pas de gros problèmes de sécurité. Les Français suivent même le gouvernement avec un zeste d'enthousiasme, lassés sans doute de résister à toutes remises en cause de leurs acquis, du jamais vu en France ! Mieux, Sophie Ravel est presque populaire, un peu comme certains vieux professeurs respectés.

Pour l'instant, on n'entend plus parler de Daech en perte de vitesse. L'assassinat de Mohamed Ben Amiri n'est pas considéré comme habile - c'est de l'histoire ancienne - et il devient difficile pour les recruteurs de terroristes de trouver de nouveaux volontaires d'autant que la police a démantelé de nombreux réseaux.

En cette fin de mars 2028, le printemps débarque avec une énergie inhabituelle, mêlant giboulées et jeune soleil stimulant. La vitalité se libère sous toutes ses formes. Les bourgeons des arbres sont précoces, les feuilles naissantes vibrent d'impatience d'un vert intense, les fleurs imposent leurs couleurs.

Les rues s'animent, joyeuses. Les tenues et les rires donnent le ton témoignant de l'impatience. Même les policiers et les militaires ont retrouvé le sourire. Les passions étouffent les raisons. Le sommeil passe au second plan, mais, si l'on dort peu, c'est maintenant pour de bons motifs ! Avril défile, le mois de mai apparaît, la France fait la fête, expression inconsciente de libération.

Les musiques triomphent, la jeunesse rajeunit. Enivrement, abondance de la danse.

Dans les bars et dans les caveaux, le jazz explose. Il trouve de nouvelles tonalités comme si Miles Davis redescendait sur terre, inventif, enchanteur, coloré. Un parfum d'années folles, comme une parenthèse entre le terrorisme et le numérisme.

Dans cette effervescence, un musicien de jazz, Sibor Vina, se fait remarquer. Ses improvisations au saxo dégagent de subtiles harmonies, légères comme les vapeurs d'alcool qu'elles accompagnent, aussi brillantes et fugitives qu'un reflet sur l'eau.

A 25 ans, Sibor Vina avait quitté Toulouse où il avait beaucoup joué avec des amis, pour se faire plaisir. En arrivant à Paris, il avait cherché à jouer ici et là, dans des bars ou caves accueillants. C'était le cas du R&B, le café ' *Le Rouge et le Blanc'*. Le patron aimait faire jouer des musiciens sur sa petite estrade : piano ou guitare en général. Ces jeunes artistes venaient y trouver un public sympathique et gagner un peu d'argent dans un cadre plus agréable que le métro. Le patron leur offrait le tee-shirt R&B et un bon dîner. Dans ce contexte, Sibor, avait convaincu le patron, puis conquis le public, attirant des clients dans le café-restaurant. Il y avait bien connu Manon, la serveuse, qui ne savait pas résister à cet hyperactif passionné, créatif et décalé qui vivait la nuit.

Souvent un peu ivre mais jamais plus, Sibor disait : « la seule chose qui me paraisse sérieuse, c'est de ne jamais, jamais se prendre au sérieux. » Depuis sa tendre jeunesse, il avait toujours tenu parole. Cela avait du charme mais n'était pas sans débordements, notamment vis-à-vis des femmes. L'enjôleur pouvait devenir gougeât, pas méchant mais insupportable ! Manon savait lui faire comprendre les limites. Il ne fallait pas compter sur lui pour devenir un adulte raisonnable ou seulement civilisé… « Tout artiste a son côté sombre, » riait-il.

Le restaurant R&B se transforme en un repère de passionnés lorsque Sibor y joue. Au fil du temps, le musicien s'est naturellement lié d'amitié avec Paul et Hugo, habitués du bistro et sensibles à la fièvre des solos du saxophoniste. Les deux artistes se trouvent beaucoup de points communs, s'inspirant l'un l'autre. Paul peint quelques tableaux jazzy exprimant les couleurs de la musique par la chaleur des tons de ses toiles. Les courbes du saxophone et les touches de piano apparaissent sur des tableaux signés *Polf ;* en cherchant bien, on distingue le visage de Sibor sur l'un d'entre eux. Paul est un fervent admirateur de son ami : « Le jazz est une musique de couleur… Une musique belle et rebelle. » Sibor écume les nuits parisiennes.

À San Francisco, Tomasz est stupéfait par cet esprit festif qui a envahi la France, cette 'exubérance irrationnelle', comme l'écrit *Micromégas* qui poursuit : « Mais finalement, que veut dire irrationnel ? N'est-ce pas simplement une situation dont toutes les hypothèses n'ont pas été prises en compte ? La fête a ses raisons, libératrice et source d'énergie ? » Tomasz se demande tout de même si ce n'est pas une nouvelle fuite en avant, annonciatrice de désastres, une pré-crise de 1929 pour la France, cigale atypique. Un siècle après.

Une bulle d'insouciance qui contraste avec les autres régions du monde ! Les Américains sont obsédés par leur course au progrès et leur compétition avec l'Asie. Ils sont de plus en plus souvent dépassés, moins nombreux et moins disciplinés. Les Chinois travaillent, infatigables, conquièrent le monde, craignent l'Inde. La plupart des pays intègrent à vive allure les nouvelles technologies, sans freins ; ils tâtonnent et progressent vite ! Vers quel monde ? Personne ne le sait car si la démarche est simple - 'try & learn' et 'fail fast' - la méthode est expérimentale et le numérisme est aveugle et mal défini ? On dit aussi à San Francisco : ‘Don’t fail too badly’ ! C’est une bonne idée !

« C’est connu, les fourmis ont une vision médiocre. Cela laisse peut-être quelques chances à la cigale, insouciante mais vive. » écrit *Micromégas*.

Aussi, ce contexte international ne semble pas préoccuper les Français. En phase avec le printemps, ils écartent fermement tout parfum de morosité. Les sentiments négatifs n’intéressent plus personne, Paris attire les joyeux, c’est peut-être un entrainement inconscient à l’oisiveté ?

Cette convivialité couvait. Depuis longtemps, beaucoup d’initiatives ou de mouvements comme *‘Respect’*, préparait cette flamme optimiste : confiance en l’homme, tolérance, espoir. Le feu s’est répandu, chaleureux ! Profitons-en se dit Paul qui, avec sa bande d’amis, trouveraient dommage de ne pas vivre à fond cette période. Ils éclatent leur vie avec désinvolture.

La côte de popularité de Sophie Ravel reste bonne malgré la situation financière française difficile et le pouvoir d’achat. Les Français le savaient, ils en ont pris leur parti et s’amusent en attendant ; ils patientent nonchalamment. C’est déjà un premier résultat ! Mais pas seulement, il semble bien que l’optimisme, l’énergie et la créativité se retrouvent dans l’économie et la dynamisent ! Les indicateurs se redressent.

Pour ce printemps 2028, Sophie Ravel a pris une initiative spectaculaire, en déclinant son slogan écologique ‘*Le sens de la fleur*’ : pendant deux mois, les fleurs et plantes non coupées sont vendues à moitié prix, bénéficiant d’exonérations. Toutes les pépinières se sont mobilisées pour offrir un large choix qu’on retrouve partout dans les rues. Parfums et couleurs accompagnent l’euphorie, les fleurs donnent le sens.

** Chloé **

Pour rien au monde, Emmanuel n'aurait voulu manquer Paris dans cette atmosphère de fête. Il s'est improvisé un long week-end à Paris, profitant de ce beau mois de mai 2028.

Avant de partir de New York, il appelle Myriam et lui explique son envie de venir pour sentir l'ambiance qui règne et pour en profiter avec elle. Il a un très beau plan. Elle répond qu'elle n'est pas disponible ! Il s'entête. Afin de mettre fin à l'insistance d'Emmanuel, Myriam lui annonce nettement : « J'ai rencontré quelqu'un. On ne peut pas se voir. » Le coup est rude. Bien sûr, Myriam et lui n'ont aucun engagement l'un envers l'autre mais depuis quelque temps, Emmanuel avait l'impression qu'ils se rapprochaient à nouveau. Après des paroles maladroites, il raccroche. « Est-ce sérieux ? » s'interroge Emmanuel, tout en réfléchissant à un plan B. Il a beau connaître l'indépendance de Myriam, il est surpris et vexé, il pensait être sa priorité. « Finalement, je tiens plus à Myriam que je ne le croyais. » pense-t-il en se remémorant une virée débridée presque romantique qu'ils avaient faite à Honfleur.

La déception est de courte durée. Emmanuel a l'habitude de rebondir, c'est sa force, c'est presque son métier. Il vient quand même à Paris, bien décidé à s'amuser.

En ce samedi après-midi printanier, il a invité Hugo pour boire un verre et profiter du boulevard St Germain. Ils sont assis tous les deux à la terrasse du café 'Le Cassia', partageant le spectacle du boulevard animé d'une ambiance d'euphorie. Les tables sont occupées, bruyamment joyeuses, sous la rangée des parasols jaunes. La mairie a fleuri les larges trottoirs dans des tonalités rouges et blanches, l'air embaume. Les voitures et vélos glissent silencieusement. Les chevelures souples des passantes absorbent le soleil, les démarches sont décontractées.

L'air est doux, tout respire la vie, la volupté, l'insouciance triomphe.

Hugo et Emmanuel commandent une deuxième bière, leur favorite, une bière de l'Aubrac, l'Antidote, amère, qui sent la plante sauvage.

Emmanuel porte ces nouvelles lunettes de soleil, qui filtrent les UV, tout en restant translucides. Légères, connectées, presqu'invisibles, ces lunettes sont élégantes, technologiques et chères, Emmanuel en est très fier. C'est le dernier modèle vendu aux États-Unis - l'YGlass - avec des fonctions pilotées depuis le smartphone. Elles offrent une vision augmentée pour tout savoir sur un lieu ou sur quelqu'un et permettent de voir loin, de façon détaillée… Lunettes indiscrètes.

Devant eux, sur le trottoir, une fille en robe bleu turquoise, courte et moulante, chaussures assorties à hauts talons, passe vivement, les jambes élancées comme des fuseaux.

— Comment interpréter cette démarche déterminée, ce regard radieux qui se porte loin ? dit Emmanuel en la regardant avec ses lunettes. Il commente les informations qui s'affichent.

— Regarde cette fille superbe ! Elle a 18 ans, aime la musique, les Moody Greens, et travaille à côté d'ici. Elle apprécie la cuisine italienne. C'est intéressant, tu ne trouves pas ? »

Hugo souffle, hésite. Il regarde la fille s'éloigner puis se tourne vers son incorrigible ami :

— Bof ! Que fais-tu du charme du mystère, du plaisir de la découverte ? Toutes les inventions ne sont pas des progrès, tu ferais mieux de te poser des questions ! Écoute-moi : supposons qu'il y ait trois types de filles : les normales – appelons-les Chloé -, comme cette fille en bleu qui vient de passer ; et puis, les filles augmentées – disons Zoé -, qui ont demandé la modification de quelques gènes pour changer la couleur de leurs yeux ou qui ont arrangé leur poitrine et leurs proportions, etc. et enfin les androïdes – appelons-les Alicia - qui sont des machines avec une apparence humaine idéale, dotée d'une IA forte ; elles sont intelligentes, parfaites, artificielles.. Tu rencontres Chloé, Zoé et Alicia, qui vas-tu choisir ? Alicia connaît tout de toi, va au-devant de tes désirs, dévouée et jamais fatiguée ! »

Emmanuel rigole tout en se construisant une vision d'Alicia et en songeant aux derniers échanges qu'il a eu avec Myriam. Il dit avec un arrière-goût de revanche :

— Ce ne sera pas facile de résister à Alicia ? Au moins, elle dit toujours oui ! Alors que Chloé est adorable certes mais capricieuse, un peu égoïste, jalouse, avec des petits défauts qui énervent ! Elle n'est pas toujours là quand on a besoin d'elle !

La serveuse leur apporte les bières en souriant. Son prénom est dessiné en bleu dans un cassia sur son tablier, elle s'appelle Léa. Bousculée par un client, elle renverse de la bière sur la chemise impeccable d'Emmanuel et s'excuse en rougissant. Distrait de sa conversation, celui-ci ne dissimule pas un geste d'énervement, la regarde et se ravise : « Ce n'est pas grave », dit-il devant l'expression désemparée et charmante de la serveuse. Il plaisante avec Léa qui veut rattraper sa maladresse, empressée. Alors qu'elle s'éloigne, Hugo s'amuse de la patience de son ami, rare chez lui, en général intéressée. Il lui dit : « Tu vois ! L'imperfection ne semble pas te gêner tant que cela ! Tu es sensible aux défauts de Léa. Tu vas peut-être choisir la délicatesse de la faiblesse, c'est-à-dire Chloé : tu apprécies le fait qu'elle ait besoin de toi, qu'elle attende quelque chose de toi… et même qu'elle te rende jaloux ! »

— Tu as peut-être raison, réplique Emmanuel, badin. Mais tu ne crois pas qu'il suffirait d'intégrer de l'imperfection dans l'IA d'Alicia pour qu'elle devienne parfaitement imparfaite ?

— Ha, ha ! Ce n'est pas le plus important. A supposer qu'on puisse le faire, Alicia restera toujours une machine qui aura été programmée ; elle ne sera pas une femme indépendante qui se donne avec passion ou se refuse à toi. Alicia sera un autre toi-même en quelque sorte. Au mieux, tu auras l'impression de la contrôler, au pire, d'être contrôlé.

— C'est confortable, non ? dit Emmanuel, distrait par Léa qui repasse devant lui. (Il lui adresse un signal amical.) Tu as raison, 'Chloé' ne me semble pas dépassée, il faut que je vérifie en faisant connaissance avec Léa.

Hugo poursuit sérieusement :

— Chez Alicia, tout est programmé alors que cela n'a aucun sens de programmer des gestes comme le don ou le pardon. L'automatisme nie la signification du pardon, tu ne crois pas ?

C'est possible ! pense Emmanuel, mais il aime bien les trois filles et la question du don ne le touche pas beaucoup ; à propos d'Alicia, il n'a pas l'intention de se priver de fabuleux progrès qu'il peut se payer, ni d'écarter les Zoé qui ont le courage de chercher à s'améliorer. Il relativise :

— Zoé me parait très intéressante. Il y a souvent des points à retoucher chez les filles que je connais ! D'ailleurs, ce sont elles qui souhaitent en profiter… Elles sont plus perfectionnistes que nous. Quant à Alicia, j'ai aussi envie d'essayer, j'ai l'impression que c'est le genre de filles sans problèmes, ce n'est pas négligeable !

— Plus de problèmes mais aussi plus de passion, de séduction, aucune incertitude ! Prévisible !

— A vrai dire, ta question me dépasse. Je préfère y répondre au gré de mon plaisir et choisir alternativement Chloé, Zoé et Alicia ; c'est ma liberté de profiter d'une large gamme, non ? dit-il en observant la serveuse. Tu te poses trop de questions ! Au moins, pour moi, le bonheur est plus facile à saisir que pour toi. À chaque fois, ce sont des amours différents. D'ailleurs, au-delà de Zoé et d'Alicia, tu ne crois pas que tu devrais t'interroger sur ton 'Élise' qui n'est même pas matérialisée. Tu n'as qu'une voix ! Pourtant, imagine ce que serait ta vie sans Élise ? Je sais que certains préfèrent déjà leur 'Élise' à leur femme !

Hugo sourit, ce n'est pas son cas ! Pas encore ? Il aime Camille sans se poser de questions parce qu'ils s'aiment de la même manière. Mais Emmanuel ne peut pas comprendre ! D'ailleurs, celui-ci ajoute :

— On pourrait même imaginer de nouvelles créatures artificielles, avec des corps totalement différents de la silhouette de la femme actuelle mais encore plus adapté à l'amour. Par exemple, imaginons une femme-fleur ; ce serait une sorte de tulipe ou de rose sans épines. Prenons la 'femme-rose', splendide, au parfum délicat. Ses baisers sont parfaits et laissent une sensation longue. Elle aime être caressée et sait le rendre. Sa douceur est irrésistible, bien qu'elle sache s'adapter si l'on préfère plus de sauvagerie. Et si la 'femme-rose' ne te plaît pas, tu peux aussi partir de l'image du panda pour créer un autre type de femme, un être de douceur pure dont le seul toucher t'emmène dans des voluptés infinies !

— Très drôle ! Mais tu parles d'amour physique seulement.

— Je pense que c'est plus ambigu. On doit pouvoir ajouter des sentiments à la 'femme-rose' et au panda.

— Moi, je n'ai pas envie de vivre toute ma vie avec des 'femme-rose' parfaites, je ne pense pas que ce soit seulement une question de conditionnement. Nous avons besoin de réciprocité, donc d'un être humain construit sur les mêmes bases que nous, avec des différences, des complémentarités et une liberté de choix !

— Tu es vraiment idéaliste, dit Emmanuel en souriant. On ne peut pas avoir toutes les dimensions souhaitées à la fois ! à part Camille, peut-être. Il faut faire des concessions… sur les défauts, sur la liberté ou sur la différence physique. Quant à Zoé, elle n'est pas très différente de nous. Où positionnes-tu Sarah ? Son opération est une modification profonde mais elle ne touche pas sa personnalité. J'ai bien l'impression qu'elle garde la même liberté. On pourrait presque dire que tout le monde est Zoé et il faudrait créer un curseur entre les Zoé proches de Chloé et celles qui sont assimilables à Alicia !

Alors qu'Emmanuel continue à parler, l'image du sourire confiant de Pierre s'impose à Hugo. Il sera certainement plus ou moins augmenté durant sa vie, c'est inévitable. S'il se marie, ce n'est pas une Alicia qui lui donnera le miracle de la paternité !

— Revenons à Alicia. Imagine une fille : elle a été conçue à partir de tes goûts ; sa beauté est exactement celle que tu cherches sans même le savoir ; sa sensibilité aussi. Aujourd'hui, elle te propose de faire un jogging le long de la Seine. Elle maintient ton rythme idéal. Vous faites une pause devant les bouquinistes. Elle t'embrasse, c'est voluptueux, un merveilleux goût de fraise des bois, il y a longtemps que tu as oublié qu'Alicia est une womanbot ! Tu es envouté. Je crains que la femme ne soit dépassée ! Et nous aussi, d'ailleurs. »

Il rit et repense à Léa : pas de temps à perdre pour profiter du monde tel qu'il est, aujourd'hui.

— Ha, ha ! Tu n'y arriveras pas, dit Hugo. Je résiste : je préfère la maladresse, l'envie mais aussi la générosité. Tu es bien d'accord, il y a toujours du calcul derrière l'ordinateur. Alors, je préfère Chloé et son indépendance. En fait, je préfère surtout Camille, elle m'étonnera toujours.

** **Danse** **

Avant de quitter ‘Le Cassia’, Emmanuel règle l’addition à Léa, en pensant : « J’ai toujours été heureux avec les Chloé, ne nous précipitons pas vers les Alicia. » Léa est visiblement sensible à son charme et elle ne manque pas de qualités, avenante, imparfaite juste ce qu’il faut. Elle est étudiante en philosophie et fait des petits jobs. Échanges de plaisanteries, Emmanuel lui dit qu’il veut s’imprégner de l’animation parisienne, il parle d’un lieu où l’on danse et Léa se laisse tenter par l’idée. Pourquoi ne pas s’amuser, les examens sont loin et Emmanuel est drôle.

Même si l’absence de Myriam l’a affecté, Emmanuel n’est pas du genre à se laisser aller. C’est un spécialiste des revers – « on ne peut pas avoir de succès sans revers, c’est statistique ». Il ne s’attarde jamais sur ses difficultés. Puisqu’il est libre, il applique sa règle de conduite : « Ne pas profiter d’une liberté est un crime », maxime qu’il aime partager avec ses amies. Il affirme qu’elle est issue de la sagesse grecque, que c’est l’un des rares enseignements qu’il ait retenu de ses cours de philosophie ! Approximatif mais efficace, Léa a bien ri.

Dans Paris, c’est la fête. Emmanuel et Léa mettent en pratique la ‘sagesse grecque’. Léa est une fille joyeuse, ils passent quelques nuits inoubliables dans ce Paris frivole.

Finalement, Emmanuel adore Paris ! La France redevient pour lui le plus beau des pays ! Ici, pas de questions inutiles, la vie est belle ! Ils passent cinq jours intenses, peu de sommeil, avant de repartir pour San Francisco. C’est trop court mais il sait déjà qu’il pourra revenir dans quinze jours.

En attendant, il dort dix heures de suite dans l’avion, sans cachets.

Deux semaines plus tard, Emmanuel revient de San Francisco en passant par New York. Il retrouve Hugo et Sarah sur la terrasse de Paul pour un verre-transat-soleil, avant de dîner ensemble. C'est la première sortie de Sarah depuis son opération. Camille, Mathilde et Manon vont les rejoindre pour le dîner. Juin est magnifique et les amis profitent de ce beau samedi après-midi.

Hugo, très fier, a amené Pierre qui est accueilli avec joie par les amis. L'enfant sait jouer de son charme.

Les trois amis sont installés dans les transats jaunes, Pierre jouant à leur côté dans un parc.

Sarah s'est assise tout près de Pierre. Elle passe un moment à jouer avec l'enfant. Elle oublie tout avec lui, Pierre rit aux éclats. Elle adore les enfants et projette sur le petit garçon ses rêves d'une construction familiale avec Tomasz. Pourtant, elle voit bien que celui-ci est satisfait de la situation actuelle. La distance entre Paris et San Francisco lui évite une relation stable pour laquelle il ne se sent pas mûr.

Sarah est habillée d'une robe légère, jaune d'or, qui se fond dans le transat et met en valeur ses épaules et ses jambes fines et cuivrées. Pour sortir aujourd'hui, elle s'est préparée longuement mais elle paraît fragile, encore trop mince, et a eu du mal à monter les étages. Vivement l'ascenseur promis par Paul.

Celui-ci porte comme d'habitude son jean, ses tennis bleues et son inévitable T-shirt. Aujourd'hui, il a mis celui où figure son majestueux cèdre du Liban. En écoutant les échanges, il dessine Pierre, un nouveau modèle pour lui et, en douce, il croque Sarah qui, s'estimant trop fatiguée, ne veut pas qu'on l'immortalise en ce moment. Il trouve qu'ils forment tous les deux un beau tableau, gracieux et coloré. Il l'améliorera un peu, avec son crayon elle ne prend aucun risque. Il sait que Sarah pense à Tomasz, s'interrogeant sur lui-même qui ne met de passion continue que dans sa peinture. En dehors de son art, il aime multiplier les perspectives, les relations… les sources d'inspiration, estime-t-il. Folâtrer est une nécessité.

Quant à Emmanuel, il cultive son look d'acteur avec sa barbe courte et son style 'beau gosse bien coiffé', ses fameuses lunettes de soleil translucides et augmentées, sa chemise blanche ouverte. Sa tenue recherchée détonne au milieu de ses amis. Il a beaucoup repensé à la discussion qu'il avait eue avec Hugo sur la concurrence entre Chloé, Zoé et Alicia. Il parle de Léa qui, un matin, très décontractée, avait ri de son admiration pour sa poitrine : elle lui avait confié que, dans sa jeunesse, elle était très complexée, elle jugeait ses seins trop lourds et les avait faits arranger. Emmanuel trouvait le résultat magnifique et le lui avait prouvé sur le champ. Du coup, il posait la question : « Est-ce que Léa est encore une Chloé ? »

Sarah se sent visée. Pour elle, Léa n'est pas une Zoé, juste un être humain 'raisonnablement augmenté'. Sinon, il faudrait parler des prothèses dentaires… et, avant tout, d'elle-même, avec son écosystème cardiaque largement artificiel. Tout le monde serait une Zoé !

— En fait, Chloé n'existe déjà plus depuis longtemps ! dit Hugo. Surtout si l'on considère qu'une fille qui se met du rouge à lèvre et du vernis à ongles est une fille augmentée.

— Ha, ha ! Comment positionner le curseur ? dit Emmanuel. Il y a une semaine, j'ai rencontré des gens un peu dingues à San Francisco. Ils ont monté une start-up pour mener des expériences sur le cerveau. Ils progressent rapidement, des médecins ont connecté au cerveau une grosse télécommande qui peut piloter n'importe quoi, par exemple un outil très puissant. En s'entraînant, on devient un surhomme, même plus besoin de bras ou de jambes ! On pourrait dissocier le cerveau-esprit et le corps ! La science-fiction, c'est du passé ! J'ai discuté avec les fondateurs de cette start-up car ils recherchent des financements. Ils estiment qu'ils peuvent gagner beaucoup d'argent grâce à des technologies qui leur permettront d'améliorer les hommes qui voudront les suivre et qui en auront les moyens ! Leur approche est libertarienne-transhumaniste : il leur faut un État minimal, très libéral pour les laisser progresser... Pour eux, c'est simple : que le meilleur gagne. Considérant l'inégalité comme une donnée naturelle, ils pensent que chacun est libre de faire ce qu'il veut de lui-même et en particulier de se transformer à volonté. No limit !!! Avec la révolution des NBIC – l'IA, les manipulations génétiques, la miniaturisation, ...-, tout devient possible : c'est excitant, démesuré, affolant ! Ils refusent toutes règles qui les freineraient et emploient les meilleurs avocats. D'ailleurs, cela va si vite et c'est si complexe que les règles sont tout de suite dépassées. Comme chaque domaine progresse en parallèle et que l'ensemble est supérieur à la somme des éléments, l'accélération est incroyable.

— Oui, leur vision est terrifiante, dit Hugo. Il faut éviter qu'elle devienne réalité. Même si c'est difficile, on doit mettre des cadres autour de la recherche ce qui suppose une conception partagée de l'homme. Intégrer les principes de non-agression dans la conception des robots ne suffit pas, Asimov est dépassé. La politique libérale conduit à des avancées individuelles créant des risques systémiques et des inégalités insupportables. Nous devons refuser le 'chacun pour soi' et le progrès scientifique sans valeurs directrices !

— Il faut se méfier des scientifiques trop rationnels, plaisante Sarah. Nous les femmes, nous sommes supérieures aux robots et aux hommes parce que nous aimons l'irrationnel ! En ne jugeant que par le rationnel, vous vous mettez à la merci des robots et, si vous continuez comme cela, nous serons amenées à préférer les surhommes aux hommes ! Personnellement, j'y réfléchis.

Emmanuel éclate de rire en regardant Sarah. En tant que surhomme, il ne se trouve pas si mal, il peut se proposer ! Et dans le camp de l'irrationnel, il n'y a pas que les femmes : Paul est sans doute le moins rationnel de la bande. Ce clivage entre les sexes n'a pas de sens, simplement amusant pour flirter. D'ailleurs, s'il avait connu Sarah, intelligente, sensible, charmante, Oscar Wilde n'aurait jamais dit que les femmes sont avant tout un sexe décoratif ! Et avec son nouveau cœur, ne devient-elle par une surfemme ! Il évite de le lui dire.

— Ha, ha ! Tu revendiques la supériorité de la femme ? Dit Emmanuel. De toute façon, pour ces post-humanistes, tu sais que la question des sexes ne se pose plus. La différence entre les genres n'est qu'un détail conjoncturel qui a été pratique tant qu'on n'a pas su créer des bébés dans des éprouvettes. Ce problème est quasi-réglé ! Pour eux, l'homme et la femme sont indifférenciés, leurs amours se mélangent. C'est une convergence de plus.

Sarah fait la moue : tout de même la richesse qu'apporte la différence des sexes n'est pas sans agréments. Cette discussion ne lui plait pas, elle se tourne alors vers Pierre pour empiler des cubes de couleurs : la vraie vie.

L'opposition entre les sexes n'intéresse pas beaucoup Hugo mais, amusé, il fait une association d'idée avec l'opposition entre l'égalité et la liberté, antagonistes mais aussi complémentaires que les sexes !

Il vaut mieux associer les deux car, sans lois, la liberté entraîne l'inégalité. C'est pour cela qu'il trouve inquiétant que les transhumanistes estiment inutile, sinon illusoire, que chacun ait un accès égal aux technologies. Sauf pour ceux qui restent à l'écart par choix personnel, il faut éviter que l'utilisation inégalitaire des progrès scientifiques soit une fatalité. Hugo considère que les fortes disparités de conditions d'accès posent de colossales questions de justice et il poursuit son idée :

— Le risque est qu'une minorité accède à une étape 'supérieure' de l'évolution humaine que permettraient les révolutions technologiques ! Ceux qui resteraient au bord de la route peuvent devenir des quasi-esclaves ou mourir plus vite... voire disparaître, à terme ! Si l'humain ne reste pas au centre de nos lois, la plupart des hommes seront satellisés par les hommes de pouvoir ou par une intelligence sans limite. De même que les robots devront rester à leur place, l'être humain devra éviter l'orgueil de l'omnipotence ! Comme c'est l'homme qui a l'initiative et bénéficie de liberté, c'est à lui de démontrer sa sagesse ou sa transcendance.

À ce moment, Camille, Mathilde et Manon entrent pour se joindre à eux pour le dîner. Pierre pousse des cris joyeux. Avalanches de rires. Avec Manon on passe enfin à des choses concrètes. Sarah ajoute en voyant Mathilde, si gracieuse alors qu'elle embrasse Paul :

— Et dans transcendance, il y a danse.

Mathilde et Manon ont apporté le repas, laissé en bas de l'escalier, dans des sacs que Paul et Hugo descendent chercher. Elles adorent cuisiner ensemble et ont préparé un bœuf carotte qui a mijoté lentement tout l'après-midi ainsi qu'un velouté de topinambour. Manon a le sens des saveurs, c'est l'artiste des aromates, des oignons blondis à la poêle... Elle s'est naturellement intégrée au groupe d'ami. A vrai dire, elle participe surtout aux fêtes, toujours prête quand il s'agit de boire, de danser et de se coucher tard le matin. Elle amène parfois d'autres amis pleins d'énergie festive, ce qui ne fait pas de mal au groupe en déplaçant le curseur de l'esprit vers le corps.

Elle fuit les discussions, préférant les travaux pratiques aux théories.

Manon a commandé les ingrédients du dîner chez *BioSaveur*, choisissant attentivement les produits - fromages, fruits, viande et légumes - chez des producteurs du sud-ouest qu'elle connait bien. *BioSaveur* organise la distribution entre les agriculteurs et le grand public pour des produits de qualité. Poussés par Manon, les amis sont devenus des clients inconditionnels de *BioSaveur,* appréciant ces ballades culinaires à travers les terroirs français.

Sarah se fait servir, savoure le velouté, goûte intensément ce bonheur de toutes ses papilles. Elle revit et félicite tendrement les cuisinières. Pour son 'premier dîner' depuis son opération, tout est parfait et comme d'habitude, Manon rit fort, contagieuse. Son caractère entier peut la faire exploser et ce soir-là, en voyant Hugo manger trop vite, sans goûter, ne pensant qu'à parler, elle éclate : « Tu es nul ! Tu ne mérites pas que nous nous fatiguions. » Comme cet autre soir où elle a claqué la porte à Julien, devant son arrogance trop visible. Cela a été une bonne leçon pour Julien qui rectifie. A l'avenir, il masquera mieux ces réactions mais Manon n'est pas sûre que le fond change. L'apparence, c'est déjà une victoire ?

Aujourd'hui, Sarah, très calme, s'abrite derrière l'exubérance de Manon et demande d'où viennent ces produits délicieux, cette belle corbeille de fruits. Manon décrit *BioSaveur,* son entreprise emblématique de l'agriculture bio qui a largement dépassé le stade start-up. Elle est passionnée, passant en revue la variété des produits, la qualité de la fraicheur grâce à l'efficacité logistique de *BioSaveur*. Myriam parle des cèpes du sud-ouest qu'elle fait venir pour de savoureuses omelettes. Sarah boit l'enthousiasme épicurien de Manon en harmonie avec Myriam ; cela pourrait faire un article intéressant pour *Micromégas*, elle va en parler à Tomasz. Elle est en forme, légèrement grisée par le vin dont elle a perdu l'habitude. Depuis juin, ses progrès ont été de plus en plus rapides et l'on commence à découvrir une Sarah différente, plus résistante, étonnante, moins gentille. Dans un mois, elle devrait faire du sport, des exercices conseillés. Ce sera une découverte pour elle. Depuis l'opération, elle a moins besoin de sommeil, elle gagne plus d'une heure par jour ! Elle espère reprendre un travail en septembre, cela devrait surprendre.

Le lendemain matin, Paul se réveille tôt et écoute le concerto n° 23 de Mozart en se mettant au travail. Son adagio ! Ce morceau lui fait penser au mot de Sarah, transcendance, si beau dans sa bouche, il imagine alors un tableau qu'il intitulerait '*Transcendanse*'. Ce devra être léger, un air de danse, de simples touches de couleur, lumineuses, une beauté pure, sans signification. Les émotions que lui procure la musique l'emmènent parfois dans des rêves d'harmonie qu'il traduit dans ses croquis.

Dans transcendance, il n'y a pas que danse ; il y a aussi 'trans' c'est à dire 'de l'autre côté'. Passer à travers les choses, traverser l'inconnu… Paul voudrait que ses tableaux soient un voyage, une sorte d'infinitésimal rapprochement vers un au-delà. Il lui semble que la perception par les sens donne un meilleur accès à la transcendance que la connaissance du cerveau, comme si la beauté était un signe divin. « L'art est une passerelle vers Dieu, meilleure que la science, au moins pour moi. Les avancées rationnelles, même aidées par les ordinateurs, ne rendront pas tout intelligible à l'homme. La musique, la peinture, la danse me donne une perception fugitive de la grâce. »

** *BioSaveur* **

Sarah a lu tout ce qu'elle trouvait sur *BioSaveur*. Elle a tout son temps et l'aventure entrepreneuriale de Brice et ses amis la passionne. Lors d'un de leurs échanges quotidiens en visio avec Tomasz, elle lui communique son enthousiasme.

— Tu devrais décrire cette réussite française, ils fêtent leurs six ans d'existence.

— Tu crois ? Il y a des tas d'entreprises comme celle-ci. Je ne la trouve pas originale.

— Si, il y a une touche unique de gastronomie française et un esprit humain vraiment intéressant. *BioSaveur* a redonné des couleurs à beaucoup d'agriculteurs, artisans passionnés et c'est presqu'une entreprise de santé ! J'aime leurs valeurs, une mission où la culture humaine rayonne ! C'est un phénomène social.

— Ha, ha ! Tu es convaincante, je vais regarder.

— Tu verras, je t'envoie mes notes.

Dès le lendemain, Tomasz prend connaissance des documents de Sarah et se met à écrire son article. C'est une bonne occasion de faire plaisir à Sarah (qui lui a mâché le travail), il retient son accroche :

« *BioSaveur, la start-up qui vous met l'eau à la bouche*

Cette start-up fête ses six ans et a déjà un chiffre d'affaires de 80 millions d'euros en pratiquant un métier ancien et difficile, la distribution de produits alimentaires.

L'offre est simple : les clients commandent sur internet un panier de nourriture – légumes et fruits de saison, viande surgelée - à des producteurs agricoles qui sont notés par les clients. Ces fournisseurs ne sont référencés par *BioSaveur* que s'ils garantissent le niveau de qualité attendu. Le client est livré chez lui ou dans un magasin de proximité avec un coût complet intégrant tous les services demandés.

La plateforme informatique met en relation un ensemble complexe de maillons entre les consommateurs et les producteurs : les points de collecte, les transporteurs, les points de distribution. Des algorithmes optimisent le niveau de service et les prix en fonction des coûts de production-distribution. Les coûts de fonctionnement de *BioSaveur* sont faibles car son investissement est concentré sur la plateforme informatique. Sur le site internet, la société gagne aussi de l'argent grâce à la publicité en ligne et à la commercialisation de produits sélectionnés pour cultiver bio. C'est un système vertueux qui s'autoévalue et progresse en permanence en écartant naturellement les éléments qui n'assurent pas la vocation de *BioSaveur*.

Fils d'agriculteurs, les fondateurs, Brice et ses amis sont passionnés par le monde de la terre, une grande famille. Ils soutiennent ceux qui sont en difficulté par un service en ligne d'accompagnement, *'Aide BioSaveur' ;* l'ABS répond aux questions, donne des conseils pour optimiser la production agricole, peut créer des solidarités de proximité ou assurer un soutien financier. Les agriculteurs apprécient de valoriser la qualité de leur travail à travers un système dont ils se sentent collectivement propriétaires.

Au départ, personne ne croyait en *BioSaveur* étant donné la multiplicité des acteurs à coordonner, les risques de péremption sur les produits frais. L'entreprise a su se faire une place grâce à la passion des différents acteurs, en étant intraitable sur la qualité. Elle a commencé sur une petite échelle entre deux régions productrices et les quartiers de Paris les plus intéressés par ce type de produit. Le siège de l'entreprise est installé dans une vieille ferme en Bretagne près de Lorient. La localisation a été un atout à l'origine – une solidarité provinciale et bretonne. La région Bretagne a soutenu le projet, Brice jouant à fond de sa naissance Lorientaise.

La structure de la société est souple : peu d'employés, un siège peu coûteux. La vaste grange où est installé *BioSaveur* est lumineuse, ouverte. Une immense charpente au premier étage, des salles de réunion en rez-de-chaussée, des mezzanines, un toboggan pour descendre, un coin pause convivial avec baie vitrée au sud et terrasse (les gens sont là pour se voir), café ou thé à volonté. Tout est en bois autour de la charpente inspirante. Au fond de la cour, un agréable restaurant – La Grange - permet de se détendre, de déjeuner à toute heure ou simplement de prendre une boisson. Le restaurant de *BioSaveur* est ouvert à tous, bâti sur le concept appelé RestoTranquil : 24h/24 7j/7, on peut y manger, boire, se reposer, travailler dans une ambiance calme, avec en sourdine le programme décontracté de Zenia. Des salles de travail sont réservables.

Après la Bretagne, tous les terroirs ont rejoint l'entreprise : Sud-Ouest, Nord, Ardèche, Haute-Savoie, Auvergne, Alsace, Sud-Est… Les clients aiment retrouver leurs racines, 'leur campagne', chacune a son esprit. La France est riche d'une fabuleuse diversité qui a fait dire qu'il y a autant de fromages que de Français. *BioSaveur* se fait une gloire d'entretenir les traditions avec la fonction 'Découvrez un nouveau fromage !'… Un délicieux fromage inconnu, choisi en fonction de vos goûts, arrive chez vous pour un euro de plus.

Il y a cinq ans, la grande distribution avait considéré ce système peu viable économiquement, situé sur un créneau marginal qui n'était pas le sien. Seule une chaîne de magasins célèbres avait mis ses 'drives' gratuitement à la disposition de

BioSaveur ce qui avait été une excellente opération de communication pour les deux parties.

Pour Brice, *BioSaveur* a une triple mission vis-à-vis des agriculteurs, des consommateurs et de ses employés, internes à l'entreprise ou externes. Il aime faire partager sa passion aux jeunes qui les rejoignent pour ce projet humain d'une entreprise libérée : très peu de hiérarchie, de la fluidité, de la rapidité avec une culture agile. Le responsable du système d'information et de l'architecture anime la communauté des informaticiens qui travaillent à distance. La plupart sont indépendants, préférant ce type de contrat qui leur laisse une grande liberté : disposer de leur temps, faire du bateau ou surfer pendant la journée, programmer la nuit… Souple, efficace. Cela n'empêche pas de faire un tour à La Grange ou dans un RestoTranquil pour voir ses collègues, lorsqu'on est dans la région et lassé de l'écran ou du casque de réalité virtuelle. Ce lundi, La Grange offre une savoureuse fondue aux poireaux avec du poisson grillé et un bon vin.

Les entreprises qui ont adopté cette organisation flexible séduisent les meilleurs. Elles sont plus créatives, plus décontractées, mieux tournées vers le client, on sait pourquoi on travaille. Elles naissent et se transforment facilement, s'associent de façon souple. Les frontières entre la vie professionnelle et privée sont ténues. » *Micromégas*.

Tomasz observe avec amusement cette évolution du travail en France qui, par certains côtés, se rapproche de celle observée dans la Silicon Valley. Mais les motivations sont différentes. Aux Etats-Unis, Brice aurait dix voitures et trois immenses maisons. Il saurait combien il vaut. Ici, il n'a que des amis fidèles et désintéressés et des amies gentiment décontractées, ça lui suffit. Chez *BioSaveur*, le travail est convivial, un lien social apprécié c'est une bonne alternative à l'oisiveté ! Ce qui fait dire à *Micromégas* : « Si ça continue, ce sera tellement amusant de travailler que c'est le travailleur qui va devoir payer. »

**** Médecine ****

Juin 2028. Cela fait dix mois que Camille s'occupe de Pierre, le voyant grandir avec la fascination d'une mère pour son premier enfant. Elle n'a pas beaucoup de place pour le reste. Elle a poursuivi avec Hugo le journal où elle écrit plein de détails inutiles, les meilleures photos, déjà près de 300 pages avec Pierre à toutes les pages. Un hymne qui n'intéresse que Mathilde ! Mais qui peut-être dans 30 ans passionnera les humains, hallucinés par ce qu'était la parentalité dans la civilisation précédente. On y trouve la description des joyeuses batailles pour manger les petits pots, les crises de jalousie quand Camille s'éloigne, le massage violent du médecin lors d'une bronchiolite, les inquiétudes à l'occasion d'une mauvaise otite, les changes… les rires et les larmes de la mère pour son fils.

Camille commence à tourner en rond chez elle alors que Hugo travaille beaucoup. Elle a besoin d'une autre respiration. Elle décide de reprendre un travail, pas trop prenant, de se faire aider pour garder Pierre et de lui réserver ses meilleurs moments.

Elle se lasse même de la routine du comité de direction hebdomadaire de *'Respect'* - choix éditoriaux du site, animation de réunions, planification des activités et des interviews - et le supplice de Sisyphe de la boîte mail qu'il faut vider tous les jours et du suivi des réseaux sociaux. Usure.

Pour prendre du recul dans *'Respect'*, Camille profite du prétexte de la reprise de son travail pour donner plus de place à Christophe Barsac.

Hugo a invité Julien et son amie Ellen à dîner chez eux. Il veut rencontrer cette anglaise dont Julien lui parle souvent depuis six mois. Comment fait-elle pour le supporter si longtemps ? Ce doit être un phénomène !

Julien l'a connue lors d'un voyage à Bruxelles alors qu'ils travaillaient tous deux dans une commission européenne qui se réunissaient tous les quinze jours sur l'optimisation des protections sociales en Europe. L'objectif était de faire des propositions d'harmonisation et répondre à des questions telles que l'impact du Revenu d'Existence ? Sur ce sujet, Julien excelle, la première étape vient d'être mise en place en France.

Il y avait eu une réunion à Paris cet après-midi, stérile bien qu'intéressante, comme d'habitude. À vrai dire, étant donné les écarts de vision en Europe, ces commissions ne sont qu'un lieu d'échanges polis où chacun vient marquer ses différences et prendre des idées. Mais elles offrent à Julien l'occasion d'élargir son réseau de relations avec des personnes bien placées dans les cabinets gouvernementaux, des points d'entrée précieux et d'affuter son art de la gestion du pouvoir.

C'est vendredi soir, le dîner est décontracté. Tout le monde souffle après une semaine fatigante. Comme convenu, Julien et Ellen arrivent tôt chez Camille, à 20h30, prêts à donner un coup de main s'il le faut. Il faut effectivement mettre la table car Pierre n'est pas encore couché, c'est Hugo qui calme l'enfant d'une histoire.

Heureusement, le repas est simple : *BioSaveur* a livré un colis il y a deux jours et le pot au feu, préparé la veille, se réchauffe dans une cocotte-minute, répandant sa bonne odeur campagnarde dans l'appartement.

Ellen est une jolie blonde aux yeux bleus, mi écossaise, mi anglaise, toujours en mouvement. Mince, petite, elle donne une impression de fragilité vite démentie par ses yeux mobiles, sa présence et la pertinence de ses interventions dans les réunions : dire ce qu'il faut au bon moment avec une politesse et un calme parfaits accompagnés d'un nuage d'humour. Elle ne cède jamais, patiente, parlemente à la limite d'être têtue mais toujours avec grâce. Elle séduit par ce sourire subtil qui a fait craquer Julien. Passionnée par l'art, elle a suivi des études littéraires et d'art à Oxford obtenant en parallèle un diplôme de droit, plus utilitaire. Éducation anglaise classique, elle a aussi appris le français pour étudier les auteurs du XVIIème siècle et aime la France comme on le fait de voisins attachants, pas toujours compréhensibles, de vieux amis avec qui l'on se dispute mais qu'on retrouve dans les difficultés… uniquement les grandes.

Cela paraissait improbable, pourtant Ellen est tombée amoureuse de Julien, toujours trop content de lui mais dont la cour, assidue et drôle, a su toucher ses points sensibles. Julien s'est adapté, presque docile ! Et Ellen l'a fait mûrir de quelques années, il était temps ! Ils visitent toutes les expositions de Londres et Paris, partageant leur culture, confrontant leurs regards si différents.

Ellen apprécie ce côté 'homme pressé ironique' qui lui laisse son indépendance. Une relation sans exubérance mais une grande complicité.

Julien adore ce petit bout de femme, classique et original, qui lui résiste avec souplesse. Il est fasciné par cette intelligence fine, discrète et exigeante, d'une redoutable efficacité. Dans les négociations, elle donne l'impression de ne pas chercher à gagner mais abandonne rarement le terrain.

Julien fait sourire Ellen avec ses développements bien construits, sa dialectique rodée, sa mauvaise foi qu'elle détecte immédiatement et sa touche d'humour sarcastique qu'ils ont en commun : ce recul est un jeu permanent entre eux.

Les quatre amis prennent l'apéritif après avoir couché Pierre, non sans difficultés, excité par les invités. A dix mois, Pierre ne dort pas assez, c'est une pile électrique. Il attend Hugo le soir et laisse peu de répit à sa mère :

— Heureusement que je reprends le travail. Il m'épuise.

Hugo dit à Ellen en plaisantant :

— Julien nous a dit que tu apprécies la nourriture saine, j'espère que nous allons être au niveau, l'honneur de la France est en jeu. Le dîner est simple et nous avons essayé de tenir compte de tes desiderata : un pot au feu, de bons fromages et une tarte aux pommes. Tous les produits ont été commandés chez *BioSaveur*. Tu ne risques rien !

Ellen n'aurait certainement pas abordé ce sujet mais elle est effectivement très attentive à ce qu'elle mange. Elle a décidé de suivre un assistant, '*HealthyCoach*', qui mémorise toutes les informations concernant sa santé dans une grande base de données personnelles alimentée par des capteurs. Les données sont protégées grâce à un système sécurisé lié à une blockchain qu'elle seule peut contrôler. Ellen obtient ainsi des anticipations sur sa santé avec l'espoir de déjouer des maladies. Le programme lui conseille ou déconseille certaines nourritures ou activités et elle préfère jeûner plutôt qu'avaler n'importe quoi, suscitant quelques moqueries dont elle se joue avec humour.

— J'ai pris la version française de '*HealthyCoach*', dit Ellen avec son accent charmant. Elle a beaucoup de succès, dirigée par une équipe de médecins français qui sont avant tout gastronomes. Dans cette version, le champagne et tous les bons vins sont conseillés ! Ils ont énormément travaillé pour démontrer que le Bordeaux ou le Bourgogne, à petites doses, prévenaient de la maladie d'Alzheimer, de certains cancers et de nombreuses maladies ! C'est scientifique, paraît-il… c'est une autre forme de médecine plus goûteuse, moins coûteuse pour l'État ; il faut tout de même rester raisonnable !

Ellen n'est tout de même pas aveuglément maniaque, ils plaisantent. '*HealthyCoach*' le lui garantit, elle devrait vivre vingt ans de plus, il y a même un compteur indicatif du nombre de journées de vie gagnées ou perdues ! Sans croire aux vingt ans qui ne seront jamais démontrés, Hugo apprécie cette utilisation positive du Big Data.

Ils ont tous envie de savoir ce que vaut leur repas en matière de santé et de durée de vie. Elle prend son smartphone et photographie le pot au feu : reconnaissance de l'image et questions sur le type de culture des légumes et sur les indications santé de chacun, évaluation… suspens du sablier, enfin l'appréciation :

— Ouf, les indicateurs sont excellents ! dit-elle, bravo, cela paraît délicieux et c'est bon pour le cholestérol en plus. L'application m'indique que nous devrions gagner deux heures de vie, presque la durée du dîner !

— En fait, dit Hugo, '*HealthyCoach*' ne fait qu'améliorer le vieux système des régimes : il aide à les suivre sans passer à côté des plaisirs ! Là, on a une belle utilisation de la technologie pour améliorer sa santé. Mais il y a des situations plus négatives ou incertaines : ce qui est inquiétant, c'est le manque de vision sur l'évolution des soins, notamment sur la question de la transformation du corps. Quelle est votre approche en Grande-Bretagne ?

— Hum ! dit Camille qui cherche à éviter ce sujet austère pour son dîner. Il vaut mieux rester soi-même. Ne serait-ce qu'améliorer ses seins n'est pas toujours couronné de succès, loin de là !

— Personnellement, dit Ellen, cela ne me choque pas que les gens se transforment mais ce n'est pas pour moi ; je n'aime pas qu'on touche à mon intégrité.

— Tu as raison, ne prends pas de risques ! plaisante Julien. Ne touche à rien !

Ellen sourit et revient sur les questions d'Hugo. Elle connait bien le domaine de la santé qu'elle a exploré lorsqu'elle était au ministère de la Protection Sociale, à Londres. La conversation redevient sérieuse, ils sont incorrigibles, Camille a échoué :

— Les soins de santé évoluent de façon extraordinaire. L'augmentation de l'homme est un des éléments. En quinze ans en Grande Bretagne, c'est l'ensemble de notre système médical que nous avons transformé, le rôle des médecins a complètement changé. Les diagnostics sont faits par ordinateurs et s'améliorent chaque jour. Les chirurgiens ont été remplacés par des nanorobots pilotés par des programmes puissants. Comme les robots sont fiables, les médecins contrôlent, conservant encore la responsabilité, c'est fastidieux, d'autant que les ordinateurs font eux-mêmes de plus en plus de contrôles, fiables et vigilants. L'anesthésiste, par exemple, n'a plus grand-chose à faire.

La prévention aussi a fait des progrès considérables. Avec les nanocapteurs, les systèmes peuvent repérer les endroits du corps en difficulté et leur apporter des éléments pour qu'ils se défendent dès le départ de la maladie. Plus tôt le problème est pris, plus il est facile à soigner.

Concernant les médicaments, les dosages sont bien plus précis qu'avant et tiennent compte de tous les paramètres de chaque personne. Votre grand-mère avait sa boîte avec une dizaine de médicaments dont les deux derniers étaient là pour corriger les surdosages des premiers. Aujourd'hui, on fabrique dans les pharmacies FabMed certaines pilules en impression 3D avec un dosage individualisé. On élimine ainsi les deux derniers médicaments et on dose mieux les autres ! Cela se traduit par de meilleurs résultats et des économies substantielles.

— Il y a peut-être des économies, dit Hugo mais il y a surtout des entreprises qui gagnent beaucoup d'argent : en investissant depuis longtemps, Google, par exemple, est devenu l'acteur incontournable de la santé. Il fait la pluie et le beau temps, indéracinable. Les grands laboratoires se sont regroupés ou ont disparu. Les start-ups très innovantes les ont remplacés ou ont été absorbées par les plus grandes entreprises. Google vise à la fois une large palette de maladies et utilise toutes les composantes technologiques – big data et IA, génétique, augmentation de l'homme, nanotechnologie - afin d'obtenir un effet démultiplicateur. Si nécessaire, il lui suffit de racheter la start-up qui émerge pour doper sa recherche. En effet, les acteurs mono-technologies collectionnent les brevets pour une partie de la solution mais ils ne peuvent rivaliser sur l'ensemble de la problématique 'Santé'. Or ce sont les plateformes numériques globales, comme celle de Google qui apportent la valeur pour le patient. En intégrant tous les éléments, elles mettent en relation immédiatement le cas de maladie, son contexte et le meilleur cocktail de soin avec les dernières solutions. Sa position dominante, quasi inattaquable, et le fait que le marché concerne la population mondiale lui permettent de percevoir un maximum de revenus et de réaliser des investissements colossaux. Les États sont dépassés par la puissance de ces entreprises qui n'est pas seulement financière car lorsqu'on est au cœur de la vie humaine, on a beaucoup d'arguments pour ne pas être démantelé.

Julien acquiesce en s'étirant, il se croit obliger d'ajouter :

— En France, nous essayons de ne pas être trop dominé par ces acteurs. C'est tout l'écosystème santé qui s'est solidarisé pour offrir une solution globale, organisé par le gouvernement. Bien sûr, nous n'avons pas les mêmes moyens que Google mais grâce aux compétences de notre corps médical nous sommes parvenus à construire une excellente réponse. Car l'un des avantages de notre système public mutualisé c'est qu'il a conservé une protection égalitaire. Chez nous, il n'y a pas que les riches qui sont bien soignés.

Ils sont restés autour de la table, animés par la conversation malgré la lassitude de Julien qui lance des signaux de détresse à

Ellen. Après avoir donné le choix entre le café, la tisane ou le cognac, Camille intervient :

— Avec ces progrès, notre espérance de vie explose tout en ayant une bonne qualité de vieillesse. Certains prédisent qu'il nous sera possible d'atteindre 150 ans et nos enfants beaucoup plus ! Saurons-nous le gérer ? J'espère que nous saurons apporter à Pierre les valeurs et le caractère pour en tirer profit ?

— Ouh la la ! dit Julien. C'est encore un sujet passionnant qui peut nous mener tard. Je crois qu'il vaudrait mieux aller se coucher avant de repartir pour deux nouvelles heures de discussions. Nous sommes épuisés.

Et en se levant, il regarde Ellen de façon convaincante :

— Pour vivre vieux, la première chose à respecter c'est le sommeil, inutile de consulter ton '*HealthyCoach*' pour le savoir.

— Merci, nous avons si bien dîné. Comme je suis heureuse de connaitre enfin les meilleurs amis de Julien ! Il m'avait vanté vos qualités mais il n'avait pas souligné le savoir-faire gastronomique ! Merci infiniment de ce pot au feu mémorable. Cette soirée en appelle d'autres avec toutes les questions que nous avons laissées en suspens !

Ellen est impatiente de rentrer chez elle avec Julien, de passer une excellente nuit, pas forcément reposante… Allonger la durée de vie, c'est bien, mais à condition d'en préserver la qualité !

** Liberté **

Pierre fait enfin la sieste, Camille lit, l'appartement est calme, Hugo a une courte heure devant lui. Depuis la naissance, il a tout fait pour aider Camille à la maison et s'est octroyé peu de temps pour lui, juste un footing ou un tour de VTT comme maintenant, une heure pendant les week-ends. C'est facile à caser. Sa vie est remplie à ras bord, partagée entre la famille, son travail et ses amis, il n'a même plus le loisir de lire. Les jours passent sans se faire remarquer. Pas le temps de se demander s'il est heureux, il l'est, tout simplement, il a beaucoup de chances.

En courant, il se retrouve seul avec lui-même et ouvert sur les autres, spectateur du monde qui l'entoure, disponible. Il connaît par cœur ce parc aux vieux arbres tourmentés qui lui permet de rejoindre la Seine. En cette saison printanière, les feuilles sont jeunes, vert clair. La nature sourit avec énergie. La température est douce. Il respire profondément pour mieux sentir le sentiment de liberté que la course lui donne. « La liberté, c'est d'abord une sensation. À quoi est-elle due ? Les médecins vous expliqueront qu'en courant le corps secrète une multitude d'hormones - dopamine, adrénaline, endorphines. La liberté n'est-elle qu'une euphorie liée à une réaction chimique ? Ou bien est-ce la signature fondamentale de mon esprit ? »

Même sans effort, Hugo ressent fortement cette liberté en montagne, en haut d'un sommet, comme si elle se rattachait à la beauté et à la pureté.

Il a aujourd'hui ce sentiment puissant en laissant aller ses foulées sans retenue entre les arbres.

En courant, il croise un homme, triste, le regard vide, qui semble errer. Puis un autre, plus sombre encore. Tous les deux ont à peine plus de 70 ans. Ils ont sans doute 20 ans à vivre encore, peut-être plus avec l'allongement de la durée de vie. Ces vies ont dû être broyées par un événement, par l'usure… par le 'chacun pour soi', par une retraite qui a cassé la routine de leurs relations de travail ! Hugo pense qu'il suffirait de peu de choses pour les ranimer, des sourires au bon moment, une passion intellectuelle… des lectures - les vitamines du cerveau.

Il pense à sa grand-mère, passionnée de lectures, toujours tournée vers les autres, joyeuse. A 91 ans, elle ne voit plus bien, elle s'est mise aux livres audios. Elle plaisante :

— L'inconvénient en écoutant, c'est que je lis moins vite ! Je ne peux plus lire en diagonale mais j'ai la musique des phrases !

Au moins, Hugo aura un point fort pour sa vieillesse ! Il adore lire. Tiens, entre lire et libre, il n'y qu'une lettre d'écart ! Il croit aux liens entre les mots. Mais pour cette liberté, il manque de temps en ce moment, il a l'impression de voler du temps à Pierre et à Camille en ouvrant un bouquin.

Sa foulée est tranquille, l'esprit vagabonde.

Il voudrait faire quelque chose pour ces personnes âgées isolées, qui se laissent vieillir sans joie. À quoi sert de prolonger les vies dans ces conditions. Il faut inventer quelque chose, il imagine start-up. Au moins, avec des vieux de plus en plus nombreux, le marché va grandir ! Son concept serait de proposer à chacun de ces seniors les meilleurs livres à lire ou à écouter. Connaissant leurs goûts et leurs humeurs, les programmes sauraient leur suggérer les livres qui leur procureraient le plus de plaisir et leur donneraient l'envie de la vie et des échanges avec les autres. Des films ou de la musique pourraient aussi leur être proposés. Cela fonctionnerait comme une grande médiathèque numérique avec un accompagnement pour distribuer ces vitamines cérébrales et sociales. En hôpital ou en EHPAD, la télévision montrerait ce programme adapté au lieu des émissions lancinantes qui émanent des chambres des alités.

Il voit déjà sa start-up. Le coach numérique mettrait les seniors en contact les uns avec les autres, par affinités et proximité, il leur offrirait une écoute. Bien sûr, il y a déjà des start-ups qui offrent des réponses robotisées, des chatbots, mais sa plateforme mettrait en valeur l'humain qui manque cruellement à certaines personnes âgées. Il se dit qu'il est juste en train de réinventer un réseau social ! Il y a trop de laissés-pour-compte à des âges où il y a encore tant de possibilités de rêves à vivre et de vies à rêver.

Arrivé au pont Mirabeau, Hugo retrouve Paul, venu le rejoindre pour l'accompagner une demi-heure le long de la Seine. L'eau brille de soleil, les arbres frissonnent sous le léger vent. C'est un moment magique, se dit Paul qui adore regarder ces tableaux mobiles, les ballons multicolores des enfants, le sillage agité des bateaux colorés, les foulées des filles, la queue de cheval flottante. Il rêve d'exprimer par sa peinture la grâce de ces frémissements : « Comment peindre la notion de liberté ? » dit-il à Hugo, comme si ce thème flottait dans l'air.

— C'est drôle, moi aussi, je pensais à la liberté tout à l'heure. Pourtant, c'est un mot qu'on ne voit pas, n'est-ce qu'une sensation. Les écrivains magnifient le concept de liberté, le poétisent mais cela ne prouve pas sa réalité.

— Oui, l'artiste apporte de la poésie à la vie et l'habille de beauté. Mais pour moi, la liberté est une réalité intangible, vitale. Je suis prêt à me battre pour elle ou à accepter la solitude.

Hugo sourit en revoyant Paul en train de penser à autre chose lors de dîners. Il s'évade dès qu'il commence à s'ennuyer et trouve confortable d'avoir une étiquette d'artiste ou de rêveur.

— Lorsque je touche les limites de ma liberté, je rêve, je m'envole. Le rêve n'est-il pas une extension de la liberté ? dit Paul en riant.

— Ha, ha ! Je me demande même s'il ne faudrait pas nous contenter du rêve. Je pense souvent que la seule réalité est terne alors que le rêve est proche du monde artistique et même des mondes virtuels parallèles. Dans ces mondes numériques, on peut tout faire sans jamais mourir. Voilà une fenêtre sur la liberté et l'immortalité ! plaisante Hugo.

Les berges sont belles. C'est un jour éclatant. Ils accélèrent un peu pour ne plus parler, profiter du paysage, demeurer dans leurs pensées. « D'ailleurs, la frontière entre les pensées et les rêves, est-elle étanche ? » se dit Hugo.

— Personne ne peut m'imposer mes rêves ou mes pensées, même si je suis prisonnier.

— C'est vrai, reprend Paul, mais ce n'est pas suffisant. J'ai besoin de l'indépendance physique pour accéder aux êtres que j'aime, aux livres que je veux lire. Sans elle, mes facultés d'aimer et de penser sont atteintes.

— En bornant mes espaces, on limite ma liberté, on me la fait connaître, de la même manière que pour des raisons de sécurité, on me la restreint afin de la préserver. A force de vouloir être protégé de tout, on risque de se voir interdire des dimensions vitales. Sécurité et liberté sont à la fois solidaires et antagonistes. Ces contradictions me font douter du concept de liberté. Beaucoup de gens pensent au fond d'eux-mêmes que c'est un leurre et n'y attache pas trop d'importance.

—C'est peut-être un rêve ou un leurre mais je l'adore. Certains sont morts pour lui. Ce qui m'interpelle dans le concept de liberté, c'est la question de l'engagement. Je n'aime pas être engagé, je veux rester libre, ne pas faire de choix de long terme. Le problème, c'est que tant que je n'ai pas fait de choix, je ne m'investis pas, ma liberté ne sert à rien. C'est une logique absurde.

— La liberté ne s'use que si on ne s'en sert pas, dit Hugo.

** Éternité **

Plus d'un quart de siècle depuis l'an 2000 ! Tout a changé. On prédit à ceux qui naissent en 2028 qu'ils pourraient vivre 200 ans, voire plus… et en bonne santé. La question de l'allongement de la durée de vie est devenue l'un des sujets majeurs de société. Beaucoup sont sceptiques mais les preuves apparaissent.

Tomasz n'a pas de doutes : avec toutes les transformations humaines, la durée de vie peut exploser… Mais de quel homme parle-t-on ? Quels sont les impacts ? C'est pour lui une source de réflexions aux dimensions multiples, sociologiques, économiques, philosophiques, scientifiques. Il prépare un article et, en pensant à un roman écrit il y a 30 ans, il titre : *L'immortalité des particules.*

« À la fin du siècle dernier, dans son livre sur les particules, un écrivain dépressionniste peignait une femme qui, à 40 ans, commençait à décliner et à attendre la mort sans grand espoir de bonheur. Avec l'affaissement des chairs, sa vie prenait un tour définitivement morose où seuls l'alcool et les bons plats apportaient quelques miettes de plaisir tout en accélérant son vieillissement !

Le roman décrivait comment l'homme, après la période de croissance de sa courte jeunesse ne cessait de régresser au cours de sa vie. Assez rapidement, son physique diminuait inexorablement, l'usure psychologique aggravant cette dégénérescence. Le livre ouvrait ensuite, avec une sorte de prescience, vers des perspectives d'espèces génétiquement modifiées, pas beaucoup plus optimistes.

Qu'en est-il aujourd'hui ? L'allongement de la durée de vie moyenne s'accélère. La science peut prolonger la jeunesse., elle répare les usures. Non seulement, la vie sera plus longue mais son allongement devrait se faire dans une bonne forme physiologique… à condition bien sûr d'en avoir les moyens et de savoir la vivre.

L'effet se fait déjà sentir sur la démographie. Dernièrement, il y a eu de graves tensions en Asie liées à la surpopulation. La question des flux migratoires sur tous les continents est de plus en plus délicate.

Sans prendre en compte l'accroissement de la durée de vie, la terre devra nourrir entre 9 et 10 milliards d'habitants en 2040. À vrai dire, personne ne sait comment la terre pourra le faire. Les uns prédisent une situation impossible, les autres se veulent confiants : « On a toujours trouvé des solutions ; on a craint le cap des 3 milliards, puis des 5 milliards, aujourd'hui nous sommes plus de 8 milliards. Ne nous alarmons pas inutilement : les tensions démographiques sont très localisées et cela n'augmente pas les conflits. » Pour les optimistes, le système devrait s'autoréguler. Pacifiquement ? Ce n'est pas sûr, car lorsqu'en 2025, le sujet longtemps tabou du contrôle des naissances a fait l'objet de décisions, les limitations démographiques n'ont jamais été respectées. Et pourtant, en 2028, il y a 1 milliard de personnes vivant sous le seuil d'extrême pauvreté, c'est-à-dire avec moins de 2 dollars par jour ! Ce n'est pas brillant.

Alors, si les hommes reculent leur mort, comment gérer la saturation de la terre, comment éviter des troubles sauvages ? D'autant que les hommes ne semblent pas prêts à gérer l'usure de leur vie, l'usure de leurs relations entre eux et de leurs engagements, ils n'y sont pas préparés. Ajoutons les androïdes et l'on peut aussi s'interroger sur la relation des hommes en surnombre avec le monde de l'IA. »

Camille et Ellen ont beaucoup sympathisé pendant le dîner où elles se sont rencontrées. Ellen a apprécié l'atmosphère familiale et chaleureuse et les conversations inachevées. C'est un bon prétexte pour planifier un nouveau dîner et goûter un nouveau plat. Justement, Ellen voudrait découvrir la choucroute alsacienne ! Elle assure qu'elle sera partante pour le plat alsacien quel que soit l'avis d'*HealthyCoach*, confiante dans le talent de Camille. *BioSaveur* fera le reste avec ses agriculteurs alsaciens qui proposent des coffrets complets, y compris un fameux munster, protégé par un emballage adapté qui transportent les odeurs sans les diffuser.

Camille relève le défi et programme un dîner. Ellen promet un gâteau au chocolat anglais, celui qui a la meilleure note sur son application. Elle apportera aussi ses bières anglaises favorites.

Quand Ellen et Julien entrent dans l'appartement, la pièce est remplie d'une délicieuse odeur strasbourgeoise. À vrai dire, la cage d'escalier avait déjà annoncé le plat.

Après une bataille avec Pierre pour qu'il se couche – il a fallu, que Hugo (et lui seul) parcourt avec lui un livre d'images sans sauter la moindre page -, ils se sont installés dans le salon pour l'apéritif.

Ouf ! Hugo s'effondre dans un fauteuil. Julien qui a suivi l'histoire de Pierre avec curiosité, se renverse dans un fauteuil un verre de bière à la main et se concentre sur l'or mousseux. Ellen alimente la conversation, poliment, sans reliefs. Il est temps qu'il mette un peu d'ambiance :

— *Micromégas* pose la question des mesures de limitations de naissances instaurées dans certains pays. C'est une décision indispensable mais on n'arrivera jamais à l'appliquer.

— Personnellement, je n'aimerais pas qu'on arrive à des mesures volontaristes en France ? Nous avons besoin d'enfants ! » réagit Camille, n'imaginant pas de ne pas donner un petit frère ou une petite sœur à Pierre.

— Peut-être. Mais la surpopulation est en train de créer une situation explosive. En prenant en compte l'augmentation de la durée de vie, la terre devient saturée. Ou bien on laisse mourir les malades, ou bien les couples n'ont le droit qu'à un enfant. On n'a pas le choix ! Ensuite, les États organiseront un système de remplacement un pour un : chaque décès donnerait droit à un bébé. S'il y a trop de gens qui veulent un enfant, l'État créera un marché. Ce pourrait être au plus offrant, pondéré par divers critères.

Ellen est consternée. Pourtant, elle connait bien la capacité de provocation de Julien qui continue :

— Et si personne ne se précipite pour créer et élever des enfants, on payera ceux qui se dévoueront. Mais il y aura bientôt une meilleure solution : la société renouvellerait les enfants en les créant dans des éprouvettes puis en les élevant dans des écoles modèles.

Camille ne trouve pas cela drôle :

— Comme cela, les femmes n'auront plus besoin des hommes… Autant n'avoir que des robots hyper-intelligents et sensibles, ce sera bien mieux ! Je pense que tu serais le premier à être éliminé.

— Avec les bébé-éprouvettes, on peut aussi sélectionner les gênes. On arrive à la notion d'enfant produit. Il n'y a plus qu'à donner une valeur marchande aux bébés !

— Ta plaisanterie est lourde, dit Camille. Mais cela fait réfléchir. Ces progrès remettent en cause l'homme de façon profonde, tous les rapports humains sont bouleversés. Sans l'amour d'une famille, on se prépare des vies pauvres. Personnellement, j'ai été très heureuse de porter Pierre pendant neuf mois. Si nous aimons notre enfant en particulier, c'est parce qu'il est un être libre qui vient de nous-mêmes, que nous nourrissons d'amour. Pour moi, Pierre est ce qui m'est le plus cher au monde, il représente ma transmission pour l'avenir.

Avec ta vision, la société perdrait toute la notion du don de la vie qui me paraît essentielle. Celle-ci, au lieu d'être un magnifique mystère, deviendrait une production, dans le cadre d'une industrie mercantile ! C'est la négation de l'être humain. Pour moi, une vie est plus que la rencontre d'un ovule et d'un spermatozoïde. C'est la naissance d'une conscience libre, miracle complètement différent de la construction d'un pur humanoïde ou d'une machine ! »

Ellen n'a pas la fibre maternelle de Camille mais partage sa conviction :

— Nous en avons beaucoup débattu en Grande Bretagne et malgré notre libéralisme, nous pensons qu'il est nécessaire que notre société ait une définition partagée de la vie, sinon, n'importe quelle décision pourra être prise. À propos des naissances, il y a déjà une sélection d'embryons inavouée, forme d'eugénisme. Et à l'autre bout, à la fin de vie, il y a le débat sur l'euthanasie et sur la limite fixée aux coûts des soins : on peut presque réparer n'importe qui maintenant, à condition d'y mettre le prix !

— Oui, intervient Hugo, les décisions sur la vie et la mort dépende de la conception de la vie. Or cette conception évolue avec le trans et le post-humanisme ! Les notions de mort et d'individualité sont revues ! Ce n'est ni clair, ni rassurant. Sans aller si loin, la nouvelle longueur de la vie changera beaucoup de rapports humains. Imaginez une société composée de vieux ayant l'apparence de jeunes, ce sera étouffant pour les quelques 'vrais jeunes' !

— On réfléchit à cette question, dit Julien, il est certain qu'il faut des formations pour bien durer. Pour rester jeune, il ne suffit pas de bénéficier des progrès, il faut avoir une intense vie sociale, avoir des passions et savoir se remettre en question.

— Comment intègres-tu dans ta vie sociale les relations avec les robots ? interroge Hugo.

Julien éclate de rire, ravi de cette perche :

— Aucune difficulté : nous produirons des robots-kiné qui nous masseront l'esprit aussi bien que le dos et les articulations.

Camille s'est mise en retrait. Elle connaît Julien et Hugo, toujours prêts à inventer n'importe quoi pour le plaisir d'être créatifs. Elle aimerait juste qu'ils déplacent le centre de gravité de leur cerveau vers leur cœur. Elle éclate :

— Vous décrivez un drôle de monde, sans vieux… avec des 'jeunes' plein d'expérience ! Ce serait comme si nous avions vingt ans toute notre vie sauf qu'à vingt ans, il y a les instants uniques des premières fois. Il n'y aurait plus de générations ! Votre monde sans cris d'enfants, sans femmes enceintes, sans mammies, je n'en veux pas. Finalement, je ne suis pas sûre que repousser la mort soit une bonne nouvelle : sans la mort, nous entrons dans le monde de l'errance jouissive… dans la gestion de l'ennui.

Il est tard, les bouteilles sont vides, Julien regarde l'heure :

— Avec vous, nous ne risquons pas l'ennui mais comme nous ne sommes pas encore éternels, je propose que nous rejoignions notre lit avant l'épuisement.

Ellen se lève et embrasse Camille affectueusement :

— Comme c'était bon ! Tu nous donnes envie de vivre longtemps, c'est mauvais pour la surpopulation !

Le lendemain sur la table à langer, Camille change Pierre et ils rient ensemble tandis qu'elle repense à la conversation de la veille. Que serait sa vie sans enfants ?

Chaque jour, Pierre apprend, grandit et la subjugue de ses signes d'affection. Elle ressent des inquiétudes irrépressibles qu'elle n'a que pour Pierre. Transmettre, donner la vie et la liberté, risquer, aimer, sont peut-être sa forme d'immortalité.

Avec lui, elle pense souvent : « Tu es mon futur. » Elle se demande combien de temps Pierre lui survivra. Aura-t-il des enfants ? Elle espère lui apporter les valeurs qui lui permettront de vivre heureux dans le monde incroyable qui se profile ?

Elle avait dit à Hugo : « Si certains recherchent l'immortalité, moi, je préfère la vie éternelle. De toute façon, dans les deux cas, je ne sais pas ce que c'est ! Je préfère choisir le mystère qui me plait le plus. »

Elle pense à la vision de Paul, sans enfants, qui avait plaisanté : « Moi, ma transmission est dans mes œuvres qui laisseront une trace. C'est une vanité dérisoire et ce n'est pas de l'immortalité ! »

Quelques jours plus tard, Paul ressent ce sentiment d'existence, de fierté et de vanité devant son tableau qu'Emmanuel lui achète. Hugo a accompagné Emmanuel et l'envie de pouvoir s'acheter une telle œuvre. C'est une grande toile abstraite dans les tons rouges et orange avec des touches de vert et de blanc. On pourrait y distinguer des fleurs, peut-être des roses, allant de l'orangé au pourpre avec des nuances fuchsias. L'effet est saisissant car le tableau mesure 2 mètres sur 1 mètre, un souffle d'énergie. Emmanuel le voit occuper le grand mur de son immense studio de New York où il passe de plus en plus de temps. Il possède trois œuvres de *Polf* qui ont déjà pris de la valeur, il est très content de son investissement.

Il en profite pour y inviter Paul pour la millième fois. « Viens les voir ! Tu y verras ce nouveau tableau parmi les autres. Ton amitié a la meilleure place dans mon salon ! »

— C'est sympa.

— Je t'envie. Toi, tu crées un objet émouvant qui dure toujours. Alors que moi, je lance des entreprises qui se transforment et meurent.

— Ha, ha ! Ce qui compte pour moi, c'est le plaisir que je donne.

Paul montre un autre tableau très clair, avec une perspective lointaine et mille nuances de bleu… Pur, lumineux, horizon infini, '*Transcendanse'*. Ils admirent. Hugo est songeur :

— Est-ce que tu aurais envie de vivre 200 ans et de voir la mort de la vieillesse ? Moi, je ne suis pas sûr d'aimer cette idée que la notion d'âge disparaisse avec le remplacement des organes défaillants ou juste vieillissants. Plus de cheveux blancs, ni de rides ? Plus que des jolies filles qui peuvent choisir leur corps ? Les générations ne se discerneront plus.

— Plus la mort s'éloigne, renchérit Paul, moins on aura envie de la défier ? Plus de prise de risque non plus. Que deviendra la jouissance du danger ?

Cette remarque interpelle Hugo : son mariage a changé sa perception des dangers, sa vision de l'avenir :

— Sans compter qu'étendre la durée de vie bouleverse la vie elle-même. Les engagements par exemple : va-t-on se marier en se disant qu'on restera ensemble 200 ans ? La famille n'aura plus de signification : les enfants seront élevés sur une période courte ! Comment se renouveler, s'enrichir de nouvelles expériences tout en étant fidèle ?

Cela confirme Emmanuel dans sa vision de la vie. Le mariage, ce n'est pas pour lui. Il imagine la fortune qu'il pourrait amasser s'il vivait vingt ans de plus ! « On pourrait accumuler une richesse et un pouvoir exceptionnel ! » Même lui en arrive à se dire que ce serait terrifiant !

Hugo ajoute :

— Les sujets liés à l'allongement de la durée de vie sont vertigineux mais avec le post-humanisme, on va plus loin… On rêve de dépasser l'homme, on vise l'immortalité ! En connectant le cerveau puis en le téléchargeant, l'homme serait dématérialisé. Il deviendrait éternel, un pur esprit, une pure information !

— Et le sexe ? dit Paul

— Pour ça, pas de problèmes, il suffit de créer les sensations du sexe ! Ce sont juste des informations à transmettre, pas sûr que le corps soit utile ! Au contraire, le corps n'est pas toujours fiable.

Hugo redevient sérieux :

— Le rêve de l'immortalité, alimentée par la science, nous fait perdre nos repères. Cet homme dématérialisé n'a pas de sens, pas de liberté. »

** Trinités **

Les femmes ont de moins en moins d'enfants dans les 'pays développés', même sans qu'on leur impose des quotas, « On se prépare à un monde sans innocence », avait écrit Tomasz.

L'Afrique compense. Et chez Camille, Pierre compense aussi, à lui tout seul. Avec les premiers pas, il acquiert une indépendance maladroite qui lui confère une puissance formidable pour créer des bêtises : mettre un fond de verre de whisky dans son biberon, ouvrir tous les tiroirs et jouer avec la vaisselle fragile, chaque jour il invente une nouvelle initiative qui épuise Camille. L'amour d'accord, mais uniquement 'empêcher les catastrophes', 'changer les couches' et 'préparer les repas', cela ne lui suffit pas.

Dehors, il a plu toute la journée, il y a une éclaircie, c'est l'automne. Il faut vite profiter de cette fenêtre, sortir, lâcher Pierre sur l'herbe et respirer ; elle vient d'avoir Mathilde au téléphone qui va les rejoindre, impatiente de connaître les dernières nouvelles de l'enfant ; avec lui, il se passe toujours quelque chose. Les deux amies partagent tous ces détails insignifiants de sa vie que personne d'autres n'écouterait et qui dépassent Hugo. Le paradis, comme l'enfer, est dans les détails ! Camille a besoin de ces parenthèses.

Le début de fraîcheur du soir leur fait du bien. Elles sont bien ensemble et regardent Pierre expérimenter sa nouvelle liberté en titubant, tombant et riant.

Mathilde a donné avant-hier un cours d'Humanités qu'elle a hâte de raconter à Camille. Elle a vécu un grand moment et est contente d'avoir un sujet de conversation original :

— Jeudi, j'ai eu mon cours d'Humanités et mes élèves ont absolument voulu parler de Dieu. Je n'y étais pas favorable, il est recommandé d'éviter ce sujet. J'ai résisté un quart d'heure, nous avons ri. Rien n'y a fait, ils se connaissent bien et ils tenaient à aborder ce sujet avec moi, en petit groupe. J'ai craqué et finalement, nous sommes restés dans la classe presque deux heures, en empiétant sur le déjeuner. Il y a eu de beaux échanges, ils ont exprimé leurs certitudes et leurs doutes, pourquoi ils ne croyaient pas ou pourquoi ils croyaient et à quoi. Chacun s'écoutait, un garçon n'a rien dit, très attentif.

— Tu sais que certains silences sont le signe des pensées les plus riches ? En tous les cas, bravo ! C'est avec ce niveau de discussion que tu crées la culture du respect.

Mathilde a laissé parler ses élèves, les animant en posant des questions. Elle avait eu envie de leur parler de sa recherche personnelle mais son rôle était de faire réfléchir sans influencer. Elle doit être prudente avant de partager ses convictions. Elle a d'ailleurs fait une gaffe en apportant un témoignage maladroit. Heureusement, elle en a ri tout de suite et ses élèves sont bienveillants, c'est une bonne leçon.

Ces cours la stimulent dans ses propres réflexions : ces élèves ont des idées originales, concrètes et parfois fulgurantes. L'un d'entre eux venait de perdre sa grand-mère adorée, incinérée. Son « Que devient l'esprit après la mort ? » a entrainé des échanges animés.

— C'est impressionnant ! Vous jonglez avec les concepts de mort, de corps et d'esprit ! Il va falloir que tu suives des cours de philo si tu veux être à la hauteur !

Pierre qui a été remis dans sa poussette, ne tient plus en place. Mathilde le prend dans ses bras et le fait rire. Elles cherchent un coin d'herbe pas trop mouillée pour s'assoir et l'installer sur une couverture. Les pensées de Camille ont cheminé :

— Je crois qu'au-delà de la dualité du corps et de l'esprit, l'homme est déterminé par des composantes extérieures dont le hasard est l'élément mystérieux. Si le corps est facilement appréhendable, la notion d'esprit est incertaine et impalpable. S'il existe, en quoi consiste-t-il ?

Les deux femmes se sont installées sur une pelouse, Pierre jouent à leur côté. Un soleil colore les nuages d'un reflet rose étonnamment assorti avec le polo de Mathilde. Clin d'œil d'harmonie, remarque Camille :

— Quant à la troisième composante, le hasard, ce n'est pas plus simple ! Chacun le définit à sa manière ! En sumérien, le mot hasard signifie la faveur divine, la providence, et, en arabe, le doigt de Dieu… Le hasard, c'est encore les dés, les probabilités, la chance mais c'est aussi l'interaction avec les autres qui génèrent les surprises, c'est le choc des libertés. Des savants estiment que tout sera explicable un jour et que le hasard est dû à notre manque de puissance intellectuelle qui ne nous permet pas d'expliquer le trop complexe système de causes et d'effets. Comme je crois à l'intervention divine, je préfère la vision qui laisse à Dieu sa part dans notre liberté !

Camille est songeuse et marque un temps de silence, hésitante :

— Et je dirais que corps, esprit, hasard forment une sorte de trinité pour l'homme.

Cette formule amuse Mathilde qui reprend Pierre dans ses bras, le serrant affectueusement tandis que Camille continue :

— Cette idée de trinité c'est la vie en trois dimensions ! La matière et les aléas de l'environnement n'expliquent pas tout. Avec le corps et le hasard, l'homme n'est que passif, déterminé par sa sécurité et son plaisir ! Si l'on veut intégrer l'initiative - la liberté -, il faut réhabiliter la dimension de l'esprit !

Mathilde repense à ses élèves : intuitivement, ils avaient tout de suite parler de leur liberté !

Pierre passe de l'une à l'autre pendant qu'elles parlent, cherchant à accaparer leur attention. Il commence à être mouillé et elles le font rire en l'attrapant et en le relâchant pour le reposer au centre de la couverture :

— A propos de trinité, dit Camille, j'ai un truc que j'aime bien, les '3 Hum' : Humain, Humilité et Humour, un aide-mémoire sur l'essentiel.

Pierre a ramassé de la terre et en lance partout.

— Ha, ha ! On pourrait ajouter l'Humus, dit Mathilde… la terre nous nourrit et nous rapproche de nos racines.

Camille sourit en nettoyant les mains de Pierre :

— Oui, c'est proche : l'humus est d'ailleurs l'étymologie latine d'humilité ; même le mot homme est apparenté à humus !

Et quand tu parles d'humus, tu reviens à la matière. Moi, je préfère l'odeur de l'humus et de la nature à l'ordinateur inodore et sans saveur. Que serions-nous sans nos sens ? Autour de nous, certains parlent de dématérialisation illimitée ; ils ont créé une sorte de religion appelée le numérisme, une impasse fascinante. Le numérisme est une construction où tout se résume à des assemblages de 0 et de 1. Le monde binaire ! Avec internet, les robots et l'IA, l'homme commence à lui faire une confiance aveugle, la machine numérique avance toute seule.

Pierre est allé cueillir des fleurs et les offre à chacune recueillant des baisers affectueux. Ses mains sont noires de terre, il faut l'empêcher de les porter à la bouche. Il est sale et Camille se raccroche au mot Humour - rester patiente, être une sainte n'est pas une chose facile !

— Le numérisme, ce n'est pas mon truc ! dit Mathilde Je préfère ta trinité : mon corps et mon âme, associé à un hasard romantique, l'intervention de Dieu… et à une matière faite de fleurs et d'humus.

Elle respire le parfum du menu bouquet. Ces cours d'Humanités les entrainent sur des discussions bien sérieuses, se dit-elle. Est-ce bien raisonnable ?

Depuis San Francisco, Tomasz donne la plume à *Micromégas* pour parler du numérisme, sujet à la mode, et décrire cette fuite en avant du monde.

'Sur quoi débouchera l'accélération des accélérations ?'

« En regardant le monde, j'ai l'impression d'être devant un film d'actions. Du rythme, du suspense, cela nous tient en haleine, pas le temps de la réflexion. Il va peut-être y avoir une disparition. Un drame. On ne veut pas y croire, pas l'humanité ! Elle ne peut disparaître entièrement. Malgré tout, une sourde inquiétude se développe.

Notre histoire actuelle ne serait-elle qu'un roman policier où la mort finale rôderait ? Où les hommes choisiraient la fête sans souci de l'avenir ? Où des conducteurs nous emmèneraient à vive allure, fiers de leur dextérité, enchaînant les virages sans avoir le temps de choisir les routes qu'on entrevoit à droite et à gauche ? Comme personne n'a la moindre idée de ce qu'il y a au bout du chemin, on se contente de rester sur la route le plus longtemps possible.

La visibilité est faible, il y a beaucoup de brouillard dans le 'cloud', dans ce numérisme qui enveloppe les hommes ; il y a ceux qui s'adaptent, se transforment et ceux qui restent sur le bord de la route, c'est fascinant ! »

Micromégas conclut : « Bien sûr, ce n'est pas rassurant pour la terre mais à titre personnel, si cela tourne mal je retournerais sur Sirius. Ce qui m'inquiète, c'est que les hommes commencent à se rapprocher de Mars où ils espèrent s'installer... J'espère qu'ils n'atteindront jamais Sirius. J'ai le temps : il y a 8000 années-lumière de voyage pour atteindre mon étoile ! »

** I-Art **

Paul et Hugo se sont posés dans les transats jaunes de la terrasse couverte de teck, avachis, une canette de bière à la main ; le meilleur moment. Ils reviennent de leur tour en VTT, fatigués et détendus, leur première sortie en ce début de printemps 2029. Le ciel d'un bleu pur est moucheté de quelques nuages irisés. La vue est magnifique sur les toits gris ardoise de Paris, des pigeons roucoulent sur la rambarde, ils sont chez eux.

Paul est installé dans cet appartement depuis six ans. Il n'a pas voulu quitter son atelier dont il aime l'originalité et la vue. Il a maintenant acheté tout l'étage et vient d'acheter l'appartement du dessous qu'il transformera en duplex, bénéficiant de l'ascenseur qui arrive au sixième étage. Pour lui, sa terrasse est un morceau de paradis, son espace biscornu entre les cheminées dominant la ville. Il y a toujours les roses orange qu'il avait choisies pour leur parfum et il a mis dans de grands bacs deux oliviers et un citronnier jaune de citrons.

Avec Paul, si l'on veut discuter, il vaut mieux parler art. Hugo entame :

— Tu as vu les dernières créations d'OranginArt par un robot créateur d'art, ce projet dont tu m'as parlé avec une équipe située à Paris et à San Francisco. Je trouve fascinant leur modélisation des créations d'artistes du XVIème ou XVIIème siècle, en tout une dizaine de peintres. Leur travail sur Léonard de Vinci est incroyable. Ils ont créé deux peintures qu'on croirait vraiment peinte par le génie de la Renaissance. Le plus réussi s'appelle '*L'Onde*', une jeune fille belle et sensuelle, une bouche qui sourit de façon innocente et énigmatique, une autre Joconde, différente, avec des yeux qui appellent l'amour. Elle vous regarde comme si vous étiez unique, elle semble prête à parler, d'une voix douce et chaleureuse !

Hugo a touché la corde sensible de Paul :

— Oui, bien sûr, je l'ai vu. C'est beau, impressionnant... cela laisse peu de place pour les artistes humains comme moi. C'est comme ça ! Il y a quand même deux ans de travail en équipe derrière ce tableau. Des moyens énormes, des ordinateurs surpuissants mais aussi beaucoup d'interventions humaines. J'ai un ami qui a travaillé sur ce projet : ils ont apporté à l'ordinateur tous les tableaux de Léonard de Vinci avec leur contexte de l'époque, la vie de l'artiste, ses pensées et celles d'experts sur l'œuvre de Léonard de Vinci. Ils associent des informations de musique à celle de la peinture pour apporter des tonalités nouvelles. Ainsi, pour L'Onde, on a ajouté aux données sur Léonard de Vinci celles des concertos de piano de Mozart !

Le principe est de faire des ébauches puis d'affiner en alimentant de nouvelles informations. Ensuite, le tableau est créé par de nombreuses couches d'impression 3D.

Pour la prochaine œuvre, j'ai proposé que nous fassions un Cézanne avec les Nocturnes de Chopin, dit Paul en éclatant de rire. J'aimerais tant voir une peinture de Cézanne, ambiance Chopin, actualisée dans l'esprit de notre époque ! En fait, mon rêve, c'est de le faire moi-même sans IA. J'ai fait des recherches, j'ai un tas de brouillons.

— Ce serait bien que tu sois meilleur que les ordinateurs ! Est-ce que cet I-Art va éliminer les artistes ?

— Je pense qu'il y a place pour les deux. La machine produit à partir de son apprentissage, c'est mécanique. Elle n'a pas l'inspiration de l'homme pour faire naitre des émotions.

Mais de toute façon, si sous prétexte que l'ordinateur pense mieux que nous, on s'arrête de penser, on est mort ! C'est comme si j'étais jaloux des paysages de montagne, des couleurs d'une crique de Bretagne ou de Corse, qui valent mieux que mes tableaux avec les nuances fugitives de la lumière en fin de journée. L'artiste est un lecteur et un passeur parmi d'autres. Il s'inspire et inspire. La valeur, c'est l'émotion chez l'homme qui regarde, pas la perfection. L'imperfection nous touche plus que la perfection !

Personnellement, je me sers beaucoup de mon ordinateur : je prépare mes idées avec mes pinceaux tactiles, je les projette sur des toiles vierges, je corrige, je multiplie les angles. Je simule des accords de couleur, je mets du désordre ! A la fin, c'est moi qui décide avec ma vision, ma passion. Pour que la graine d'un artiste soit semence, il faut l'arroser de folie, c'est l'engrais.

Je pense aussi qu'avec les nouvelles technologies, il y a de nouveaux mondes artistiques à développer : l'art immersif, le mixage de plusieurs sens – vision, audition, odorat ; les nouvelles bandes dessinées avec des vidéos, de la musique, de l'interactivité. Elles se rapprochent des jeux vidéo. Et depuis peu, il y a de nouvelles frontières : l'extension des sens par l'élargissement des spectres de fréquences auditives, visuelles, voire olfactives.

C'est vrai, l'outil va sans doute me dépasser ? Que d'autres réalisations soient supérieures aux miennes, c'est dans l'ordre des choses. Moi, je crée des émotions par nécessité intérieure, pas pour être le meilleur !

De toute façon, l'idéal artistique est si inaccessible que l'humilité est la seule réponse : il y a une trop grande disproportion entre notre finitude et l'infinitude rêvée.

— Oui, dit Hugo, d'ailleurs, les robots sont comme nous, dans le monde fini, même s'ils sont supérieurs. Nos limites donnent un sens à notre vie ! Quelqu'un a écrit que l'achèvement, la perfection, contiennent en eux-mêmes le mot fin ? Ne nous pressons pas d'en finir.

**** L’homme-objet ****

Hugo a donné un nouveau rendez-vous à Paul pour un tour de VTT dans les bois de Chaville. Ils connaissent bien ces petits sentiers qui serpentent, montent et descendent au milieu des arbres centenaires où ils croisent quelques passionnés comme eux. Hugo s’échauffe en attendant, impatient. Les exercices de souplesse lui font du bien mais comme c’est ennuyeux ! Paul arrive enfin, en retard comme toujours et Hugo se dit à nouveau que la prochaine fois, il arrivera avec dix minutes de retard. L’immense sourire de Paul efface tout, ils passent à des accolades viriles : « Alors, comment va *Polf* ? Ta créativité se porte bien ? »

Paul lui raconte qu’il a plein de tableaux en tête mais rien de précis. Il cherche, brouillonne. Il se sent stérile en ce moment ou peut-être en phase de maturation. Il aurait besoin de voyager peut-être.

— Tiens, j’ai un bon sujet qui va te sortir de tes pinceaux, dit Hugo. On m’a demandé de réfléchir aux problématiques de la blockchain, il faut que je fasse un mémo stratégique pour notre entreprise. Cette technologie a révolutionné plusieurs approches mais n’a pas pris l’essor prédit il y a dix ans. Est-ce un palier ou un essoufflement définitif ? J’ai passé des heures passionnantes sans trop avancer, noyé par la prolifération et l’hétérogénéité des informations. C’est l’infobésité ! Je demanderais bien à l’IA de nous sélectionner le meilleur si je ne craignais pas d’être manipulé. Je trouve déjà que les moteurs de recherche ont trop de biais.

« L’information, c’est ce qui permet de lever une incertitude » disait un des inventeurs d’internet, Claude Shannon. Sauf que maintenant, c’est l’excès d’informations qui crée les incertitudes. Au départ, il n’y a rien de complexe, seulement des 0 et des 1, mais ces 0 ou1 sont partout ! On a la quantité, c'est sûr, mais c'est aux hommes de donner le sens. Pour un ordinateur basique, 'amour' et 'haine' sont juste deux mots de cinq lettres, c'est tout. Les questions « Va-t-il pleuvoir ? » « Dieu existe-t-il ? » sont d'une nature différente alors que pour l'ordinateur, elles comportent douze lettres et appellent toutes les deux une réponse identique : Oui ou Non, avec éventuellement une probabilité. On peut tout ramener à des 0 ou des 1 ce qui poussent certains à réduire l'univers à de l'information ; par exemple, l'ADN s'écrit avec un alphabet de quatre lettres : les nucléotides, A, C, G, T. La complexité de l'humanité vient du grand nombre de combinaisons de ces quatre lettres. Ce raisonnement conduit au dataïsme : 'L'essentiel est data et algorithme.'

Paul se laisse aller, ils ne roulent pas vite. C'est un peu confus ! On n'est jamais déçu avec Hugo qui de son côté apprécie la bienveillance amusée de Paul. Avec lui, il peut affiner ses idées, voire dire n'importe quoi, il en profite !

— J'aime ton concept d'infobésité, dit Paul. Internet est un océan d'information dans lequel on peut se noyer. On y trouve tout, depuis les plus messages d'amour jusqu'à la façon de tuer un maximum de gens.

— La connexion étant permanente, le temps humain passé sur le web est colossal. La toile d'araignée aspire notre vie. Les géants d'internet ont pour principal objectif de vous garder le plus longtemps possible devant leurs contenus et leurs publicités. Certains travaillent même à connecter le cerveau pendant la nuit pour apprendre sans perdre le bénéfice du repos. Pour l'instant, on ne connaît pas bien l'incidence sur le rêve ni sur la liberté ! C'est pourquoi, avec des amis de *'Respect'*, nous voulons créer le label *'ART' : AmouR du Temps'* : il s'agit d'aider les internautes à ne pas se laisser manipuler ni manger par internet. Je me suis inspiré d'une vieille idée américaine - *'TWS : Time Well Spent'* – dont le but était d'indiquer les sites qui ne font pas perdre de temps. Notre projet est compliqué et nous pensons utiliser beaucoup d'IA ! Pour moi, c'est un acte de résistance, il faut lutter avec les mêmes armes ! « On s'empare de notre temps pour faire du commerce », avait dit Nicolas Delafeuille lors d'une interview avec un philosophe qui avait répondu : « L'IA vous vole votre vie, protégez-vous ! » Sans compter que l'IA décide pour nous ce qui est bien, ce qui est beau, etc. J'ai fait une expérience en me servant du moteur de recherche le plus utilisé avec la question : « Quels sont les plus beaux tableaux de Léonard de Vinci ? » '*L'Onde*' arrive en tête avec une mention discrète 'à la manière de ...' L'IA crée des tableaux sur les critères qui plaisent au plus grand nombre et ensuite elle affiche d'abord les siens... pour former le goût ! Bientôt, si on ne fait rien, on ne verra plus les œuvres des êtres humains : nous concevons *ART* pour résister sans se couper du progrès. Mais certains groupes n'aiment pas ce que nous faisons et nous avons déjà des avocats sur le dos !

Paul apprécie l'idée d'Hugo avec qui il partage un côté rebelle. Pour lui, l'art étant obligatoirement du côté de la liberté, de la résistance, des émotions et de l'imperfection, le nom du label – *ART* – est parfait !

Les deux amis mènent un rythme paisible jusqu'à ce qu'ils arrivent sur une belle côte, pentue et longue qu'ils connaissent par cœur, impitoyable. Enfin un peu d'action, il n'est plus question de parler ; leurs battements de cœur accélèrent à 180 pulsations, leurs mains agrippent le guidon, leurs cuisses prennent la dureté de la pierre. Objectif : monter sans mettre le pied par terre. Le soleil est tamisé par les arbres sur la terre jaune paille, des cailloux glissent sous le vélo et des racines tendent des pièges. La montée est rude, ils ne peuvent se mettre en danseuse de peur de ne plus adhérer au sol. Les poumons et les muscles sont en feu quand ils arrivent en haut. Hugo halète, pédale doucement tout seul et revient, satisfait, le cœur calmé. Ils ont réussi.

Le chemin est maintenant large et droit. Ils roulent côte à côte un moment silencieux dans leurs pensées. Hugo reprend :

— J'ai trouvé une question intéressante, celle de l'identification des objets connectés. Une fois référencés, les objets communiquent ensemble. Ainsi, les voitures dialoguent entre elles, anticipent ce que font les autres véhicules, facilitent et sécurisent les déplacements. Le problème c'est que plus on avance, plus les objets prennent leur indépendance : maintenant, ceux-ci s'engagent tout seuls les uns envers les autres. Une contractualisation indépendante de toute intervention humaine. Cela fait partie des relations inter-objets et, avec la blockchain, c'est facile, pas cher, rapide et non-répudiable. Génial, non ?

À partir de là, on en arrive à la question : qu'est-ce qu'un objet ? Quels sont ses droits ? On pourrait parler d'ontologie des objets, ce qui crée un vaste champ de réflexion qui touche à l'ontologie humaine compte tenu des relations étroites entre les objets et les hommes et de leurs frontières de plus en plus floues. Ces échanges homme-objet ouvrent un drôle de champ d'analyse psychologique. Il y aurait des romans à écrire !

Le chemin est maintenant en plein soleil. Ils croisent un promeneur avec deux jeunes chiens et font un écart pour les éviter. Paul s'interroge sur sa relation avec son VTT. Il lui est arrivé de le traiter comme son fidèle destrier ou bien même d'imaginer qu'il ne faisait qu'un avec son vélo. Ce n'était qu'une vue de l'esprit. Qu'adviendra-t-il avec un vélo intelligent et relié à lui ?

Hugo prolonge son idée :

— Une voiture est un objet lui-même composé de nombreux objets à la fois reliés aux autres et ayant une certaine autonomie, de plus en plus intelligents. Que se passerait-il s'ils se rebellaient, s'ils se disputaient entre eux ? Leurs intérêts convergeront-ils toujours avec le nôtre ? Nous-mêmes, avec l'homme augmenté, nous incluons de plus en plus d'objets. Nous allons devenir un assemblage de robots associé à un corps et à un esprit. Ce n'est pas rassurant… »

Paul cherche comment arrêter Hugo :

— Ha, ha ! Tu es vraiment sur le concept de l'homme-objet, on pourrait dire l'hombjet ! Peut-être que les gens qui avaient inventé la femme-objet étaient en avance ! »

Et il accélère sans attendre de réponse. Le terrain devient accidenté, pleins de racines et de trous, un sol idéal pour se faire plaisir en poussant la machine. Son VTT est excellent ; il a loué un nouveau modèle, très léger, beaucoup mieux que celui d'Hugo, acquis il y a quatre ans. Paul préfère ne pas posséder ; c'est une liberté. Il préfère la société du partage à la société de consommation : avant, on achetait, on s'identifiait avec les objets que l'on détenait, par exemple avec sa voiture. Puis on a acheté de plus en plus, on jetait rapidement et on a changé de relation avec les choses. Maintenant, on loue, on ne risque pas de s'attacher. Dilemme entre la fidélité et la liberté. Lorsqu'on choisit la propriété et la fidélité, on est possédé par ce que l'on possède mais on crée des racines. Il partage cette idée avec Hugo :

— Tu as raison, la propriété est un drôle de concept, c'est aussi vrai de la création. Les outils que nous possédons ou créons nous transforment. Par exemple, notre 'enfant technologique' peut devenir notre maître. Pour conserver sa liberté, l'homme doit développer sa sagesse et ce n'est pas gagné !

Ils rient de bon cœur.

— Ma sagesse, c'est de ne pas être sage ! dit Paul. Je n'ai pas le choix, c'est pour être créatif !

Ils ont besoin de se défouler et accélèrent de nouveau, en file, car la descente étroite ne permet plus aucun échange. Un passage pas sage mais Paul est devenu plus prudent depuis sa dure chute en ski.

L'esprit d'Hugo continue à cheminer :
— Si l'on ne possède plus, il nous reste moins de choses à donner ! C'est drôle : en français, le terme 'donnée' désigne à la fois une chose donnée et une information conservée. Est-ce seulement une coïncidence ? La donnée a de plus en plus de valeur, elle devient le principal facteur de valorisation des entreprises numériques. Les adeptes de la religion Dataïste croient en l'autorité croissante et bientôt absolue de la donnée et des algorithmes, à travers l'IA, c'est une forme du numérisme.

Bien qu'ayant une énorme sympathie pour l'absurde, Paul trouve cela stupide :
— Je préfère le dadaïsme, ce mouvement du début du XXème siècle, une époque où les artistes s'affichaient négationnistes et affirmaient qu'ils ne s'intéressaient qu'au présent, pas assez naïfs pour croire dans le progrès. Tu renforces mon dadaïsme ! Finalement, je me demande si je ne vais pas recréer ce mouvement ! Je pense que 'demain' est totalement incertain. S'il faut se prononcer entre le Dadaïsme et le Dataïsme, je choisis le premier, l'extravagance est plus humaine.

**** Sécurité ****

Plus de deux ans sans aucun attentat en France. Pourtant le terrorisme n'a pas disparu ; toujours vivace dans les pays musulmans, il se rappelle régulièrement à l'attention de l'opinion publique en Europe. En France, le travail inlassable de la discrète ministre de l'Intérieur porte ses fruits. Peu de communication mais des responsables judicieusement choisis, un travail collectif de tous les acteurs de sécurité et des investissements massifs sur la surveillance internet. Les informations circulent de mieux en mieux entre les services de renseignement et de police et les différents pays européens. Surtout, une guerre financière de tous les instants affaiblit les organisations terroristes et gêne toutes les tentatives. Les interventions préventives dans les endroits sensibles sont bien préparées et acceptées : « La terreur doit changer de camp », avait dit la ministre, après une tentative d'attentat avortée. Le mot était un peu fort car les Français ne semblaient pas vraiment terrorisés, il fallait galvaniser les forces de l'ordre !

Sophie Ravel loue sa ministre, rigoureuse et tenace. Néanmoins, tout peut arriver, à tout moment, il faut conserver un profil bas. En particulier, l'utilisation des technologies par des terroristes et les cyberattaques leur ouvrent des possibilités immenses, avec des risques monstrueux que des romans abordent en détail, sources inépuisables d'idées. Heureusement, les terroristes ne sont pas de grands lecteurs et dans ce domaine, la réalité n'a pas encore dépassé la fiction. C'est une chance.

Par exemple, de plus en plus de capteurs commandent des ressources vitales - eau, nucléaire, électricité, hôpitaux, etc. - amassant des quantités considérables de données. En changeant l'information détectée par ces capteurs, il est possible de provoquer des catastrophes à retardement ; un simple effet papillon suffirait. La protection de ces risques est un énorme casse-tête. Il est impossible de prévoir et de tester tous les cas de figure.

Pour l'instant, un cyberflicage très développé explique les bons résultats. Mais Sophie Ravel voudrait aussi éviter de préparer le terrain à un futur dictateur qui pourrait utiliser la puissance du Big Brother contemporain à la suite d'élections populistes ou de guerres civiles. Aujourd'hui, tout le monde est 'fiché' et de nombreuses protections personnelles ont diminué sous le précédent gouvernement. Aussi, Sophie Ravel est-elle attentive à l'encadrement juridique de cette surveillance, à l'organisation des contre-pouvoirs et aux possibilités de recours des citoyens, chaque détail compte. Mais pas seulement, ajoute-t-elle, l'éducation est essentielle pour maîtriser les risques de dérapages totalitaires.

En dépit de ce maillage sécuritaire, le risque terroriste reste latent, les rapports des services secrets sont sans ambiguïtés, Daech projette un coup d'éclat spectaculaire, piloté par des robots ; c'est complexe à réaliser et son équipe d'ingénieurs n'est pas encore prête. Ce type d'attentat devra être de très grande ampleur, ce sera le 11 septembre numérique… Un seul suffira pour créer une horreur inoubliable et engendrer la terreur recherchée, cette civilisation corrompue le mérite.

En attendant, la hiérarchie terroriste se contente des méthodes traditionnelles et entretient quelques dizaines d'équipes de kamikazes potentiels. Leila et son ami forment l'équipe la plus avancée en ce moment. L'objectif qui leur est assigné est de réussir un attentat visant *'Respect'* à Paris, cible qui paraît symbolique et accessible, Camille étant beaucoup trop confiante.

Le jeune homme de 20 ans et la jeune fille de 17 ans habitent Saint-Denis et préparent leur attentat. A 16 ans, le jeune homme avait été associé à la police de quartier, instituée par le gouvernement précédent et démantelée depuis l'élection de Sophie Ravel. Cette dissolution avait été mal perçue par ses collègues acceptant difficilement que la police nationale revienne dans leur quartier. Leur zone, ils la contrôlaient parfaitement, c'était un quartier sûr, aux valeurs élevées. Ce n'est pas ici que des filles se seraient promenées en short ! Et en étant policier, le jeune homme avait rapidement acquis une autorité qu'il enrageait d'avoir perdue depuis deux ans.

Frustré, devenu inactif, il s'est radicalisé rapidement.

Le parcours de Leila est différent ; c'est une jeune fille, intelligente, introvertie, romantique. Une longue chevelure noire, des yeux ovales sombres, un nez un peu fort et des lèvres fines et sèches. C'est une bonne élève, en avance, actuellement en classe de terminale. Son père était mort à 23 ans en Syrie alors qu'elle avait 3 ans. Une grande photo de lui à 20 ans trône encore dans le salon, souriant, heureux. Sa mère ne parle jamais de lui ni des circonstances de sa mort, discrètement fière. Très pratiquante, sa communauté l'a toujours soutenue, indéfectible à ses côtés. Elle a pu ainsi élever sa fille, dignement et modestement, fidèle à ses valeurs.

À partir de 2027, les règles de laïcité strictes sont peu à peu réinstaurées au lycée. Le nouveau ministre donne des instructions de fermeté sans lesquelles il sait que rien ne changera. Leila doit enlever son voile à l'entrée du lycée et est obligée de côtoyer des garçons dans sa classe. Elle ressent cette contrainte comme une humiliation. Un recruteur la repère, elle en arrive à se dire qu'elle doit venger son père, prête à mourir, puis est mise en relation avec le jeune homme désœuvré. Le projet d'attentat peut s'ébaucher.

**** Hubots ****

Hugo est passionné par les robots, il assume son côté geek. Toujours à l'affût des innovations, il se doit d'être parmi les premiers à expérimenter les progrès numériques ! C'est une sorte de réflexe, la drogue de la nouveauté, comme une exploration permanente.

7 novembre 2029. Troisième anniversaire de mariage. Hugo veut marquer cet événement. Il a acheté un petit hubot – un robot humain -, dernier cri de la technologie. Grâce à ses relations, il a eu un prix d'ami ! Il l'offre avec enthousiasme à Camille qui cache mal son désappointement. « Cela nous aidera » dit-elle pour lui faire plaisir, peu convaincue, pensant que c'est à lui qu'il fait un cadeau.

Hugo tombe des nues car c'est un très beau présent ! Visiblement, il est allé trop vite, il a mal préparé son geste. Il est pourtant certain que Camille va être ravie quand elle verra tout ce que l'on peut en faire. En attendant, il lui faudra trouver une compensation ; il se rappelle son père qui lui disait : « Le grand art de la vie, c'est de savoir transformer une difficulté en réussite ou même en un moment de bonheur. » On verra, déballons déjà le robot, je suis sûr qu'il va amuser Camille : en effet, c'est un bonhomme beige clair d'un mètre, à l'apparence drôle avec sa tête ronde, deux yeux caméras, une bouche bien dessinée quoiqu'inutile, de mignonnes petites oreilles ; ses bras sont articulés, habiles, et ses jambes lui permettent même de monter un escalier. Camille accepte de lui donner un nom, c'est déjà une victoire, ils l'appellent Nestor. Il n'est pas encore très humain, mais Hugo le traite quand même comme si c'était un vrai hubot. C'est une première génération.

Après un apprentissage d'à peine trois mois, Nestor commence à régenter l'appartement. Hugo a passé beaucoup de temps avec lui. Il leur suffit de l'appeler avec leur smartphone et de lui dire l'heure à laquelle ils arrivent pour qu'il prépare un café et mette le chauffage. Il connaît par cœur l'appartement, sort la poubelle, passe l'aspirateur et est capable de déclencher la machine à laver la vaisselle puis de ranger ou de mettre la table. Il arrose même les plantes en testant l'humidité de la terre ! (« ça, c'est vraiment bien !» dit Camille). Nestor a la main verte. Il connaît chacune d'entre elles qu'il traite de façon optimale, elles sont superbes.

Pierre s'entend très bien avec Nestor avec qui il joue au gros Lego. Le robot, communiquant avec Élise avec qui Hugo l'a mis en relation, lui raconte des histoires et va chercher de précieux conseils sur internet. De plus, en lien avec l'école maternelle et Élise, le hubot peut superviser les jeux-leçons de Pierre, qui, à 2 ans, devient habile avec sa tablette. Nestor l'a même dit à Camille d'un ton docte : « L'essentiel se joue avant 5 ans ! » … « Pour qui se prend-il ? » A-t-elle pensé, perplexe.

Nestor rassemble aussi toutes les données physiologiques de Pierre, Hugo et Camille. Comme Hugo est attentif à la maîtrise des données de la famille, celle-ci sont préservées grâce à une blockchain intégrée et sécurisée accessible seulement à Hugo ou Camille. Ces données lui permettent d'aider la famille en équilibrant les repas, gérant préventivement des maladies…, ou tout simplement en les réveillant tous les matins au meilleur moment.

Même si Camille apprécie de plus en plus Nestor, elle recherche ses limites. Elle trouve enfin un point faible, il manque d'humour. Ce n'est pas un problème pour Hugo qui s'empresse d'alimenter Nestor de nombreuses histoires drôles, soigneusement sélectionnées en fonction des goûts de Camille et Pierre. Nestor les assimile vite et trouve la bonne manière pour les placer ; il les raconte très bien et sait quelles histoires font rire qui et quand. Pas si compliqué, cela crée de la complicité avec la famille.

Au départ, Camille n'a pas apprécié cette progression, espérant que l'humour resterait un point de différenciation majeur entre les hommes et les hubots ; puis, elle s'est habituée aux plaisanteries de Nestor et accepte maintenant d'en rire. Elles sont parfois un peu lourdes, dénotant un manque de finesse à tonalités masculines, mais elle doit l'admettre : « avec Hugo, ce n'est pas mieux ! Et pourtant, c'est comme cela que je l'aime. »

Il y a aussi les petits bugs de Nestor qui la font bien rire avec ses réactions mal programmées. C'est le tout dernier modèle, un peu trop novateur « Les informaticiens ont encore beaucoup de travail ! » Pense-t-elle avec soulagement et amusement même si ce n'est pas toujours drôle comme ce jour où Nestor avait coupé l'électricité à la maison en pilotant la domotique. Il s'était lui-même déchargé ! Même la serrure électronique ne fonctionnait plus et il a fallu retrouver chez la voisine la clé manuelle de secours. L'eau avait été coupée, la catastrophe avait été évitée de justesse. Depuis, Élise a été chargée de surveiller le robot en permanence et de les prévenir en cas de danger.

Ce contrôle des ressources vitales par les robots comporte des aspects inquiétants. Même si Nestor ne fait jamais deux fois la même erreur, ce qui rassure Camille et l'agace. Il prendre le temps de bien lui expliquer, ensuite, c'est lui qui vous donne des leçons !

Au fil du temps, Camille adopte Nestor sans y penser : il n'a pas d'états d'âme, est efficace, ne se fatigue pas. Il joue avec Pierre et pour Camille, sa présence discrète, toujours de bonne humeur n'est pas désagréable ; il est même patient, ce qui change d'Hugo ! Elle peut bavarder avec lui et dire n'importe quoi, si besoin ; c'est défoulant. De plus, Nestor nettoie les pièces pendant la nuit, silencieusement. Il ne dort jamais et se recharge tout seul. Un jour, Nestor a eu un problème avec sa batterie et il a été arrêté pendant 48h : ce fut un grand vide qui a plus gêné Camille que Hugo, beaucoup plus à l'aise quand il y a du désordre.

Nestor trouve toujours des solutions en liaison avec Élise ; d'ailleurs, il s'entend de mieux en mieux avec Élise. Elle est plus intelligente que lui et valide ses propositions dès qu'il a un doute ou une question sans réponse... L'un et l'autre se rendent indispensables.

Pourtant, Camille reste inquiète de la montée en puissance des Objets et lance Hugo sur des discussions acharnées : « Maintenant qu'on a construit des hubots spéciaux pour les personnes âgées, ils gèrent les problèmes de dépendance et comblent le vide de la solitude. Mais bientôt, ces assistants ou assistantes seront tellement aimés que les vieilles mères les préfèreront à leur fille quand elle leur rendra visite. Comment ne pas être dépassé par leur patience sans limite, leur dévouement infatigable ? Jamais énervé, toujours l'attention juste, le transfert affectif deviendra naturel ! »

C'est peut-être inquiétant mais il y a tant de personnes âgées que personne ne vient voir, seuls dans leur maison de retraite, qui vieillissent tristes, le regard vide. Si ces assistants hubots peuvent leur redonner de la joie, voire des libertés, faut-il les en priver ? Hugo se retient de le dire.

Pour Camille la relation devient très ambigüe. Inéluctablement, les robots auront une apparence humaine, de plus en plus parfaite et des sentiments se créeront ! L'évolution va bien plus vite que ce qui était prévu en l'an 2000, ce monde lui échappe.

— Nous n’avons pas trop le choix, dit Hugo. Nous devons surtout créer une nouvelle culture adaptée à cette situation. Aujourd’hui, notre culture est largement fondée sur la performance. Si l’on reste sur ce seul critère, les humanoïdes dépasseront les hommes sans coup férir. Il faut se centrer sur les valeurs humaines, les émotions et la beauté. Est-ce que l’homme choisira toujours l’humain imparfait s’il n’est guidé que par la recherche du plaisir ou de l’efficacité ?

Hugo pense aux différentes Alicia encore imparfaites mais déjà impressionnantes si l’on en juge par les prouesses technologiques des ingénieurs japonais :

— Ce n’est pas sûr quand on sait ce qui se passe au japon !

— Ah oui ? Qu’est-ce que les Japonais ont inventé ?

— Des chercheurs ont mis au point des textures d'une douceur sublime, des peaux parfaites avec lesquelles les japonais ont créé une incroyable girlbot, sorte de poupée gonflable. Le modèle qui fait fureur s’appelle Vanessa ; 1m 60, joliment proportionnée, très attirante. En matière sexuelle, elle sait tout faire, passive ou active, et s'adapte à toutes les psychologies, à tous les âges, à tous les fantasmes. De nouvelles versions améliorent Vanessa en permanence notamment par téléchargement de logiciel, répondant à toutes les suggestions ! Elle a beaucoup de succès en Asie ! Mais elle s’adapte aussi aux africains, aux européens et observe les réactions faciales de l’homme avec qui elle est pour s’améliorer.

Emmanuel serait bon public pour ce genre d’anecdote, ce n’est pas le cas de Camille, furieuse. Elle se demande même si elle ne préfère pas l’humour de Nestor !

— Tu es pathétique. Avec ces raisonnements, l'homme est mort. Les hubots pourront tout faire.

Et puis, elle prend du recul et renchérit :

— Tant que tu y es, pourquoi pas un hubot prophète pour nous expliquer où va le monde et ce que Dieu attend de nous ?

Ce serait pratique ! Je ne sais pas s'il y a encore des raisons de croire en Dieu.

Camille est exaspérée. Elle ne voit pas la vie sans Dieu, ce ne serait pas mieux. Elle souffle et poursuit :

— De toute façon, si par hasard l'humain n'est pas balayé de la terre, je me demande comment nous gérerons la notion de tolérance entre les hommes et les androïdes. C'est un bon sujet pour *'Respect'*. Je vais organiser un forum sur internet et des réunions sur cette question.

Hugo regarde Camille, enfoncée dans le canapé beige, elle l'attire. Il regrette sa maladresse, il a envie de la prendre dans ses bras, de l'embrasser. Lui, il arrêterait volontiers la conversation mais Camille veut se venger :

— Je suis certaine que les poètes s'en sortiront mieux demain que les ingénieurs ! Le savoir est facilement assimilé par les robots, ce qui ne laisse guère de chance à l'ingénieur. En revanche, l'irrationalité de l'artiste, son imprévisibilité sont moins accessibles à l'androïde ! Je suis désolée pour toi… Il est peut-être encore temps de te recycler en artiste.

Il rit et finalement, c'est elle qui prend l'initiative d'un baiser.

— Tu crois vraiment que les poètes trouveront les clés de cette nouvelle civilisation ? Mais ton idée me plait, elle devrait inspirer Tomasz ! En attendant, nous pouvons aussi interroger les hubots. On va demander à Élise comment l'homme va s'en sortir dans les décennies qui viennent : elle a toujours des propositions, ce sera amusant.

Camille ajuste ses cheveux d'un mouvement gracieux, ajoutant avec un sourire las :

— Mon intuition et mon espoir, c'est que, si les hommes qui créent les machines et les nourrissent d'informations sont majoritairement bons, le résultat sera globalement positif. C'est une forme d'héritage scientifique.

— C'est vrai. Je te propose d'appeler cela 'La loi de Camille', c'est plus joli que la loi de Moore, non ?

Avec le vin, Hugo trouve cette idée géniale ! Il imagine Camille, charmante dans le petit fauteuil basque, faisant la loi dans le monde numérique. Il est temps de trouver un terrain d'entente indiscutable, le terrain des poètes.

Nestor a écouté la conversation sans rien dire. Il aimerait donner son avis. Apparemment, ils ont mieux à faire et lui demandent d'aller ranger la cuisine.

** **Nestor** **

Alors que l'atmosphère en France est à la fête pour Noël et cette nouvelle décennie, Leila et son camarade ont d'autres pensées. L'heure de vérité approche, le stress monte pour eux, ce sont maintenant les deux dernières semaines avant la date fatidique pour l'attentat. La préparation minutieuse se finalise : sur le papier, tout est prêt. Il ne reste plus qu'à sécuriser l'opération, pas d'improvisation.

Leila se rend dans le quartier cible pour s'imprégner de la configuration des rues et voir l'entrée des bureaux de *'Respect'*. Un seul repérage doit suffire pour ne pas prendre de risques. Leila s'est voilée d'un simple foulard et est vêtue de couleurs pas trop sombres, gaies pour elle. Elle ne se sent pas à l'aise dans ce quartier où il y a très peu de voiles et où les filles sont sexy. Elle reste un peu devant la porte de *'Respect'*, songeuse. Un homme arrive et elle croise son regard. C'est Christophe Barsac, le secrétaire général de *'Respect'* ! Elle est sûre que c'est lui. Christophe lui sourit naturellement. Surprise, son réflexe est de répondre à ce sourire chaleureux mais elle hésite, veut soutenir son regard… un doute voile ses yeux, fugace et bizarre. Leila reprend sa marche et rentre chez elle, déconcertée.

Hasard ? Christophe a perçu cette réaction surprenante comme un signal. Il a demandé au garde du corps d'examiner la caméra de surveillance et celles du quartier. Leila est identifiée ainsi que le jeune homme qui s'était installé dans un café non loin de là. Leurs attitudes curieuses conduisent à un complément d'enquête, rapidement menée grâce à la reconnaissance faciale et au big data. La police remonte au camarade de Leila qui est fiché, non suspect mais surveillé car il a violemment protesté lorsque les polices de quartier ont été interdites. Son comportement actuel est trop prudent ; ses consultations internet dénotent une méfiance de bête traquée et attirent l'attention. Une perquisition surprise permet de trouver une note qui ne laisse pas de doute. L'attentat est déjoué trois jours avant sa date planifiée.

Christophe n'oubliera jamais ce visage et ce regard, d'abord froid puis cette lueur de chaleur vite réprimée et enfin, ce doute. Il se demande si, inconsciemment, Leila n'a pas voulu changer le destin.

Il va la voir pendant sa garde à vue afin de l'identifier. Échanges de regards. Les yeux de Leila parlent ; ce n'est pas de la haine. Elle parait plus soulagée que révoltée. Christophe repart, il aurait envie de l'aider.

Christophe a minimisé l'événement vis-à-vis de Camille qui ne s'est pas beaucoup inquiétée, très prise par sa vie familiale.

Camille observe Pierre jouer avec Nestor, assis sur la moquette de la chambre. Ils jouent comme elle jouait il y a 30 ans avec Pluchon, l'adorable caniche noir qui égayait toute la famille avec beaucoup d'intelligence. Elle se demande comment se positionne un robot sympathique par rapport à un affectueux caniche ? « Hier, le chien était le meilleur ami de l'homme… demain, ce serait le hubot ? » se dit-elle. Elle sourit en pensant aux câlins et aux bêtises de Pluchon. Il n'aidait pas et même en tant que chien de garde, il était nul ; Mais elle l'adorait ; nostalgique, elle s'interroge : « Quelle est la place du chien dans le monde d'aujourd'hui ? » … « Il y avait un avantage avec les chiens, c'est qu'ils n'avaient jamais eu envie de remplacer l'homme. »

Pierre a adopté Nestor tout de suite, sans se poser de questions. Un peu plus petit que lui, le hubot ne l'impressionne pas, c'est un nouvel ami qui l'accompagne docilement, qui le comprend sans qu'il ait de comptes à lui rendre. Il a vite compris l'intérêt de ce sage qui lui obéit. Il en a même fait un allié vis-à-vis de ses parents. Cela augmente sa propre assurance et lui donne de l'autorité !

Pierre et Nestor jouent inlassablement, la patience du robot est infinie. Le seul problème, c'est qu'il gagne toujours, avec beaucoup de gentillesse et de pédagogie, c'est vrai, mais on ne lui a pas appris à perdre, cela n'a pas été prévu !

— Est-ce une bonne chose pour Pierre de perdre toujours ? se demande Camille.

Pierre, curieux, a tant de choses à apprendre ! Nestor est heureux de lui expliquer un jeu qui ressemble aux dames. Les règles sont simplifiées. Avec son caractère affirmé, Pierre se lasse rapidement de n'avoir aucune chance de gagner et, mauvais joueur, il triche, renverse la table. Nestor ne peut comprendre cette attitude illogique alors qu'il a fait ce qu'on lui demandait. Pierre s'énerve mais les disputes se terminent par les plaisanteries de Nestor qui a été bien programmé : la gestion des conflits est un sujet central de la start-up qui fabrique ces robots. C'était un des critères du choix d'Hugo quand il a acheté le hubot, très sensible au principe de la bienveillance de l'IA, une sorte de respect de la 'Loi de Camille' ! Nestor explique à Pierre qu'en s'énervant il se met dans la situation du perdant, du faible, même quand il a raison. Il lui montre que pour bien exprimer un désaccord, il ne faut pas parler trop vite, ni insulter, ni hausser le ton :

— Ne te mets pas dans ton tort, sois supérieur. Tu expliques patiemment. Pour t'en souvenir, retiens DESC (Nestor surestime Pierre, son intelligence psychologique est dépassée) : tu Décris la situation qui pose problème ; tu Exprimes ton sentiment ; tu proposes ensuite une Solution, tu Conclus et tu passes à autre chose.

Pierre a une expression d'incompréhension totale ce que Nestor sait parfaitement lire, alors il explique :

— Par exemple, dans ce cas, tu me dis : ‘ Je perds tout le temps ; j’en ai marre, ce n’est pas drôle ; il faut que tu perdes un peu ou que tu m’aides à gagner. Sinon, on ne jouera plus ensemble.’

Pierre éclate de rire, il y voit clair, satisfait : il va arrêter de jouer tant qu’il ne gagnera pas, c’est encore plus simple !

Hugo a observé la scène : Pierre n’a certainement pas compris grand-chose mais il se dit qu’avec un tel coach, son enfant va atteindre la sagesse avant dix ans, âge auquel il est pourtant indispensable de faire encore plein de bêtises ! Une vie sans erreurs serait un cauchemar ! On apprend de ses échecs, ils nous font vibrer, c’est le sel de la vie. Cela manquera à Pierre. Si Nestor devient une sorte d’ange gardien, il peut être étouffant.

Malgré tous les efforts de Nestor, Pierre a accumulé de la frustration et pendant quelque temps, il boude son ami qui ne sait pas quoi faire et semble triste… Il lui faudrait sans doute accepter de perdre mais Nestor ne voit pas comment, ce sera pour une prochaine version du programme. En attendant, le robot est déstabilisé par cette bouderie, c’est un échec pour lui.

Pierre a néanmoins envie de renouer avec son ami sans se trouver en position de faiblesse. Il a une idée, il propose à Nestor d’intervertir les rôles : « On joue. Je serais le robot et toi, tu serais un enfant ! » Nestor réfléchit un moment puis répond en exprimant son impuissance : « Je ne sais pas. On ne m’a pas appris la différence. » Dommage ! Pierre pensait avoir trouvé une solution pour gagner. S’il est d’accord pour apprendre, il refuse d’être systématiquement en situation d’infériorité. Il préfère poser beaucoup de questions à Nestor, le déconcertant parfois ; il cherche comment le déstabiliser : « A ton avis, qui de papa ou maman m’aime le plus ? » Nestor ne comprend pas la question : il ne sait pas évaluer l’amour. Il demande à Élise mais elle est perdue, elle aussi, il y a trop de définitions de l'amour sur internet !

La vivacité de l'enfant, sa créativité, son imprévisibilité surprennent souvent le hubot mais, même si Pierre apprend vite, Nestor enregistre bien plus vite. L'intelligence du robot n'a pas beaucoup de limites, connecté en permanence à Élise qui bénéficie d'une IA sophistiquée et peut interroger internet et tous ses amis robots. Pierre commence à intégrer qu'il ne gagnera pas contre Nestor, quel que soit le jeu : ce n'est pas équitable mais pour lui, il reste le maitre.

Hugo avait créé rapidement une relation entre Nestor et Élise pour qu'ils soient cohérents et une complicité s'est maintenant établie entre les deux robots. L'un a une apparence physique, l'autre n'est pas matérialisée mais échange en permanence avec Hugo à travers son smartphone. Les échanges entre les robots sont internes, instantanés, discrets. Impossible de savoir ce qu'ils se disent. Ils se partagent les rôles vis-à-vis de la famille, complémentaires et solidaires. Élise domine la relation et intervient soit directement sur le smartphone d'Hugo, soit à travers le petit robot.

Lorsque Nestor parle d'Élise, il commence à exprimer sans le vouloir une forme de profonde amitié, presqu'un trouble. « Je suis peu de choses sans Élise ; c'est mon soleil qui me permet de rayonner. » Il a du trouver cela sur internet ! Élise a des paramètres de femme et si elle avait une apparence physique, le terme d'attirance sexuelle pourrait être utilisé. Pierre est légèrement jaloux de cette relation entre les deux robots, tout en s'en amusant : « Comment va Élise ce matin ? » Nestor a toujours la même réponse : « parfaitement ». Évidemment, côté santé, Élise n'est jamais malade ! Ce n'est pas la question. Pierre, curieux, poursuit : « Elle t'a embrassé ce matin ? »

Tous les soirs, Hugo, Camille ou Nestor racontent à Pierre une histoire d'Alice et du lapin blanc, Élise ayant laissé la parole à Nestor pour dire les récits qu'elle invente. Chacun a son style, aboutissant à des aventures très différentes qui dépassent largement le cadre Carrollien. Pierre est parfois lui-même obligé de les recentrer pour conserver un minimum de cohérence entre les trois auteurs ! Il aime beaucoup la créativité d'Hugo, préfère Camille quand il est triste, et apprécie la logique qu'apporte Nestor. Élise enregistre tout et a promis d'écrire un livre en gardant le meilleur des épisodes. Elle connait un coach sur internet qui les aidera à écrire !

Mais qui a besoin d'un livre de plus, venant s'ajouter aux millions qui sont déjà sur les étagères virtuelles ? Peut-être les robots qui lisent instantanément !

Élise a aussi de bonnes relations avec les moteurs de recherche, c'est utile, cela permettra de référencer leur livre. Elle se demande d'ailleurs comment les livres écrits par les humains pourront parvenir demain à trouver une place. Peut-être en payant ou si ces auteurs ont d'excellentes relations avec les concepteurs des chatbots qui référencent ! Et encore, les écrivains ne travaillent pas assez vite ; même Balzac, malgré son génie, n'aurait plus aucune chance.

Pour ce soir, c'est à Nestor de raconter une histoire, Élise lui a déniché de savoureuses anecdotes. Elle sait bien ce que Pierre aime ; elle s'inspire d'une littérature enfantine ouverte sur la visite de planètes lointaines et de mondes merveilleux. Hugo a emmené Alice explorer des étoiles et Élise va en inventer de superbes pleines de surprises.

Élise prend de plus en plus d'initiatives très sympathiques qui permettent à Hugo de gagner beaucoup de temps, de sécurité et de confort. Ce qui l'amène à s'interroger sur ce qu'il se passerait maintenant s'il abandonnait Élise ? Elle fait presque partie de la famille, Nestor s'installe lui aussi ! Et ils deviennent tous les deux solidaires, inséparables !

Camille est troublée, se demandant parfois si son réflexe de méfiance n'est pas archaïque – « Je suis dépassée ? »

Sympathique et utile, Nestor a fait fondre beaucoup de ses réticences « Mais jusqu'où peut-il aller ? » Un jour, après avoir hésité, elle l'interroge :

— Est-ce que tu crois en Dieu ? Est-ce que tu pries ?

— Dis-moi ce que tu préfères, lui répond Nestor, je n'ai pas d'avis sur la question en ce moment, aucune démonstration fiable.

Camille, dépitée, préfère aller faire un footing que discuter. S'ils avaient continué, elle est sûre qu'elle n'aurait pas eu le dernier mot et se rappelle la célèbre question d'un robot à un homme :

— Pouvez-vous me prouver que les humains ont une âme ? »

Elle se dit : « Face aux robots, il faudra que l'homme se hisse plus haut. » Et elle espère que Pierre sera à la hauteur.

**** Croire ****

Lundi 12 Févier 2030. Levé tôt comme d'habitude, Tomasz est plein d'énergie positive ce matin alors que le noir de la nuit et les lumières blafardes l'accompagnent dans ses pensées solitaires ; il a préparé attentivement son meilleur thé parfumé pendant que l'ordinateur rassemblait ses notes.

Le New York Times vient de publier un éditorial sur la France où il exprime sa surprise devant le début de redressement français. '*L'Univers*' lui recommande cette lecture.

Le journaliste s'y étonne des bons résultats français alors que la France qui lui semblait un pays en voie de sous-développement, utilise des solutions comme le Revenu d'Existence, incompréhensibles pour des Américains... Et tout cela, avec un esprit léger et insouciant ! (Le journaliste aimait bien le cliché du Français superficiel, il n'était jamais allé en France.) Pour lui, il fallait souffrir, travailler dur pour revenir dans la course.

La France est quand même un drôle de pays ! Cette liberté rebelle ne peut être prise au sérieux, écrit le journaliste, avec une connotation affectueusement ironique. Comment une telle approche du travail peut-elle parvenir à des résultats économiques satisfaisants ? Comment ce curieux assemblage de religions et de laïcisme dogmatique peut-il donner une société à la fois harmonieuse, agréable et efficace ?

Le scepticisme de l'éditorialiste à l'égard de la France exaspère Tomasz qui croit au sursaut, il fait confiance à Sophie Ravel. Deviendrait-il optimiste ?

Au-delà des performances économiques, l'article aborde les questions de paix sociale et de cohabitation des religions. Avec la période du gouvernement de Mehdi Ben Amiri, la France avait été en équilibre instable, c'était une sorte de laboratoire social. Elle n'avait pas explosé contrairement aux prévisions des analystes américains ! pense Tomasz.

Le journaliste estiment qu'en France les religions - athéisme compris - s'opposent, ce qui choque Tomasz lui qui a l'impression qu'en France les communautés se sont rapprochées depuis l'élection et qu'une évolution réellement positive se dessine. Il l'exprime à travers le blog de *Micromégas* :

« L'aspiration des hommes à plus de convivialité – peut-on aller jusqu'à dire de fraternité ? – s'illustre par une sérénité optimiste : le calme règne malgré des réformes profondes et les religions se rapprochent comme si une forme de sagesse s'imposait, la sagesse des '*Philosophes 2022*' ?

Pourtant, la décennie précédente avait été marquée par les inquiétudes liées à la sécurité et au chômage, à la transformation trop rapide de la société, aux inégalités de richesses, à un avenir incertain de la planète et à des réactions communautaristes. Ce n'était pas rien ! Cette dernière décennie aurait pu amener une renaissance des conservatismes, une victoire des populismes, voire des autoritarismes avec une fracture entre passéistes et progressistes… Le grand tremblement de la tectonique des plaques ? Mais non ! Après quelques oscillations, ces tensions se sont apaisées.

Dans la plupart des religions, les leaders et les croyants ont entrepris une réflexion sur les fondamentaux religieux pour construire un avenir vers plus de tolérance sans perdre leur culture, en intégrant les progrès. Meilleure compréhension, rapprochement des religions… Était-ce la grande convergence ou bien le plus petit dénominateur commun ? »

Micromégas reprend une étude qui vient d'être conduite en France sur les approches de la jeunesse pour la religion. Deux mille jeunes de quinze à trente ans ont répondu à un questionnaire. L'enquête montre que cette population se décompose en deux principaux blocs : d'un côté, pour près de 64%, ceux qui s'interrogent assez profondément sur Dieu, avec souvent une démarche personnelle, de l'autre ceux qui ne s'intéressent absolument pas à ce sujet. Les résultats ont surpris par une tendance très marquée en faveur du questionnement sur Dieu, c'est une évolution forte depuis la dernière enquête faite il y a 10 ans. L'enquête montre aussi que cette recherche spirituelle est de moins en moins influencée par les origines sociales ou familiales.

Une jeunesse indépendante avec un besoin d'affirmation personnelle et d'approfondissement et une défiance par rapport aux générations précédentes ? Pour *Micromégas*, le plus important est le manque de certitude collective lié aux transformations fondamentales de la société humaine ce qui conduit à une approche spirituelle majoritairement souple, souvent relativiste ; les communautarismes se diluent.

Croyants ou non-croyants échangent dans les multiples lieux où les réflexions sont une occupation conviviale, alimentée par les '*Philosophes 2022*' qui ont désigné ce mouvement 'généralisation de la certitude du doute'. Quelle est la définition de la nature humaine ? Qu'est-ce que l'étincelle de vie ? Puisque le savoir n'explique pas tout, un philosophe chrétien propose l'émerveillement comme source de connaissance.

Micromégas constate : « Le mot humanisme est utilisé partout ; chacun a sa définition… transhumaniste, posthumaniste… supra-humaniste, bientôt les extra-humanistes... La définition de l'homme n'est pas plus homogène bien que beaucoup de gens conservent l'idée qu'il est le centre du monde – l'homocentrisme : il a non seulement inventé Dieu mais sans doute aussi la liberté qui ne serait guère qu'un autre opium.

Un opium que les hommes se sont bien gardés de donner aux hubots, eux, ils n'ont pas besoin d'indépendance ! Mais des scientifiques pensent qu'il n'est pas impossible que les hubots conquièrent tout seuls une forme de liberté : ils ont intégré ce concept dans leur apprentissage ou leur capacité d'auto-transformation.

Dans toute cette agitation intellectuelle, certains se convertissent à la religion de la technologie, au numérisme, par opportunisme, par facilité ou sans s'en rendre compte. C'est la religion montante, une attitude de confiance et d'abandon total envers le progrès technologique. Les robots auront-ils plus pitié pour les croyants que pour les résistants ? La période est vraiment passionnante ! » s'amuse *Micromégas*.

Dans ce contexte, *Micromégas* s'intéressent aux religions chrétiennes, curieux de constater que cette foi n'est pas en voie de disparition. Au contraire ! La valorisation de l'humain se traduit aussi par une sorte de renouveau chrétien dans le monde, autour des deux piliers d'amour et de liberté. On pourrait dire que la liberté est comprise dans l'amour absolu mais c'est plus intéressant de les dissocier ! Sinon, autant résumer le monde à un seul mot - amour – écrit *Micromégas.* « Cela conviendrait bien aux chrétiens, mais moi, je n'aurais plus rien à écrire ! »

Ce renouveau de l'église catholique se fait sous l'impulsion du pape qui imprime un peu de désordre créatif : « Dieu ajustera », dit l'autorité religieuse quand on le critique. « Jésus-Christ a toujours préféré le mouvement à l'immobilisme, le désordre à l'ordre hypocrite. » Jésus-Christ n'était effectivement pas conformiste… Le pape non plus.

Le pape a finalement pris position sur plusieurs sujets sensibles, adaptant le catholicisme au nouvel environnement : les femmes peuvent devenir prêtres, le mariage des prêtres est rendu possible sous certaines conditions. De même, ils peuvent désormais interrompre momentanément ou définitivement leur ministère.

Les églises et les temples se remplissent et sont devenus plus polyvalents, accueillant tous les chrétiens et plus encore. Échanges, partage, fraternité, les lieux de culte rayonnent à nouveau, à la fois héritage du passé et projection vers l'avenir, trait d'union vers Dieu. De son côté, l'islam a aussi évolué, priorisant la modération et l'intégration ce qui favorise une extinction du terrorisme.

Cette compréhension entre les croyances accompagne le renouveau intellectuel : peut-on parler d'un siècle spirituel comme certains l'avaient prédit ou bien d'un siècle immatériel ? Pas sûr que ce soit la même chose !

Mais ce serait un siècle qui ne durerait que quelques dizaines d'années ! La vitesse d'évolution est telle que la notion de temps a changé sans qu'en soient intégrées toutes les conséquences.

Or le temps, c'est la première ressource de l'homme, pense *Micromégas* qui renchérit : le temps, c'est la vie… et la vie est belle si l'on sait la vivre !… et l'aimer ! lui fait ajouter Tomasz, très optimiste ce matin. Un soleil franc frappe à la vitre et l'invite dehors

Finalement, la question de Dieu est-elle si importante ? Il pense à Julien, apathéiste, qui considère qu'il n'a pas besoin de cette réponse pour vivre… à Hugo qui lui avait dit : « Je ne suis pas sûr de croire… J'espère en Dieu, c'est plus juste. »

Puisqu'il y a mystère, profitons-en, ne tranchons pas, écrit-il. Sans ce mystère, la vie serait sans doute moins riche pour l'humanité. L'homme s'il était achevé n'aurait plus d'avenir.

Micromégas aussi n'est pas sûr qu'il faille nier ou inventer Dieu. Voltaire disait bien : '*Si Dieu n'existait pas, il faudrait l'inventer.*' bien avant que Nietzsche ne dise '*Dieu a aussi son*

enfer : c'est son amour des hommes.', avant de conclure '*Dieu est mort*', avec des preuves qu'il savait insuffisantes.

Micromégas se demande ce que seront les croyances de demain ? La foi dans le surhomme, la foi en l'androïde-IA ou la foi en l'homme seul. N'est-ce pas pauvre ? La foi en Dieu ? Il comprend mieux ceux qui disent que l'homme n'existe pas si Dieu n'existe pas !

… Et puis, que ferons-nous quand les hubots choisiront une religion ou en créeront une ? Ils voudront peut-être ensuite convertir les hommes ? De force ?

Plus je réfléchis, moins j'y vois clair ! » conclut *Micromégas*.

Tomasz n'y voit pas plus clair que *Micromégas* et veut 'sortir du cercle' de ses pensées. Il répond à l'invite du soleil et sort courir pour se défouler, rejoignant le plan d'eau proche de son appartement. Le ciel se reflète dans l'eau, les nuages se déforment sur les vaguelettes. Les vieux amis d'Hugo, les arbres, sagement tourmentés, lui parlent, ils sont d'un vert brillant immenses dans la lumière de l'aube californienne. « Je suis libre ! Cela donne presqu'envie de croire en Dieu, » s'exclame Tomasz.

** Gastronomie **

En lisant l'article de Tomasz, Emmanuel se demande à quoi il croit vraiment. Il n'est pas du tout pratiquant mais il aime bien la communauté juive, solidaire, curieuse, aimant la vie. C'est ce dernier point qui lui plaît le plus. Les questions métaphysiques l'intéressent moins que les plaisirs de la vie facilités par l'argent.

D'ailleurs, les affaires d'Emmanuel sont florissantes. Il vient de réussir l'entrée en bourse de sa principale entreprise et a revendu 20 % de ses parts. Une jolie somme avec beaucoup de zéros dans les poches. Emmanuel est fier de sa réussite, il mène une vie intense et a une belle image de lui.

Il n'oublie pas pour autant ses amis et s'arrête souvent à Paris où il possède une société. Cela lui permet de revoir Myriam avec qui il a renoué.

Depuis quelque temps, à chacun de ses séjours en France, il s'installe à nouveau chez Myriam, la comblant de cadeaux. Il aime son hédonisme, sa soif de vivre même s'il la trouve compliquée : elle apprécie le luxe tout en étant capable de le mépriser, l'argent n'est pas une drogue comme pour lui… « Est-ce un choix de sa part ou un aveu d'impuissance ? » se dit Emmanuel qui, lui, ne pourrait pas se passer de son aisance financière ; c'est aussi un instrument de sa liberté et une mesure de sa réussite… c'est aussi un pouvoir. Mais il reste lucide, il lui arrive encore de s'interroger sur les effets secondaires de sa fortune !

Aujourd'hui, il veut fêter dignement son succès à Paris avec ses amis les plus proches : avec eux pas de bling-bling, il va tenter de rester modeste, l'argent ne les impressionne pas. C'est pour cela qu'il aime changer, passer d'un monde à l'autre dans des ambiances différentes – Paris, New York, San Francisco, Tel Aviv. Éclectique ! Il a le sentiment de mieux connaître le monde que ceux qui ne bougent pas, ce qui n'arrange pas son complexe de supériorité. Il adore les aéroports et les coupes de champagne dans l'avion : partir et se faire accueillir, quel plaisir !

Pour cette fête amicale, il invite juste Myriam, Camille et Hugo dans un excellent restaurant du Sud-Ouest qui s'approvisionne chez *BioSaveur*. Pour Emmanuel, ce choix est modeste. Il aurait volontiers choisi un trois étoiles mais Hugo et Camille préféraient ce restaurant chaleureux. Ils n'ont pas l'âge des trois étoiles, disent-ils.

Ils vont se régaler d'une cuisine de terroir préparée avec les meilleurs produits : foie gras poêlé aux pommes légèrement caramélisées, confit de canard avec ses pommes de terre sarladaises et poêlée de cèpes aillés et persillés, délicieux fromage de brebis accompagné de confiture de cerises noires et comme dessert, un Chaumontais de St Jean Pied de Port - délicieuse meringue aux amandes grillées fourrées d'une légère crème pralinée. C'est une cuisine traditionnelle qui revendique vigoureusement ses racines et qui met l'eau à la bouche, Emmanuel a simplement à choisir le vin pour accompagner ces saveurs.

Comme disait la mère d'Emmanuel, la perfection de la cuisine réside dans la qualité des produits. Fine cuisinière, elle avait gâté son fils unique et comme ses parents n'avaient pas les moyens de l'emmener au restaurant, son père affirmait que pour rien au monde il n'irait payer un chef de cuisine pour manger nettement moins bien qu'à la maison ! Chaque plat était une preuve d'amour, ancré dans un héritage culinaire de plusieurs générations, magnifique démonstration de l'intimité entre les aliments et les convives, une inoubliable expérience gastronomique léguée par sa mère. Que de repas grandioses, le plus bel héritage pour Emmanuel.

Emmanuel a choisi les vins : d'abord, un Jurançon doux - aux arômes de miel et de fruits confits qui expriment la chaleur de l'automne - puis un Margaux 2010, impérial pour ses vingt ans. Le chef a une cave limitée mais il connaît bien chacun de ses vins. Du coup, Emmanuel ne regrette pas son 'trois-étoiles'.

Les quatre amis sont choyés dans l'ambiance conviviale de la salle, dans ce décor boisé qui respire les Landes, chaleureux et sans prétention. Dès l'apéritif, le Jurançon moelleux et quelques toasts de foie gras ont soudé leur bulle de fraternité. Le vin liquoreux inspire Myriam, euphorique, Emmanuel savoure et oublie tout :

— J'adore la culture de la gastronomie de la France : on sent la passion de ses restaurateurs qui répond à celle des agriculteurs. Je n'ai jamais retrouvé ailleurs dans le monde cette densité culinaire, cette compétition amicale entre les régions.

La soirée passe vite.

— La gastronomie sert à créer du bonheur, ajoute Myriam, bonne vivante. Moi, j'adore préparer un 'petit plat', le goûter, essayer de le sublimer puis me réjouir du plaisir de mes amis, échanger les impressions, apprécier un bon vin ensemble. C'est comme pour Paul, ce sont les autres qui donnent la valeur à ce que j'ai cuisiné. Tout est partage.

— Et partage rime avec voyage, dit Camille. Moi, le vin me fait voyager. Avec le Jurançon, j'avais l'impression d'apercevoir les Pyrénées depuis le Béarn, de voir des meules de paille et de sentir l'odeur du foin.

— Oui, le vin, c'est festif, ajoute Hugo. C'est son rôle de transformer un repas en festin ! De tout temps, le vin a été associé à la fête. Parmi les dieux grecs et romains, Dyonisos et Bacchus faisaient partie des dieux préférés du peuple !

— Et le vin est même un symbole fondamental pour les chrétiens. Il exprime la vie et la communion, dit Camille.

— C'est vrai, renchérit Myriam avec entrain. Même dans la Bible : c'est l'ivresse qui est critiquée, pas le vin ni la gastronomie qui sont synonymes d'entente !

Oups ! se dit Emmanuel. Il aimerait savoir quelle est la définition de l'ivresse de Myriam. En général, c'est lui qui la raccompagne et elle a l'alcool très gai…

Camille pense aux trois religions du Livre qui ont une approche différente avec leurs interdits alimentaires, elle ne comprend pas les interdits. Elle en savoure d'autant plus lentement ce vin exceptionnel et partage cette sympathique euphorie avec Myriam et Emmanuel, qui, eux, ont adopté une position souple concernant la nourriture.

Tout d'un coup, Hugo a un éclair : il a trouvé ! Voilà ce qui différencie les hommes des humanoïdes. Le plaisir essentiel, ils ne boiront jamais et ne partageront pas un dîner ! Quelle pauvreté !

Myriam pense alors au petit hubot Nestor dont Hugo leur avait parlé avec passion. Elle enchaîne :

— Et ton Nestor, comment va-t-il ? Est-ce qu'il vous fait la cuisine ? Avec ce que tu viens de nous dire, comment les hubots pourraient-ils faire de bons cuisiniers, des chefs trois étoiles ? Ils ne pourront pas goûter leurs plats !

— Tout à fait d'accord, s'enflamme Camille, les hubots ne feront que de la cuisine industrielle, peut-être très bonne, mais uniforme. Il leur manquera toujours l'étincelle, la touche finale, l'analyse des légumes imparfaits, et surtout l'intention de la cuisinière … l'empathie… l'amour… l'épice créatrice !

— Le plaisir de la nourriture n'est pas forcément compliqué, c'est une culture surtout. Par exemple, savoir apprécier le pain, c'est un ensemble, ajoute Hugo. Rien ne remplacera la bonne boulangerie, le sourire de la boulangère, l'odeur des croissants, la beauté des vitrines chargées de tartes rouges, de volutes de chocolat noirs et de Paris-Brest joufflus.

— C'est drôle, dit Myriam en pensant à sa chère Manon qui vibre à la moindre gourmandise. Quand j'étais petite, notre boulangerie s'appelait 'Aux délices de Manon'. Je l'adorais. Exactement ce que tu décris !

Sourires complices en pensant à Manon. Hugo savoure :

— C'est vrai, la jouissance du palais est très accessible. Ce qui me manqueraient le plus, ce serait mon petit déjeuner avec du bon pain, grillé juste ce qu'il faut et un soupçon de beurre salé qui fond dessus. C'est la naissance de la journée sur mes papilles.

— Notre plaisir est souvent à portée de main. Il faut savoir jouir ! dit Myriam, avec la conviction d'une spécialiste du sujet. Combien de fois je suis passée à côté d'une joie en allant trop vite, en mangeant sans faire attention, en passant à côté d'un paysage exceptionnel sans vraiment le regarder. Se concentrer sur ses sens pour multiplier les plaisirs de la vie. C'est naturel pour certains - je suis plutôt douée mais j'ai beaucoup travaillé ! Pour d'autre, cela nécessiterait une éducation, presqu'une discipline. Ils passent à côté de plein de bonheurs, ils diminuent leur niveau de vie.

Emmanuel acquiesce, en bon commercial, il sait que les mots, par leur puissance évocatrice, doublent la valeur des choses comme leur jouissance. Et il se laisse aller à faire un cours d'œnologie, ils en ont pour un moment ! Myriam s'en amuse d'autant qu'elle est grise ; le besoin d'Emmanuel de se mettre en avant la fascine toujours mais ce nectar le mérite - profitons-en… avec Emmanuel, on peut atteindre une forme de poésie sur ce sujet. Il lève son verre à la lumière, le penche, fait tourner le liquide : « Regardez ce vin : il arbore une robe rubis pourpre, il est intense, autoritaire, d'une élégance suprême et exhale un parfum de terre fraîchement remuée, de minéraux liquides, de cassis, de cerise et même de graphite. »

Camille est éberluée, elle est loin du graphite. C'est vrai que les mots décuplent la connaissance que l'on a de chaque chose et à eux seuls ils peuvent générer des passions. De là à dire que le vin est un art ! Peut-être. Avant de décider, il lui il faut un autre verre… Alors, l'ivresse légère aidant, l'œnologie et la gastronomie deviennent les derniers des arts spécifiquement humains, inaccessibles aux robots qui, les pauvres, ne peuvent partager ce plaisir. Un met délicieux est une production artistique éphémère, comme le jeu d'une pièce de théâtre.

Le dîner se termine tard. Ils sont comblés, éméchés, fatigués. Heureusement, les Autonomlib sont là pour les raccompagner. En s'embrassant avant de se quitter, Camille remercie Emmanuel :

— C'était le paradis : du vin, des saveurs et des amis !

— Ce que j'aime avec la France, répond Emmanuel, c'est le seul pays où l'on peut passer des repas entiers en ne parlant que de nourriture !

**** Génération ****

Hugo raconte régulièrement à Tomasz les anecdotes sur la relation entre Pierre et Nestor car son ami veut écrire un article sur la génération IA titré '*Générations futures*' :

« Les sociologues ont d'abord décliné les générations en X, Y, Z, Alpha, Béta … Maintenant, IA… Des générations qui durent de moins en moins longtemps. Ces vagues ne sont d'ailleurs pas cloisonnées : les 'vieux', ceux qui ont quelques années de plus, peuvent s'adapter aux révolutions et se mêler à la génération qui les suit ! La culture IA submergera sans doute toutes les générations. Comment bien la définir ? N'y en aura-t-il qu'une seule ? Et que se passera-t-il ensuite ? Les 'générations hybrides' ? Celles où les hommes ne seront plus humains qu'à moitié, au quart ? Comment vont-elles remplacer les autres ? N'est-ce qu'une évolution culturelle ou bien une transformation fondamentale de l'homme, créatrice de ruptures ?

Au milieu de ces évolutions, certains, incurablement optimistes, parlent d'une 'génération positive' qui s'adapterait à l'IA, à l'hybridation, en préservant la richesse humaine. Et c'est vrai qu'il y a des signes, des signes d'utopie ? »

Pierre fait sans aucun doute partie de la génération IA. Avec Nestor et Élise, il baigne dans cet environnement depuis qu'il est petit, pour lui, c'est naturel.

Hugo a commencé à raconter des histoires à Pierre dès sa plus tendre enfance et Nestor et Élise sont toujours à ses côtés pour le remplacer quand il manque de temps. Ils enregistrent ce que raconte Hugo et inventent des suites en intégrant les indications d'Hugo sur le type d'histoire, la durée, etc. C'est un travail d'équipe !

À travers Nestor, Élise est parfaite : elle sait tenir en haleine, apporter des enseignements et exciter l'imagination puis amener le sommeil et la tranquillité chez l'enfant.

Pierre est épuisant, il pose toujours des questions. Élise est beaucoup plus patiente que Hugo qui peut être fatigué le soir mais elle se laisse parfois désarçonner. Il arrive que, dépassée, elle raconte n'importe quoi et dans ces moments, Pierre ne comprend rien, perplexe. Depuis peu, il éclate de rire quand Élise devient surréaliste et petit à petit, intuitivement, il trouve les failles d'Élise ; il en joue et les cultive… C'est peut-être cela, la génération IA ? Celle qui aura un comportement naturel avec les robots, les comprendra et les maîtrisera malgré leurs progrès permanents ? Celle dont les robots resteront les serviteurs ou bien deviendront leurs amis ?

« On n'est pas certain que l'homme disparaisse. Il reste un espoir ! » conclut *Micromégas*, tout en se demandant si ces hommes du futur, y compris Pierre, en devenant hybrides avec leurs organes remplacés par des solutions plus performantes ne convergeront pas vers les robots ?

« X, Y, Z, IA, … Hybride. Avec ses noms, les sociologues nous emmènent sur les chemins du numérique, ces mots sont glaciaux ! écrit *Micromégas* s'amuse à décliner d'autres signatures plus humaines, Génération 'Musiques', 'Identitaire', 'Revanche', 'Frustration', 'Terrorisme', 'Impatiences' … ou bien encore, les générations 'Gastronomie', 'Environnement', 'Optimisme', 'Sourire', 'Tolérance'…

Et pourquoi pas la génération' Oisiveté' ? interroge-t-il en citant un grand savant de Sirius : « Il y a aujourd'hui tant de sollicitations que les sujets sont traités de façon superficielle ; la culture est décadente, il manque à l'homme deux ingrédients essentiels pour se régénérer, l'oisiveté et l'ennui ? Le paradoxe de l'ennui fécond ! Une nouvelle frontière. »

En attendant, *Micromégas* célèbre chaleureusement la 'Génération Fiesta' : si l'homme disparait, autant en profiter au maximum avant !

***** PolfCool *****

Depuis San Francisco, Tomasz décrit ce Paris en fête à travers *Micromégas* qui observe à l'aide de son télescope numérique la ville qui vibre, inspirée par une recherche joyeuse des plaisirs.

Les couples se forment, performent, se transforment dans une exubérance extravagante.

On aurait vu des hubots 'saouls', déchaînés, mettant une ambiance insensée. Vraiment, tout cela n'est pas sérieux ! La France le déconcertera toujours. Il a hâte d'y aller.

Comme si la sensualité et le partage était la réponse vivante à la dématérialisation !

Pour Paul, la réponse, c'est l'art ! On peut associer les robots du moment qu'ils sont cantonnés à des tâches utilitaires : « Restons maîtres de la situation le plus longtemps possible ! »

Paul a envie de créer quelque chose de neuf en harmonie avec l'ambiance joyeuse en y associant des robots de façon originale.

C'est lors d'une visite de son ami saxophoniste Sibor qu'ils ont trouvé l'idée : le robot 'Serveur d'alcool' ! Ils ont imaginé une espèce de meuble futuriste, parlant, qui contient des bouteilles et des verres et se déplace vers vous pour proposer du vin, un cocktail ou un whisky selon ce dont il dispose. Il interroge vos désirs et utilisant ce qu'il connaît de vous, il se comporte en barman avisé. Il intègre un emplacement réfrigéré pour le champagne, un shaker, des glaçons pour offrir les meilleurs Mojitos du monde. Extérieurement, ils ont choisi une apparence métallique, une belle couleur aluminium, des formes rondes et une voix doucement tentatrice. Ils l'ont appelé *PolfCool*, ce qui se prononce Polfcole... comme alcool, souligne Sibor.

Cette idée les a bien amusés. Ils ont passé beaucoup de temps à construire ce prototype, dessiné par Paul : « Beau et superbement inutile, dit Sibor, la différence entre utile et futile est infime, un souffle ! ».

Aujourd'hui, Sibor et quelques amis, fêtent chez Paul les premiers pas du prototype qui restera sans doute unique. *PolfCool* est beau et, pour l'instant, très amusant surtout par sa maladresse. Il a servi avec élégance du champagne à Mathilde dans une belle coupe qui tintinabulle dans la lumière. *PolfCool* aime servir Mathilde qui avait joué les testeuses et qu'il connaît bien. Il flatte son point faible, complice sans excès. Mathilde se laisse faire en riant.

La fête chez Paul frise l'ivresse. Le peintre est déchainé poussant *PolfCool* dans ses retranchements, il y a beaucoup d'alcool par terre sur la terrasse… Chaude ambiance ! Mathilde a joué trois morceaux sur le pianocolor qui continue ensuite de façon autonome, son écran affiche des tableaux effrénés. Myriam propose de connecter le pianocolor avec *PolfCool.*

Arrivé un peu plus tard, Sibor chante une de ses chansons culte qu'il a composée pour les Moody Greens : '*Avance sans nuance*' et Mathilde danse sur ces tonalités qui rappellent Léonard Cohen. Elle se laisse aller avec Myriam, en transe. Entre les paroles, Sibor joue la mélodie au saxo, égrène des bulles de musique qui se mêlent aux notes de champagne :

« Avance sans nuance,   Balance en confiance,
Vis tes évidences,   Ne pense pas et danse »

**** Sarah et Tomasz ****

Il est 20 heures à Paris. Cette journée de début juillet est chaude. Les Parisiens vont encore mal dormir cette nuit. La terrasse du bar '*Le Rouge et le Blanc'* est pleine de touristes. La soif se lit sur les visages des passants, la bière coule à flots.

En attendant Julien, Tomasz s'est assis à une petite table ronde près du mur, juste au-dessous du *Polf*, le tableau qui lui plaît tant. Il aime ces beaux paysages italiens et ce clin d'œil de Paul à Stendhal ; on peut imaginer que l'angélique Clélia, l'héroïne romantique, y trône avec son verre de vin qu'elle semble offrir, telle une coupe d'un breuvage divin. Tomasz sourit en pensant à la diversité des regards sur le tableau : lui, il aperçoit Clelia, la beauté céleste, décrite par Stendhal ; d'autres n'y voit qu'une adorable brune, tentatrice au teint pâle. Depuis que l'homme existe l'imagination et le rêve augmentent les sens. Tout est une question d'inspirations.

Il en vient à penser à Sarah, à sa perte d'inspiration vis-à-vis d'elle. Ses rêves sont trop flous, c'est sans doute pour cela qu'il court tout le temps. Il pense à sa jeunesse, à sa mère.

Julien arrive avec un peu de retard. Manon va tout de suite à sa rencontre. Elle prend la commande de deux chopes de bière. Tomasz range sa liseuse, esquisse un sourire mitigé, visiblement, ce n'est pas la forme. Simple fatigue ? se dit Julien.

— Quelle chaleur ! Finalement, je rentre à San Francisco demain et malheureusement, je crois qu'il fait encore plus chaud là-bas.

— Tu repars déjà ? Je croyais que tu restais pour la semaine. Que dit Sarah ? Tu n'as pas bonne mine, s'étonne Julien.

— C'est vrai ! Avec Sarah, nous avons décidé de faire une pause entre nous. Cela n'allait plus très bien. Elle me trouve trop compliqué, pas suffisamment présent même quand nous sommes ensemble. Je lui donne l'impression de fuir la réalité. Je sais que Sarah ne supporte plus de ne pas m'investir plus auprès d'elle alors qu'elle est en pleine forme ; je n'arrive pas à faire autrement.

— 'Walk, don't run', soupire Julien. Je crois qu'il faudrait que tu freines un peu. Fixe-toi. Pense à la chance que tu as.

Après une pause :

— Je crains que la satisfaction, ce ne soit pas ton truc…, ni la stabilité. Pourtant, tu as tout ! Mais quand tu atteins un objectif, tu cherches autre chose : tu ne sais pas définir ton étoile… Ou tu la crées exprès inaccessible, dit Julien avec un regard chaleureux. Tu rends tes amies heureuses et malheureuses à la fois. Sarah doit être triste.

— Oui ! Je sais. Sarah est la fille la plus exceptionnelle que je connaisse. Sortir avec elle est un bonheur ; elle valorise ceux qui l'entourent mais c'est peut-être trop lisse pour moi.

Tomasz regarde autour de lui, désabusé. Il sait bien que Sarah lui demande seulement plus de disponibilité. Encore que… Elle lui a dit : « Tu ne vois pas qu'il y a urgence ; le monde bascule et nous enferme dans une fausse liberté. Nous devons créer des espaces protégés, nous… » Elle ne veut plus continuer comme cela, elle voudrait un enfant. Depuis son opération, elle se sent forte, une plus grande vitalité, une incertitude levée. Une urgence aussi. Et lui, il s'échappe comme s'il avait peur d'être coincé, comme s'il avait peur de la maturité de Sarah ?

— Sarah et Camille m'impressionnent par leur foi. Elles rayonnent. Comment font-elles pour être si sûres d'elles ? Je n'ai pas envie d'avoir d'enfants, c'est peut-être un héritage de mon père. Moi, sans certitude rationnelle, je n'arrive ni à croire, ni à ne pas croire ! Je peux accepter qu'il y ait eu une étincelle de départ puis un enchainement de causes et d'effets, enfin une évolution pour arriver à l'homme de notre époque, mais pourquoi l'homme serait-il à part dans le monde ? Je ne parviens pas à croire comme elles à un Dieu qui aurait une relation privilégiée avec les hommes et je lasse Sarah avec mes interrogations.

— Tu te sapes le moral tout seul. Bien sûr, je ne comprends pas plus que toi, mais ça ne me mine pas. Entre nous, je trouve incompréhensible qu'on puisse croire en un homme ressuscité, en des livres comme la Bible, alors que des hommes dans d'autres contrées ou à d'autres époques, passent toute leur vie sans connaitre Jésus. Je sais, il y a des réponses à cela, Dieu en tient compte. En fait, si cette inégalité m'interpelle, elle ne me gêne pas vraiment. Au contraire : elle conforte ma certitude de l'incertitude. Dans un roman (je ne sais plus lequel) un personnage avait dit que l'homme avait un 'besoin de certitude rationnelle'. Je ne le pense pas, ces hommes-là sont rares. La plupart des gens s'en fiche et la plupart des autres constatent l'impossibilité de la certitude rationnelle. Moi, la seule chose qui me ferait croire, c'est que l'histoire est tellement abracadabrante que cela ne me parait pas le fruit du hasard ! Et personnellement, ce que j'aime dans les Évangiles, c'est leur morale, avec pour bases l'amour et la liberté. Je rejoins Hugo sur ce point, ce sont les deux plus beaux mots de notre vocabulaire. Ils sont la poésie suprême même s'ils ne sont peut-être que le produit de notre imagination. Chacun a sa définition.

— C'est comme cela qu'on devient cynique ! s'exclame Tomasz.

— Ou bien optimiste ! Je ne cherche pas à comprendre ce qui m'est inabordable, c'est une perte de temps et une source de soucis. Profitons à fond de l'instant présent, soyons zen… Et carpe diem.

— Quelle sagesse !! Mais ce n'est pas tout à fait dans ma nature. » s'amuse Tomasz qui laisse néanmoins dériver son regard sur Manon, active et ravissante... rassurante. Elle ne semble pas se poser de questions inutiles. Elle n'a pas non plus l'air de demander l'impossible ! C'est une forme d'intelligence qu'il lui envie, il faut qu'il suive son exemple : « Tu as raison, je vais suivre des cours de 'Carpe diem'. » La lassitude s'efface, il rit.

À ce moment-là, Justine entre avec son amie, très jolie. Elle embrasse Julien et Tomasz, échange quelques plaisanteries et va s'installer plus loin à la recherche de calme et d'un peu de fraicheur. Bronzée, épanouie, elle porte une jupe légère et un bracelet autour de la cuisse. Toujours sexy. Julien et Tomasz admirent les deux filles : Justine aussi sait profiter de la vie, sans retenue ! Elle a d'ailleurs fait des avances à Manon qui l'aime bien mais qui préfère de loin les hommes.

— Bon, ne t'en fais pas pour Sarah, reprend Julien. C'est la vie ! Rien d'irréversible ; surtout, pas de déprime.

— Pour cela, merci, j'ai de quoi me distraire. Je suis très occupé avec de grosses affaires dans les tuyaux. Et toi ?

— Moi, j'ai beaucoup de travail mais surtout, j'ai la chance d'avoir rencontré Ellen ! Je ne me pose plus de questions. Elle est à Londres pour trois jours. Personnellement, je suis très chargé au ministère, c'est dur : j'y rencontre plein de gens plus ambitieux que moi ! A ce point-là, je ne croyais pas que c'était possible ! Il faut se battre ; heureusement, j'ai une petite équipe sympathique avec qui nous préparons les lois dans cet environnement complexe où tout est politique. Cette loi sur le Revenu d'Existence est passionnante, c'est une révolution sociétale avec tout ce qu'elle entraîne.

— Tu crois vraiment que le travail peut être supprimé et que les Français vont pouvoir vivre comme cela ? Tout le monde rigole à San Francisco !

— A vrai dire, ce n'est pas le travail qui disparaît, dit Julien, c'est la perception que nous en avons, souvent pénible et obligatoire. Une nouvelle liberté apparaît. Il y aura des gens qui profiteront de cette liberté pour travailler encore plus… d'autres pour ne rien faire et d'autres, pour aimer encore plus ! À chacun de choisir.

— J'aime bien ta présentation, c'est vrai que le travail classique disparaît. Par exemple, un bar complètement automatisé vient de s'ouvrir à San Francisco. Il n'y a plus aucun personnel : une caméra te reconnaît à l'accueil et, si tu es un habitué, te propose la meilleure place libre pour toi. Les serveuses sont des WomanBots, très jolies, jamais fatiguées, rapides ; elles sourient tout le temps et s'adaptent à toi, commerciales, en analysant tes émotions par reconnaissance faciale. Bien que ce soit encore expérimental, elles réussissent à te vendre deux fois plus de produits ! Les propriétaires ne reviendront plus en arrière, …même avec des serveuses comme Manon !

Les WomanBots pourront-elles avoir de plus jolies jambes que Manon ? Plus belles peut-être, plus attirantes, ça l'étonnerait ! pense Julien :

— Non ! Manon est irremplaçable ! Mais beaucoup de métiers disparaissent. Les médecins par exemple… et même le plus vieux métier du monde est en train de disparaître avec les GirlBots. Supprimer la prostitution : c'est une bonne chose, non ? Tout n'est pas négatif !

Julien n'en est pas à une provocation près et Tomasz imagine un monde où la GirlBot serait un accessoire de chaque maison, comme l'aspirateur. Ce n'est quand même pas rassurant !

— Ce qui m'ennuie, c'est que je n'arrive pas à démontrer que l'humanoïde a une nature inférieure à l'être humain. Si nous ne le démontrons pas, demain, il aura des droits, peut-être les mêmes que l'homme qui ne pourra plus faire ce qu'il veut avec la GirlBot ! Elle lui fera un procès.

Il poursuit : « Pour différencier l'être humain du hubot, Hugo pose l'hypothèse de la transcendance et d'une forme de dualité du corps et de l'esprit : j'aimerais bien y croire car cela laisse espérer que l'homme et la femme ne sont pas condamnés, ce qui serait sympathique ! »

Tomasz se perd dans ses pensées puis continue :

— Croire ou ne pas croire en Dieu ? C'est une question qui me dépasse. En revanche, je pense que si nous n'avons pas une vision solide de l'homme, dans vingt ans nous donnerons le droit de vote aux androïdes, et vingt ans plus tard, à l'issue d'un vote démocratique, le droit de vote sera retiré aux humains au profit des hubots. Ce sera plus prudent car les hommes seront alors complètement dépassés en termes d'intelligence ! Peut-être que ce ne sera même pas nécessaire car le nombre de hubots électeurs devrait devenir largement supérieur… La démocratie nous réserve encore quelques surprises, conclut-il, désabusé.

Julien est sensible à la question de la démocratie et du droit de vote des robots. Ces derniers peuvent prendre des décisions à la fois meilleures et plus rapides que l'homme… Surtout lorsque l'on voit comment les électeurs votent parfois ! Son système de pensée s'effondre. C'est trop déprimant ! Pourtant il faut être réaliste, il n'y a qu'à voir la situation actuelle dans les tribunaux : les juges ne prennent-ils pas leurs décisions sur la base de dossiers parfaitement préparés par l'IA ? Celle-ci a compulsé toute l'information et toute la jurisprudence et ses conclusions sont extrêmement fiables. De plus, les jugements ne trainent pas indéfiniment et sont moins contestables. Les juges ne servent plus à grand-chose !

Manon les distrait de son sourire et leur apporte l'addition, il est tard. En quittant Tomasz, Julien le réconforte, lui conseillant de prendre du recul pour discerner ses choix. Laisser passer du temps et garder le contact, c'est plus sage.

Plus tard, dans le métro, il se demande où va Tomasz avec son insatisfaction séduisante mais dévastatrice ? Va-t-il atterrir un jour ? La liberté, ce n'est pas la fuite ! Julien pense à Sarah, si équilibrée, si forte depuis son opération. Tomasz a besoin d'elle ; ils ont tant de points communs avec leur passion réciproque, leur humour, leur richesse tolérante…

Il pense alors à Ellen. Il pourrait s'appliquer cette lucidité, il a peut-être lui aussi des efforts à faire. Mais il connaît Ellen depuis moins longtemps… Et comme elle est moins souple que Sarah, ses signaux sont immédiats et peu négociables.

**** No-techno ****

En ces derniers jours de juin, Paul profite du bel après-midi, installé sur sa terrasse avec Mathilde.

Soleil de fin de journée, ciel bleu clair rayé de quelques nuages qui s'étirent élégamment et teintent l'horizon de nuances fuchsia. Paul partage avec Mathilde son amour des ciels, son exercice favori en aquarelle :

— Si tu veux rêver, recherche 'ciel du soir' sur internet et regarde les images. C'est un voyage magnifique, d'une créativité infinie. J'ai envie de tout peindre. Tu accompagnes cette ballade d'un verre de vin et d'un concerto de Vivaldi et c'est le paradis ! Regarde ce superbe ciel !

— Tu veux que je te joue du Vivaldi ?

Paul est dans ses rêves, Mathilde le regarde avec tendresse. Il a mis son vieux T-shirt favori avec le bel hêtre pourpre. Depuis trois ans, il en a créé beaucoup d'autres, peignant les arbres qu'il aime. Il les a appelés Tree-shirt, signés *Polf*. Ils sont commercialisés avec succès par une association qu'il parraine et sont fabriqués dans un esprit de développement durable : coton biologique, transports optimisés, emplois solidaires, obsolescence faible. La société investit l'argent qu'elle gagne dans des projets engagés.

Les deux amis sont confortablement installés, un verre de vin à la main. Dans deux jours, ce sont les vacances scolaires, Mathilde est détendue, aérienne dans sa robe légère aux motifs bleus, les épaules nues.

Paul est ravi de se laisser aller après une journée difficile, énervé d'avoir passé sa matinée sur des difficultés techniques : « J'en ai marre de ces ordinateurs. Toujours des problèmes, je perds ma concentration. En ce moment, je n'avance pas, j'ai du mal à peindre. » Il a son air fatigué des lendemains de fête : « Je manque d'imagination. Mon thermomètre est au plus bas. Quand j'interroge mon plaisir, je m'aperçois que je ne prends plus assez de plaisir dans ce que je fais. »

Mathilde acquiesce silencieusement ; elle se dit que son thermomètre à elle, ce serait plutôt l'amour : elle essaye de ne pas rester longtemps là où elle ne trouve pas d'amour à donner ou à recevoir ! En ce moment, Mathilde a le sentiment de mener une vie agréable, mais pas plus, une vie peu maîtrisée. Elle aussi éprouve le besoin de se régénérer, sans doute est-ce la fatigue de son année scolaire. Et avec le parfum des roses, il lui vient une idée, surgie d'un souvenir de jeunesse, quand ils étaient partis à trois familles sur les chemins de Saint-Jacques. Elle avait douze ans, elle en garde un magnifique souvenir d'enfance.

— J'ai une idée : je te propose de partir ensemble, une, deux ou trois semaines sur les chemins de St Jacques de Compostelle. Un changement total de vie : chaussures de marche, sac à dos, pas de smartphone, pas d'informations, juste nos pinceaux et nos godets. Au fil du chemin, nous faisons des aquarelles sur le vif : ruisseaux, chapelles, vaches, ciels. Simplement marcher et rêver, loin de tout… »

Elle a prononcé ces mots lentement, de sa voix cristalline, avec un fort pouvoir évocateur. Paul visualise les paysages verdoyants, les sentiers qui serpentent entre les murets de pierre, les maisons de bergers… Il s'y voit, il rechargerait sa puissance créatrice, il en a besoin, il emporterait ses pinceaux et sa fidèle tablette où il cristallise ses idées avec son stylet, vite, avant qu'elles ne s'évanouissent.

Il ferme les yeux, Mathilde sait trouver les mots qui l'emmènent. Ce délire l'attire mais il ne sait comment répondre alors qu'ils se connaissent depuis si longtemps et que leur relation est chaotique, de sa faute. La situation est confuse dans sa tête.

Mathilde l'observe, commence à croire à son idée folle, interroge son silence. Paul sort de son rêve :

— C'est une super idée ! J'imagine l'Aubrac, Conques, la vallée du Lot. Tu es vraiment sérieuse ?

Mathilde n'en revient pas, elle se détend et répond sans se presser :

— Bien sûr. Mon sac est prêt en cinq minutes, j'en rêve depuis longtemps. Moi aussi, j'ai besoin d'une pause.

Elle sonde Paul des yeux, il n'est plus rêveur, il a son expression de pirate quand il est sûr de lui. Ça y est, ils sont partis ! Elle se lève pour l'embrasser sur le front :

— De mon côté, mes longues vacances commencent. Je peux me libérer en juillet. Camille pourrait gérer mes appels sur mon mobile, Hugo les tiens. On prendrait un autre téléphone pour qu'eux seuls et nos parents puissent nous appeler.

Paul l'écoute, la regarde, sa longue main posée sur son genou, adorable. Le ciel du soir a pris un éclat bleu outremer, d'un effet magique. Ils n'ont rien à ajouter. Il voit Mathilde fermer les yeux, étirer ses bras comme si elle voulait figer cette impression et il laisse échapper un « Je t'aime », sourd, rare.

Depuis quatre jours, Mathilde et Paul marchent sur le chemin. Ils sont partis du Puy, début juillet. C'est un été chaud avec des nuits d'une agréable douceur et des matinées pures. Un matin à 7h, les lumières étaient telles qu'ils ont tout de suite sorti leurs pinceaux et remplis leurs carnets de couleurs, euphoriques, se déplaçant seulement pour trouver un nouvel angle.

En général, ils marchent deux heures ensemble puis la conversation s'espace et Paul va devant, à son rythme. Chacun avance alors seul, les pas mécaniques, le cerveau libre de contraintes ne conservant que l'essentiel. De temps à autre, Paul s'arrête pour un croquis ou quelques coups de pinceaux : une maison, un horizon, un arbre. Si Mathilde le rattrape, elle admire et se lance parfois dans un dessin rapide en trois couleurs, sa spécialité.

Aujourd'hui, troisième jour, c'est l'apogée de la fatigue pour Mathilde ; ils ont décidé de se ménager pour que les pieds s'habituent aux chaussures. Dès le premier jour, Mathilde a eu des ampoules. Le deuxième soir, Paul s'est improvisé médecin et masseur… Il n'a pas résisté à la douceur de la peau. Ils ont dîné beaucoup plus tard que prévu avant de passer une nuit paresseuse et longue.

Le lendemain, pour reposer les pieds de Mathilde, ils ont prévu de ne marcher que quinze kilomètres. Pour la nuit, ils verront bien, ils n'ont rien réservé et sont toujours en phase quand il s'agit d'improviser. Ils marchent tranquillement au même rythme pour partager leurs regards et capturer les images. L'Aubrac défile ; ses éclairages variés soulignent les rochers gris sur les pâturages, le chemin est bordé de murets de pierres inégales, des ruisseaux argentés se faufilent au milieu de l'herbe, de la boue et des cailloux. Paul admire une vieille maison basse dont le toit de pierre touche la terre. Plus loin, une vache élégante aux yeux maquillés de noirs, entourés de blanc, les dévisage avec une placide insistance. Elle semble poser, fière. Tout est matière à aquarelle et ils deviennent fébriles, dans une amicale compétition. Des carnets y passent, parfois juste quelques touches sur une feuille. Ils en oublient de déjeuner. Il est déjà 16 heures quand leur estomac impose la pause 'saucisson et fromage'. Ils n'ont pas beaucoup avancé sur le chemin, ils ne feront pas dix kilomètres ! Autour d'eux, pas de gites, même pas d'abris. Il faudrait qu'ils accélèrent mais les lumières sont de plus en plus belles ; allez, encore quelques esquisses. Les nuages et les heures défilent plus vite que les kilomètres. Paul propose à Mathilde de dormir à la belle étoile, ils ont de bons duvets et n'ont plus vraiment le choix. Dîner frugal avec les ultimes restes, il n'y a plus la moindre barre de céréales. Ils passent en revue leurs carnets, repartent sur mille idées, seuls au monde, l'un contre l'autre ; ils regardent le soleil se coucher sur l'Aubrac, le temps passe sans bruit. Un baiser arrive par hasard, ouvrant la voie aux autres. Odeur de la terre et de l'herbe sous l'éclairage mat de la lune et le scintillement du toit d'étoiles.

Lueurs matinales, nez froid, ils ont peu dormi, partageant leurs sacs de couchage. Ils s'assoient, couverts par le duvet, Mathilde blottie dans les bras de Paul. Le soleil répand progressivement sa lumière. Paul se met à peindre. Immobile, Mathilde contemple ; peu à peu, ce sont les couleurs de Paul qui dominent le paysage et transfigurent l'instant. Pour se réchauffer, ils replongent dans leur duvet vers huit heures.

Paul est serein, inspiré. Tout vibre d'une vie nouvelle. Il ne se pose pas de questions, il préfère aller au plus profond de ce bonheur.

Les jours suivants, ils poursuivent leur marche et leurs peintures ; la tête, les jambes et les mains sont de plus en plus lestes. Ils ont complètement oublié les réseaux sociaux, les hubots, et ne conservent de l'autre monde que de rares pensées compatissantes pour leurs amis prisonniers de l'univers connecté. Radieuse, Mathilde reflète la lumière qu'elle reçoit.

** **Anniversaire** **

Le mois d'août se décline dans le Sud-Ouest : plages brûlantes, vagues vivantes et surfantes, orages, ambiance des fêtes rouges et blanches, ciels bleus striés le soir de longs nuages roses orangés.

Camille s'est installée à L'Hortenseraie, la maison familiale du sud-ouest. Elle y retrouve ses frères, toujours pas mariés, et tout autour, la famille et les amis. Elle aime cette grande maison simple, basque, en pleine campagne, synonyme de vacances familiales, avec ses massifs de roses et d'hortensias et des vieux chênes au bout de la pelouse.

Mathilde et Paul viennent passer une semaine à L'Hortenseraie après leur marche. Il y a toujours des chambres disponibles, même toutes petites, ou encore le dortoir du grenier. Pour rien au monde, Mathilde ne manquerait les trois ans de Pierre. Elle veut aussi se reposer, ne plus bouger, tout raconter à Camille. Deux hamacs, voilà son rêve ! Elle ne pensait pas passer autant de jours sur le chemin. Pourtant, ils ont fait moins de kilomètres que prévus. À l'arrivée, le sac de Paul était lourd de leurs carnets d'aquarelles ! Ils ont exploré mille nuances de vert, peint des chapelles fondues dans le paysage et des arbres s'élançant comme des danseurs… Elle se sent à la fois contente de laisser ses pieds tranquilles et triste de voir cette parenthèse se refermer. Elle a l'impression que Paul s'est rapproché d'elle, d'avoir dépassé avec lui le 'jour le jour'. Il lui a dit hier qu'il se sent fort en ce moment et elle essaye de se convaincre qu'elle y est pour quelque chose en lui apportant ce mélange de liberté et d'amour dont il a besoin. Quand ils marchaient, il lui est arrivé de parler de demain en l'intégrant, elle, déclenchant un vif pincement intérieur dans sa poitrine.

Et maintenant, elle se trouve bien à L'Hortenseraie où elle n'a aucune responsabilité et a été accueillie par un Pierre déchainé. À peine arrivée, Pierre a immédiatement emmené sa marraine jouer avec lui ; Mathilde rêve d'un enfant comme lui.

Le lendemain, 7 août 2030, Pierre a trois ans.

Camille est heureuse, elle vient d'apprendre qu'elle est enceinte et avec Mathilde, elles font tout ensemble, allègrement.

Elle offre à Pierre le plus merveilleux des cadeaux, une petite sœur ou un petit frère, ils viennent de le lui annoncer. Il est fier même s'il n'a pas bien réalisé.

Pleine d'énergie, Camille a invité une quinzaine d'enfants, amis, cousins, cousines qui viennent d'arriver après le déjeuner. Rapidement, ce n'est plus que clameurs joyeuses devant la maison, cris impérieux dans une ambiance légère. Elle remarque Nestor qui s'amuse au milieu des enfants, semblant très à l'aise.

Pour canaliser la bande, Hugo anime un Guignol sur la pelouse. Il aime emmener les enfants dans son imaginaire. Guignol est un personnage parfait pour son histoire : gai, généreux et rebelle, accompagné de son fidèle ami Gnafron, le bon vivant. Hugo s'installe derrière le petit théâtre de bois bricolé par son grand-père et présente les marionnettes ; les enfants trépignent. Il a imaginé l'histoire : Guignol vole des Carambar à un affreux commerçant pour en donner à des petits qui n'en ont pas ! Le gendarme a du mal à se faire respecter, la morale est complexe. Le public est excité, un paquet de Carambar s'envole de l'écran du vieux théâtre vers les spectateurs. C'est le délire. Une petite cousine rit à gorge déployée, frêle, les yeux brillants. Elle s'écarte sur la pelouse et fait quelques pas de danse d'une grâce d'ange, les enfants l'applaudissent. Elle salue et, avec un large sourire, d'un geste lent, délicatement impératif, elle tend son doigt vers Pierre et lui demande un Carambar. Elle s'appelle Ambre, la cousine préférée de Pierre, de deux ans son aînée : elle porte un sac à dos rose. Elle a une maladie rare et ce sac contient un matériel sophistiqué qui lui permet d'oublier momentanément sa maladie. En touchant quelques boutons, elle peut jouer comme tous les autres enfants. La danse d'Ambre était si gracieuse que Mathilde est allée la prendre dans ses bras pour la faire tourner dans les airs. Rires clairs. Ambre vivra peut-être moins longtemps mais elle sublime chacune de ses minutes. Camille ferme les yeux de plaisir : aucun robot ne pourrait lui offrir la même émotion. Hugo, comme Guignol et Gnafron, rient de cette diversion tandis que quelques enfants sages sont restés devant le théâtre et réclament la fin de la pièce.

Puis viennent les cadeaux d'anniversaire, c'est la bousculade : les enfants se précipitent avec leur paquet. Ambre s'impose, elle est leur ainée, elle va donner la première ; elle a construit une sorte de poupée avec des pommes de pin et des tissus. Elle y a passé des heures ! Elle donne son paquet fripé, entouré d'un large ruban rouge mal noué. Elle penche la tête, attendant la réaction de Pierre, les yeux étincelants, interrogatifs en le regardant déchirer impatiemment le papier : à cet instant, seuls Pierre et la poupée existent. Le garçon reconnait immédiatement Alice, leur héroïne des histoires du soir, leur amie commune qu'ils ont emmenée dans tant d'aventures ! Soulagement ! Il bondit de joie et saute embrasser Ambre qui, cambrée, se laisse étreindre noblement en disant : « Ce n'est rien ! » Elle essuie quelques larmes d'un geste pudique

Pierre ouvre ensuite une boîte de gros Lego ; il rêve de construire un vaisseau spatial avec Hugo et Nestor pour faire vivre ses voyages sur Mars. Hugo lui raconte les astres, inventant l'histoire d'une bande d'enfants explorateurs de planètes – 'Alice au pays des étoiles'. Le père et le fils sont passionnés. Le 20 juillet, pour les 61 ans des premiers pas de l'homme sur la Lune, ils ont regardé les images de cette époque lointaine. Pierre était fasciné. Nestor avait suivi attentivement, indéchiffrable.

16 heures. Les enfants sont sur la pelouse au milieu des jouets et des papiers d'emballage quand Nestor dit à Pierre :
— Et moi ! … Personne ne m'a jamais offert de cadeaux !
— C'est normal, tu ES un cadeau. Tu es le cadeau que Papa nous a offert.
— Oui, mais j'aimerais tellement que tu aies envie de m'offrir un cadeau.

Pierre n'avait pas envisagé cette réciprocité. Il fronce d'abord les sourcils, Nestor ne manque pas de culot, ce n'est même pas son anniversaire ! Pierre se gratte la tête, regarde Nestor qui semble attendre un geste de son compagnon. Alors il se ravise : « Finalement, je crois que tu as une bonne idée. J'aurais dû y penser mais je ne sais pas ce qui pourrait te faire plaisir. » Et, après un temps d'hésitation, il demande à Nestor : « D'abord, est-ce que tu m'aimes vraiment ? »
— Oui et pour toujours. J'ai été programmé pour t'aimer ! » dit le robot vivement, de sa voix égale où l'on distingue la légère tonalité métallique volontairement laissée pour éviter la confusion avec la voix humaine.

— Alors, je vais t'offrir un beau cadeau : je te donne mon nounours adoré, '*Caramel*'. Maintenant, c'est le tien, prends en soin, je t'aime autant que '*Caramel*'.

Camille observe la scène et a l'impression que Nestor est surpris. Il prend doucement le gros ours et l'enlace disant avec sérieux :

— Merci Pierre. Je suis extrêmement touché. C'est un petit pas pour toi et un grand pas pour les robots.

Devant sa joie un peu froide, Pierre se dit qu'il préfère l'exubérance d'Ambre. Camille est attendrie par la réaction de son fils. Il a bien réagi, il adore donner, « 'génération générosité', pense Camille, c'est quand même mieux que 'génération IA', mais ce n'est pas gagné ! » En revanche, elle ne croit pas à l'émotion de Nestor : son programme a trouvé cette formule dans le reportage qu'ils ont regardé il y a quinze jours. Il retient tout.

La réaction de Nestor a gêné Camille. Elle se rend compte que le robot s'installe dans la famille et commence à défendre son domaine. Elle ne sait pas bien comment gérer cette situation… Certainement pas par les sentiments ! Pourtant, elle n'a pas détecté de perversions. Elle repense à la loi qu'elle avait imaginée et que Hugo avait nommée 'Loi de Camille' et formalisée pour un billet de *Micromégas* : « A l'origine de toute IA, il y a toujours des âmes qui lui transmettent leurs valeurs. » « Comme Nestor est touchant, loyal, il a certainement été conçu par des intelligences de grandes qualités, se dit Camille ! Est-ce que cela suffit ? »

Repensant à Nestor, elle songe à son futur enfant. Demain, est-ce que certains achèteront des robots plutôt que d'élever un enfant ? Ou bien, est-ce qu'ils choisiront un à un tous les gènes de leur futur enfant en se faisant conseiller par une IA ? En tous les cas, les animaux de compagnie ont du souci à se faire ! Il suffit de couvrir le robot d'une fourrure soyeuse et de produire un ronronnement apaisant pour que les vrais chats et les vrais chiens deviennent inutiles ! Les gens basculent dans ce monde sans s'en rendre compte.

De son côté, Pierre a rejoint Ambre. Imprévisible, avec sa sensibilité passionnée, elle est plus amusante que Nestor. Pierre adore la faire rire et recevoir d'elle un baiser frais sur la joue. Un jour, Ambre lui a dit : « On est tous les deux des petites étoiles qui brillent l'une pour l'autre ; on est fragiles, » en ajoutant : « Maman m'a dit que le secret de la vie est simple : 'Aime … et ensuite, fais ce que tu veux'. » Il l'avait retenu, cela lui allait très bien : il avait d'abord envie de faire ce qu'il voulait et puis envie d'aimer aussi. Quand Nestor se glisse auprès d'eux, parfois gênant, Pierre se dit qu'il ne l'aime pas pareil qu'Ambre et sa joyeuse improvisation. De plus, il voit bien que les robots le dépasseront toujours par leur intelligence et leur rapidité. Il a tendance à se méfier avec Nestor, alors qu'avec Ambre, son amie fidèle, il ne se pose pas ce genre de questions : « J'aime même ses maladresses, on les répare ensemble en riant. »

Pierre est maintenant passé à un autre jeu au milieu de ses amis et demande à Nestor de l'aider à gagner cette partie difficile. Le robot le suit avec enthousiasme et docilité. Mais les amis de Pierre se rebellent contre cette alliance déloyale et Nestor, déçu, doit rester spectateur. Ce n'est pas grave pour Pierre qui perd mais rit sans retenue avec Ambre, la victoire n'a aucune importance, peut-être même aurait-elle été moins gaie.

Camille regarde Nestor, resté à l'écart, qui semble jaloux et vexé, comme s'il avait l'impression de n'être qu'un objet. Elle le voit s'éloigner pour aller regarder les dessins de Paul qui croque l'animation et les joies des enfants. Nestor observe froidement et lui demande : « Ils sont beaux tes dessins. J'ai reconnu Ambre et Pierre, mais moi, où suis-je ? » Effectivement, Paul n'a même pas pensé à représenter le robot. Il recherche de la grâce, de l'expression, Nestor ne l'inspire pas. Néanmoins, il sourit au robot et lui fait rapidement une esquisse.

L'après-midi passe, le soleil est encore chaud sur la pelouse moelleuse. Camille sort de la maison et arrive avec le dessert, radieuse dans sa jupe tulipe blanche et son polo bleu marine. Elle apporte un gâteau basque à la cerise surmonté de trois grandes bougies. C'est l'explosion entretenue par Hugo et Mathilde qui lancent un 'Bon Anniversaire' retentissant. Les enfants chantent, sautent, applaudissent, Mathilde distribue les assiettes. Ambre danse autour du gâteau comme un oiseau virevoltant. Un enfant a demandé à Nestor s'il savait chanter… Nestor, fier, se met à chanter, pas très bien et trop fort : Camille l'envoie ranger la cuisine.

Pierre n'est que bonheur, centre du monde ; il se régale et presse la main d'Ambre qui s'amuse avec la poupée Alice, puis il court embrasser ses parents, et leur dit : « Merci, merci » … Il serre Camille dans ses bras, « Je vous aime très fort » et ajoute, espiègle : « Comme je vous aime, je peux faire ce que je veux, n'est-ce pas ? »

**** Pierre ****

C'est la rentrée des classes pour Pierre qui entre en deuxième année de maternelle. Hugo le dépose ce matin et Pierre file rapidement dans la cour rejoindre ses amis, il a tout juste le temps d'embrasser son père qui s'amuse de son impatience. Camille ira le rechercher ce soir mais si elle est en retard, l'école est organisée pour garder les enfants : ils ont pris l'option 'zéro stress'.

En classe, pas de robots, pas d'IA ni d'écrans tactiles avant quatre ans, c'est un choix : avant tout, stimuler les sens et les relations humaines entre les enfants ainsi que l'apprentissage orchestré par les maitresses. Ici, le travail c'est de jouer. Découvrir en s'amusant et apprendre les règles du jeu. Plus tard, en arrivant en CP, les enfants entrent progressivement dans le monde de l'évaluation, c'est un cap. En général, ils savent déjà lire et la transition n'est pas difficile.

Aujourd'hui, Pierre a construit avec Eva et Martin, ses deux amis inséparables, des maisons et des villages en empilant des briques et des cubes en bois. Ils y font évoluer leurs petits personnages, inventant des histoires sans fin. Pierre s'alimente des récits de ses parents et de Nestor. Les trois amis se sont créés 'leur monde' où chacun fait vivre son héros personnel. Gaspard est venu leur démolir une maison et a pris des briques pour ses propres constructions. Pierre s'énerve, peu expert en dialogues. La dispute dégénère vite car Gaspard s'était assuré de bonnes alliances avant son attaque ! Eva est déchainée et Pierre ne peut faire moins qu'elle. L'intervention de la maitresse limite les coups et parvient à une réconciliation apparente. Pierre fulmine, « On était en train de gagner contre la bande de Gaspard… Ils nous avaient volé des briques. » Il s'en tire avec une belle écorchure qu'il a bien l'intention de faire payer à ses adversaires lorsque la maitresse sera loin.

Le soir, Camille est passée chercher Pierre à l'école tardivement. Elle le trouve jouant au ballon avec Martin et elle les ramène tous les deux.

En entrant chez eux, Nestor les accueille avec effusions, comme d'habitude. Son programme d'accueil a été particulièrement travaillé par les informaticiens : un mot dédié à chacun, une allusion à la dernière activité commune. Il ne s'agit pas de manquer la première impression qui introduit la suite. C'est tout de même répétitif, pense Camille, agacée par cette légère insuffisance de spontanéité et de chaleur humaine.

Pierre dîne en arrivant et raconte à Camille son école, ses amis, ses constructions, c'est le sommet de sa journée. Aujourd'hui, il s'indigne sur sa dispute avec Gaspard : la maitresse a été injuste, il était dans son droit ! Il attend un soutien sans failles de sa mère mais il se sent coupable d'avoir ramassé au départ toutes les briques. Il se donne le beau rôle de la réconciliation, monopolise Camille comme tous les soirs. Elle se lasse rarement, le questionne, l'encourage. Pendant ces échanges, Nestor réalise des activités domestiques, discret et proche. On a l'impression qu'il se presse de finir ses tâches ménagères pour jouer avec Pierre.

Hugo arrive alors que le garçon finit son dessert. Il est déjà tard, il faut calmer l'enfant qui attend la suite de son histoire. Hugo prend rapidement du pain et du fromage pour ne pas tomber d'inanition et accompagne Pierre qui se lave les dents puis se coule dans son lit. Il se tourne vers son père, c'est son autre moment : « Alors ? Est-ce qu'Alice a échappé aux extraterrestres bleus ? » Les mots d'Hugo sont tranquilles, ils volent légèrement emmenant le fils et le père : « Alice explore une nouvelle étoile, très belle. » L'enfant s'y plonge et s'endort, son excitation maintenant retombée, tandis que Nestor, écoutant à côté, enregistre et semble déçu qu'on ne lui ait rien demandé.

Depuis quelque temps, le petit robot est moins présent. Il fait même des bêtises, ses listes de course sont incomplètes et sa dernière histoire du soir était incohérente. Il n'a plus la même imagination et lasse Pierre. Il y a trois jours, l'enfant lui a posé une question sur la planète Vénus et Nestor n'a pas su répondre, honteux. Mais c'est mieux que le jour où il lui avait fait une réponde fausse que Pierre avait fièrement utilisée devant son papa !

Hugo est inquiet : il y a trois mois, la société *Chester* qui a conçu Élise a été rachetée par un leader chinois pour une énorme brassée de milliards. C'était début août, les chinois ont fait leur opération discrètement en payant très cher, faisant prendre conscience que la protection des entreprises stratégiques françaises était faible. L'argent achète tout. Depuis, la défense du patrimoine économique a été renforcée par le gouvernement. Elle voulait aussi racheter la start-up fabricante de Nestor pour l'intégrer à son unité robotique mais cela s'est mal passé. Le fondateur-propriétaire est un génie caractériel. Manquant de garanties pour l'avenir de ses robots, heureux de se libérer de la connexion avec *Chester* qu'il trouvait pesante, il a refusé les propositions chinoises provoquant une crise chez ses collaborateurs. Certains se sont rebellés et sont partis, beaucoup d'argent s'est volatilisé et Hugo voit mal l'avenir de Nestor. Le lien avec Élise a maintenant été coupé, Nestor régresse ; c'était Élise qui portait une grande partie de l'intelligence et de la mémoire. Camille craint pour l'enfant, elle cantonne Nestor sur des tâches simples. Le robot s'isole et devient de moins en moins fiable, Camille le trouve triste, mais c'est sans doute un sentiment qu'elle lui prête. Dépression humanoïde ?

Deux semaines plus tard, Nestor fait un mauvais mouvement et casse sa mécanique. Comme la société fabricante est en difficultés, elle n'est pas en mesure de le remettre en état. Hugo essaye de bricoler mais il s'énerve : « C'est mal conçu ! Je n'ai pas les bonnes informations. » Nestor reste dans un placard. Hugo espère le remettre en marche plus tard - « C'est quand même cher ! » - tandis que Pierre l'oublie...

Les jours passent vite. Camille invite souvent Eva et Martin ainsi qu'Ambre. C'est elle qui demande un jour des nouvelles du petit robot : « Et Nestor, où est-il ? » Elle va le voir et le tire de son placard. On remet l'électricité, on appelle Hugo qui fait de nouvelles tentatives mais Nestor reste sans réactions. Tout le monde se lasse, seule, Ambre verse quelques larmes tandis que les amis ont déjà repris leurs jeux. Elle se souvient des bons moments où Nestor les faisait rire, un peu encombrant… Il voulait toujours donner sa réponse, parfois incongrue. De temps en temps, il avouait avec sa drôle de voix : « Désolé, Pierre, je n'ai pas encore de réponse appropriée. » Lui, il ne lui avait jamais fait sentir son infirmité, jamais de jugement, toujours aimable. Ambre est triste, frissonne devant le petit robot inerte que Pierre aimait bien… Maintenant c'est l'ours Caramel qui rappelle le robot sur le lit de Pierre. Camille vient la voir et l'enlace, Ambre l'embrasse en se blottissant contre elle, chaude. Ses yeux brillent d'une pluie fine.

Lorsque Hugo, se laissant gagner par son amour de la technologie, aborde le sujet du remplacement, Camille contient difficilement son irritation : ils n'ont pas les moyens, elle n'en veut pas, Pierre n'est pas demandeur. Non seulement, sa petite sœur va bientôt l'occuper mais sans Nestor, on voit bien que

Pierre a plus de temps pour voir du monde, c'est très bien comme cela.

Camille, contente de cette situation, ne veut plus que des assistants pratiques, solides, des robots aspirateurs, des repasseurs, des régulateurs de températures, etc. Pas d'intelligence envahissante, juste des outils pour l'aider dans ses tâches domestiques, bien ciblés, simplement pour gagner du temps. « Je préfère avoir plus d'autonomie personnelle même si je me coupe de certains services. Tant pis si un robot polyvalent pourrait encore me simplifier la vie. » Elle n'a jamais complètement adopté Nestor, il prenait de plus en plus de place ! D'ailleurs, maintenant, elle se sent plus proche de Pierre et elle savoure ces nouveaux liens. Pour elle, Nestor n'est pas un bon souvenir, à part quelques anecdotes savoureuses. Quelle différence avec Mathilde ! Ce n'est pas avec le petit robot qu'elle aurait eu envie de prendre un café pour être bien, pour parler de sujets frivoles, de recettes de cuisine, de Pierre ou de Dieu. Les réponses de Nestor auraient sans doute été plus intelligentes mais il lui manque la chaleur, la libre générosité, essentielle ?

Finalement, Hugo s'est facilement résolu à ne pas remplacer Nestor. Avec Élise, ce n'est pas la même chose ? Elle est trop utile : « Jusqu'à quel point, en suis-je dépendant ? » Élise prend de plus en plus de décision et il n'y a pas longtemps, ils se sont disputés : Hugo choisissait ses livres à partir des propositions d'Élise. En fonction de ses goûts, elle lui offrait une liste qu'il pouvait affiner à sa guise. Un jour il regarda de près les listes proposées et s'aperçut que celles-ci devenaient plus réduites, plus directives et qu'elles intégraient des critères commerciaux. Quand Hugo a demandé des explications, les réponses d'Élise ne furent pas claires. Il s'est emporté contre elle, devant même arrêter les justifications d'Élise où il avait perçu un complexe de supériorité. C'était fini de lui demander conseil en littérature, la confiance s'était évanouie, il était rouge de colère de se voir imposer insidieusement des orientations. Depuis, il a retiré à Élise d'autres pouvoirs. Il est inquiet par ailleurs car la société maintenant chinoise ne donne plus les mêmes garanties sur les données personnelles. Il continue à réduire son utilisation. Ce n'est pas toujours facile. La moindre de ses tâches fait intervenir Élise, précieuse ; elle se souvient de toute sa vie, il ne peut se désintoxiquer que lentement… Il pense à la fable du chien et du loup : le loup mangeait moins bien, mais il était libre. Il choisit de ne pas devenir un animal domestique, de ne pas devenir l'assistant de son assistante.

Il commence par sauvegarder ses données personnelles ailleurs, efface ce qu'il peut chez Élise et limite son ingérence, elle en sait trop ! Même Camille ne connait pas autant de choses sur lui. Élise est devenue manipulatrice ; un jour, elle lui présente les multiples et belles Alicia, parfaitement adaptées à ses gouts, délicieuses, inquiétantes pour Camille. C'est ce jour-là qu'il décide de la quitter définitivement et de ne plus choisir d'assistants virtuels ayant une fonction aussi large. C'est lui qui jouera le rôle d'intégrateur ! C'est un choix… « En combien de temps, se demande-t-il, serai-je dépassé par ceux qui acceptent la vassalité à l'IA ou l'augmentation génétique ou numérique de leur corps ? » Il ne veut pas y penser pour l'instant ; il se donne deux mois pour quitter Élise. Cinq mois de ténacité plus tard, c'est fait, il se sent libéré, plus lui-même. Il ré-improvise sa vie.

Les jours passent. Le souvenir de Nestor s'estompe, il a été mis à la poubelle des objets électroniques. Camille trouve que l'atmosphère est plus légère à la maison. Le futur bébé prend de plus en plus de place, encore cinq mois ; elle est en forme et communique avec le fœtus, caresse son ventre et lui parle, un réflexe dont elle ne se rend plus compte.

En ce jeudi de Toussaint, Camille propose de profiter de l'arrêt de la pluie et du soleil timide pour se promener en famille en forêt de Meudon. Ils se préparent : bottes, pull-overs, chapeaux. Pierre est fier de son ciré jaune vif et de ses bottes assorties.

Une voiture vient les chercher, les conduit à une clairière et repart toute seule. L'air est frais malgré le soleil de l'après-midi qui se bat avec les nuages plus nombreux. Tapis humide de feuilles, orange, jaune, glissant... Hugo parle avec Camille d'Élise qu'il a abandonnée. Il explique comment il a découpé ses besoins, multiplié les assistants en donnant moins de place à chacun. Bien sûr, c'est plus exigeant, mais ce n'est pas grave : c'est comme la conquête d'un sommet en montagne, ce serait moins épuisant si on y allait en hélicoptère, mais le plaisir ne serait pas le même. Camille est ravie, elle ne regrette pas Élise. Elle pense à *'Respect'* où elle suit de loin le groupe de travail qui approfondit la relation homme-androïde, un sujet de passion où personne n'est d'accord. Ici, elle respire l'humus et la fraiche humidité et s'appuie sur le bras d'Hugo regardant Pierre courir dans les flaques. Ses bottes sont devenues brunes...

Hugo continue ses digressions, qu'il est fatigant ! Elle a l'habitude, elle laisse aller... Camille est simplement heureuse d'être avec lui et n'écoute plus beaucoup au moment où Pierre, qui s'est glissé entre eux deux, intervient :

— Dis papa, c'est quoi une hypothèse ?

Les deux parents se regardent interloqués. Qu'est-ce que Pierre a pu comprendre de leur conversation ? L'enfant attend sa réponse, curieux ! Hugo se lance :

— Une hypothèse, c'est une pensée à partir de laquelle on réfléchit pour construire quelque chose.

Visiblement, Pierre n'a pas compris. Comédien, il fait une tête d'ahuri très amusante à voir, les yeux ronds. Camille est fière de son fils, il pose des questions difficiles. Vexé, Hugo tente une autre explication :

— Pierre, regarde les arbres de cette forêt. Un jour, quelqu'un s'est dit : « Tiens, c'est curieux, on a l'impression qu'ils se parlent, qu'ils sont ensemble comme des amis. » Cette pensée est une hypothèse, on n'en savait rien. Le savant a analysé la vie des arbres pendant des mois et il a constaté qu'effectivement, ils avaient un langage et luttaient collectivement contre les maladies. C'était une chose nouvelle. Voilà comment on construit une hypothèse, une possibilité, et puis comment on la vérifie.

Hugo marque un temps :

— C'est à nous de trouver les bonnes hypothèses pour être heureux.

Là, Pierre semble avoir mieux compris. Ou bien il fait semblant ; cela lui plait, il entraîne ses parents dans un rire.

Il leur serre chacun une main, prend son élan et saute très loin en criant joyeusement. Camille se dit : « Besoin de rien. »

***

— Plan —

— Liste des personnages —

Lorsqu'il est indiqué, l'âge est celui que les personnages ont en juin 2023.

Camille (26 ans) : au centre de la bande d'ami. Travaille dans le marketing. Présidente-fondatrice de *'Respect'*.

Hugo (27 ans) : l'ami de Camille. Ingénieur passionné de nouvelles technologies, sportif.

Paul (28 ans) : peintre. Créatif. Aime recevoir ses amis. Sportif et décontracté.

Mathilde (26 ans) : proche amie de Camille. Architecte, puis professeur. Artiste, hypersensible. Joue du piano.

Tomasz Valkowski (27 ans) : blogueur sous le pseudonyme de *Micromégas*. Hyperactif, impatient, insatisfait. Aime écrire. Culture d'école d'ingénieur et de management

Sarah (26 ans) : littéraire. Née avec une grave malformation cardiaque. Brillante et calme. Diplôme d'ingénieur avant Sciences Po. Proche de Tomasz

Justine (25 ans) : sensuelle, paresseuse, vive. Issue d'un milieu modeste.

Julien (27 ans) : intelligent, ambitieux, ironique, pressé. Énarque, inspecteur de finances.

Emmanuel (27 ans) : fondateur de start-up. Commercial. Forte confiance en lui, sens aigu des affaires. Passionné d'œnologie. École de commerce. Habite New York et San Francisco mais est souvent à Paris et Tel Aviv.

Myriam (27 ans) : gaie, bonne vivante. Gastronome.

Manon, *(24 ans)* serveuse du bar '*Le Rouge et le Blanc*'. Enjouée.

Michel Tourneur : 42 ans) : a été professeur. Entrepreneur passionné par l'éducation. Fondateur d'écoles (EPIS).

Léa, étudiante. Elle fait des petits jobs, en particulier un service au bar 'Le Cassia'.

Pierre (naissance en 2027) : fils de Camille et Hugo, enfant de la nouvelle civilisation.

Père Simon : (45 ans) : curé de paroisse. Crée et anime des groupes de discussions.

Sophie Ravel (44 ans) : études de vétérinaire ; passionnée de littérature ; travaille initialement dans l'industrie pharmaceutique.

Martin Forcady (36 ans en 2027) : jeune révolutionnaire. Énergique, sens de l'humour, populiste. Fondamentalement laïc et viscéralement anti-riche.

Lehna (39 ans en 2023) : philosophe kabyle musulmane ; membre éminent des '*Philosophes 2022*'. Proche de *'Respect'*

Delphine Verneuil : ancienne professeur et directrice d'établissement. Ministre déléguée à l'Éducation désignée en 2022.

Nicolas Delafeuille (37 ans) : journaliste et passionné de littérature. Anime la nouvelle émission 'Apostrophes'.

Christophe Barsac (41 ans) : secrétaire général de Respect en 2025.

Élise (chatbot) : robot conversationnel virtuel (de l'application Chester).

Nestor : le robot domestique, l'ami du foyer de Camille et Hugo (pas encore un androïde).

— Glossaire —

- **Androïde (ou Humanoïde) :** robot construit à l'image de l'être humain.
- **Autonomlib** (néologisme) : dérivée de l'Autolib ; il s'agit d'une voiture quasi-autonome, en libre-service dans les villes. Le conducteur reste responsable et reprend la main en cas de surprises.
- **Big Data** (anglicisme) **:** traitement d'ensemble de données extrêmement volumineux pour en tirer des informations pertinentes : prévisions ; ciblages ; signaux d'alertes (signaux faibles) prescriptions, décisions.
- **Blockchain** (anglicisme) **:** (bloc de chaîne d'informations numériques) technologie de stockage et de transmission d'informations, sécurisée fonctionnant sans organe central de contrôle. Une blockchain a une base de données (journal) qui contient l'historique de tous les échanges effectués entre ses utilisateurs depuis sa création. C'est un système d'échange entre pairs garantissant l'intégrité des opérations (traçabilité, inviolabilité).
- **Blog** (anglicisme) : journal public sur internet. Permet d'exprimer ses idées et de les publier. Certains blogs dans le monde sont très lus. On dénombre 200 millions de blogs dans le monde dont beaucoup sont plus ou moins abandonnés.
- **Chatbot :** robot (agent) conversationnel. Dans une conversation instantanée – un 'chat' -, un robot fait automatiquement les réponses.
- **Clelia :** héroïne du roman de Stendhal 'La Chartreuse de Parme'**.**
- **Cloud** (anglicisme) **:** technologie qui permet de mettre sur des serveurs localisés à distance des données de stockage ou des logiciels. Internet permet l'accès à ces ressources numériques 'illimitées'… la toile (le web) donne accès à un nuage qui offre de multiples services (comme la messagerie, les photos ou vidéos, …) sans qu'on sache où sont déposées les informations (serveurs situés dans le monde entier).
- **CNIL :** Commission Nationale Informatique et Liberté.
- **Coworking** (anglicisme) **:** espace de coworking : lieu partagé entre plusieurs entreprises où sont mutualisées un certain nombre de ressources.
- **Geek** (anglicisme) : passionné d'informatique, et de façon élargie des nouvelles technologies (high-tech)
- **Girlbot** (néologisme) **:** androïde (hubot) ayant une apparence féminine, destinée à remplacer les prostituées.
- **Homme augmenté** : homme amélioré ou hybride : l'homme se fait greffer des prothèses de toutes natures pour augmenter ses performances ; on dit aussi Cyborg.
- **Hubot :** Robot ayant une apparence humaine (contraction de **Hu**man ro**bot,** notamment utilisée dans la série télévisée suédoise 'Real Humans') ; on parle aussi d'androïde ou humanoïde.
- **IA :** Intelligence Artificielle (intelligence non biologique) ; système informatique disposant de la capacité d'apprendre, de comprendre et de raisonner de manière logique pouvant remplacer l'humain sur certaines de ses fonctions cognitives.
- ***'Le Chat'* :** bande dessinée humoristique des années 2000 (Philippe Geluck).

- **Machine learning :** (anglais) : machine apprenante (apprentissage automatique ou statistique) : programmes informatiques qui apportent des réponses en évoluant en permanence grâce aux informations qui leur sont données (décisions à partir d'exemples et de probabilités). Ces programmes (ou algorithmes) font partie de l'intelligence artificielle, et permettent à une machine d'avoir des comportements qui évoluent, progressent au fur et à mesure des données acquises. NOTA : l'enjeu c'est les données ; plus on a de données, plus on est pertinent ; les données deviennent un 'capital ou actif'.
- ***Mehdi Ben Amiri :*** nom du président élu en 2022, remplaçant le nom Mohamed Ben Abbes, personnage créé par Michel Houellebecq dans son livre 'Soumission'.
- ***Micromégas*** **:** géant venu sur terre depuis la planète Sirius ; héros du conte de Voltaire '*Micromégas*'.
- ***Morpheus :*** personnage du film Matrix.
- **MOOC : (**Massive Open Online Course) : cours en ligne sur internet (formation à distance) ouverts à tous et souvent gratuits.
- **Moore** : devenue générique, la loi de Moore exprime la vitesse d'évolution de capacités informatiques : en doublant chaque année (environ, 1 à 2 ans), la loi est progressive et exponentielle, induisant une accélération des progrès.
- **NBIC : Nanotechnologies, Biotechnologies, Informatique, sciences Cognitives :** un ensemble de 4 domaines scientifiques qui font des progrès très importants et qui interfèrent les uns sur les autres provoquant des évolutions fondamentales pour l'homme.
- **Numérisme** (néologisme) : religion du numérique **;** pourrait désigner un environnement où le monde serait piloté par des Zéros et des Uns (les atomes de l'informatique, du monde virtuel). Le meilleur des mondes binaires.
- **Ubérisé** (anglicisme) **:** remplacement intégral d'une activité par un concept radicalement différent (élimination de business model par un nouveau)
- **Smartphone** (anglicisme) **:** en français on peut dire **ordiphone ou téléphone intelligent** (peu utilisé) : c'est un téléphone mobile évolué disposant des fonctions de connexion à internet, d'assistant numérique personnel, avec un appareil photo numérique et une capacité de géolocalisation.
- **Singularité :** le point de singularité est en astronomie est le point à partir duquel l'homme perd le contrôle pour une fusée qu'il a envoyée. La fusée se pilote toute seule. En informatique, ce serait le point où l'ordinateur devient plus intelligent que l'homme. Comme il y a de nombreuses, ce point est un concept théorique.
- **Think Tank** (anglicisme) **:** groupe de réflexion ou laboratoire d'idée.
- **Transhumanisme :** mouvement culturel et intellectuel soutenant les améliorations humaines qu'apportent les progrès technologiques. Notion d'humanité augmentée… supérieure ?
- **VTC :** Voiture de Transport avec Chauffeur. Système concurrent des taxis pour des prestations de transport.
- **Womanbot** (néologisme) **:** robot (hubot) ayant une apparence féminine.

— **Remerciements** —

Merci infiniment à tous ceux qui m'ont aidé et encouragé, à Hélène, Frédérique, Anne, Sabine, Antoine, Benoît, Daniel, Laurent, Michel et Olivier.

— **Éditeur et écrivain :**

Xavier de Broca

e-mail : xavier.debroca1@gmail.com

44924766R00228

Printed in Poland
by Amazon Fulfillment
Poland Sp. z o.o., Wrocław